MIRA®

Der Preis dieses Bandes versteht sich einschließlich der gesetzlichen Mehrwertsteuer.

Umwelthinweis:
Dieses Buch wurde auf chlor- und säurefreiem Papier gedruckt.

Bitte nicht stören

MIRA®

MIRA® TASCHENBUCH
Band 25343
1. Auflage: Januar 2009

MIRA® TASCHENBÜCHER
erscheinen in der Cora Verlag GmbH & Co. KG,
Valentinskamp 24, 20350 Hamburg
Deutsche Erstveröffentlichung

Originaltitel: Kiss and MakeUp
Aus dem Amerikanischen von Gisela Schmitt

Originaltitel: Room Service
Aus dem Amerikanischen von Christian Trautmann

erschienen bei: Harlequin Books, Toronto
Published by arrangement with HARLEQUIN ENTERPRISES II B.V./S.àr.l.

Konzeption/Reihengestaltung: fredebold&partner gmbh, Köln
Umschlaggestaltung: pecher und soiron, Köln
Redaktion: Ivonne Senn
Titelabbildung: Getty Images, München
Satz: Buch-Werkstatt GmbH, Bad Aibling
Druck und Bindearbeiten: CPI – Ebner & Spiegel, Ulm
Printed in Germany
ISBN 978-3-89941-559-9

www.mira-taschenbuch.de

Alison Kent

Hush Hotel

Roman

Aus dem Amerikanischen von
Gisela Schmitt

MIRA®

1. KAPITEL

Für Shandi Fossey war alles möglich. Es gab keine Grenzen. Und genau das vermisste sie hier, den grenzenlosen Himmel, an dem die Sterne wie winzige weiße Lichter vor einem tiefen Tintenblau funkelten und sich die Wolken wie Zuckerwatte auftürmten. Sie vermisste den Himmel von Round-Up, Oklahoma, der bei Sonnenaufgang goldgelb und bei Sonnenuntergang knallorange glühte.

Der Himmel über Manhattan bestand dagegen aus vielen kleinen Fetzen, die zwischen den Gebäuden hervorlugten, aus Straßenlaternen und glitzernden Neonfarben, die sich in den Fensterscheiben spiegelten. So kam es ihr zumindest vor, wenn sie, so wie jetzt, im Schneidersitz im Dunkeln vor dem Panoramafenster ihrer Wohnung im sechsten Stock saß. Es war halb vier morgens.

Aber das war in Ordnung, das mit den Himmelsfetzen. Wirklich. Denn hier im „Big Apple" New York gab es andere Lichter, die viel heller und verheißungsvoller strahlten als die Lichter am Himmel über Oklahoma.

Und genau deshalb war sie ja hier, oder etwa nicht? Wegen der Lichter auf dem Broadway und abseits des Broadways. Wegen der Theater und Kleinkunstbühnen, der Filmsets und Clubs. Wegen der unzähligen Möglichkeiten und Locations, an denen sie Arbeit finden könnte.

Augenlider, Wimpern, Lippen. Augenbrauen und Wangenknochen. Die Krümmung einer Nase. Die Linie eines Kinns. Das waren die Landschaften, die sie gestaltete, die sie mit Farbe versah und neu erschuf. Mit ihren Pinseln und Schwämmchen, Tiegeln und Tuben voller Farben und Cremes verwandelte sie das Normale in etwas Fantastisches.

Sie beugte sich nach links und dehnte ihren Oberkörper, indem sie ihren rechten Arm so weit wie möglich über den Kopf zum Boden führte. Ihre Arbeit in der Bar *Erotique* des Hotel Hush brachte es mit sich, dass sie an mindestens fünf Tagen in der Woche, oft auch an sechs, stundenlang auf den Beinen war.

Daher hatte sie sich angewöhnt, nach der Arbeit unter ihrem Stück Himmel auszuspannen. Sie genoss die Stille, die Dunkelheit, das Gefühl, von tosendem Leben umgeben zu sein, obwohl es von hier oben völlig lautlos erschien.

Sie dachte an die Gäste in den Kneipen der Stadt, die bis weit in die Nacht zusammensaßen und über die Vorstellungen diskutierten, die sie am Abend gesehen hatten. Sie stellte sich die Platzanweiserinnen, Hostessen und das übrige Personal vor, wie es darauf wartete, dass sich die Veranstaltungsorte leerten und sie endlich ihre Schuhe und ihr eingefrorenes Lächeln abstreifen konnten.

Sie dachte an die Schauspieler, die vermutlich so schnell aus ihren Rollen schlüpften wie sie aus ihrer, wenn sie erst einmal hier oben saß. Dann ließ sie die Shandi hinter sich, die Martinis und Margaritas für die anspruchsvollen Gäste des *Erotique* mixte, und fand sich – widerwillig?, mit Bedauern?, ganz automatisch? – wieder in der Rolle, die sie ihr Leben lang gespielt hatte: das langbeinige, wilde Stutenfohlen aus Oklahoma.

Diese Beschreibung verdankte sie der bier- und whiskydurstigen Menge in der „Durstigen Klapperschlange", der Kneipe ihrer Eltern in der Kleinstadt Round-Up.

Eines Tages würde sie wissen, welche der beiden Shandis sie wirklich war, ob sie sich zwischen den beiden entscheiden musste oder sie eine Kombination aus ihnen war. Es wäre ihr sicher viel leichter gefallen, sich darüber klar zu werden, hätte man ihr bei ihrem Abschied aus Oklahoma Mut gemacht. Stattdessen hatte man ihr prophezeit, sie würde nach spätestens sechs Monaten reumütig zurückkehren.

Leider konnte sie die Zweifel aber auch nicht einfach abschütteln, die ihre Eltern in ihr geweckt hatten, als sie ihnen verkündet hatte, sie werde das Leben in Round-Up gegen ein Leben in New York City eintauschen.

Seit einem Jahr studierte sie am Fashion Institute of Technology, um den Bachelor in Kosmetik und Duft-Marketing zu machen. Sie hatte sich ihr Studium durch Teilzeitjobs finanziert, zuletzt in der Rechtsanwaltskanzlei Winslow, Reynolds und Forster. Dann hatte sie von der Eröffnung eines neuen Hotels, des Hush, gehört, und dort die Stelle in der Bar ergattert.

So war sie mit ihrem Status quo zufrieden, dem Studium, dem Job und ihrem Freundeskreis. Mehr brauchte sie nicht. Zumindest war sie bisher dieser Meinung.

Und dann hatte *er* sich heute Abend an die Bar gesetzt.

Sie kam wieder in die Ausgangsposition und dehnte jetzt ihre linke Seite. Ihre Fingerspitzen schwebten neben ihrer rechten Hüfte über dem Fußboden. Er war der süßeste Typ, den sie je gesehen hatte.

Und er hatte sich mit ihr unterhalten wollen. Glücklicherweise war es im *Erotique* so unglaublich voll, dass sie ihn immer wieder alleine lassen musste. So konnte sie auch ihre Gedanken ordnen, denn ihr kleiner Flirt hatte sehr schnell eine eindeutig sexuelle Komponente angenommen.

Es fiel schwer, im Zusammenhang mit ihm nicht an ein Bett zu denken. Sie konnte sich kaum vernünftig mit diesem Mann unterhalten, wenn sie sich die ganze Zeit ausmalte, wie sie ihn ausziehen würde. Heute Abend war es ihr zumindest einigermaßen gelungen.

Er war blond – oder war es zumindest, als er noch jünger war. Jetzt hatte er eher eine Multi-Ton-Haarfarbe mit dunklen Highlights. Und seine Haare waren lang und wellig und erinnerten sie an eine Löwenmähne. Er trug es nach hinten gebunden und hatte ein Kinnbärtchen.

Sein Lächeln funkelte. Seine Augen funkelten. Und seine Persönlichkeit auch. Es hatte Spaß gemacht, kleine Sticheleien und Anzüglichkeiten mit ihm auszutauschen. Sie mochte seinen intelligenten Humor.

Sie hatte ihn gefragt, warum er in der Stadt sei und ausgerechnet in diesem Hotel. Er hatte ihr gesagt, er sei auf Geschäftsreise – sein Geschäft waren Geld, Musik und Frauen. Sie hatte ihm geantwortet, mit den ersten beiden Dingen könne sie nicht dienen, mit dem letzten allerdings schon …

Dann hatte er sie einen Moment lang angeschaut, und sie hatte sich vorgestellt, wie diese Finger, die gerade sein Glas berührten, sie streicheln würden. Ihr Körper hatte sofort reagiert, und ihr nur hauchdünner BH, den sie unter dem ärmellosen schwarzen Smokinghemd trug, ließ ihre privaten Gedanken durchaus erahnen. Er hatte es bemerkt, einen Schluck von seinem Drink genommen und ihr dabei genau in die Augen geschaut. Er schluckte und die Ader an seiner Schläfe pulsierte.

Auch ihr war das Blut wie wild durch die Adern gerauscht, genau wie jetzt, als sie an seinen Blick dachte. Er hatte sie angesehen, als wollte er sie ausziehen, auffressen, ausprobieren, wie gut ihre Körper zueinanderpassten, als wollte er sie am liebsten ganz und gar verschlingen.

Ob ihm eigentlich klar war, wie perfekt man im Hush eine heiße Affäre inszenieren konnte?

Sie musste lächeln, als sie daran dachte, wie das Hotel in den Medien beschrieben worden war. Das Hush und sein Konzept war eine Idee von Hotelerbin Piper Devon und galt als *die* Adresse für *die Jungen, Reichen und Geilen.* Shandi wusste natürlich, dass es um mehr ging. Denn wie hieß es so treffend? *Sex sells* – mit Sex lässt sich Geld verdienen. Doch eigentlich ging es im Hush weniger um Sex als um Sinnlichkeit.

Jedes Zimmer war mit Duftkerzen ausgestattet, besonderen Badesalzen, Duschgels und Massageölen. Private Videokameras, Filmsammlungen und Sexspielzeuge forderten zu körperlicher Annäherung auf. Ob Schwimmen bei Vollmond im Rooftop-Pool oder eine Tanzvorführung in der kuscheligen Erotik-Bar im Untergeschoss – die Gäste genossen überall Privatsphäre, Diskretion und die Freiheit des Ausprobierens.

Dazu kam die geschmackvolle künstlerische Ausstattung des Hotels. Ältere Originalkunstwerke bildeten die perfekte Ergänzung zur Einrichtung im Art-déco-Stil der Zwanzigerjahre in Schwarz, Pink, Grau und Meeresgrün. Das Hush war ein einziges Fest der Sinne.

Dieser Gedanke brachte Shandi wieder zurück zu dem Mann, den sie heute Abend kennengelernt hatte. Ja, dachte sie und seufzte, während sie die Beine nach vorn streckte und sich zu den Zehen beugte. Morgen lag wieder eine lange Schicht vor ihr. Aber sie freute sich schon darauf, denn sie würde ihn wieder sehen.

Als sie den Schlüssel im Schloss der Wohnungstür hörte, verzog sie den Mund und schüttelte den Kopf. Immerhin musste sie erst morgen Mittag zur Hochschule. Ihr Mitbewohner Evan Harcourt, der am Fashion Institute of Technology mittlerweile vom Fachbereich Fotografie zu Illustration gewechselt war, musste dagegen um acht Uhr auf dem Campus antreten.

Sein Arbeits- und Privatleben war der Wahnsinn. Auch jetzt, zu Beginn des neuen Semesters im September, änderte er nichts daran. Sie wartete, bis er die Tür abgeschlossen hatte, bevor sie ihn ansprach.

„Was Männer alles aus Liebe tun."

Evan erschrak und fluchte leise. „Ich schwör's dir, Shandi! Wenn ich deinetwegen an einem Herzinfarkt sterbe, trete ich dir in den Arsch."

Sie hörte, wie er durchs Zimmer ging. „Das wird schwer, wenn du tot bist. Außer vielleicht, du kommst als Untoter zurück."

„Schlaumeier", murmelte er, während er sich hinter sie hockte und ihr die Schultern zu massieren begann. Das machte er immer, wenn sie nach der Arbeit hier saß. „Dann muss April das für mich erledigen. Rache und so."

„Hm", stöhnte Shandi. Sie genoss die Massage und dachte gleichzeitig über Evans Beziehung zu April nach.

April Carter war seit einem Jahr mit Evan zusammen. Sie studierte auch mit ihnen am Fashion Institute, allerdings Schmuckdesign, und konnte sich echt glücklich schätzen, einen Typen mit so begnadeten Händen geschnappt zu haben.

Bei dem Gedanken an Hände kehrten Shandis Gedanken wieder zum *Erotique* zurück und zu *seinen* Händen – wie er das Glas gehalten, es gestreichelt hatte ... Sie wünschte, er würde *sie* so streicheln!

Sie seufzte und sagte: „Wie kommst du darauf, dass April so was tun würde, nur weil du es ihr sagst? Noch dazu als Leiche?"

Evan hörte auf, sie zu massieren. „Ach! Sind deine Schultern heute nicht so verspannt wie sonst?"

Grr. „Wie war das mit dem In-den-Hintern-Treten? Gleich erlebst du selbst, wie das ist – wenn du nicht sofort weitermassierst!"

„Na ja, wenn du mich so lieb bittest ..." Evan setzte seine Massage fort, für die Shandi bei einem professionellen Masseur locker das bezahlt hätte, was sie an einem Abend an Trinkgeldern verdiente – wenn nicht sogar mehr.

Schon fiel *er* ihr wieder ein. Aber zum ersten Mal nicht im Zusammenhang mit Sex.

Offensichtlich hatte er genug Geld und die entsprechenden Beziehungen, um im Hush absteigen zu können. Und was bedeutete das? Wenn er herausfand, dass Shandi Fossey aus Round-Up, Oklahoma, kam, war dann das Thema für ihn erledigt? Und damit auch ihre Fantasie von einer heißen Affäre?

Warum dachte sie bloß darüber nach? Sie wollte doch nichts weiter von ihm, außer, ihn aus seinen Designerklamotten pellen und über ihn herfallen.

Man kann das Mädchen aus Oklahoma rausholen, Shandi, aber Oklahoma nicht aus dem Mädchen.

„Ja, Daddy", murrte sie. „Ich höre dich laut und deutlich."

„Führst du wieder Selbstgespräche?", fragte Evan.

Sie bewegte den Kopf im Rhythmus seiner massierenden Hände, die sich jetzt den unteren Teil ihres Schädels vorgenommen hatten.

„Komisch. Ich könnte schwören, du hast gerade Daddy zu mir gesagt."

Sie musste grinsen. „Wenn ich irgendjemanden Daddy nennen würde, dann höchstens diesen Typen, der heute Abend während meiner Schicht an der Bar saß."

„Hm. Ein Sugar Daddy etwa, mit einem Fuß auf einer Bananenschale und dem anderen im Grab?"

Shandi drehte sich um und boxte Evan gegen die Schulter. „Haha, sehr lustig."

Er setzte sich so hin, dass er sie ansehen konnte, das Handgelenk ums angewinkelte Bein geschlungen. „Wir beide sitzen eben im selben Boot. Wir sind arm wie die Kirchenmäuse." Er grinste breit. „Was meinst du wohl, warum ich mit April ausgehe?"

„Wenn du jetzt sagst, weil sie Geld hat, schlag ich dich gleich wirklich!" Shandi drohte ihm mit einem mahnenden Zeigefinger in bester Lehrermanier.

„Aber meinst du, es spielt eine Rolle", fragte Shandi, „wenn man sich für jemanden interessiert, der in einer ganz anderen Liga spielt?"

„Sprichst du jetzt von mir und April? Oder von dir und deinem Banana-Man?“ Sie funkelte ihn zornig an. „Wenn man sich nur für jemanden interessiert, nein. Dafür kann man doch nichts. Außerdem kann eine Frau übrigens auch den ersten Schritt machen, wenn sie einen Mann scharf findet.“

Shandi kicherte. Sie musste an den schönen Fremden denken, an seine Augen, seinen hungrigen, brennenden Blick und daran, wie sehr es sie danach verlangte, sich für ihn auszuziehen.

Meine Güte, sie wurde wahnsinnig. „Was ist daran schlimm, auf einen Mann scharf zu sein?“

Evan seufzte laut als Zeichen dafür, dass er dieses Thema nicht unbedingt vertiefen wollte.

Er legte sich auf den Rücken neben sie. Er hatte die Beine angewinkelt und stützte den Kopf auf seine im Nacken verschränkten Hände.

„Ich warte“, sagte sie und setzte sich wieder in den Schneidersitz.

„Du weißt doch, die Doppelmoral – die Frau, mit der ein Mann ins Bett geht, und die, die er mit nach Hause nimmt.“

Das nervte wirklich. Dabei war es in diesem spezifischen Fall sogar genau umgekehrt. Eigentlich war ihr das egal, aber immerhin ging es um Evan und April, ihre besten Freunde. Und sie wollte nicht, dass die beiden sich gegenseitig verletzten.

Sie stand zwischen den beiden. Wie ätzend. „Und warum nimmt dich April dann nicht mit nach Hause? Dürfen ihre Eltern nicht wissen, dass sie einen Lover hat?“

Es dauerte lange, bis er ihr Antwort gab. Schließlich räusperte er sich. „Ich bin nicht Aprils Lover. Und wenn du ihr verrätst, dass ich dir das gesagt habe, gibt es echt einen Tritt in den Hintern.“

Wie bitte? Das war ohne Worte. Sie war völlig sprachlos. April hatte nie durchblicken lassen, dass sie nicht mit Evan ins

Bett ging. Ehrlich gesagt, hatte sie genau das Gegenteil durchblicken lassen.

„Das verstehe ich nicht. Du übernachtest doch bei ihr …“

„Auf der Couch.“

Unfassbar! „Nicht in ihrem Bett?“

„Nein.“

„Nie?“

„Nie.“

„Oha.“ Shandi wusste nichts zu sagen. „Und warum? Ich meine, du hast es doch bestimmt versucht?“ Sie dachte kurz nach. „Und du willst doch auch, oder nicht? Oder sind wir hier wieder beim Thema Doppelmoral?“

„Müssen wir jetzt darüber reden? Ich muss in vier Stunden an der Hochschule sein.“

„Aber ich muss erst noch wissen, wie ihr Männer tickt.“

„Warum?“ Er drehte den Kopf. „Willst du dir etwa den Banana-Man vornehmen?“

Sie schubste ihn gegen das Knie. „Kannst du mal aufhören, ihn so zu nennen?“

„Wie heißt er denn?“

„Quentin.“

„Und du willst mit ihm ins Bett.“

„Ich weiß nicht.“ Natürlich wollte sie, aber sie scheute sich vor dem Etikett, das die männliche Doppelmoral ihr deshalb verleihen würde. „Ich finde ihn spannend. Das ist alles.“

„Alles klar“, prustete Evan. „Du bist also nicht scharf auf ihn.“

Ja, na gut. Mussten Liebe, Sex und Lust immer so kompliziert sein? Konnte man das nicht einfacher haben? Würde Quentin sie automatisch für eine Schlampe halten, nur weil sie ihm zeigte, dass sie ihn attraktiv fand?

„Na gut. Ich geb’s zu. Offensichtlich bin ich eine geile Schlampe.“

„Schlampen sind super."

Sie stöhnte frustriert, dann legte sie sich neben Evan. „Wie schön, dass ich die Schlampe bin und nicht April."

„Shandi, ich schlafe gleich ein."

„Also noch mal, dieser Typ aus dem Hotel, Quentin. Ich sollte also besser nicht mit ihm ins Bett gehen?"

„Kommt drauf an."

„Worauf?"

„Ob dich mehr an ihm interessiert als nur seine Banane."

Quentin Marks stand in seiner Suite im 16. Stockwerk und sah aus dem Fenster. Um neun Uhr hatte er ein Meeting. Er sollte ins Bett gehen. Er musste schlafen.

Aber wenn er im Bett lag, musste er an Sex denken. An Sex mit Shandi Fossey.

Noch nie hatte er eine Frau mit solchen Beinen gesehen wie die Barkeeperin vom *Erotique*. Und das hieß etwas, denn er hatte in seinem Leben viele Beine gesehen.

Man ist nicht Musikvideoproduzent und Grammy-Gewinner, ohne dass man von Frauen – und übrigens auch etlichen Männern – regelrecht verfolgt wird. Von Menschen, die mit allen Mitteln versuchen, auf sich aufmerksam zu machen, um ins Business zu kommen. Die ihn benutzen wollen. Die alles dafür tun, alles dafür geben würden, ihm sogar Sex vom Feinsten versprachen, wenn er sich nur ihr Demoband anhören oder sie jemandem vorstellen oder ihnen das Geheimnis verraten würde, wie man den Durchbruch schaffte, so wie er. Und wenn er das nicht tat, galt er als Arschloch.

Gut, dann war er eben ein Arschloch. Aber er ließ sich eben nicht kompromittieren, dachte er, während er hinüber zum Balkon ging, von dem man einen Blick auf die Madison Avenue hatte. Er öffnete die Balkontür. Die Nachtluft war schwül, die Lichter gedämpft, und auch der Straßenlärm hielt sich in Grenzen. So konnte er ungestört seinen Gedanken nachhängen.

Er wusste nicht so recht, was er davon zu halten hatte, dass er in letzter Zeit fast nur noch daran dachte, nach Austin zurückzukehren. Aber erst musste er seine Geschäfte hier regeln und die nötigen Verträge abschließen, bevor er zurückfahren konnte. Er konnte noch nicht nach Hause.

Nach Hause.

Er seufzte und trank den letzten Schluck Brandy, den der Zimmerservice als kleine Aufmerksamkeit des Hauses gebracht hatte. Quentin musste zugeben, dass an den Gerüchten etwas dran war. Auch wenn er ursprünglich woanders hatte absteigen wollen: Das Hush war *das* angesagte Hotel.

Er hatte einen Tagungsraum des Hotels für zwei Meetings am nächsten Tag gemietet – nein, es war ja schon heute – und später in der Woche noch einmal. Bisher hatte es für ihn noch nie einen Grund gegeben, sich so oft mit den Geldgebern der Branche zu treffen.

Aber jetzt ging es um Quentin Marks' eigenes Studio, um sein eigenes Label: Markin' It Up. Es war sein Traum, sich damit in seiner Heimatstadt Austin niederzulassen, und die nötige Unterstützung zu bekommen, war kein Problem. Schwieriger war es, sich für die richtigen Partner zu entscheiden.

Doch im Moment dachte er weniger an Finanzgeschäfte als an Sex. So merkwürdig es sich anhörte und anfühlte, in den letzten Monaten war er so mit der Studioplanung beschäftigt, dass sich Sex nur noch in seinem Kopf abgespielt hatte.

Damit war jetzt Schluss. Er wollte diese Shandi.

2. KAPITEL

Quentin wartete ungeduldig darauf, dass Shandi ihre Schicht an der Bar antrat. Nach seinem zweiten Meeting hatte er sich für ein frühes Abendessen entschieden – ohne Begleitung. Er hatte die Gastgeberin im Hotelrestaurant Amuse Bouche überzeugt, ihn so zu platzieren, dass er freie Sicht aufs *Erotique* hatte. Endlich entdeckte er Shandi – natürlich in dem Moment, als der Kellner ihm gerade den grünen Salat mit norwegischem Rauchlachs, Gurken und Vinaigrette mit gelbem Pfeffer servierte.

Quentins erster Gedanke war, das Essen herunterzuschlingen und an die Bar zu eilen. Doch dann bemerkte er, wie toll es war, sie einfach zu beobachten, sie anzuschauen, ohne dass sie es merkte. Es kam nicht oft vor, dass er unbemerkt blieb, darum kostete er diese Möglichkeit jetzt voll aus.

Sie wirkte völlig ungezwungen, wie sie ihrem Kollegen an der Bar geschickt auswich und Seite an Seite mit ihm arbeitete, Bestellungen ausführte, Drinks mixte, einschenkte und servierte oder mit den Gästen sprach. Sie lächelte und lachte, frisch, ausdrucksstark, engagiert. Ihr machte die Arbeit Spaß, das sah man. Das gefiel ihm. Er entspannte sich beim Essen.

Er ließ sich Zeit, um seine Vorfreude zu steigern. Er probierte einen Bissen von dem Salat, rührte aber den Wein nicht an, den eine Dame ihm hatte zukommen lassen. Er wollte sich nicht wegen einem Glas Wein in eine Unterhaltung hineinziehen lassen, an der er nicht das geringste Interesse hatte.

Sein Interesse galt einzig und allein Shandi. Dabei wollte er nicht nur Sex von ihr. Er wollte, dass sie für ihn lächelte. Er wollte ihren Optimismus teilen, ihre Hoffnungen, ihr Engagement. Das Verlangen danach wurde mit einem Mal so groß, dass ihn die Distanz zwischen ihnen störte.

Er gab der Bedienung ein Zeichen, zahlte und ging hinüber ins *Erotique*.

„Wie sind Ihre Meetings gelaufen?", fragte Shandi ihn, als er sich auf einen der coolen schwarzen Thekenstühle schob, die eine Rückenlehne in Form eines umgekehrten Dreiecks hatten.

Das merkwürdig kühle, rosarote Licht der Lampen, die verschachtelt an der Decke angebracht waren, ließ ihr blondes Haar beinahe weiß erscheinen. Als sie den Kopf bewegte, musste er an Zuckerwatte denken.

Er umklammerte das Highball-Glas, das sie vor ihn stellte und beobachtete, wie sie ihm einen Drink eingoss. Er dachte daran, wie viel Lust er auf sie hatte. „Ganz gut, schätze ich. Wie Meetings eben so sind."

Sie lachte leise, es klang in seinen Ohren wie klirrende Gläser oder leises Glockengeläut. „Man könnte meinen, Meetings sind nicht gerade Ihr Ding."

Er zuckte mit den Schultern. „Kommt aufs Thema an."

„Und worum ging es?", fragte sie und nickte einem anderen Gast zu, der einen Drink bestellen wollte.

„Um Geld", sagte Quentin und ließ die Eiswürfel in seinem Glas klirren. Sie sah ihn fragend an, bevor sie dem anderen Gast einen Bourbon auf Eis servierte.

Warum musste ausgerechnet sie eine Hose tragen, wo doch das Motto des Hush Erotik war und er nichts erotischer fand als ihre langen Beine?

Er bekam nicht genug davon, sie zu beobachten, wie sie ging, wie sie die Hüften schwenkte, wie ihr Hintern auf und ab hüpfte. Jetzt saß er schon den zweiten Abend auf diesem Barhocker, nur um dieses Schauspiel zu betrachten.

Als sie zu seinem Platz zurückkehrte, setzte sie die Unterhaltung da fort, wo sie geendet hatte und fragte ihn: „Und Sie mögen Geld nicht?"

„Wenn es meins ist, schon. Wenn nicht …“ Er beendete den Satz nicht und zuckte mit den Schultern. „Ich gehe einfach nicht gerne Verpflichtungen ein.“ Er wollte nicht übers Geschäft reden, sondern über sie.

„Sie meinen, Sie machen nicht gerne Schulden.“

Er schüttelte den Kopf und lachte. „Leider ein notwendiges Übel.“

„Wem sagen Sie das.“ Über seinen Kopf hinweg winkte sie einem Gwyneth-Paltrow-Verschnitt in der Lobby zu. Ihre Augen tanzten, wenn sie lächelte. Auf seine Frage antwortete sie: „Das ist Kit.“

„Eine Freundin?“

„Die Direktorin unserer Public-Relations-Abteilung. Wir vergleichen immer unsere Schulden, die etwa so hoch sind wie die Staatsverschuldung. Und ich werde meine nicht vor der Rente zurückzahlen können, weil ich erst so spät den Mumm hatte, diese Ausbildung anzufangen.“

Hm. „Wieso brauchten Sie Mumm dafür?“

„Wenn Sie *das* hören wollen, sitzen Sie den ganzen Abend hier“, antwortete sie in aufforderndem Ton. War das eine Einladung? Vielleicht sollte er darauf bestehen, ihre Geschichte hören zu wollen. Dann könnte er den ganzen Abend bei ihr bleiben.

Das wollte er auch. Aber nicht hier. Nicht mit Publikum. Nicht, wenn oben sein Zimmer wartete, das es an Komfort locker mit einem Sultanspalast aufnehmen konnte. Also hob er nur kurz die Braue und tippte mit zwei Fingern an den Rand seines Glases.

Shandi rollte die Augen. Ihr Lächeln verzauberte ihn. Ihr koketter Augenaufschlag war zu süß, um wahr zu sein. „Sie bleiben so lange da, bis Sie alles gehört haben, hab ich recht?“

„Ich muss ja heute Abend nirgends mehr hin. Darum würde

ich sagen, Sie werden mich so schnell nicht mehr los."

Sie runzelte die dunkelblonden Augenbrauen. „Aber sagen Sie nicht, ich hätte Sie nicht gewarnt. Wenn Sie vor Langeweile vom Stuhl kippen und am Hinterkopf genäht werden müssen, bin ich nicht schuld."

„Schießen Sie los", sagte er und grinste sie an.

Sie holte tief Luft. „Es war nicht die Ausbildung, die den Mumm erforderte, sondern der Umzug hierher. Denn meine Eltern waren dagegen, zumal ich schon einen Abschluss habe, allerdings in einem Bereich, in dem ich sowieso nicht arbeitete ..."

„Wieso nicht?"

Sie betrachtete den Tresen und wischte einen Wassertropfen weg. „Weil meine Eltern behaupteten, sie bräuchten meine Hilfe." Sie zuckte mit den Schultern, gestikulierte mit einer Hand. „Sie haben eine Bar. Also, verglichen mit dem *Erotique* ist die ‚Klapperschlange' eher ein Saloon."

„Klapperschlange?"

„Ja, die ‚Durstige Klapperschlange'." Jetzt lächelte sie wieder, wenn auch zögerlich.

„Ihr Akzent klingt aber nicht nach Texas ..."

„Ich komme aus Oklahoma", korrigierte sie ihn. „Round-Up, Oklahoma."

„Dann sind wir sozusagen Nachbarn. Obwohl Oklahoma doch noch ein ganzes Stück von Austin entfernt ist."

„Und ich nicht mehr in Oklahoma wohne."

Er nickte und fragte sich, was sie aus Oklahoma vertrieben hatte – er war sich sicher, dass es dafür einen bestimmten Grund gab. „Ihre Eltern wollten also, dass Sie dort bleiben und in der Kneipe arbeiten. Aber Sie wollten eine Ausbildung machen und weggehen. Einer von beiden würde also auf jeden Fall unglücklich sein."

„Das trifft es ziemlich genau." Sie betrachtete ihre Fingernägel. „Obwohl ich nicht das Wort *unglücklich* benutzen würde."

Er lehnte sich in seinem Stuhl zurück und verschränkte die Hände hinter dem Kopf. „Sondern?"

Darauf lachte sie. „Kommt drauf an, wessen Seite ich beschreibe."

„Dann beschreiben Sie Ihre Seite." Schließlich interessierte er sich für Shandi und nicht für ihre Eltern. Es machte ihn noch neugieriger auf sie, dass sie offenbar ungern über sich selber sprach. Die meisten Frauen erzählten einem doch gleich ihre ganze Lebensgeschichte, ob man sie hören wollte oder nicht.

Er wollte, dass sie weitersprach. „Und wenn Sie in Oklahoma geblieben wären, dann wären Sie jetzt ... was? Verbittert und voller Groll?"

Sie nickte und fuhr sich mit der Hand über die Haare, die sie zu einem Zopf geflochten hatte. „Ja. Und ich hätte deswegen ein schlechtes Gewissen."

„Wegen Ihrer Eltern."

Sie lächelte, wohl mehr für sich als für ihn. „Sie sind zwar nicht unbedingt meiner Meinung, aber ich liebe sie trotzdem. Sie sind nun mal, wie sie sind."

Und jetzt sprudelten die Worte nur so aus ihr heraus. Sie hatte ihren Frust wohl lange zurückgehalten. „Es geht noch nicht mal um meine Interessen. So weit denken sie gar nicht. Die Familie ist für sie eine Einheit. Die Fosseys. Wir sind keine Individuen, dürfen uns nur als Familie denken. Und die Tatsache, dass ich ..."

Sie sprach nicht weiter. Quentin beugte sich näher zu ihr und legte seinen Arm auf den Tresen neben sie.

Am liebsten würde er mit ihr nach unten gehen, ins Exhibit A, die Erotik-Bar im Untergeschoss. Dort, an den kleinen

Tischchen, hatte man mehr Privatsphäre als hier an der Bar im *Erotique*.

Sex mit Shandi wäre der absolute Knaller … In seiner Hose regte sich etwas.

Er räusperte sich und konzentrierte sich wieder auf ihre Unterhaltung. Sie warf den Kopf zurück und sah an die Decke. „Was ist das denn jetzt? Normalerweise ist es doch der Gast, der dem Barkeeper sein Herz ausschüttet, und die Person hinter dem Tresen ist es, die zuhört."

„Sind Sie immer so hart gegen sich?", fragte er leise. Warum wollte sie bloß nicht über sich reden?

„Nein, nur meistens." Sie zuckte mit den Schultern und schob sich eine Haarsträhne aus der Stirn. „Ich bin eben ein Ehrgeizling."

„Liegt das auch in der Familie?"

Sie entfernte sich vom Tresen und lachte. „Sie geben einfach nicht auf, was?"

„Das tu ich nie, wenn ich etwas haben will."

Einen Moment lang sah sie ihn an. Das Herz schlug ihr bis zum Hals. Als sie ihn dann anlächelte, hatte er Angst, er könnte das Glas in seiner Hand zerbrechen.

„Quentin", fing sie an und zögerte dann. „War das gerade eine Anmache?"

Er verzog den Mund zu einem schiefen Grinsen. „Ich gebe mein Bestes."

„Dann ist es okay." Sie nickte. „Ich wollte nur sichergehen."

„Und jetzt?"

„Keine Ahnung." Sie zeigte auf das andere Ende der Bar. „Ich schätze, ich sollte wieder an die Arbeit gehen. Man soll ja bekanntlich aufhören, wenn es am schönsten ist."

Aha. „Sie erinnern mich sehr an ein Mädchen, das ich aus der Highschool kenne." Er setzte sich bequemer hin. „Ihre

Ausgangssituation war anders, ihre Familie anders als Ihre. Aber sie musste trotzdem ihren eigenen Weg gehen."

„Und? Hat sie es geschafft?"

Er lächelte und dachte an Heidi Malone von der Johnson Highschool in Austin, das Mädchen von der falschen Seite der Stadt, das Saxofon gespielt hatte und das fünfte Mitglied in seiner Band geworden war. Heute war sie Anwältin und setzte sich für die Rechte der Frau ein. Seit sechs Jahren war sie jetzt mit seinem alten Freund Ben Tannen verheiratet.

„Oh ja." Quentins Lächeln wurde breiter. „Sie ist schon lange nicht mehr die kleine Ausreißerin, die sie damals war."

„Sie stehen wohl auf kleine Ausreißerinnen?"

Er lachte laut, und sein Lachen klang ihm selber fremd. Er wollte gerade etwas erwidern, als jemand auf den Stuhl neben ihm kletterte.

„Das will ich doch nicht hoffen in Anbetracht der vielen tollen Frauen, von denen Sie umgeben sind."

Quentin drehte sich um und eine Welle von Parfum schlug ihm entgegen. Die Frau neben ihm war das typische Starlet, mit perfektem Make-up und perfekt sitzender Frisur, glänzenden Fingernägeln und Juwelen um den Hals, die so plump waren wie ihr tiefes Dekolleté.

Sie war ganz offensichtlich auf Männerjagd. Aber da war sie bei Quentin an der falschen Adresse, denn ihm stand der Sinn im Moment nach niemand anders als seiner kleinen zerzausten Barkeeperin.

„Kleines, machen Sie mir einen Cosmopolitan? Nicht so viel Himbeer", bestellte die Frau bei Shandi. Dann drehte sie sich wieder zu ihm. „Bin ich heute Abend Ihr Gast oder hab ich mich umsonst in Schale geschmissen?"

Umsonst war genau das richtige Wort. Von seinem Körper kam nicht die geringste Reaktion.

Aber er lächelte, denn so war er nun mal, und als Shandi mit dem Drink zurückkam, sagte er: „Schreiben Sie es auf meinen Deckel."

Sie stehen auf kleine Ausreißerinnen, was?

Hatte sie ihn das wirklich gefragt? Was war bloß los mit ihr? Was dachte sie sich eigentlich?

Man zeige ihr einen tollen Mann, und sie verlor komplett den Verstand.

Im Personalraum hinter der Bar lehnte sich Shandi an die Wand. Das Telefon klingelte und schrillte in ihr Ohr. Sie riss schnell den Hörer von der Gabel – mehr, um sich von dem Geräusch zu befreien, als ihrer Pflicht nachzukommen, die Anrufe in der Bar entgegenzunehmen. „*Erotique*, Shandi Fossey am Apparat."

„Shan, bringst du mich um, wenn ich dir morgen Abend fürs Kino absage? Daddy hat angerufen und darum gebeten, dass ich zum Abendessen nach Hause komme, und dann bin ich nie im Leben vor acht Uhr zurück. Ich würde dann bei meinen Eltern übernachten und erst am Mittwochmorgen zurückkommen."

„Oh nein! Aber du besorgst mir kein anderes Date, April. Verstanden?" Das Leben war einfach zu kurz, um es mit schlechten Blind Dates zu vergeuden.

„Das muss ich doch gar nicht", sagte April. „Evan sagt, du hast im Hotel einen tollen Typen."

Natürlich. Die heilige Stunde der Beichte morgens um halb vier. „Er ist toll, aber ich habe ihn noch nicht. Weißt du eigentlich schon, dass er aus Texas ist?"

„Wer? Der tolle Typ?"

„Ja. Aus Austin." Sie richtete sich wieder auf, dann glitt sie an der Wand herunter und hockte sich auf ihre Fersen.

„Gut! Wenn er auch vom Land kommt, ist er vielleicht so ähnlich drauf wie du?“

„Nein, das ist gar nicht gut, du dumme Nuss. Außerdem lebe ich hier und er nicht.“ Was sollte daran gut sein? „Und wer sagt, dass wir so ähnlich drauf sind?“

„Hm“, murmelte April. Dann sagte sie: „Ich wünsche dir jedenfalls viel Spaß mit ihm.“

„Ja, und zwar die Sorte Spaß, bei der man keine Kleider anhat.“

April seufzte, diesmal etwas lauter. „Du denkst mal wieder nur an Sex.“

„Das hört man gerne von jemandem, der nie daran denkt“, erwiderte Shandi und hätte sich am liebsten die Zunge abgebissen. Sie hörte April nicht einmal mehr atmen.

„April? Bist du noch dran?“

„Ja.“ Es klang frostig.

Shandi holte mit geschlossenen Augen tief Luft. „Hör zu, wir reden weiter, wenn du wieder da bist, okay? Nach der Vorlesung am Mittwoch, ja? Wir gehen ins Amuse Bouche, hier im Hotel. Ich bin nämlich mal wieder pleite und hier kriege ich alles umsonst.“

April lachte. „Klingt gut. Außerdem muss ich mich dann sicher von meiner Familie erholen.“

April legte auf.

Als Shandi vom Personalraum zurück an die Bar ging, zu den Gesprächen, dem Gelächter und der hämmernden Musik, fiel ihr auf, dass sie sich durch ihren Ehrlichkeitstick um ein Haar richtig in Schwierigkeiten gebracht hätte.

Und jetzt wollte sie dieser aufgebrezelten Tussi am liebsten die Arme rausreißen, mit denen sie um Quentin herumfuchtelte.

„Einen Scotch pur für den Herrn am anderen Ende der Bar“, sagte Armand.

Genau in diesem Moment sah Quentin ihr in die Augen.

Sie konnte ihm ansehen, dass sein Geduldsfaden sich immer weiter aufdröselte, je forscher die Annäherungsversuche der Tussi mit dem tiefen Dekolleté wurden. Selbst aus der Entfernung spürte Shandi, wie genervt er war.

Sie versuchte zu ignorieren, dass sie dabei eine gewisse Zufriedenheit empfand. *Runde 1 geht an das langbeinige Fohlen. Die Tussi hat nichts zu melden.*

Zeit, aktiv zu werden. Ein Feueralarm? Ein Polizeieinsatz in der Lobby? Janice, die Geschäftsführerin des Hush, wäre von beiden Einfällen sicher nicht begeistert.

Blieb also nur ein Anruf übrig.

Sie verschwand wieder im Hinterzimmer, nahm das tragbare Telefon und wählte – bis auf die letzte Ziffer – die Nummer ihres Mobiltelefons. Dann holte sie tief Luft und lief zum anderen Ende der Bar, wo Quentin saß.

„Mr. Marks?"

Sein Blick richtete sich auf sie. „Ja?"

„Entschuldigen Sie, dass ich störe", sie lächelte die Tussi freundlich an, „aber hier ist ein Anruf für Sie."

„Danke", sagte er, und als er nach dem Telefon griff, gab sie schnell die letzte Zahl ein und flüsterte der Tussi noch mal ein „Entschuldigung" zu. Quentin stand auf und entfernte sich, um zu telefonieren.

Auf dem Weg ins Hinterzimmer ging Shandi an Armand vorbei und bat ihn, sie fünf Minuten zu vertreten. Schon vibrierte in ihrer Hosentasche ihr Handy. Armand rollte mit den Augen und sagte: „Du bist mir was schuldig."

Sie schaffte es gerade noch abzunehmen, bevor der Anruf auf die Mailbox umgeleitet wurde. „Shandi Fossey. Außergewöhnliche Barkeeperin und Feuerlöscherin."

Quentin lachte in ihr Ohr. Es klang sexy. „Wo sind Sie?"

„Im Personalraum", sagte sie und lehnte sich wie eben an die Wand, als sie mit April telefoniert hatte. Seine Stimme machte sie an.

„Wie komme ich da hin?"

„Gar nicht. Nur für Angestellte."

„Sollen wir einfach weiter telefonieren?"

Mist. „Nein. Gehen Sie um die Ecke am hinteren Ende der Bar. Da ist eine holzvertäfelte Tür in der Wand. Man sieht sie nicht gleich. Sie müssen nur den Knauf drehen, dann kommen Sie rein."

„Kriege ich dafür eine Belohnung?"

Oh Gott. „Lektion Nummer eins." Vor Vorfreude klang ihre Stimme ganz heiser. Sie leckte sich die Lippen. „So leicht haben es Männer bei mir nicht."

Einen Moment Stille, dann sagte er: „Ich kann es kaum erwarten, das zu überprüfen. Bleiben Sie da."

Kein Problem. Sie konnte sich sowieso nicht von der Stelle rühren, so aufgeregt war sie. Sie hörte, wie er auflegte. Ihr Herzschlag klang mit dem Piepen des Telefontons in ihren Ohren.

Und obwohl sie wie zu einer Eissäule erstarrt war, begann Shandi zu schwitzen.

3. KAPITEL

Quentin fand die Tür und den Türknauf und stand wenige Sekunden später in dem Raum, an dessen anderem Ende Shandi auf ihn wartete.

Sie hatte ihr Handy an die Brust gedrückt. Ihr Atem ging schnell, wie er selbst von so weit weg bemerkte.

Ihre Augen funkelten. Er sah es im flackernden Licht der einzigen Lampe, die über die Länge der gesamten Decke ging. Er machte die Tür hinter sich zu und wartete, bis sie eingerastet war. Dann ging er langsam auf Shandi zu.

Sie trug ein dunkelrosa Frackhemd mit Piquébrust, Kummerbund aus schwarzem Satin, Fliege und Frackhose und lehnte an der Wand neben dem Eingang zur Bar.

Sie sah aus, als könnte sie es kaum erwarten, bis er endlich neben ihr stand. Als ob die leere Telefonhalterung an der Wand neben ihr nur eine Entschuldigung dafür wäre, mit ihm allein sein zu können. Er hielt den Hörer mit schwitzenden Fingern fest, während er weiter langsam auf sie zuging.

Er fing an zu schwitzen, als er ihr in die Augen sah. Ihr herausfordernder Blick machte ihn ganz heiß.

Shandi streckte die Hand aus. „Für Erpressung kann ich mich nicht erwärmen, wissen Sie."

„Alles klar", sagte er. „Erpressung läuft also nicht, aber Lügen sind erlaubt."

„Moment mal! Ich hab nicht gelogen!" Er hielt ihr das Telefon hin, doch als sie zugreifen wollte, ließ er nicht los, sodass ihre Finger sich kurz berührten. „Sie wurden doch angerufen. Und zwar genau zum richtigen Zeitpunkt."

Sie unternahm einen weiteren Versuch, ihm das Telefon aus der Hand zu nehmen. Jetzt spürte er ihren schweren Atem. „Falls meine innere Stimme nicht unrecht hatte und Sie doch nicht gerettet werden wollten."

Süß. Sehr süß. Sie überspielte ihre Nervosität mit frechen Sprüchen. Auf ihrer Stirn standen kleine Schweißtröpfchen.

Er nahm ihr das Telefonset aus der Hand und hängte es an seinen Platz. Von ihr kam keine Gegenwehr. „Nein, ich wollte gerettet werden. Also vielen Dank dafür."

Sie zuckte mit den Schultern und legte dann die Hände auf den Rücken. „Kein Problem. Kommt öfter vor."

„Das bringt der Job so mit sich, was?"

„He, wofür ist denn ein Barkeeper da, wenn nicht, um sich Bekenntnisse anzuhören und alle die zu retten, die der Rettung bedürfen?"

„Das klingt nach einer wahrhaft religiösen Erfahrung."

„Ich habe einfach gerne zufriedene Gäste."

Mein Güte, ihr Gesicht! Das breite Lächeln, diese Grübchen! Diese Augen, die Funken sprühten. Ganz feines Haar umrahmte ihr Gesicht, und er streckte zu seiner Überraschung wie automatisch die Hand aus, um ihr eine Strähne von der Schläfe zu streichen. Er streichelte ihre Ohrmuschel.

„Sehen Sie mich nicht so an, Quentin", bat sie flüsternd.

Er blinzelte und zog die Hand weg. Die meisten Frauen waren stolz darauf, wenn er sie ansah. Shandis sanfte Bitte machte ihn deshalb fast noch mehr an als ihr leichtes Erröten.

„Und?", fragte er. „Was jetzt?"

Sie verschränkte abwehrend die Arme vor der Brust. „Was meinen Sie?"

Er nickte in Richtung Bar. „Ich schätze, Sie müssen wieder an die Arbeit?"

„Ja", sagte sie. Es klang beinahe erleichtert.

„Und ich kann auch nicht ewig hier bleiben."

„Das stimmt."

„Aber falls Mrs. Cyprus immer noch da ist und mich ins

Armenhaus trinken will“, fügte er mit schmerzgequältem Grinsen hinzu, „gehe ich nicht mehr da raus.“

Shandi öffnete die Tür zur Bar so weit, dass sie hinausspähen konnte. Als sie sich wieder ihm zudrehte, sagte sie ernst, auch wenn ihre verschmitzten Grübchen sie Lügen straften: „Sie ist noch da. Aber ich werde ihr gerne sagen, dass Sie voller Bedauern die Rechnung bereits beglichen haben.“

Dann fragte sie: „Gewöhnt man sich eigentlich an so was?“

„An was?“

„An diese Groupies. An Menschen auf der Jagd nach Ruhm, oder wie man diese Leute nennt.“

„Wenn Sie damit die Ich-tu-dir-was-Gutes-wenn-du-mir-was-Gutes-tust-Typen meinen: Ja. An die bin ich gewöhnt.“ Er ging noch weiter: „Es überrascht mich eher, wenn es mal nicht so ist.“

Dann steckte er die Hände in die Taschen und zuckte mit den Schultern. „Ich bin noch bis Anfang nächster Woche in der Stadt. Ich würde Sie gerne mal außerhalb der Bar treffen. Außerhalb des Hotels.“

Sie schürzte die Lippen und dachte über seinen Vorschlag nach. „Morgen Abend habe ich frei. Und“, sie deutete hinüber zum Telefon, „gerade hat mir meine Freundin fürs Kino abgesagt.“

Er grinste. „Ich bin ein großer Filmfan.“

Sie lachte, und ihr Lachen klang in seinen Ohren wie ein Glockenspiel. „Ach ja? Ohne zu wissen, welchen Film wir sehen wollten?“

„Das spielt keine Rolle. Mich interessiert eher meine Begleitung.“

„Na gut“, sagte sie nach kurzem Zögern. „Das Kino ist gleich hier um die Ecke. Wollen wir uns um sieben in der Lobby treffen?“

„Klingt nicht schlecht.“

„Super." Sie verschränkte die Hände ineinander. „Und jetzt muss ich wirklich wieder an die Arbeit, bevor Armand mich an den Haaren zurück in die Bar schleift."

Er lächelte. „Aber bevor Sie gehen …"

Sie sah ihn fragend an.

„Gibt es noch einen anderen Ausgang, damit ich nicht durch die Bar muss?"

„Kommen Sie mit. Ich bringe Sie durch die Küche. Unser Küchenchef ist selbst ziemlich berühmt, er hat sicher Verständnis für einen armen, von Groupies verfolgten Promi."

Quentin folgte ihr durch die Schwingtür am anderen Ende des Raums. Er stellte eine Leichtigkeit in seinem Gang fest wie damals, als er die Entscheidung getroffen hatte, nach Texas zurückzugehen.

Er wusste nicht, ob das ein gutes oder ein schlechtes Zeichen war, aber ehrlich gesagt, war es ihm im Moment egal.

Shandi zog ein langärmeliges gelbes Seiden-T-Shirt über den Kopf und warf es auf den Boden zu der kurz geschnittenen schwarzen Jeans, dem Korsettkleid aus Jeansstoff, der rosa Rüschenbluse und mindestens vier anderen, ebenfalls völlig ungeeigneten Outfits.

Evan, der auf dem Fußende ihres Bettes saß, sank mit einem genervten Stöhnen auf die Matratze. „Warum bin ich hier, Shandi? Was soll ich hier?"

Sie tauchte hinter dem Raumteiler auf, einer Seidenwand mit Mae-West-Fotos. Sie trug ihren abgewetzten Chenille-Bademantel und ließ sich auf den Holzfußboden in den Kleiderhaufen fallen.

„Du bist erstens hier, weil du nichts Besseres vorhast. Zweitens, weil April nicht hier sein kann und drittens, weil ich auf deinen Geschmack vertraue und ich die Meinung einer anderen

Person hören möchte."

„Ich klink mich aus. Pech gehabt."

Sie schnappte sich einen lindgrünen Lederminirock und schleuderte ihn nach Evan. „Und so was nennt sich Freund!"

„Ich bin ein Mann und komme deswegen nicht mit einem Gespür für Mode um die Ecke!"

„Wie man hört, kommst du gar nicht."

Evan stützte sich wieder auf seine Ellbogen. „Soll das eine Anspielung auf mein Liebesleben sein? Denn dann kann ich nur sagen: Du hast falsch gehört."

„Weil du die Angelegenheit selbst in die Hand nimmst?"

„So oft es geht."

Shandi lachte, ging aber nicht so weit zuzugeben, dass sie seinen Frust teilte. Auch ihr Liebesleben spielte sich in letzter Zeit nur in ihrer Fantasie ab. Sie hatte auch nur sich selbst und ihre ein oder zwei batteriebetriebenen Freunde.

Sie seufzte. „Wenn ich mit dir oder April verabredet wäre, hätte ich dieses Klamottenproblem nicht."

„Stimmt. April und ich gehen nämlich nicht nach dem Äußeren."

„Darum geht es nicht, und das weißt du. Bei euch beiden kann ich eben einfach ich selbst sein."

Evan gab einen tiefen Seufzer von sich. „Das ist jetzt vielleicht ein echter Schock für dich, Shandi, aber Männer stehen darauf, wenn Frauen sie selbst sind."

„Ja, ich weiß."

„Dann sei doch du selbst! Ich kann mir keinen heterosexuellen Mann mit nur einem Funken Verstand und Augen im Kopf vorstellen, der dich nicht attraktiv findet."

Er konnte so süße Komplimente machen … oder vielleicht auch nicht! „Jetzt weiß ich, warum April so verrückt nach dir ist. Du bist ein elender Süßholzraspler, Evan Harcourt."

„Shandi, halt die Klappe und zieh dich an!"

„Das sagst du so leicht!"

„Frau", sagte Evan drohend, „ich gebe dir Jammerarsch gleich einen Tritt, dass du wieder in Oklahoma landest."

„Jetzt reicht's. Wie der große Donald Trump sagen würde: Du bist gefeuert. Ich komme hier alleine klar."

„Das ist die beste Nachricht des Abends." Evan schlug sich mit den Handflächen auf die Oberschenkel und stand auf. „Aber gib ja nicht mir die Schuld, wenn es schiefläuft."

„Was soll schon schiefgehen?" Sie funkelte ihn an. „Ich bin doch genau die, die sich jeder halbdoofe, halbblinde Mann wünscht."

„Und zu den Klängen dieses weiteren Gejammers verschwinde ich."

„Wunderbar." Sie streckte ihm die Zunge raus, sank zurück auf den Kleiderberg und starrte die Decke an.

Sie wusste, dass das kindisch war, aber so reagierte sie eben auf Stress. Sie wurde bockig und fing an zu schmollen und fühlte sich erst besser, wenn sie mal kurz ausgerastet war.

Aber jetzt musste Schluss sein damit. Sie setzte sich auf und dachte an Quentin – was sie über ihn wusste und was sie noch nicht wusste, welchen Eindruck sie als sein Date auf ihn machen würde und nicht als Bedienung hinter dem Tresen.

Sie musste das Tempo anziehen. Aber wie?

In dem Moment landete ihr Blick auf dem kurzen grün-blau karierten Rock in ihrem Schrank. Oh ja! Sie liebte es, wenn ein Plan Gestalt annahm.

Sie stehen auf kleine Ausreißerinnen, was?

„Ich sang schon vor Publikum, kaum, dass ich sprechen konnte."

Es war Dienstagabend kurz vor sieben. Quentin saß ganz entspannt in einem Ledersessel in der eleganten Art-déco-

Lobby des Hotels und wartete auf Shandi. Entspannt? Nun ja, zumindest saß er da und wartete.

Leider war es mit seiner Entspannung vorbei, seit sich Mrs. Cyprus in den Sessel neben ihn gesetzt und den Mund aufgemacht hatte. Nun wartete er sehnsüchtig darauf, dass sie ihn wieder schloss.

„In der Grundschule sang ich schon die Titelrolle in *Annie*. Ist das zu glauben? Ich war nicht mal zehn und setzte mich gegen die Konkurrenz der älteren Kinder durch!"

Genau von diesem Gelaber hatte Shandi ihn am Abend zuvor erlöst. Er wünschte, sie würde schnell auftauchen und ihn wieder retten. Natürlich könnte er sich auch selbst retten, indem er aufstand und zu einem der Shops in der Lobby hinüberging, ins Restaurant oder in die Bar oder sogar zurück auf sein Zimmer.

Aber er hatte es sich in den Kopf gesetzt, in der Lobby zu sein, wenn Shandi kam. Er wollte sie sehen, bevor sie ihn entdeckte. Er wollte ihren Gesichtsausdruck sehen, wenn sie ihn entdeckte.

„In dem Sommer, bevor ich an die Highschool kam, fiel ich den Betreuern im Sommercamp auf. Ich organisierte mir ein paar Backgroundtänzerinnen und sang ein Medley von Elvis-Songs. Sie hätten unsere Kostüme sehen sollen!"

Er nickte, lächelte, legte die Ellbogen auf die Armlehnen und verschränkte die Finger ineinander. Er würde nicht von seinem Plan abrücken, nur weil diese nervige Person neben ihm ihren Lebenslauf runterbetete.

Er schaltete die Ohren einfach auf Durchzug und nahm ihr Geplapper nur im Hintergrund wahr.

„An der Universität habe ich Gesang studiert. Und diese Begeisterung nach meinen Auftritten! Auf eine solche Reaktion des Publikums hatte ich immer hingearbeitet. Endlich wusste ich, dass ich auf dem richtigen Weg war und dass ich davon nie genug bekommen würde."

Sie bekam vielleicht nicht genug, doch ihm reichte diese einseitige Konversation langsam. Er wollte gerade aufstehen und sich entschuldigen, als die Drehtür sich öffnete und Shandi erschien.

Das dachte er zumindest auf den ersten Blick. Doch er musste ein zweites Mal hinsehen, um sich zu vergewissern, dass es wirklich Shandi war und niemand anders.

Neben ihm plapperte Mrs. Cyprus munter weiter. Für sie existierte nur sie selbst. Das gab Quentin Gelegenheit, Shandi genauer anzusehen.

Sie trug Slipper und weiße Kniestrümpfe, wie man sie eigentlich nur bei kleinen Schulmädchen sah und nicht bei einer Frau, mit der man ins Bett gehen wollte. Er kam sich plötzlich pervers vor, als er seine Erregung spürte.

Er ließ seinen Blick an ihren langen Beinen hochwandern, die unter einem grün-blau karierten Rock verschwanden, der so kurz war, dass er nur knapp ihren Hintern bedeckte. Und nicht einmal das, wenn man in einem tiefen Sessel saß, so wie Quentin gerade.

Er konnte ihre Haut und Kurven erahnen und etwas, das aussah wie ein weißes Spitzenhöschen. Sein Magen krampfte sich zusammen wie der eines halb Verhungerten.

Er betrachtete gerade ihre weiße Bluse – hauchdünn und beinahe durchsichtig – als sie ihn entdeckte. Sie kam auf ihn zu, und er blieb unbeweglich sitzen und beobachtete, wie ihre frei schwingenden Brüste bei jedem Schritt in ihrer Bluse hüpften.

Als sie eine Hand zum Mund nahm, sah er, dass sie einen knallroten Lutscher zwischen den Lippen hervorzog. Jetzt verkrampfte sich nicht nur sein Magen, und er musste sich anders hinsetzen, um nicht vollends die Beherrschung zu verlieren.

Aber es nützte nicht viel. Erst recht nicht, als er bemerkte, dass sie ihr Haar zu frechen Rattenschwänzchen frisiert hatte. Und ihr Gesicht!

Ihre Haut sah aus wie aus Porzellan, doch warm und weich und gar nicht zerbrechlich. Auf ihren Lippen und Wangen schimmerte ein Hauch von Rosa, den er nur bemerkte, weil sie den Kopf drehte.

Aber ihre Augen! Er kannte aufwendiges Bühnen-Make-up und die ausgefallensten Kostüme. Meine Güte, er produzierte Musikvideos, er hatte schon alles gesehen – zumindest war er dieser Meinung. Aber ein Augen-Make-up wie das von Shandi an diesem Abend hatte er noch nie gesehen.

Es war nicht nur die Art, wie sie Kobalt-, Violettblau- und Grüntöne kombiniert hatte, die in allen Abstufungen zwischen Aquamarin und Jade schimmerten, dazu ein Hauch von Rubinrot und Gold. Ihr Gesicht war ein wahres Kunstwerk, von den Augenbrauen und Schläfen bis zu den Wangenknochen.

Er dachte unwillkürlich an diese kunstvollen, bunten Mardi-Gras-Masken. Doch das war keine Maske, sondern das perfekte Ergebnis von Shandis Fähigkeiten als Visagistin.

Mehr noch als ihr Make-up fesselte ihn ihr Blick. Die Art, wie sie ihn ansah.

Er konnte nicht anders. Er sank tiefer in seinen Sessel, spreizte die Beine und stöhnte.

„Ich weiß, dass es ein Publikum da draußen gibt, das auf meine Stimme wartet, auf meine Interpretationen ... Entschuldigung?“ Mrs. Cyprus sah auf, als Shandi sich zwischen Quentins Knien postierte. „Wir unterhalten uns gerade.“

„Lassen Sie sich nicht stören.“ Shandi drängte sich noch näher heran, strich ihren Rock glatt und setzte sich dann auf seinen Schoß. Eine Hand legte sie ihm in den Nacken. „Meine Gutenachtgeschichte hat Zeit, bis ihr Erwachsenen fertig seid.“

Quentin lachte in sich hinein, als Shandi die Beine übereinander schlug. Er stützte sie mit der einen Hand von hinten ab, damit sie nicht das Gleichgewicht verlor und legte den anderen Arm um ihre Knie. Jetzt hatte er sie da, wo er sie wollte, und er würde sie nicht so schnell wieder gehen lassen.

Er räusperte sich und versuchte, nicht zu grinsen. „Mrs. Cyprus bringt mir gerade ihre spannenden Erlebnisse aus der Welt des Theaters näher."

„Oh, darf ich aufbleiben und zuhören?", fragte Shandi. „Ich weiß, es ist schon spät, aber ich verspreche, ich gehe danach sofort ins Bett, wenn ich nur eine Geschichte hören darf! Bitte, bitte!"

„Na gut, aber nur eine", sagte er und ließ seine Hand zu ihrem Rocksaum wandern. Er fühlte den Bund ihres Spitzenhöschens. „Wenn es Mrs. Cyprus nichts ausmacht. Sie hat mir gerade erzählt, dass ihr Repertoire alles von *Annie* bis Elvis umfasst."

„Oh", quietschte Shandi und schwenkte ihren Lutscher. „Ich liebe *Annie.* Singen Sie was für mich? Den ‚Tomorrow'-Song?"

Als Mrs. Cyprus den Blick von Shandi ab- und Quentin zuwandte, zuckte er nur mit den Schultern und versuchte, ein bisschen verärgert auszusehen – was ihm wirklich nicht leichtfiel. Mrs. Cyprus stand auf, strich ihre Hose und ihre Weste glatt, die noch mehr Dekolleté entblößte als am Abend zuvor.

„Es tut mir leid, dass ich Ihre Zeit verschwendet habe", sagte sie zu Quentin. „Noch mehr tut es mir allerdings leid, dass ich meine Zeit verschwendet habe. Wenn ich gewusst hätte, dass Sie kleine Mädchen einer richtigen Frau vorziehen ..."

Sie beendete den Satz nicht und stolzierte durch die Lobby davon in die Bar. Quentin sah Shandi an, die den Abzug der anderen Frau genüsslich beobachtete, und fragte schließlich: „Meinst du, sie hat dich erkannt?"

„Machst du Witze?", fragte Shandi und gestikulierte mit dem Lutscher. „Um mich zu erkennen, hätte sie mich beim Bestellen einmal ansehen müssen. Glaub mir. Sie hatte nur Augen für Armand. Und für dich natürlich. Aber wem geht das nicht so?"

Sagte es und sah ihn herausfordernd an.

Er ließ seine Hand auf ihrem Rocksaum liegen. „Kommen wir nicht zu spät ins Kino?"

„Das hab ich mir auch schon gedacht." Sie steckte den Lutscher in den Mund, nahm ihn wieder raus und rutschte in eine andere Position auf seinem Oberschenkel, sodass seine Hand nicht nur ihr Höschen, sondern auch ihre Haut berührte. „Ich weiß nicht, ob ich diesen Aufzug wirklich im Kino tragen soll."

Sie hatte sich also nur für ihn so angezogen und nicht wegen der Verabredung? „Willst du dich erst umziehen?"

Sie schüttelte den Kopf und fuhr ihm mit den Fingern durchs Haar. „Dann kämen wir wirklich zu spät."

Er rückte sie auf seinem Oberschenkel zurecht. „Willst du lieber was essen oder was trinken gehen?"

Sie sah ihn an, während sie das Band öffnete, mit dem er seine Haare zu einem Pferdeschwanz zusammengebunden hatte. Es dauerte eine gewisse Zeit, bis er seine Erektion bekämpft hatte und ihm wieder bewusst wurde, dass sie noch immer in der Hotelhalle saßen und um sie herum Menschen kamen und gingen. Keiner schien jedoch zu bemerken – oder bemerken zu wollen –, wie intim sie hier zusammensaßen.

Shandi schien sich wohlzufühlen, und auch ihm war es alles andere als unangenehm. Ob das an der Atmosphäre des Hotels lag oder an der inneren Verbindung zwischen ihnen beiden, wusste er nicht zu sagen.

Doch solange sie blieb, wo sie war, spielte das auch keine Rolle. Hauptsache, sie stand nicht auf.

„Ja, wir könnten was essen oder trinken gehen", sagte sie schließlich. „Oder in die Bibliothek."

In die Bibliothek? „Hat die denn so spät noch auf?"

Sie lachte. „Nicht die öffentliche Bibliothek. Die Bibliothek hier im Haus."

Die Bibliothek des Hush. Zugegebenermaßen wesentlich interessanter. „Du meinst es also ernst."

„Was?"

Ihre Finger massierten leicht seinen Schädel, und es kostete ihn einige Überwindung, nicht einfach die Augen zu schließen und sich an Ort und Stelle von ihr vernaschen zu lassen. „Das mit der Gutenachtgeschichte."

„Das geht auch ohne Bett."

Dabei wollte er nichts anderes als ins Bett mit ihr, und genau das wollte er ihr gerade gestehen.

Da flüsterte Shandi ihm ins Ohr: „Keine Angst. In der Bibliothek gibt es genügend Sofas und Sessel."

4. KAPITEL

Die Fahrt im Aufzug nach oben brachte Shandi an den Rand des Wahnsinns.

Sie und Quentin standen nebeneinander und hatten beide die Hände auf das Geländer gelegt, das in Hüfthöhe angebracht war. Sie berührten sich nicht, sprachen nicht, sondern genossen es einfach, wie die Spannung zwischen ihnen mit jedem Stockwerk stieg.

Die Türen des Fahrstuhls glitten leise auf. Er bedeutete ihr voranzugehen. Sie steuerte auf die doppelte Glastür zu, hinter der ihr Ziel, die Bibliothek, lag.

Er ging so weit hinter ihr, dass sie ihn nicht sehen konnte, ohne sich umzudrehen und ihn nicht berühren, ohne die Hand auszustrecken. Er war jedoch nahe genug, dass sie seine Anwesenheit spürte. Lauernd, aber nicht bedrohlich. Abwartend, aber nicht erschreckend. Betörend. Verführerisch. Erregend.

Quentin streckte die Hand nach dem Türgriff aus und öffnete die Tür. Shandi ging hinein und warf zuerst ihren Lutscher in einen Abfalleimer. Der Raum war leer, nur ein paar Leselampen gaben schwaches Licht ab.

Durch die Fensterscheiben sah man den Himmel über der Stadt, der in allen Farben des Sonnenuntergangs glühte. Im Raum herrschte eine intime Atmosphäre, wie man sie sonst nur nach Einbruch der Dunkelheit spürte. Shandi blieb stehen, während Quentin neben ihr Halt machte und sich die Tür leise schloss.

„Das“, sagte sie mit einer ausladenden Geste, „ist die Bibliothek. Da sind die Sofas und Sessel, von denen ich gesprochen habe, und alles an erotischer Literatur, was man sich vorstellen kann, von den Klassikern bis zum Trivialroman.“ Sie atmete den Geruch von Holz und Leder ein, den der Raum verströmte, und den Geruch des Mannes, der hinter ihr stand. „Du hast die freie Auswahl!“, sagte sie und ging weiter in den Raum hinein.

Er überholte sie. Endlich konnte sie seine ganze Gestalt bewundern. Sie hatte ihn ja bisher immer nur sitzend an der Bar oder in der Lobby gesehen. Im Personalraum hinter der *Erotique*-Bar hatte er ihr zwar gegenübergestanden, aber jetzt konnte sie ihn von hinten mustern.

Er hatte breite Schultern, eine schlanke Taille und unter der teuren Anzughose zeichnete sich sein straffer Po ab. Seine Haarpracht ähnelte in der Tat einer Löwenmähne, mit feinen goldenen und gelbbraunen Strähnen, die ihm bis auf die Schultern fielen. Er hatte wunderschönes dickes Haar und konnte es sich leisten, es so zur Schau zu stellen.

Da drehte er sich um und sah sie an. Wie sinnlich und sexy er war! „Ich suche den Sessel aus, du die Geschichte.“

Sie legte die Hände auf den Rücken, verschränkte ein Bein hinter dem anderen, hielt den Kopf schräg und wippte auf und ab. Sie war zurück in ihrer Rolle. „Wo soll ich mich hinsetzen?“

„Natürlich auf meinen Schoß“, sagte er und ergriff ihre Hand. Dann führte er sie quer durch den Raum, ganz in die andere Ecke. Der Sessel, den er ausgesucht hatte, war groß genug für zwei. Quentin drehte sich um, ließ sich hineinfallen und zog sie mit sich.

Sie saß seitwärts auf seinem Schoß, mit dem Rücken gegen die plüschige Armlehne, die breiter als ihr Körper war. Ihre Füße lagen auf einem Kissen neben Quentin, da, wo sie bequem hätte sitzen können, wenn er sie gelassen hätte.

Aber er hatte sie nicht gelassen. Und er würde sie auch nicht lassen.

Stattdessen schlang er einen Arm um ihre nackten Oberschenkel, den anderen legte er auf die Rückenlehne des Sessels. Er war ihr so nah! Gleich neben ihr, nur ein paar Zentimeter entfernt! Ihr stockte der Atem. Sie konnte kaum noch einen klaren Gedanken fassen. Unglaublich, dass sie einem so reichen und berühmten Mann auf dem Schoß saß!

Der sicher auch eine Menge Herzen gebrochen hatte … Wie sollte es anders sein.

„Also, welche Geschichte willst du hören?", fragte er leise, während seine Finger mit ihren Rattenschwänzchen spielten. Er deutete auf den Bücherstapel auf dem Beistelltischchen. „Beck Desmond? Harlan Coben? Charles Dickens? Anaïs Nin?"

Shandi schüttelte den Kopf. Sie wollte nur eine Geschichte hören. „Die Quentin-Marks-Story. Von seinen bescheidenen Anfängen bis zum grenzenlosen Ruhm. Und zwar mit allen pikanten Details."

Er verzog den Mund. Unter seinen Bartstoppeln wurde ein Grübchen sichtbar. „Bei dieser Geschichte schläfst du sofort ein, und ich hatte gehofft, du bleibst noch ein bisschen wach."

Sie war weit davon entfernt, einzuschlafen. Doch nicht jetzt, wo dieser unglaubliche Mann so unerwartet in ihr Leben getreten war!

Sie konnte seinem Blick nicht standhalten und musste wegschauen – seine braunen Augen verzauberten sie. Sie betrachtete ihre Finger, um sich abzulenken, aber es half nicht viel. Sein Arm lag quer über ihren Oberschenkeln.

Zum Glück spürte sie nicht seine Haut, sondern nur den feinen Stoff seines Hemds, sonst hätte sie vor Erregung keinen Ton mehr rausgekriegt. „Ich bezweifle, dass ich bei irgendwas, das du mir erzählst, einschlafen würde."

„Glaub mir. Ich bin furchtbar langweilig."

„Das glaube ich kaum. Alles, was ich in *People* und *Vanity*

Fair über dich gelesen habe, klang sehr spannend.“ Als er darauf nur mit einem verächtlichen Schnauben antwortete, lächelte sie, sah ihn an und sagte dann: „Du bist auf jeden Fall besser als das, was man in diesen Boulevardblättern über dich liest.“

Er zog sie näher an sich. „Pech, dass die Musik-liebende Öffentlichkeit diese Einschätzung nicht teilt. Oder deinen Geschmack in Sachen Veröffentlichungen.“

Sie versuchte, nicht dauernd an seine Finger auf ihrem Oberschenkel zu denken. „Diese Vaterschaftsklagen nerven, was?“

Er schüttelte stöhnend den Kopf. „Man sollte meinen, so was überrascht mich nicht mehr, aber das hat selbst mich aus der Fassung gebracht. Was die Leute sich alles einfallen lassen, um berühmt zu werden!“

„Zum Beispiel, sich dir in einer Hotellobby mit ihrer Lebensgeschichte und ihrem Dekolleté aufzudrängen?“, fragte sie und dachte an Mrs. Cyprus.

„Ja.“ Er kicherte. „Zum Beispiel.“

„Oder sich wie ein Schulmädchen verkleiden und um eine Gutenachtgeschichte betteln?“, fragte sie. Ob er sie wohl auch für so verzweifelt hielt? Jedenfalls gab er ihr nicht direkt eine Antwort.

Als er schließlich etwas sagte, war es nicht das, was sie hören wollte. „Sieh mich an, Shandi.“

Aber sie ließ ihn nicht zu Wort kommen. „Ich wollte nicht diesen Eindruck bei dir erwecken. Wenn es so war, tut es mir leid. Dass du dich wähnst, vom Regen in die Traufe, das heißt von Mrs. Cyprus zu mir, gekommen zu sein.“

„Ich hatte nicht eine Sekunde lang den Eindruck, dass du dich an mich heranmachst, damit ich etwas für deine Karriere tue.“ Er nahm den Arm von ihrem Schoß, streichelte mit dem Handrücken ihre Wange und sah sie an. „Falls es doch so sein sollte, bist du zumindest eine bessere Schauspielerin als all die anderen Damen, die sich immer gerne erkenntlich zeigen wollen. Oder ich bin ganz einfach blind vor Verliebtheit."

Ihr Herz hämmerte plötzlich wie verrückt. Sie musste wegschauen und kam sich auf einmal merkwürdig schüchtern vor, der Situation nicht mehr gewachsen. Sie fing an, mit den Knöpfen seines Hemds zu spielen. „Ach was, Verliebtheit! Du magst einfach, wie ich deine Drinks mixe."

„Ich mag eine Menge an dir. Und ein paar Dinge haben mit der Bar zu tun, das stimmt." Er legte seinen Arm wieder auf ihren Schoß, umfasste mit der anderen Hand ihre Taille und zog sie noch näher an sich. „Wenn ich am anderen Ende der Bar sitze, kann ich dich zum Beispiel bei der Arbeit beobachten."

Sie ließ einen Finger in den Hemdschlitz zwischen zwei Knöpfen gleiten und spürte seine weichen Brusthaare. „Du siehst mir also gerne bei der Arbeit zu?"

„Ich sehe gerne zu, wie du dich bewegst." Als sie jetzt einen Knopf aufmachte, hielt er den Atem an. Beim zweiten atmete er wieder aus. Beim dritten Knopf rutschte er tiefer in den Sessel und grinste. „Deine Beine sind einfach fantastisch."

Sie versuchte, nicht zu grinsen. „Ist das nicht ein bisschen plump?"

„Wohl wahr", sagte er mit einem heiseren Lachen. „Aber da wir ehrlich zueinander sind ..."

„Ehrlich?", fragte sie und fuhr jetzt mit ihren Fingern unter dem Hemd an seinem Schlüsselbein entlang. Sie spürte seine warme Haut. „Wie?"

„Du ziehst mich doch gerade aus." Seine Hand lag auf ihrem Oberschenkel, sein Daumen streichelte den Saum ihres Spitzenhöschens. „Ich vermute daher, die Anziehung beruht auf Gegenseitigkeit."

„Oh ja", gab sie zu. War sie auf dem Weg, eine weitere Trophäe in Quentin Marks' Sammlung zu werden? Was wollte ein

Mann wie Quentin Marks bloß von ihr?

Sie unterdrückte einen lustvollen Schauer, in ihrem Magen kribbelte es unaufhörlich. „Ja, es ist gegenseitig. Falls es nicht *nur* wegen meiner Beine ist."

„Auf keinen Fall. Beine kriege ich überall", sagte er. Sie runzelte die Stirn und kicherte heiser. „Ich mag deinen Ehrgeiz, Shandi. Dass du Erfolg nicht als selbstverständlich verstehst, sondern als etwas, das man sich erarbeiten muss."

„Na ja, so ist das eben in Round-Up: Man muss viel arbeiten und viel Zeit investieren, um das zu bekommen, was man haben will", sagte sie und hätte sich im selben Moment in den Hintern treten können. Na toll. Jetzt hatte sie sich ausgerechnet als das wilde, langbeinige Fohlen dargestellt, das sie gar nicht sein wollte.

Aber er ging auf Round-Up gar nicht ein. Er sprach einfach weiter. „Ich mag es auch, dass du Entschlossenheit besitzt und die Dinge realistisch einschätzt. Du glaubst gar nicht, wie viele Leute es gibt, die glauben, dass man in unserem Business nur die richtigen Beziehungen haben muss. Sie vergessen, dass hinter dem Erfolg eine Menge harter Arbeit steckt oder sie weigern sich schlicht, sich einzugestehen, dass sie gar nicht das Zeug dazu haben."

Sie legte ihren Daumen auf die pochende Ader an seinem Hals und spürte, wie sich die Muskeln zusammenzogen, wenn er schluckte. Am liebsten hätte sie sich sofort den Slip abgestreift und sich rittlings auf seinen Schoß gesetzt. „Beim ersten Punkt gebe ich dir recht. Aber beim zweiten ist es nicht so leicht. Vor allem, wenn eine realistische Einschätzung bedeutet, dass man sich von seinem Traum verabschieden muss."

Er antwortete nicht gleich. Er saß einfach da, mit klopfendem Herzen. Sein Atem ging schwer, und sie spürte seine warme Haut an ihrem Handgelenk. Schließlich fragte er: „Findest du, dass ich ein zynisches Arschloch bin?"

„Nein", sagte sie und wandte den Blick vom Spiel seiner arbeitenden Sehnen und Muskeln ab. Sie sah ihm in die Augen. „So bezeichnest du dich."

„Und? Stört dich das?", fragte er, während er ihren Mund betrachtete. Sie kaute mit den Zähnen auf ihrer Unterlippe. „Dass ich nicht mehr so viel Optimismus mitbringe wie du?"

Sie ließ ihre Fingerspitzen von seinem Hals zu seinem Kinn und weiter zu seinen feuchten Lippen wandern. Mit dem Daumen streichelte sie sanft seine Unterlippe. „Nicht so sehr, dass ich meine Kleider anbehalten möchte."

„Das ist das Beste, was ich heute Abend gehört habe", sagte er und zog sie an sich, um sie zu küssen. Seine Zunge fuhr über ihre Lippen und suchte nach dem Eingang, den sie ihm auch an anderer Stelle gewähren wollte.

Sie drehte sich um und lehnte sich an seine Brust. So sehr hatte sie noch nie einen Mann begehrt.

Seine Hand wanderte tiefer unter ihren Rock. Seine Finger suchten nach ihrem Slip und zogen ihn herunter. Sie spreizte die Beine und stöhnte, während er ihre Nässe spürte, als er einen Finger in sie hineingleiten ließ.

Sie küsste ihn, während sie ihr Geschlecht über seinem forschenden Finger anspannte. Ihre Zunge erkundete seinen Mund, streichelte und schmeckte ihn, knabberte an seiner Zunge, glitt über seine Zähne. Als sein suchender Daumen ihren Kitzler fand, konnte sie sich kaum noch zurückhalten.

Sie griff zwischen seine Beine, fand seinen harten Penis und drückte ihn sanft. Er entzog ihr seinen Mund. „Wenn du so weitermachst, ist die Geschichte ganz schnell zu Ende und du musst ins Bett", sagte er mit einem wilden Stöhnen.

Sein verzweifeltes Flehen, die Lust, die aus allen seinen Poren strömte … Ihr Verstand schien auszusetzen, ihr stockte der

Atem. Sie wollte ihn sofort in sich haben und ihn spüren, hart und pulsierend und geil.

„Was hab ich gesagt, bevor wir im Aufzug nach oben fuhren?“, fragte sie und bemühte sich, dass man ihre Stimme hören konnte. „Über die Sofas und Sessel und dass man kein Bett braucht?“

Er stieß den Laut eines Gefolterten aus. Er zog die Hand aus ihrem Slip und drückte ihre Pobacken. „Hier und jetzt. Meinst du das? Willst du das?“

„Was willst du denn?“, fragte sie und sah ihm dabei tief in die Augen. Dabei streichelte sie seinen Penis durch die Hose.

„Dass du dich richtig auf meinen Schoß setzt“, sagte er und zog sie an sich, sodass sie sich genau so hinsetzen musste, wie er sie haben wollte. Ihre Knie versanken in dem weichen Sitzkissen rechts und links neben ihm.

„Und was noch?“, fragte sie, während seine Erektion sich heiß wie ein Brandzeichen an ihre Schenkel presste. Seine Erregung so deutlich zu spüren, machte sie noch mehr an.

Er legte unter dem Rock die Hände auf ihre Hüften und hielt sie fest. „Du könntest mir das Hemd ausziehen und dann mit der Hose weitermachen.“

Gute Idee, dachte sie und zog sein Hemd aus der Hose. Als sie alle Knöpfe aufgemacht hatte, streifte sie ihm das Hemd ab. Er hatte schön ausgebildete Bauchmuskeln, und eine schmale Haarspur lief vom Brustkorb bis zu der Stelle, wo sein Hosenbund ihr den Blick versperrte.

Sie zog die Spur mit dem Finger nach. Seine Muskeln zuckten und spannten sich, je weiter sie nach unten kam. Sie sah, wie er mühsam zu schlucken begann. „Gefällt dir das?“

„Willst du mich umbringen, Shandi?“, fragte er und presste die Worte nur mühsam heraus. Dann schloss er die Augen. Er glitt mit den Daumen über die Stelle, wo ihre Oberschenkel mit der Taille verbunden waren, während sie sich an seinem Gürtel zu schaffen machte. Sie fragte: „Hast du ein Kondom?“

Er nickte kurz und schob ihr Bein weg, um in seine vordere Hosentasche zu greifen. Er zog einen Geldscheinclip hervor, in dem drei Kondome steckten. Als sie ihn ungläubig ansah, sagte er lachend: „Ich halte meine Wertsachen zusammen.“

„Gar nicht schlecht“, entgegnete sie und öffnete jetzt seine Gürtelschnalle. Dann zog sie den Reißverschluss herunter, trotz des massiven Hindernisses, das ihr im Weg war. Er trug weiße Designer-Boxershorts, die mehr zeigten als verhüllten. Sie konnte jedes pulsierende Äderchen sehen und der geschwollene Kopf seines Glieds zeichnete sich herrlich ab.

Er war prall und hart und offensichtlich kurz davor zu explodieren, wie sie an dem feuchten Fleck in seinen Boxershorts sah. Doch er hielt sich zurück, ganz der erfahrene Mann.

Sie wollte so gerne seinen Penis aus seinem Gefängnis befreien und ihn in die Hand nehmen. Aber erst wollte sie ihn noch ein bisschen betrachten. Sie ließ den Blick von seinen Boxershorts zu seinen Bauchmuskeln wandern, entlang der verführerischen Haarspur hinauf zu seinem Brustkorb, seinen Brustmuskeln und seinen dunklen Brustwarzen. Er war sonnengebräunt, gut gebaut, wie der König des Dschungels, mit seinen braunen Augen und der Löwenmähne.

Es gab Männer, die sich für wahre Sexgötter und ein Geschenk für die Frauenwelt hielten. Er war wirklich so einer. Und sie, Shandi Fossey, eine Kellnerin aus Round-Up, Oklahoma, saß auf seinem fast nackten Schoß.

Sie sah den Geldclip an, den er auf die Sessellehne gelegt hatte. „Brauchen wir nur drei?“

„Ich werde beim Roomservice anrufen, sobald wir in meinem Zimmer sind“, sagte er und fing jetzt an, ihr die Bluse aufzuknöpfen.

Sein Zimmer. Ein Bett. Ineinander verschlungene Gliedmaßen auf weicher ägyptischer Baumwolle. Platz, um sich auszustrecken. Unter ihm liegen und sein Gewicht auf sich spüren. Sich auf ihn setzen und ihn reiten. Sie schloss die Augen, als er die Knöpfe einen nach dem anderen öffnete, und bekam eine Gänsehaut, nicht nur von der kühlen Luft, die ihre Haut streichelte, sondern auch von der Berührung seiner Finger.

Er machte ihr die Bluse auf, zog sie ihr aber nicht aus. Stattdessen legte er unter dem Stoff seine Hände auf ihre Brüste. Er drückte und knetete sie und kniff ihr zärtlich mit Daumen und Zeigefinger in die Brustwarzen.

Mit einem Stöhnen beugte sie sich vor und stützte sich dabei mit der Hand auf seinen Brustkorb. „Weißt du, wie gut das ist?"

„Und das?", fragte er, während seine Hand auf ihren Rücken glitt und sich seine Bauchmuskeln anspannten. Er setzte sich auf und nahm ihre Brust in den Mund. Seine Zunge spielte mit ihrem harten Nippel, saugte an ihr, biss sie zärtlich.

Ja, das war noch besser. Hundert Prozent.

„Mmm. Das ist sooo schön", ließ sie ihn wissen, vergrub ihre Handflächen in seinen Brustmuskeln und begann, ihn zu massieren. Er stöhnte vor Lust, nahm jetzt ihre andere Brust in den Mund und schlüpfte mit einer Hand zwischen ihre Beine.

Immer noch mit geschlossenen Augen lehnte sie den Kopf zurück und versuchte zu atmen. Es ging nicht, denn jetzt schob seine Hand ihren Slip weg und sein Daumen suchte sich ihren Kitzler, während er einen Finger tief in sie hineinschob, um sie zu streicheln.

Sie war nass und erregt und kurz davor zu kommen. Aber sie wollte noch nicht. Sie wollte erst kommen, wenn sie seinen Schwanz in sich spürte, wenn er ganz tief in ihr war und sie sich an ihm reiben konnte.

Also streckte sie die Hand nach den Kondomen aus. Sie stützte sich auf seine Schultern, während sie die Packung aufriss. Quentin ließ sie gewähren und rutschte tiefer in den weichen Sessel. Sein Grinsen sprach Bände.

Sie gab ihm das Kondom und zog ihm dann seine Shorts aus. Sein Schwanz war wunderschön. Die Eichel war fest und rosig, wie eine extragroße Erdbeere, die sie einfach in den Mund nehmen musste. Sie wog seine Eier in ihrer Hand, knetete und massierte sie und teilte sie mit ihrem Zeigefinger.

Er zischte atemlos: „Ich versprech's dir … Nachher lassen wir uns mehr Zeit und machen es richtig."

Mit gespreizten Beinen legte sie ihre Hände auf seine Knie und sah ihm zu, wie er das schützende Kondom überstülpte. Ihre Haut bebte. „Hier und jetzt ist doch perfekt. Aber der Gedanke an ein zweites Mal ist auch nicht schlecht. Und vielleicht ein drittes?"

„Nicht so gierig", sagte er, schob ihr den Rock über die Hüfte und zog ihren Slip zur Seite. Ein Schauer lief durch seinen Körper, als er mit einem Finger über ihre Schamlippen fuhr. „Weißt du eigentlich, wie schön du bist?"

Sie saß ganz still, während er sie streichelte. Er betrachtete sie wie ein Kunstwerk. Komisch, wie Männer auf ein kleines Stück rosa Fleisch reagierten.

Aber seine Bewunderung schien mehr zu sein als plumpe Geilheit und ging ihr irgendwie nahe. Trotzdem sagte sie: „Das sagst du doch nur, weil du scharf auf mich bist."

„Du irrst dich", sagte er und sah sie an. „Wenn du nicht willst, verbuche ich das als schönen Abend und gebe dir jetzt einen letzten Gutenachtkuss."

„Natürlich will ich …" Sie nahm seinen Schwanz in die Hand und lenkte ihn an die richtige Stelle.

Dann kniete sie sich über ihn und schob seine Eichel in sich hinein, mehr nicht. Sie verharrte bewegungslos, ihn eng umschlungen mit ihrem Geschlecht. Sie sah ihm in die Augen, ihre Oberschenkel begannen zu zittern, ihr Bauch krampfte sich zusammen, ihr ganzer Körper begann zu beben.

Jetzt glitt sie langsam an ihm herunter, bis er ganz in ihr drin war und sie dachte, sie könne sich nicht mehr bewegen. Ihre Hände lagen wieder auf seinen Knien, und als er die Nahtstelle zwischen ihren Körpern betrachtete, folgte sie seinem Blick.

Er fühlte sich schön an in ihr, und sie spürte seine Adern pulsieren. Er lehnte den Kopf nach hinten und schloss die Augen.

Als er sie wieder ansah, war ihr klar, dass sie nicht länger warten konnten. In seinen Augen flackerte dasselbe Feuer, das sie auch in sich brennen spürte.

„Bist du bereit?“, fragte er mit heiserem Flüstern, sodass sie ihn kaum hörte.

Sie wollte ihm sagen, dass sie ihr Leben lang auf dieses Gefühl gewartet hatte. Stattdessen lehnte sie sich vor, umarmte seine Schultern und legte ihren Mund auf seinen.

Sie küsste ihn. Ihre fordernden Zungen verbanden sich, verzweifelt. Sie atmeten gleichzeitig, sein erregter Atem feucht an ihrer Wange.

Ihre Körper bewegten sich im Einklang, bis nur noch diese eine Bewegung zählte und nichts anderes mehr. Sie spürte ihn in sich, an Stellen, von denen sie nicht gewusst hatte, dass es sie gab. Aber nicht nur in ihrem Körper, auch sonst ... Nur mühsam konnte sie die Tränen zurückhalten.

Es war alles zu viel auf einmal, überwältigend, die geballten Gefühle zerrissen sie beinahe. Sie hörte auf, ihn zu küssen und schrie und schrie, als die Wogen des Orgasmus ihren Körper erfassten.

Er kam gleich nach ihr. Sie spürte seinen heißen Saft durch die Hülle des Kondoms, fühlte seine Muskeln zwischen ihren

Beinen, als er sich entlud, hörte sein lustvolles Stöhnen, ein letztes Aufbäumen, seinen Höhepunkt.

Sie sank auf seine Brust, und er hielt sie ganz fest, sein Brustkorb hob und senkte sich, ganz außer Atem, ihre Haut war feucht vor Schweiß. Seine Haare kitzelten ihre Brüste. Sein Atem ließ die Haarsträhnen an ihrer Schläfe tanzen.

Als sie seufzte, hielt er sie noch fester. Als er seufzte, presste sie sich noch enger an ihn.

Und als er sanft ihre Stirn küsste, war ihr klar, dass das gerade mehr war als nur Sex, als nur ein simpler Geschlechtsakt. Das hier war anders, vielschichtiger. Es verwirrte und verblüffte sie.

Und es machte ihr Angst.

5. KAPITEL

Evan Harcourt stand vor den Panoramafenstern des Apartments im sechsten Stock, das er mit Shandi bewohnte. Er fragte sich gerade, was sie so toll daran fand, hier stundenlang zu sitzen und in den Himmel zu schauen.

Er sah nichts Besonderes. Hohe Gebäude. Satellitenschüsseln. Die letzten Strahlen der untergehenden Sonne. Auf jeden Fall nicht den Sinn des Lebens, den Shandi hier zu sehen schien. Vielleicht lag es daran, dass er hier aufgewachsen war. Er sah diesen Himmel seit sechsundzwanzig Jahren.

Wenn ihm diese Übung mehr bringen sollte, müsste er wohl mal von der Veranda von Shandis Familie in Round-Up die Sterne betrachten. Ja, aus New York zu verschwinden klang gut. Nur dass die Familie, die er gerne besucht hätte, nicht in Oklahoma war, sondern in Connecticut.

Er war es leid, dass April ihn immer wieder hinhielt und ihn nicht ihrer Familie vorstellte und sie sich vor einer richtigen Beziehung drückte. Und vor dem Sex. Aber das war nicht das Schlimmste. Er hatte es ernst gemeint, als er Shandi gesagt hatte, es mache ihm nichts aus zu warten und dass er seine Beziehung zu April nicht aufs Spiel setzen wollte.

Er begann sich nur langsam ernsthaft zu fragen, warum er immer so kompromissbereit war. April sagte, was zu geschehen hatte, und er machte mit, wie ein Vollidiot. Das Allerschlimmste war, dass er ewig gebraucht hatte, das zu kapieren.

Er lehnte sich ans Sofa, nahm das Telefon und rief Aprils Handynummer an. Es war ihm egal, aus welchen dringenden familiären Gründen sie nach Connecticut gefahren war. Er musste mit ihr sprechen, ihre Stimme hören.

Als sie abnahm, hörte er im Hintergrund viele Leute reden.

Sein Magen krampfte sich zusammen. Wie gerne würde er dazugehören und ein echter Teil von Aprils Leben sein. Wenn sie zusammenbleiben wollten, dann musste es eines Tages so sein.

„Moment noch, Evan“, sagte sie, und er hörte, wie sie sich im Hintergrund bei ihrer Familie entschuldigte.

Er ging vom Sofa quer über die deckartige Plattform, die den tiefer gelegenen Wohnzimmerbereich von den Fenstern und dem Balkon trennte. Er stand ein paar Zentimeter vor der Scheibe, als sie sich wieder meldete.

„Also, da bin ich. Tut mir leid. Wenn mein Vater redet, ist es so laut, dass man keinen anderen Menschen mehr verstehen kann. Und mein Vater redet den ganzen Abend. Worum geht's?“

„Wann kommst du nach Hause?“, fragte er, obwohl sie darüber schon am Morgen gesprochen hatten. Aber ihm war seine Sehnsucht dazwischengekommen. Er wollte sie bei sich haben. Er brauchte das Gefühl, dass sie zusammengehörten.

„Morgen früh. Das weißt du doch. Ich habe erst um zehn Uhr Vorlesung, also kann ich den Frühzug nehmen.“ Sie hielt kurz inne, dann sagte sie: „Rufst du nur deswegen an?“

Er schob seine freie Hand in die Tasche seiner kakifarbenen Dockers-Jeans. „Kannst du nicht doch schon heute Abend zurückkommen?“

„Evan, stimmt was nicht?“ Ihre Stimme nahm einen panischen Klang an. „Ist was passiert? Bist du in Ordnung?“

„Mir geht's gut.“ Er sollte jetzt besser auflegen. Es war ein dummer Einfall, sie anzurufen. „Es fühlt sich einfach so komisch an, zu Hause zu sein, und du bist nicht da.“

„Ich weiß. Ich wäre auch gerne da. Ich hatte zwar Shandi versprochen, mit ihr ins Kino zu gehen, aber lieber würde ich mit dir auf dem Sofa sitzen und mir schlechte Wiederholungen im Fernsehen ansehen.“

„Dann komm heute Abend nach Hause."

„Es geht nicht. Daddy möchte ..."

„Es ist mir egal, was dein Daddy möchte, April." *Meine Güte.* Er wollte in ihrem Leben nicht ewig die zweite Geige spielen. „Aber wir beide sind mir nicht egal."

„Evan! Was ist denn los mit dir?"

Er seufzte und rieb sich mit der einen Hand die Stirn. Er hörte April atmen.

Es war nicht der richtige Zeitpunkt für dieses Thema. Sie war abgelenkt, und er fühlte sich scheiße. „Schon gut. Lass uns morgen darüber sprechen."

„Wenn du wieder mit Daddy anfängst, will ich nicht darüber sprechen."

Er nahm die Hand aus der Hosentasche und schlug mit der flachen Hand gegen den Fensterrahmen. „Wenn du dich dein Leben lang von ihm herumkommandieren lassen willst, brauchen wir sowieso nie mehr miteinander zu reden!"

Er legte auf, bevor sie noch etwas sagen konnte, schaltete sein Handy aus und steckte es ein. Sie würde zurückrufen. Dann würde sie es auf dem Festnetz versuchen. So war sie, sie musste immer das letzte Wort haben, ihm eine reinwürgen. Sie würde es hassen, gleich nur seine Mailbox zu erreichen.

Obwohl er Shandis Begründung etwas merkwürdig fand, hatte er es immer gut gefunden, dass sie ihren eigenen Weg ging. Und er wusste auch, was er wollte. Sein einziger lebender Verwandter war seine Großmutter, und der Gedanke, eines Tages zu Aprils Familie zu gehören, war deshalb sehr wichtig für ihn.

Nur schien sie das nicht begreifen zu wollen. Sie glaubte, sie könnte ihn hinhalten und weiter alles tun, was ihr Daddy von ihr verlangte. Er schüttelte den Kopf, schnappte sich seinen Schlüsselbund, der auf dem Tresen zur Küche lag und verließ die Wohnung.

Das ließ er sich nicht länger bieten. Aprils geteilte Loyalität ging ihm schon eine ganze Weile auf den Wecker, und als Shandi dann auch noch so aufgeregt von ihrem neuen Typen erzählt hatte ... Er drückte den Aufzugknopf und wartete mit hängendem Kopf, dass der Fahrstuhl kam.

Genau das wünschte er sich von April. Dass sie sich so darauf freute, ihn zu sehen, mit ihm zu reden, egal, ob sie zu Hause blieben oder ausgingen. Er freute sich so auf sie. Sie war die tollste Frau, die er kannte. Durch sie machte sein Leben Sinn.

Es gab nichts Schöneres für ihn, als mit ihr zusammen zu sein, auch wenn sie nur Fernsehen guckten oder beide lernten. Er liebte sie, sie liebte ihn. Das wusste er – auch wenn sie jedes Mal sprang, wenn ihr Vater mit dem Finger schnippte.

Für ihn sollte sie nicht springen. Er wollte nur die Nummer eins in ihrem Leben sein, so wie sie für ihn die Nummer eins war.

Quentin war es gewöhnt, dass er von den Frauen, mit denen er ins Bett ging, das bekam, was er wollte. Sie forderten dagegen fast nie etwas von ihm. Im Bett jedenfalls.

Sie spielten ihm einen Orgasmus vor, ertrugen seinen und taten so, als könnten sie nicht genug von ihm bekommen, auch wenn sie gar nicht ihn wollten. Denn in Wirklichkeit waren sie nur hinter seinen Kontakten, seinem Insiderwissen, seinem Einfluss her.

Shandi war anders.

Sie wollte seinen Körper und die Lust, die er ihr bereiten konnte. Sie nahm ihn voller Begeisterung. Sie gab ihm dasselbe zurück. Shandi Fossey war alles andere als zurückhaltend, und er bezweifelte, dass das Wort „gehemmt“ überhaupt in ihrem Wortschatz vorkam.

Sie war einfach umwerfend.

Auf dem Weg von der Bibliothek zurück zum Fahrstuhl waren sie niemandem begegnet. Sie hatten ihre Kleider geordnet und sich lachend zusammengerissen, als sich die Fahrstuhltüren im 16. Stock öffneten. Nicht dass der korrekte Zustand ihrer Kleidung eine Rolle gespielt hätte.

Keiner, der ihnen begegnete, beachtete sie sonderlich. Im Hush wurde man nicht angestarrt, so war das hier. Und das Hush hatte seinen Gästen auch sonst mehr zu bieten als den üblichen Brandy auf Kosten des Hauses. Im Bad, gleich neben den Q-tips und der Watte, stand ein Behälter mit Kondomen.

Quentin schloss die Tür hinter ihnen ab, schaltete sein Handy aus, zog den Stecker des Zimmertelefons heraus und öffnete die Balkontür, um die frische Nachtluft hereinzulassen. Dann zog er Shandi aus.

Er stellte sie vors Fußende des Bettes, legte ihr einen Finger auf die Lippen als Zeichen, dass sie still sein solle, und bückte sich, um ihr Schuhe und Strümpfe auszuziehen. Ihre Fußnägel waren passend zu ihrem Make-up lackiert. In einem schillernden Blaugrün, das ihn an eine Meerjungfrau erinnerte.

Er hob ihren Fuß, küsste ihren Fußrücken, ihren Knöchel, ihre Wadenwölbung. Einen Moment später knabberte er an ihrem Knie. Er atmete den Geruch von Sex. Sofort bekam er eine Erektion, ließ den Kopf auf ihren Bauch sinken und stöhnte. „Es ist unglaublich, was du mit mir machst."

„Das ist nur mein Outfit", stichelte sie. „Du fühlst dich wieder als Schuljunge."

Leider war das die peinliche Wahrheit. Es lag zwar nicht an ihrem Outfit, aber er hatte sich plötzlich einfach nicht mehr unter Kontrolle – wie ein geiler Teenager. Aber eigentlich war das ziemlich egal.

Schon ewig hatte er keinen so fantastischen, spontanen

und spannenden Sex mehr gehabt. Er küsste ihre Oberschenkel knapp unterhalb des Rocksaums, während er langsam den Reißverschluss ihres Rockes öffnete.

„Apropos du als Schuljunge ...“

„Was ich übrigens nicht sein will“, fiel er ihr ins Wort.

Lachend schlüpfte sie aus dem Rock und kickte ihn weg. „Du hast mir deine Geschichte nicht erzählt.“

„Welche Geschichte?“ Er antwortete, ohne nachzudenken. Beim Anblick ihres feuchten, sexy Slips war das Blut aus seinem Gehirn in seinen Schwanz gewandert.

„Die von Quentin Marks.“

Er stand auf und machte sich daran, ihre Bluse aufzuknöpfen. „Es gibt keine Geschichte. Hab ich doch schon gesagt. Es gab nur langweilige Tage mit sehr viel Arbeit und sehr wenig Schlaf.“

„Und deswegen willst du zurück nach Austin? Um dich endlich mal wieder auszuschlafen?“, fragte sie, als er ihr die Blusenärmel über die Arme streifte, wobei sich ihre Ellbogen im Stoff verhedderten.

Er stellte sich plötzlich vor, sie wäre gefesselt und ihm ausgeliefert, und diese Vorstellung erregte ihn noch mehr. Er drehte sie um, verknotete die Ärmel ihrer Bluse und band ihr die Handgelenke auf dem Rücken zusammen. Dann zog er ihr den Slip aus und ging einen Schritt zurück, um sein Werk zu begutachten.

Er betrachtete ihren wunderbaren runden, nackten Hintern und ihre Beine. Als sie sich umdrehte und ihn ansah, heftete er seinen Blick auf ihre Brüste und die rosa Brustwarzen, die die gleiche Farbe hatten wie ihre Schamlippen, die er unter ihrem Schamhaar hervorlugen sah.

„Ich glaube, es stimmt, was die Leute sagen“, sagte sie, und er sah ihr in die Augen. „Dass Männer immer nur entweder mit dem Kopf oder mit dem Schwanz denken können. Denn du hast offenbar vergessen, dass ich dir eine Frage gestellt habe."

Er konnte sich nicht mehr daran erinnern, was sie gesagt hatte, als sie so nackt und gefesselt vor ihm stand. „Frag mich noch mal. Ich bin zurzeit etwas abgelenkt."

Sie gab ihm nicht sofort Antwort. Stattdessen sah sie ihn unverwandt an, bis er anfing zu zittern und das Gefühl hatte, sich sofort die Kleider vom Leib reißen zu müssen. Er streifte die Schuhe ab und zog das Hemd aus, wobei er mehrere Knöpfe abriss.

Dann nahm er sich seinen Gürtel und seine Hose vor, bis er in Boxershorts und Socken vor ihr stand – die er auf ihren missbilligenden Blick hin sofort auszog. Natürlich hätte er auch gerne seine Shorts ausgezogen, aber er fürchtete, das würde ihn völlig willenlos machen.

Und dann stand er da und kam sich vor wie ein Gefangener, obwohl sie doch die Gefesselte war. An den letzten beiden Abenden in der Bar hatte er sie sich immer wieder nackt vorgestellt. Und jetzt, als es so war, war er wie verhext.

„Die Frage", sagte sie, schloss kurz die Augen und holte tief Luft. „Wie wär's, wenn ich sie dir später stelle?"

Wann hatte ihn eine Frau jemals so angesehen wie Shandi jetzt? Oder hatte er es einfach nur nie bemerkt? Nein. So viel war sicher. Sie war eine ganz neue Erfahrung.

Die Hände in die Hüften gestützt, musste er schlucken, bevor er antworten konnte. „Gute Idee."

Sie zerrte spielerisch an ihren Fesseln und lächelte übermütig. „Ich hätte nie gedacht, dass ich auf Fesselspiele abfahre. Aber es fängt an, mir Spaß zu machen."

Ganz klar eine Einladung, weiterzumachen. Er ging auf sie zu und kniete sich vor sie. Als er sie von den Knien bis zu den Oberschenkeln streichelte, fing sie an, nach Luft zu schnappen und ganz langsam auszuatmen. Ihre Beine zitterten.

Er lächelte in sich hinein und küsste ihren Bauch. Ihre Haut war weich und roch gut und war von der Zimmerluft ein bisschen kühl. Er wärmte sie mit seinem Mund und ließ seine Lippen langsam nach unten wandern, wobei er sie sanft biss. Sie kicherte und wimmerte; ihre Laute das Echo seiner eigenen Ungeduld.

Als er schließlich mit seinen Lippen ihren Kitzler umfing, mit beiden Daumen ihre Schamlippen spreizte und seine Zunge in sie gleiten ließ, wusste er nicht, wer von ihnen lauter stöhnte.

Sie machte einen Schritt nach hinten, stieß gegen das Bett und ließ sich fallen. Sie zog die Fersen zu den Hüften und spreizte die Beine. Das war ihr Zeichen für ihn, dass sie mehr wollte.

Er konnte nicht widerstehen und versenkte seinen Mund in ihr, trank ihren Saft und genoss es, wie bereit sie war, wie gut sie schmeckte, süß und salzig zugleich. Er saugte an ihr und schob einen Finger in sie hinein.

Sie klammerte ihre Beine um ihn, hob die Hüften, und plötzlich wollte er nicht mehr, dass sie gefesselt war. Er wollte, dass sie ihm mit den Fingern durchs Haar strich, sein Glied anfasste, seine Brust streichelte.

„Setz dich gerade hin", sagte er, kam auf die Füße und half ihr auf.

„Ich hoffe nicht, dass es das schon war", sagte sie und machte, was er ihr gesagt hatte.

„Ich ertrag es nicht, wenn du mich nicht anfassen kannst." Er öffnete den Knoten, zog ihr die Bluse aus und schleuderte sie auf den Haufen mit seinen Kleidern.

Sie blieb, wo sie war, griff mit einer Hand nach seinem Ständer und hielt ihn fest. Er wurde härter in ihrer Hand, in seinem

Schwanz pulsierte und klopfte es, und er fragte sich, ob er sich bei dieser Frau jemals Zeit lassen könnte. Kaum berührte sie ihn, war er bereit zu kommen.

Dann drehte sie sich um, sodass sie ihn ansehen konnte, streifte ihm seine Shorts ab, sank auf die Knie und nahm ihn in den Mund. Mit den Fingern hielt sie das untere Ende seines Glieds fest und presste es leicht. Das Blut jagte durch seine Gefäße.

Er sah zu, wie sich ihre Lippen um seine Eichel schlossen, wie sie ihre Zunge darüber und die kleine Naht unterhalb kreisen ließ. Er bekam keine Luft mehr, hin- und hergerissen von dem Gefühl seines Schwanzes und dem Anblick ihrer Brüste und ihres herzförmigen Hinterns.

„Hör auf", brachte er schließlich raus und half ihr hoch. Sie presste ihren Körper an ihn. „Du machst mich wahnsinnig."

„Das hoffe ich", murmelte sie, während sie ihren Mund über seine Brust wandern ließ, mit den Zähnen zärtlich an seinen Haaren zog und an seinen Brustwarzen saugte.

Er wollte nur noch seinen Schwanz in sie rammen. „Jetzt wo du nackt bist, könnte ich so vieles mit dir machen. Aber ich will nur eins: in dich rein."

„Worauf wartest du dann, verdammt?", fragte sie und verrieb mit einer Hand die Flüssigkeit, die sein Schwanz gerade abgesondert hatte.

Er hielt sie an der Taille fest, drehte sie um und ließ sich mit ihr aufs Bett fallen. Ihre Arme und Beine waren ineinander verhakt, ihr eines Knie lag auf seinem Oberschenkel, eine Schulter in seiner Ellbogenbeuge. Sie keuchten und lachten, dann setzte sich Shandi auf ihn.

Als Erstes machte er ihr die Rattenschwänzchen auf. Ihre langen blonden Haarsträhnen schwappten herunter wie Regenwasser, das über ihren Rücken und auf seine Brust spülte. Wie weich es war, und wie gut es roch! Er wickelte eine Strähne um seinen Finger und zog sie an sich.

Sie hatte ihren Mund schon geöffnet, als ihre Lippen und Zungen sich trafen. Er hielt sie fest und küsste sie weiter, während er erst nach dem Kondom, dann nach seinem Glied griff. Sie hob ihren Körper und stülpte sich über ihn, um ihn komplett in sich aufzunehmen. Ihre Körper waren eins.

Sie hörte auf, sich zu bewegen. Er stöhnte, pulsierte in ihrem warmen Schoß. Jetzt bewegte sie sich langsam, ließ ihre Schamlippen auf seinem Körper kreisen, wölbte sich nach oben und nach unten, immer wieder, immer wieder, bis er im selben Rhythmus mitmachte.

Er stieß tief in sie hinein, zog ihn wieder ein Stück raus, löste seinen Mund von ihrem, und sie spürte seinen feuchten und heißen Atem an ihrem Hals. Die Spannung stieg ins Unendliche, sie waren wie im Fieber, völlig in Ekstase. Sie stützte die Hände auf seine Schultern, setzte sich ganz gerade hin, schloss die Augen, warf die Haare nach hinten und begann, ihn zu reiten.

Er wusste, es war ein Fehler, aber er musste ihr zusehen. Er sah, wie sie die Augen schloss. Er sah, wie sie den Mund öffnete und ihre Zunge gegen die Zähne stieß. Er sah, wie ihre Brüste über ihm tanzten, ihre harten Brustwarzen, ihre angespannten Bauchmuskeln.

Als er zu ihren geöffneten Schamlippen sah, konnte er sich nicht mehr zurückhalten. Ihre wunderbar weiße Haut, das dunkelrosa Fleisch ihres Geschlechts, das sich an seinem Schamhaar rieb und seinen Schwanz verschluckt hatte.

Als er sich jetzt in ihr aufbäumte, krampften sich ihre Muskeln zusammen, sie schrie und kam. Ihr Körper zuckte und ihr Zucken setzte sich in ihm fort. Er vergrub seine Finger in ihren Schenkeln und hielt sich auch nicht länger zurück. Er kam so gewaltig, dass er danach völlig entkräftet auf die Laken sank.

Sie glitt auf seine Brust, und er rollte sich auf die Seite, immer noch mit ihr vereint. Es verging eine lange Zeit, bis ihre letzten Zuckungen vorbei waren.

Er lag noch viele Minuten so da und fragte sich, warum ihm diese Frau gerade jetzt hatte begegnen müssen, wo er plante, seine Zukunft so weit weg von hier aufzubauen.

„Ich mag dein Gesicht“, sagte Quentin, als Shandi wieder zu ihm ins Bett kroch, nachdem sie sich die Schminke abgewaschen hatte. „Das Make-up sah toll aus, aber es ist auch schön zu sehen, mit wem man Liebe gemacht hat.“

Komischerweise fühlte sie sich mit dem Begriff „Liebe machen“ nicht wohl. Sie wollte dem Sex mit Quentin nicht dieses emotionale Etikett verleihen.

Sie hatten einfach Spaß zusammen, und sie freute sich schon auf die kommende Woche. Aber sie war auch realistisch genug zu wissen, dass es vorbei sein würde, sobald er seine Termine in der Stadt erledigt hätte. *Hasta la vista, Baby.*

Sie stützte sich auf den Ellbogen und kuschelte sich an ihn. „Du musst mich nicht sehen, um zu wissen, wer ich bin.“

„Hm.“ Er bettete seinen Kopf auf das Handgelenk und runzelte die Stirn. „Und wer bist du?“

„Ich bin die Frau, die herauszufinden versucht, wer *du* bist. Sie sind nicht eben sehr mitteilsam, Sir.“

„*Sir.* Das gefällt mir. Sag das noch mal.“

Sie wickelte eine seiner Haarsträhnen um ihren Finger. „Falsch. Das ist *meine* Fantasie. Ich bin die niedere, kellnernde Studentin, die mit der Rock-and-Roll-Legende im Bett landet.“

Er drehte ihr den Kopf zu und starrte sie finster an. „An dir ist nichts nieder. Und glaub mir, eine Legende zu sein, ist nicht das, wonach es sich anhört.“

Genau das hatte sie hören wollen. Sie wollte wissen, was er von sich selber dachte und was er in diesem Zusammenhang über sie dachte. Es würde vielleicht erklären, warum sie hier mit ihm lag. „Dann liegt es also an dem Legendendasein, dass du zurück nach Texas gehen musst."

„Ich muss nicht. Ich gehe einfach zurück nach Texas, weil ich zu lange weg war." Er starrte an die Decke und hielt ihre Hand fest, die jetzt mit seinen Brusthaaren spielte. „Ich muss mich wieder erden. Ich fange sonst an, den ganzen Hype um meine Person zu glauben, und das möchte ich nicht."

Interessant! Ein Mann wie er? „Ich habe diesen Hype mitbekommen. Aber außer dieser Vaterschaftsklage ...", bei der Erwähnung dieses Wortes gab er ein Stöhnen von sich, „... hab ich nur Gutes gehört."

„Und das mit dem zynischen Arschloch?", fragte er. Sein Herz hatte plötzlich angefangen, ganz wild zu schlagen.

„Das hast du doch gesagt." Als er darauf nichts erwiderte, sprach sie weiter. „Aber eins würde ich gerne wissen."

„Was?", fragte er widerwillig.

„Bist du so, wie du bist, weil du den Hype glaubst, oder liegt es an anderen Dingen, die du erlebt hast?"

„Sagen wir, es ist eine Kombination aus beidem", sagte er, um das ungeliebte Thema abzuschließen.

Doch sie hakte sofort ein. „Wie geht das?"

Er schloss die Augen, schüttelte den Kopf und rollte sich auf die Seite, um sie ansehen zu können. Seinem Blick entnahm sie, dass er nicht länger darüber reden wollte. „Wenn du damit aufhörst, gibt's noch 'ne Runde."

Sie rollte die Augen und boxte ihn gegen die Schulter, bevor sie sich aufsetzte. „Ich habe genug für heute Nacht, Mister. Ich weiß gar nicht, ob ich noch laufen kann."

Er fasste nach ihren Haarenden und zwirbelte sie über ihre

Brustwarze wie einen Pinsel. „Du kannst heute Nacht hierbleiben."

„Das geht nicht. Ich muss auch ein bisschen schlafen. Ich hab morgen früh Vorlesung und bin mit zwei Freundinnen zum Lunch verabredet, bevor ich zur Arbeit muss." Sein Blick – eine Mischung aus Begehren, Enttäuschung, Entschlossenheit – ließ sie fast schwanken.

Es war ein starkes Gefühl, ihre gemeinsame Lust, und sie wünschte sich, sie hätten Zeit genug herauszufinden, was daraus werden würde. „Wenn ich dableibe, bin ich morgen nicht zu gebrauchen."

„Hm", war der einzige Laut, den er von sich gab.

„Was soll das denn heißen?"

„Ich versuche zu entscheiden, ob mich deine Prinzipien mehr beeindrucken oder der nasse Fleck, den du hinterlässt."

„Oh! Männer!" Sie schwang herum, sprang aus dem Bett und suchte ihre Kleider zusammen. „Kein Wunder, dass keine bei dir bleibt."

Er lachte und stopfte sich die Kissen in den Nacken, während er ihr beim Anziehen zusah. „Ich könnte den Zimmerservice anrufen und mir eine oder zwei Mrs. Cyprus bestellen."

„Wehe", sagte sie und zog den Rock über ihr Höschen. „Du willst den Hype um dich nicht glauben? Dann kannst du gleich damit anfangen. Keiner mag Angeber."

Seine Mundwinkel zuckten ironisch, und seine Augen strahlten vor Vergnügen. „Und ich hatte schon gedacht, du wärst vielleicht eifersüchtig."

„Oh, das bin ich auch. Aber ich bin nicht naiv." Sie kämpfte mit den Knöpfen ihrer Bluse. „Ich will weder wissen, wie viele Frauen nach mir kommen noch wie viele es vor mir gab."

Als sie zu ihm rübersah, bemerkte sie, dass er sie anschaute, und zwar so intensiv, dass ihr seine Bemerkung vom „Liebe machen“ wieder in den Sinn kam.

Ihre Finger zitterten, als sie einen Fuß aufs Bett stellte und ihren Strumpf anzog. „Was immer du gerade denkst, vergiss es.“

Er setzte sich auf, wobei das Laken über seinem Schoß gefährlich runterrutschte. „Wann hast du morgen Abend Dienstschluss?“

Sie zog ihren zweiten Strumpf an und schlüpfte in ihre Schuhe. „Ich muss bis zwei Uhr arbeiten. Wieso?“

„Bleib morgen Nacht bei mir.“

Sie schloss die Augen und holte tief Luft. „Das geht nicht. Am Donnerstag ist genauso viel los wie morgen.“

„Dann am Donnerstagabend. Nimm dir frei.“

„Ich kann es mir nicht erlauben, einen Abend kein Geld zu verdienen. Bei mir stapeln sich die Rechnungen.“ Warum bestand er darauf? Und warum gab sie nicht nach, wo sie doch nichts lieber wollte, als mit ihm zusammen zu sein?

Sie kämmte mit den Fingern durch ihr Haar und flocht es zu einem Zopf. „Aber das heißt nicht, dass du nicht vorbeikommen und mir bei der Arbeit zuschauen sollst.“

Seine Augen verengten sich zu schmalen Schlitzen. Seine Nasenflügel bebten. Unter dem Laken zog er ein Knie an, und sie wusste genau, warum. „Wenn ich komme, ziehst du dann einen Rock an, damit ich deine Beine sehen kann?“

Sie ging zur Tür. „Wenn du so weitermachst, siehst du meine Beine nie wieder.“

„Mach keine Versprechungen, die du nicht halten kannst, Shandi.“ Als sie ihn ansah, hatte er die Hände hinter dem Kopf verschränkt und thronte im Bett wie ein König. „Ich mag ein zynisches Arschloch sein, aber ich erkenne immer noch den Unterschied zwischen einer Frau, die den Orgasmus nur vortäuscht und einer, die wirklich Spaß hat."

„Dann dürfte es dir ja nicht entgangen sein, dass ich dir nichts vorgemacht habe. Beim ersten, zweiten und dem beeindruckenden dritten Mal", sagte sie. Und damit öffnete sie die Tür und ging, von seinem Lachen begleitet, den Gang hinunter.

6. KAPITEL

Auf dem Weg zum Ausgang warf Shandi aus Gewohnheit einen Blick in die Bar – doch es war nicht Armand, der ihre Aufmerksamkeit fesselte, während er die kleiner werdende Gästeschar bediente, sondern ihr Freund Evan Harcourt, der zu ihrer Überraschung am Tresen saß.

Normalerweise konnte er sich das *Erotique* nicht leisten, falls sie nicht seine Getränke übernahm.

Nachdem sie sich die Schminke abgewaschen hatte, konnte sie sich ruhig wieder sehen lassen. Ihr Outfit unterschied sich nicht allzu sehr von dem der meisten Gäste in der Bar, die auf Karriere aus waren – nur dass ihre Bluse total zerknittert war.

Sie kletterte auf den Barhocker neben Evan. „Bist du verloren gegangen, Kleiner?"

Er hatte dumpf in sein Bier gestarrt, eine Haarsträhne im Gesicht, und auch jetzt sah er nur kurz auf. „Seit wann verbringst du deinen freien Abend an deinem Arbeitsplatz? Ach so, stimmt ja. Banana-Man wohnt hier, stimmt's?"

„Warum ich hier bin, spielt keine Rolle", sagte sie, um das Thema zu wechseln. „Warum bist *du* hier? Ich habe gedacht, du wärst mit den Jungs unterwegs, wo April nicht da ist."

„Falsch gedacht", murmelte er. „Von dir und von mir."

Oh, oh. „Was hast du falsch gedacht? Wie lange sitzt du schon hier? Und, wo ich dich gerade ausquetsche, wer bezahlt eigentlich deine Rechnung?"

„Du." Er kicherte. Kicherte ein zweites Mal, weil er das offensichtlich lustig fand. „Mein Deckel läuft auf deinen Namen."

„Na, vielen Dank." Sein Bier war fast leer. Sie nahm das Glas und trank einen Schluck. Dann sagte sie: „Hier, trink aus. Wir gehen nach Hause."

„Ich habe einfach aufgelegt, als ich mit April telefoniert habe."

Shandi runzelte die Stirn. „Was? Wann?"

„Vorhin. Zu Hause." Er nahm seinen Bierkrug in die Hand. „Ich habe sie angerufen und gebeten, heute Abend schon zurückzukommen."

„Und sie hat gesagt, es geht nicht", sagte Shandi und seufzte.

Er zuckte mit den Schultern. „Aber deswegen habe ich nicht aufgelegt."

Das hatte sie sich schon gedacht. Er sollte sich inzwischen daran gewöhnt haben, dass April Nein sagte. „Und warum dann?"

„Weil sie ausgerastet ist, als ich etwas gegen ihren geliebten *Daddy* gesagt habe", sagte er und stürzte den Rest Bier hinunter.

Alles klar, dachte Shandi, schlug die Beine übereinander und lehnte sich in ihrem Thekenstuhl zurück. „Evan, wie oft sollen wir diese Unterhaltung noch führen? Entweder, du nimmst Aprils Familie so wie sie ist, oder du lässt es."

„Genau." Er schwankte, fing sich aber wieder, bevor er auf ihren Schoß kippte. „Ich nehme sie so, wie sie sind, obwohl ich sie gar nicht kenne."

„Ich hoffe, du gibst nicht April die Schuld dafür?"

Er fiel zurück in seinen Stuhl, schob sich mit beiden Händen die Haare aus der Stirn und schwieg.

Also sagte sie: „Weißt du, niemand hindert dich daran, nach Connecticut zu fahren und dich vorzustellen."

„Heute Abend?", fragte er und sah sie mit verschwommenem Blick an.

„Besser nicht." Shandi konnte sich vorstellen, wie entzückt April wäre, wenn Evan um vier Uhr morgens betrunken vor der Tür stehen würde. „Nein, heute Abend kommst du schön mit nach Hause und gehst ins Bett."

„Ins Bett? Und Banana-Man?"

Sie gab Armand ein Zeichen, die Rechnung zu bringen. „Nicht mit mir ins Bett. Ich schlafe in meinem Bett und du in deinem. Wie immer. Und beim Frühstück reden wir über deine kleine Reise."

„Wir frühstücken nie."

Und morgen würde er ganz sicher sowieso nichts herunterbekommen. „Schon okay. Ich glaube, in zehn Minuten hast du sowieso vergessen, worüber wir gerade geredet haben."

Er drehte sich mit dem Stuhl zur Seite und ließ seinen Blick über die schwach beleuchtete Bar und die Gäste an den schwarz lackierten Tischchen schweifen. Das Tamara-de-Lempicka-Gemälde an der gegenüberliegenden Wand schien plötzlich seine Aufmerksamkeit zu fesseln. „Ich habe mir schon oft gewünscht, dass April ein bisschen mehr so wäre wie du."

Jetzt musste sie vorsichtig sein. Es ging hier um ihre Loyalität sowohl Evan als auch April gegenüber. „Dann hättest du dich aber nicht in sie verliebt."

„Nein, aber dann wäre sie unabhängiger. Selbstständiger." Seine Stimme war plötzlich wieder ganz klar und nüchtern und sein Gesichtsausdruck merkwürdigerweise auch. „Unsere Beziehung wäre dann eine Zweiergeschichte und nicht diese vertrackte Familiennummer, mit der ich nicht umgehen kann."

Sie hatte Evan noch nie so frustriert gesehen. Natürlich hatte sie ihn schon betrunken erlebt, aber nie so voller Selbstmitleid. Und zum ersten Mal machte ihr Angst, was er sagte.

Denn sie wusste nicht, was April ohne ihn machen sollte und er ohne April.

Dieser Gedanke brachte Shandi auf Quentin und seine vielen Frauengeschichten. Für Evan dagegen gab es nur eine einzige Frau, die er wirklich wollte und für die er so tiefe Gefühle empfand, dass er es kaum ertragen konnte, wenn sie mal nicht bei ihm war.

Sie fragte sich, ob Quentin jemals so für eine Frau empfunden hatte. Oder ob der große Zyniker auch nicht an die Liebe glaubte. Nicht dass es wirklich eine Rolle spielte – und warum kam ihr überhaupt der Begriff *Liebe* in den Sinn? Es war zwar eine heiße Affäre mit ihm, aber sie würde zu nichts führen.

New York und Austin waren einfach zu weit voneinander entfernt.

Als sie aufstand, entfuhr ihr ein Stöhnen. Jeder Körperteil und alle ihre Muskeln schmerzten. Aber sie zwang sich zu einem Lächeln.

„Komm, Loverboy", sagte sie, ergriff Evans Oberarm und stützte ihn, als er von dem Barstuhl stieg. „Wir bringen dich nach Hause."

„Nach Hause. Ja." Er blieb plötzlich stehen, als ob er wieder nüchtern sei und nicht gehen wollte. „Der Ort, an dem ich platonisch mit dir lebe anstatt mit der Frau, die ich liebe."

„Dann schmeiß mich doch raus und zieh mit ihr zusammen." Panik. Sie konnte sich keine eigene Wohnung leisten und würde sich umgehend einen neuen Mitbewohner suchen müssen, falls Evan sie wirklich rauswarf.

„Wenn ich das tun würde, müssten wir uns wohl alle mit einem Schuhkarton zufrieden geben. Denn meine Großmutter steht zu ihrem Wort", sagte er leicht lallend. „Wenn April einziehen würde, wäre ich die Wohnung los."

„Wir werden sehen." Shandi legte Evan einen Arm um die Hüfte und führte ihn in Richtung Ausgang. „Wir kümmern uns darum, wenn du acht Stunden geschlafen, eine Handvoll Aspirin eingeworfen und vier Liter Kaffee getrunken hast."

Als sich Shandi am Mittwoch mit April zum Lunch traf, gingen sie schließlich doch nicht ins Amuse Bouche. Kit Prescott, die Direktorin der Public-Relations-Abteilung des Hush und

Shandis beste Freundin aus dem Hotel, stieß im Aquavit zu ihnen.

April war mit einem großzügigen Taschengeld ihres Vaters aus Connecticut zurückgekommen, das andere Menschen als Monatseinkommen bezeichnet hätten. Da sie einlud, hatte sie auch das Restaurant gewählt.

Shandi saß den beiden anderen gegenüber. Sie betrachtete Kit und April im direkten Vergleich. Kit hatte blonde Haare, April war brünett. Kit hatte blaue Augen, April grüne. Kit war eine unkonventionelle Schönheit, April sah man ihre blaublütige Herkunft an.

„Ihr macht euch keine Vorstellung davon, wie toll ihr beide zusammen in dieser Anzeige aussehen werdet, die meine Seminararbeit wird“, sagte Shandi mit einem Seufzen. Irgendwie fehlte der Sache noch der richtige Pep. Sie hatte sich eine Werbung für Haarcolorationen ausgedacht, und ihre beiden Freundinnen hatten sich als Models zur Verfügung gestellt.

Aber sie brauchte eben noch den sprichwörtlichen Knaller. Nur wusste sie leider nicht, wie der aussehen sollte. „Bleibt es bei unserer Fotosession am Sonntag? Ich lad euch auch zum Essen ein – oder lasse zumindest etwas aus der Küche bringen.“ Mit Kits Hilfe war es ihr gelungen, das Exhibit A, die Erotik-Bar im Hush, als Location zu bekommen. „Das wird lustig.“

Kit nickte, strich ihr Haar nach hinten und ließ ihre schicken Saphirstecker sehen. „Falls ich den Samstagabend gut überstehe. Ich habe keine Ahnung, warum ich mich zu dieser Benefizveranstaltung habe überreden lassen. Im Ernst: Müssen wir wirklich eine Kunstgalerie retten, wenn in Afrika jährlich Zigtausende an Aids sterben?“

„Ich will diese Tragödie nicht herunterspielen“, sagte April und griff nach ihrem Weinglas. Ihre Nägel glänzten in einem sanften Kupferton, der farblich zu ihrem Seidenkleid und ihrem Lidschatten passte. „Aber du sprichst hier mit zwei Kunststudentinnen, von denen eine davon träumt, selbst eines Tages eine Galerie zu eröffnen, in der sie den von ihr designten Schmuck ausstellen will."

„Meine Güte, ich wollte euch nicht zu nahe treten", sagte Kit erschrocken. Sie fing an, mit ihrer feinen Platin-Halskette zu spielen. „Shandi, sag bitte, dass du mich nicht falsch verstanden hast."

Shandi trug ein schlichtes, zitronengelbes Oberteil, das sie mit einem grün-roten Tuch kombiniert hatte. Ihre Nägel waren unlackiert. Sie grinste. „Ich weiß es, und April weiß es auch. Sie nörgelt nur, weil sie in letzter Zeit dauernd nörgelt."

„Was soll denn das heißen?", fragte April. Sie sah Shandi mit gerunzelter Stirn an und stellte ihr Weinglas ab. Dann lehnte sie sich zurück und faltete ihre Hände im Schoß. „Soll das ein kleiner Hinweis auf meinen Streit mit Evan sein?"

Kit sah von einer Frau zur anderen, nahm ihre Kate-Spade-Handtasche und stand auf. „Ihr entschuldigt mich? Ich muss mal zur Toilette."

Shandi glättete die Tischdecke neben ihrem leeren Teller, während sie darauf wartete, dass Kit außer Hörweite war. Irgendwann musste raus, was sich in ihr aufgestaut hatte, seit sie am Abend zuvor einen betrunkenen Evan Harcourt im *Erotique* aufgelesen hatte.

„Ich will mich eigentlich nicht einmischen." Sie senkte ihre Stimme zu einem Flüstern. „Also sei bitte nicht unfair, April."

April sah nach unten und strich mit dem Zeigefinger über ihr Weinglas. „Er hat mich gestern Abend angerufen. Wir waren gerade beim Abendessen, und da fragt er mich, ob ich nach Hause kommen könnte!"

„Ja und?" Shandi trank einen Schluck Wasser. „Ich hätte

gerne einen Mann, der mich so vermisst, dass er so was tut."

„Du verstehst das nicht. Ihr versteht das beide nicht." In einer dramatischen Bewegung strich sich April ihr Haar nach hinten. „Du hast eben nicht diese familiären Verpflichtungen wie ich."

Das war ein derartiger Schwachsinn, dass Shandi ihr am liebsten eine gepfeffert hätte. Aber schließlich war April ja ihre Freundin. „Gut, dann erklär's mir. Was bindet dich denn so an Connecticut?"

Aprils fragender Blick signalisierte echte Verwirrung, die Verwirrung eines Teenagers, dachte Shandi, die sich plötzlich unheimlich alt und weise vorkam. „Alles. Was meinst du?"

„Erklär's mir. Warum kannst du dich nicht davon lösen?" Sie stellte ihren Stuhl quer und lehnte sich an die Wand. „Du musst zum Abendessen nach Hause fahren, weil dein Vater gerade Lust darauf hat? Du musst mit deiner Mutter shoppen gehen? Den Hund ausführen?"

April funkelte sie wütend an. „Das ist nicht komisch."

„Es ist auch nicht komisch, deinen völlig betrunkenen Freund nachts um eins aus dem *Erotique* nach Hause zu schleppen." Shandi beugte sich vor und sagte mit leiser Stimme: „Ich habe ihn kaum aus dem Taxi und die Treppe hochgekriegt, bevor er ohnmächtig wurde. Er lag zwar nicht mehr da, als ich zur Hochschule bin, aber ich weiß, dass er die Nacht auf dem Sofa verbracht hat."

„Offensichtlich hat er immerhin geschlafen", sagte April. „Ich dagegen habe kein Auge zugetan. Ich habe immer nur das Klicken des Hörers gehört, als er einfach auflegte."

„Süße, ihr müsst reden. Von selbst ändert sich nichts. Er fühlt sich ausgeschlossen, und ich muss sagen, ich kann ihn verstehen."

„Also bin ich die Schuldige", sagte April und sah Shandi

scharf an, bis diese ein schlechtes Gewissen bekam.

„Nein.“ Sie schüttelte den Kopf. „Es geht hier nicht um Schuld. Ihr seid nur einfach beide meine Freunde, und ich will nicht, dass ihr euch wehtut. Aber genau das wird passieren, wenn ihr euch nicht endlich zusammensetzt und das Problem besprecht.“

April bekam rote Augen, aber sie fing nicht an zu weinen. „Wie soll das gehen? Ich soll mich zwischen Evan und meiner Familie entscheiden? Das ist doch unmöglich.“

Shandi konnte es nicht begreifen. Sie würde es nie begreifen. Sie fing an, mit dem Tischtuchsaum zu spielen. „Warum musst du dich zwischen beiden entscheiden? Du sollst nur Evan in deine Familie integrieren!“

„So einfach ist das nicht“, sagte April und schüttelte den Kopf.

„Wenn man es nicht will“, antwortete Shandi, denn genau so kam es ihr vor.

Aber sie stammte ja auch nicht aus einer so standesbewussten Familie wie April – obwohl die Fosseys aus Round-Up durchaus Prinzipien und Erwartungen hatten, die mit denen der Carters aus Connecticut mithalten konnten.

Vielleicht fiel es April nicht so leicht wie Shandi, sich für ihre Interessen und gegen die Erwartungen ihrer Eltern zu entscheiden. Und ehrlicherweise konnte sie ihrer Freundin daraus keinen Vorwurf machen. Nicht jeder war schließlich so ehrgeizig wie sie.

April war beleidigt. „Frag mal Trevor, wie einfach es ist. Er hat Stefan Navarro zum Essen mitgebracht.“ Sie rollte mit den Augen. „Das heißt, er wollte. Daddy wollte es nicht.“

„Und wer hat gewonnen?“

„Klingt, als hätten wir Krieg“, sagte April und verengte die Augen zu einem Schlitz.

Shandi zuckte einfach mit den Schultern. „Wenn keinen Krieg, dann zumindest eine Schlacht."

„Du sprichst ja nicht mal mit deinen Eltern", zischte ihr April entgegen und schleuderte ihre Serviette auf den Tisch. „Wieso meinst du eigentlich, meine Familie so gut beurteilen zu können?"

„Meine ich ja gar nicht. Aber ich kenne dich und ich kenne Evan." Shandi machte eine Pause. „Und ich weiß auch, dass einem so eine Entscheidung nicht leichtfällt. Ich habe meine Entscheidung getroffen. Entweder in Round-Up bleiben und das Leben leben, das meine Eltern für mich vorgesehen haben, oder nach New York gehen und mein eigenes Leben leben."

„Das ist nicht dasselbe", sagte April matt.

„Sagst du", erwiderte Shandi und kam sich wie eine weise Alte vor. Aber indem sie das Dilemma ihrer Freundin beleuchtete, schien ihr ihre Entscheidung richtiger denn je.

April versuchte ein Grinsen. „Ja, das sag ich. Und danke. Du bist eine gute Freundin."

Shandi kicherte, als Kit zurückkam. „Mann, was wir uns antun, nur wegen Liebe und Geld."

„Wem sagst du das", meinte Kit und klinkte sich wieder in die Unterhaltung ein. „Und bei dieser Benefiznummer geht es nicht mal um *mein* Geld. Es ist alles ehrenamtlich. Ich kriege gar nichts dafür."

„Außer einem sensationellen Make-up", erinnerte Shandi sie.

„Das stimmt. Und ein gutes Karma." Sie wackelte mit den Augenbrauen. „Nicht zu vergessen, dass ich mit dem Sohn des Galeriebesitzers hingehe, der aussieht wie Orlando Blooms älterer und wesentlich attraktiverer Bruder."

Shandi dachte an Orlando Bloom, ersetzte ihn im Geiste durch Quentin und stellte sich Quentin zwischen Kit und April vor, mit offenem Leinenjackett, sonnengebräunter Haut, seinen braunen Augen und Haaren. Eine große goldene Raubkatze auf Beutezug.

Und das war es! Genau das fehlte ihrer Werbekampagne! Quentins Haarfarbe war eine Mischung aus Kits blondem und Aprils brünettem Haar – goldbraun. Die perfekte Kombination aus beiden Farben. Sie musste lachen. „Ich glaub's nicht."

„Was?", fragte April.

Shandi schüttelte den Kopf. Das Gesprächswirrwarr des Restaurants nahm sie nicht mehr wahr. „Ich habe mir doch die ganze Zeit den Kopf zerbrochen, wie ich aus meinem Projekt einen Knaller mache."

„Brauchst du uns etwa nicht mehr?"

„Oh doch. Ihr beide zappelt mir schon am Haken." Sie konnte die beiden auf keinen Fall entbehren. „Ihr beide seid perfekt für das, was mir vorschwebt. Aber etwas hat noch gefehlt, und durch Kits Bemerkung über Orlando Bloom bin ich draufgekommen."

Ob er wohl mitmachen würde? Ein Plattenproduzent und Grammy-Gewinner, der sich für ein Studentenprojekt hergab? Bei dieser Vorstellung musste sie laut lachen. Dass Quentin sich überhaupt für etwas hergab. Aber für sie machte er vielleicht eine Ausnahme.

Sie musste ihm nur klarmachen, dass es ihr nicht um den öffentlichen Quentin Marks ging, sondern um den privaten. Er als anonymer Inbegriff des sexy Mannes, wie Frauen ihn sich vorstellten.

„Du willst Orlando Bloom in deiner Werbung benutzen?", fragte April, während sie das Geld für die Rechnung aus ihrem Portemonnaie nahm.

„Nein", sagte Shandi. „Besser."

Kit sah sie erstaunt an. „Besser als Orlando Bloom? Da bin

ich aber gespannt."

„Das kannst du auch sein." Shandi stand auf und nahm ihre Tasche. Sie konnte es kaum erwarten, Quentin zu fragen. „Aber ihr werdet euch bis Sonntag gedulden müssen."

„Wenn du nichts Besseres zu tun hast, könntest du mir am Wochenende einen Gefallen tun? Ich habe eine Seminararbeit fertig zu machen, für die ich deine Mithilfe benötige", sagte Shandi am Mittwochabend zu Quentin.

Sie hatte ihm die Frage gestellt, kaum, dass er an der Theke Platz genommen hatte. Er hatte ihr nicht einmal sagen können, wie gut sie in ihrer engen schwarzen Frackhose aussah und dass es seine offizielle Lieblingsfantasie geworden war, sie ihr auszuziehen.

Sie ließ kein Wort über den Dienstagabend in der Bibliothek oder die heiße Nacht in seinem Bett verlauten. Sie erwähnte mit keinem Wort, dass er ihr die Antwort auf ihre Frage schuldig geblieben war.

Sie hatte nur ein Glas genommen, ihm seinen Drink gemixt und ihn angelächelt, als wüsste sie über alle seine Geheimnisse Bescheid. Und das reichte aus, um ihn verrückt zu machen. Er musste zugeben, dass man der Begierde einer Frau nichts entgegenzusetzen hatte.

„Ich wusste es. Du bist doch wie die anderen. Du willst mich ausnutzen, um deine Karriere voranzutreiben", zog er sie auf.

Sie grinste, spitzte die Lippen und winkte jemandem zu, der offensichtlich hinter ihm vorbeiging. Er drehte sich nicht um. „Du hast aber ganz schön lange gebraucht, um das herauszufinden."

Sie war ganz schön frech. Ihm fiel nichts ein, was er darauf erwidern konnte. „Um welche Art von Projekt geht es?"

Sie zögerte. In der einen Hand einen leeren Cocktailshaker, in der anderen ein Handtuch, sah sie ihn an. „Weißt du, was? Ich glaube, das erzähle ich dir lieber später."

Er nahm seinen Drink und betrachtete sie über den Rand des Glases hinweg. „Und warum nicht jetzt?"

„Weil ich arbeiten muss und weil *du* einen anstrengenden Tag mit Meetings hinter dir hast. Das sehe ich dir doch an." Sie gestikulierte mit dem Shaker in seine Richtung. „Du musst erst mal runterkommen. Deine freundliche Barkeeperin hilft dir dabei."

Er zuckte mit der Schulter. Er war vorbereitet. Er würde nicht auf ihren Charme hereinfallen, obwohl es ihm gefiel, dass sie einen Sensor für seine Stimmung hatte. Offensichtlich war es ihr wichtiger, mit ihm über seinen Tag zu reden, als mit ihrer Bitte an ihn heranzutreten.

Er ließ die Eiswürfel in seinem Glas kreisen. „Ich krieg das schon noch aus dir raus."

„Kein Zweifel. Ich kenne deine hinterhältigen Tricks", sagte sie mit einem Blinzeln. „Aber ich hätte nicht gleich damit rauspoltern sollen, denn ich habe zu viel zu tun, um es dir jetzt in allen Einzelheiten zu erklären."

„Zu viel zu tun?" Er drehte sich mit dem Stuhl um und warf einen Blick in die halb leere Bar, bevor er sie wieder ansah. „Ja, das sehe ich."

Sie streckte ihm die Zunge raus und ließ ihn alleine, um sich um andere Gäste zu kümmern. Er beobachtete sie und bewunderte wieder ihre langen Beine, die sie hoffentlich bald um ihn schlingen würde und sich warm und weich an ihn schmiegen.

Er wollte ihre Fersen in seinem Fleisch spüren, damit er tiefer in sie eindrang. Aber genug davon. Wenn er sich noch länger seinen Fantasien hingab, würde er mit einer Riesenlatte die Bar verlassen müssen.

Aber es war gar nicht so leicht, an etwas anderes zu denken, wenn sie in der Nähe war. Sie nahm ihn völlig ein. Sie faszinierte ihn.

Er wollte mehr, er wollte sie ganz. Er würde nie genug von ihr bekommen, da war er sich sicher.

Ob sie wirklich so besonders war, wie sie ihm gerade vorkam? Oder versuchte er nur verzweifelt, seinen Zynismus loszuwerden, ohne zu sehen, was wirklich war?

Ob er sich nur in dieser Fantasie verlor, um sich nicht mit seinem realen Leben befassen zu müssen? Ob es vielleicht doch mehr Möglichkeiten als den Umzug nach Austin gab, die sein Leben und seine Einstellung ändern könnten?

Nachdem sie für einen Gast ein Bier gezapft und einem anderen bei seinem Kummer zugehört hatte, kam sie wieder zu Quentin zurück und wischte den Tresen ab, wo ein weiterer Gast gerade ein nicht zu verachtendes Trinkgeld liegen gelassen hatte.

Sie steckte die Scheine in einen Kognakschwenker unter der Bar. „Deswegen stehe ich hier und sitzt du da. Damit verdiene ich meine Brötchen. Du bist nur das Sahnehäubchen. Und jetzt sag mir, wie dein Tag war. Weißt du schon, wem du dein Imperium verkaufst?“

Ein Gespräch über Sahnehäubchen wäre gefährlich ... Er konnte sich so schon nur schwer losreißen von dem Bild, wie sie ihn ritt. „Ja, in der Tat. Die Bedingungen von allen Kandidaten waren austauschbar. Es ging im Prinzip nur um die Vereinbarkeit, um Ansichten und Kontrolle.“

„Deine Kontrolle, logischerweise.“ Als er nickte, lächelte sie und fügte hinzu: „Schön für dich. Dann hast du ja gekriegt, was du wolltest.“

„Wie immer“, rutschte ihm raus. „Tut mir leid. Das war unverschämt, oder?“

„Aber zumindest ehrlich." Sie nahm sein leeres Glas und stellte es zu den anderen schmutzigen Gläsern in die Spüle. Er wollte keinen zweiten Drink. „Du brauchst dich dafür nicht zu entschuldigen. Bei dem, was du erreicht hast, darfst du ruhig so was sagen."

Er beugte sich näher zu ihr und lehnte die Unterarme auf den Tresen. „Aber ich darf nicht reden, ohne vorher zu denken."

„Dazu sag ich nichts." Sie griff nach ihrer Wasserflasche, schraubte sie auf und nahm einen Schluck. „Aber offensichtlich denkst du zu viel, weil du über dich selbst ja gar nichts rauslässt."

Sie wollte nicht nachgeben, wie ein Hund mit seinem Knochen. „Es gibt nichts rauszulassen. Ich hab dir schon alles erzählt. Ich war auf der Highschool in einer Band und auf dem College auch. Und seitdem habe ich jeden Tag meines Lebens mit Musik zu tun gehabt."

„Nein." Ihr Ton wurde härter. Sie stoppte die Flasche kurz vor ihren Lippen. „Das hast du mir nicht erzählt. Bis gerade jedenfalls."

„Siehst du? Weil es nichts Besonderes ist." Er wollte nicht, dass sie noch weiterbohrte, sonst würde sie herausfinden, dass hinter dem, was sie sah, gar nichts Großartiges steckte.

Er hatte immer in der Musikbranche Karriere machen wollen, und das war's. So war es und so war er.

Natürlich war er stolz auf das, was er erreicht hatte, aber dafür hatte er auch viele Opfer gebracht. Indem er nach Austin zurückging, konnte er einiges aufholen. Er konnte sich für den Rest seines Lebens von der Öffentlichkeit abschotten. Er konnte von vorne anfangen, und bei dieser Vorstellung musste er lächeln.

„Das glaub ich dir nicht", sagte sie, schraubte die Flasche wieder zu und stellte sie weg. „Es ist wohl etwas Besonderes.

Es ist gigantisch. Es ist Wahnsinn. Du bist doch höchstens – wie alt? – 35? 37? Und du hast schon so viel erreicht."

Er sah sie lange an, ihre funkelnden blauen Augen, ihr Lächeln, das direkt aus ihrer Seele zu kommen schien.

Ihre Bewunderung war nicht die eines jungen Fans, der ihn für unfehlbar hielt, und nicht die einer angehenden Musikerin, die auf die große Karriere hoffte.

Es war die Bewunderung einer Frau für ihren Mann. Diese Erkenntnis traf ihn wie ein Schlag in die Magengrube. „Hast du bald Pause?"

Sie drehte den Kopf und sah auf die Wanduhr. Er musste wegschauen, nach unten. Nie gekannte, verstörende Emotionen überfluteten ihn, die ein eigentümliches Verlangen in ihm hinterließen.

„Ich könnte jetzt Pause machen."

Er gab keine Antwort. Er war schon auf dem Weg zu der Tür, zu der sie ihn am Vortag gewiesen hatte und die vom *Erotique* ins Hinterzimmer der Bar führte.

7. KAPITEL

Sie stand schon wartend in der Türöffnung. Er drängte sie gegen die Wand, hielt ihr die Handgelenke über den Kopf und sah ihr in die Augen. „Weißt du eigentlich, wie sehr ich dich begehre?"

Sie ließ ihren Blick von seiner sich hebenden und senkenden Brust zu seinen flatternden Nasenflügeln wandern. Dann holte sie tief Luft und atmete ganz langsam wieder aus. „Ich glaube schon."

„Mein Gott, Shandi." Er schloss die Augen und öffnete sie erst wieder, als er sich einigermaßen gefasst hatte. „So etwas habe ich noch nie erlebt. Ich will einfach nur mit dir zusammen sein."

„Ja?", flüsterte sie, sodass er sie kaum verstehen konnte.

Er antwortete nicht, sondern fing an, sie zu liebkosen. Küsste das Grübchen in ihrem Hals, die sanfte Wölbung hinter ihrem Ohr. Er atmete sie ein. Sie roch frisch und süß und jung.

„Komm mit in mein Zimmer."

Sie schüttelte den Kopf. „Ich kann nicht", sagte sie und meinte damit hoffentlich nicht *ich will nicht.* „Ich kann nur eine Viertelstunde Pause machen. Bis wir die Tür abgeschlossen hätten, wäre die Zeit schon um."

„Ich gehe nicht weg", stöhnte er in ihr Haar.

„Ich hab auch nicht gesagt, dass du das sollst."

Er hob den Kopf und sah sie an. „Wohin?"

Sie presste die Lippen aufeinander, sah über seine rechte Schulter, über die linke, dann nahm sie ihn bei der Hand und sagte: „Komm mit."

Er ging hinter ihr her. Sie schlängelte sich durch gestapelte Bierkästen, Getränkekartons und Regale mit Servietten, Rührstäben, Oliven, Erdnüssen, Grenadinesirup, Shakern und Salzpackungen.

Es war dunkel hier, aber er sah das Schild für die Angestelltentoilette. Er drängte sie, sich zu beeilen. Kaum waren sie drin, riegelte sie die Tür ab.

Als sie nach dem Lichtschalter suchte, hinderte er sie daran, indem er ihre Finger auf seine Hemdknöpfe legte. Sie kicherte leise und zog ihm so schnell das Hemd aus wie er ihr die Bluse.

Dann machte sie sich daran, ihm die Hose auszuziehen, wobei sie immer wieder seine nackte Brust mit Küssen bedeckte und ihn zärtlich in die Brustwarzen biss.

Er stöhnte. Sie wusste genau, wie sie ihn anzufassen hatte. Er zitterte unter ihrer Berührung.

Ihre Finger fanden seinen Schwanz, und sie ging in die Knie, um ihm seine Boxershorts abzustreifen und ihn in den Mund zu nehmen. Er lehnte sich gegen die Tür, die Hände zu Fäusten geballt.

Die Dunkelheit intensivierte sein Gefühl – die warme Feuchtigkeit ihres Mundes, ihre Zungenspitze auf seiner Eichel, der sanfte Druck ihrer Finger, das pulsierende Blut in seinen Venen. Er war kurz davor zu explodieren.

Aber so wollte er nicht kommen, nicht so gehetzt. Er wollte sich Zeit lassen, mehr Platz haben. Doch das ging leider nicht. Er streckte die Hände nach Shandi aus, zog sie hoch und half ihr, sich die Hose auszuziehen.

Dann kniete er sich hin, um sie zu schmecken und sich davon zu überzeugen, dass sie so bereit für ihn war wie er für sie. Er hob sie hoch, und sie umklammerte mit den Beinen seine Lenden. Ihr Rücken lehnte an der Wand, ihre Fersen gruben sich in seinen Rücken.

Er steckte ihn ihr rein und packte ihren Hintern und ihre Oberschenkel. Er roch das leichte Holzaroma ihres Shampoos und ihren Duschschaum. Und er roch ihr Geschlecht, das nach Grapefruit und Meersalz duftete.

Er drang tief in sie ein und bewegte sich in ihr. Es erregte ihn und sie total, und nicht viel später spürte er, wie sie zu zucken begann. Sie schrie und schlug mit den Händen gegen die gekachelte Wand, als sie kam.

Jetzt konnte er auch sich nicht mehr zurückhalten. Sein Gesicht an ihrem Hals vergraben, kam er gewaltig und schleuderte seinen Samen in sie hinein. Nur langsam erholte er sich von seinem Höhepunkt.

Erst dann begriff er, was sie gerade getan hatten.

Was er getan hatte.

Sie waren in einem Hinterzimmer einer Bar. Wie primitiv. Was war bloß in ihn gefahren? Er setzte sie ab. Sie stöhnte. Er fühlte sich irgendwie schuldig.

„Tut mir leid." Er legte seine Stirn an ihre, küsste sie sanft auf die Lider und den Nasenrücken. „Es ist einfach mit mir durchgegangen. Ich hab nicht groß nachgedacht."

Sie lachte und vertrieb damit sein schlechtes Gewissen. „Ich hatte eigentlich geglaubt, es hatte was mit Gefühl zu tun. Dass man hätte nachdenken sollen, hat mir keiner gesagt."

Sie bückte sich, um ihre Hose hochzuziehen. Er entfernte das Kondom, zog sich ebenfalls wieder an und brummelte: „Ich bin zu alt für so was."

„Für was?", fragte sie und knipste das Licht an. Er blinzelte. Sie blinzelte. Die Glühbirne flackerte. „Um das zu tun, worauf du Lust hast? Spontan zu sein?"

Irgendwie sah sie verletzt und verwirrt aus. Das wollte er nicht. „Nein. Dass ich mich nicht zurückgehalten habe. Dass ich dich nicht besser behandelt habe."

Wieder lachte sie. „Wenn du mich noch besser behandelst, brauche ich wahrscheinlich einen Rollstuhl. Außerdem will ich nicht, dass du dich zurückhältst. Weißt du, wie toll du für mein Ego bist?"

Warum störte ihn diese Bemerkung so? War es am Ende doch nur seine Popularität, die ihn für sie attraktiv machte?

Doch er schüttelte seine Bedenken ab und sagte nur: „Schön, dass du mit mir zufrieden bist."

Sie baute sich vor ihm auf und nahm sein Gesicht in ihre Hände. „Es ist mehr als das. So was Tolles wie mit dir habe ich noch nie erlebt, und dabei kenne ich dich erst seit ein paar Tagen. Welchen Reim soll ich mir darauf machen? Warum begehrt jemand wie du ausgerechnet mich?"

„Warum nicht?" Er verstand nicht. „Du bist schön. Du bist offen und ehrlich und verdammt sexy."

„Ich bin eine Kellnerin, eine kleine Studentin." Sie ließ ihn los und lehnte sich gegen die Tür. „Du bist weltberühmt und bewegst dich in Kreisen, von denen wir Normalsterbliche nur träumen können."

„Hör auf damit." Er legte die Hände auf die Hüften, ließ den Kopf hängen und versuchte, seine Verärgerung herunterzuschlucken. „Heb mich bitte nicht auf einen Sockel. Ich bin ein Mensch. Ein Mann. Und mehr nicht."

Sie sah ihn mit brennender Neugierde an. „Warum habe ich immer das Gefühl, dass du dich selber irgendwie nicht leiden kannst?"

„Weil es Zeiten gibt, in denen es so ist", antwortete er, überrascht von ihrer Intuition.

„Wieder das mit dem Hype, was?", fragte sie, und als er keine Antwort gab, schlang sie die Arme um ihn und schmiegte sich an ihn. „Dich dauernd selbst runterzumachen, muss doch irgendwann langweilig werden."

Wider Willen musste er lachen. „Vermutlich."

„Erinnere mich bitte daran, dass ich mich nicht so runtermache, wenn ich erfolgreich bin." Sie massierte mit ihren Fingerspitzen seine Wirbelsäule. „Ich würde nämlich meinen Erfolg lieber genießen, als mir unnötig Gedanken zu machen."

Er hätte sie gerne für naiv gehalten, aber das war sie nicht. Sie war nur optimistisch. Ein Licht im Dunkel. Fest davon überzeugt, dass sie Erfolg haben würde – und dass sie nicht aufgeben würde, falls es nicht so wäre. „Ich glaube, es liegt dir nicht, dich selbst runterzumachen."

Da schob sie ihn weg und öffnete mit selbstironischem Lachen die Tür. „Erinnere mich bitte daran, dich nie meinen Freunden vorzustellen. Die werden dich nämlich ganz schnell vom Gegenteil überzeugen."

„Ach ja?", fragte er neugierig.

„Ja. Sie gehören zu der Sorte, die einem unumwunden die Wahrheit sagen", antwortete sie und fügte schnell noch hinzu, bevor sie wieder an die Arbeit ging: „Aber ich glaube gern den Hype, der über mich erzählt wird."

Morgens um halb vier saß Shandi in ihrer Wohnung auf dem Boden vor dem Fenster und wartete auf Evan. Hätte sie doch nur Quentins Einladung angenommen, bei ihm zu übernachten! Sie wusste gar nicht, warum sie es ausgeschlagen hatte.

Körperlich wäre sie dazu durchaus in der Lage; aber kopfmäßig war sie mal wieder zu sehr mit ihren Selbstzweifeln beschäftigt. Sie dehnte sich, beugte sich vor zu ihren Zehen und berührte mit dem Gesicht ihre Knie.

Als er gesagt hatte, sie würde sich bestimmt nie runtermachen, hätte sie am liebsten laut gelacht. Sie war froh, dass sie es nicht getan hatte.

Schön, dass er sie mochte und sie für ausgeglichen hielt. Dabei war sie in Wirklichkeit total unsicher. Deshalb war wahr, was sie ihm gesagt hatte: Sie glaubte gern den Hype, der über sie erzählt wurde.

Je mehr sie darüber nachdachte, desto mehr verstand sie allerdings, warum er sich damit so herumquälte.

Sie störte es, dass sie sich nicht davon frei machen konnte, woher sie kam. Und ihn störte es, dass das Leben, das er gelebt, und die Träume, die er sich erfüllt hatte, ihn zu einem zynischen Arschloch gemacht hatten.

Sie fragte sich, ob er glaubte, wieder der Alte zu werden, wenn er erst zurück in Texas war.

Sie nahm das Telefon, das neben ihr auf dem Boden stand, und rief kurzerhand in seinem Zimmer im Hush an, um ihn zu fragen.

Nach dem zweiten Klingeln nahm er ab. „Quentin Marks."

Sie bekam eine Gänsehaut, als sie nur seine Stimme und seinen Namen hörte. „Hab ich dich geweckt?"

„Wohl kaum. Seit wir uns kennen, schlafe ich nicht mehr."

Ihr Magen zog sich zusammen. Er machte sie nervös. Unfassbar, wie aufgeregt sie war.

„Das ist aber gar nicht gut. Du brauchst deinen Schlaf und einen wachen Kopf, damit du deinen Millionendeal durchziehen kannst."

„Nein. Ich brauche dich. In meinem Bett. Und zwar sofort"

Sie schloss die Augen und holte zitternd Luft. „Du hattest mich doch gerade erst."

„Weißt du, wie lange das her ist? Ich bitte dich! Das reicht mir nicht."

Er klang wütend. Sie wusste nicht, ob er sauer auf sie oder auf sich selber war. „Quentin, was ist denn los?"

„Wie?", fragte er etwas zu aufgesetzt.

„Mit uns."

„Wir haben eine Affäre."

Sie wartete einen langen Moment, hörte ihn atmen, lauschte der Stille. Sie konnte beinahe sein Herz schlagen hören. Beinahe, denn ihres klopfte zu laut.

„Eine Affäre. Mehr nicht?“

„Doch“, sagte er und fluchte. „Es ist mehr.“

Sie war ehrlich. „Mir geht das alles zu schnell.“

„Ja, das habe ich auch schon gedacht.“

Trotzdem fragte sie: „Willst du morgen Abend zum Essen kommen?“

„Wann?“

„Um acht?“

„Kochst du?“

„Ja.“

„Vergiss das Essen. Ich verspeise dich.“

Lächelnd stand sie auf und ging zum Fenster. Sie lehnte die Stirn gegen die kühle Scheibe. „Mein Mitbewohner und seine Freundin werden aber auch da sein.“

„Lad sie wieder aus.“

„Das geht nicht“, sagte sie atemlos. „Ich brauche sie.“

„Wozu?“

„Zu meinem Schutz.“

„Vor mir?“

„Ja.“

Es vergingen einige Sekunden, bis er sie fragte: „Hast du etwa Angst vor mir?“

„Nein.“ Eine sehr vielsagende Antwort. „Ich habe Angst vor mir.“

Er lachte, obwohl er nicht wusste, wie er das zu verstehen hatte. „Mir machst du auch Angst.“

„Ich verstehe das nicht. Alles, meine ich.“

„Ich auch nicht.“

Sie seufzte vernehmlich. Wer nichts wagt, der nichts gewinnt. Sie wollte nicht mit achtzig auf ihr Leben zurückblicken und das Gefühl haben, etwas bereuen zu müssen. „Dann kommst du also morgen Abend zum Essen.“

„Unter einer Bedingung."

„Welcher?"

„Dass du mir endlich von deiner Seminararbeit erzählst."

April saß um vier Uhr morgens vor der Schminkkommode in ihrem Schlafzimmer und konnte nicht schlafen. Stattdessen betrachtete sie sich im Spiegel.

Und sie betrachtete auch die Bilder in ihrem Zimmer – soweit sie im sanften Licht ihrer Nachttischlampe zu erkennen waren. Ihr Zimmer, das mit Antikmöbeln und Ölgemälden eingerichtet war.

Eingerichtet nach den Vorstellungen des Innenarchitekten ihrer Mutter und mit dem Geld ihres Vaters.

Sie kannte niemanden von ihren Kommilitonen, der ein Zimmer oder eine Wohnung hatte, die es mit ihrer aufnehmen konnte, die ihre Eltern bezahlten. Das war ihr unangenehm, und deshalb lud sie auch fast nie jemanden nach Hause ein. Nur Shandi und Evan durften vorbeikommen.

Sie gab ja zu, dass sie verwöhnt war. Als Tochter von Lawrence Elton Carter war sie das von Geburt an. Sie hatte allerdings nicht damit gerechnet, dass sie in der Stadt damit eine Ausnahme bilden würde.

Als sie klein war, hatten ihre Freundinnen ähnliche Zimmer gehabt wie sie. Überall hingen Poster von irgendwelchen Boygroups, von Justin Timberlake und Nick Lachey.

Doch bei der alljährlichen Weihnachtsveranstaltung des Gartenclubs ihrer Mutter wurden ihre Poster immer hinter irgendwelchen Vorhängen versteckt.

Sie hatte es gehasst, wenn Fremde durch ihr Zimmer liefen und sie ihren privaten Bereich der Öffentlichkeit preisgeben musste – und diesen privaten Bereich vermisste sie sogar jetzt.

Sie seufzte und stellte fest, dass ihr Zimmer zwar sehr schön, aber doch nicht ihres war. Sie wollte ein Zimmer wie Shandi, das mit originellen Möbeln aus dem Secondhandladen eingerichtet war.

Kuschelige Kissen, die sich unter einem Regalbrett stapelten, das wie ein Kinovordach aussah. Ein Raumteiler mit Mae-West-Fotos, eine Kommode, die mal eine Popcornmaschine war, ein Kleiderständer, der aus Bühnenhaken bestand.

April wollte auch ein Zuhause, das nach ihrem Geschmack eingerichtet war und nicht einfach den Reichtum der Familie Carter widerspiegelte.

Am meisten wünschte sie sich jedoch Evan in ihrem Bett.

Stattdessen schlief er wieder auf dem Sofa.

Sie wusste eigentlich nicht, warum sie keinen Sex hatten. Obwohl, das stimmte auch nicht so ganz. Was sie Shandi gesagt hatte, traf es schon.

April hatte es bei zu vielen Freundinnen erlebt, die mit ihrem Freund geschlafen hatten und danach sitzen gelassen worden waren. Und das wollte sie mit Evan nicht erleben. Sie wollte mit ihm schlafen und dann gemeinsam mit ihm neue Welten erobern.

Aber natürlich würde Evan nie den Beifall ihres Vaters bekommen. Er kam nicht aus der richtigen Familie. In seinen Adern floss nicht das richtige Blut.

Aber damit tat er ihm unrecht, denn Evan Harcourt war der beste Mann, den sie je kennengelernt hatte. Er war nett und großzügig und liebevoll. Er brachte sie zum Lachen, und ohne ihn war das Leben für sie unvorstellbar.

Sie liebte es, wenn er ihr alberne Souvenirs von ihren Verabredungen schenkte. Sie hatte zum Beispiel eine ganze Schublade voller Speisekarten, auf denen die Gerichte, die sie gegessen hatten, rot eingekringelt waren.

Ihn ihrer Familie vorzustellen, wäre ein Fehler, selbst wenn es noch schlimmer war, es nicht zu tun. Meine Güte, sie war so verwirrt – und sie musste Evan jetzt dringend in den Arm nehmen.

Sie stand auf, knotete den Gürtel ihres knielangen Seidenbademantels zu und ging leise ins Wohnzimmer. Das sanfte Mondlicht schien durchs Fenster und tauchte das Zimmer in silbriges Licht. „Evan? Schläfst du?“

Er wachte brummelnd auf, stützte sich auf die Ellbogen, setzte sich auf und rieb sich die Augen.

Sie hatten vorher zusammen auf dem Sofa gekuschelt und drei Folgen der ersten Staffel von *Alias – Die Agentin* auf DVD gesehen. April war ein absoluter Fan dieser Serie.

„Was ist?“ Er räusperte sich. „Stimmt was nicht?“

Sie setzte sich in die andere Ecke des Sofas und zog die Knie an. „Ich wollte mit dir reden.“

„Wie viel Uhr ist es?“, fragte er, immer noch total verschlafen.

„Gegen vier.“

„Vier Uhr morgens? Warum bist du schon wach?“

Sie schüttelte den Kopf. „Ich kann nicht schlafen. Du fehlst mir.“

Er beruhigte sie. „Ich war die ganze Nacht hier.“

„Ich weiß“, seufzte sie, nahm ihren ganzen Mut zusammen und sagte: „Aber ich will, dass du bei mir bist.“

„Wie jetzt?“, fragte er, und sie spürte, wie er sich verkrampfte.

„Ich will nicht mit dir streiten. Ich mag es nicht, sich nach einem Streit nicht auszusprechen. Dabei müssen wir dringend ein paar Dinge klären.“ Shandi hatte recht gehabt. Es wurde ihr gleich viel leichter ums Herz, als sie das losgeworden war.

Evan rieb sich immer noch den Schlaf aus den Augen. „Und das muss um vier Uhr morgens sein?“

April zuckte mit den Schultern. Sie wollte sich ihre Verzweiflung nicht anmerken lassen. „Ich sollte dich schlafen lassen. Es kann warten."

„Nein, das kann es nicht. Das heißt, ich kann nicht mehr warten." Evan seufzte, drehte sich um und stellte die Füße auf den Boden.

Er breitete die Decke über seinen Schoß und seine Beine. Er trug nur seine Boxershorts. „Tut mir leid, dass ich gestern einfach aufgelegt habe. Oder vorgestern. Wann immer es war."

Schade, dass sie ihn nicht besser sehen konnte. Im Zimmer war es zu dunkel, und sein Gesicht war im Schatten. Sie erschrak darüber, wie verwundbar sie beide waren. „Ich hätte auch nicht weiter mit mir sprechen wollen. Ich war so eine dumme Kuh."

Da drehte er sich zu ihr um und streckte die Hand nach ihr aus. „Nein, warst du nicht. Ich war so ein Arschloch. Ich musste dich sehen und wollte einfach nicht länger warten."

Sie rutschte näher an ihn heran und nahm seine Hand in ihre. Seine Finger waren, im Gegensatz zu ihren, wunderbar warm. „Wir müssen etwas daran ändern, dass wir uns so vermissen."

„Du", fing er an und rubbelte mit seiner anderen Hand ihre Hand warm, „ich bin für jeden Vorschlag offen, sofern er nicht den Umzug in einen Schuhkarton beinhaltet."

Sie lachte, denn auch sie hatte an so etwas gedacht. „Ich finde, wir sollten die Initiative ergreifen. Du und ich. Zusammen. Als ein Team. Und damit meine ich nicht, sich zu betrinken."

Er ließ den Kopf hängen, sodass ihm die Haare ins Gesicht fielen. „Shandi hat's dir erzählt."

„Ja." April hockte sich auf ihre Beine und legte ihren Kopf auf seine Schulter. „Du weißt, dass ich das nicht mag."

Er nickte und wiegte sie sacht hin und her. „Und was hattest du dir vorgestellt?"

Jetzt oder nie, dachte sie und ging aufs Ganze. „Ich will mit dir zusammenziehen."

Er hörte auf, sie zu wiegen. „Was? Wie? Meine Großmutter schmeißt mich raus, wenn du bei mir einziehst. Und wenn ich bei dir einziehe, schmeißen dich deine Eltern raus."

„Dann suchen wir uns eben eine eigene Wohnung. Da kann uns niemand reinquatschen." Und bevor er sie unterbrechen konnte, sagte sie schnell: „Ich besorg mir einen Job und Shandi zieht zu uns. Zu dritt können wir es uns leisten."

Er antwortete nicht sofort. Er sagte so lange nichts, dass sie schon Angst hatte, sie hätte etwas Falsches gesagt. Vielleicht verstand er nicht, wie sehr sie mit ihm zusammen sein wollte?

Schließlich nahm er seine Hände weg und rutschte in die andere Ecke des Sofas. Das machte ihr noch mehr Angst.

Es vergingen endlose Minuten. Schließlich fragte er: „Warum, April? Warum jetzt auf einmal, nachdem wir gesagt haben, wir lassen uns Zeit, um nichts kaputt zu machen?"

War etwa schon alles kaputt? „Willst du nicht mit mir zusammenleben?"

„Das habe ich nicht gesagt ..."

„Was willst du dann?", wollte sie wissen und ignorierte die Tränen, die ihr plötzlich die Wangen herunterkullerten.

„Ich möchte nur wissen, ob du es willst, damit wir uns öfter sehen oder ob du damit eine echte Beziehung verbindest?" Er sprach atemlos, als könne er nicht loswerden, was er loswerden wollte. „Wir beide als ein echtes Paar?"

Hielt er sie denn jetzt nicht für ein echtes Paar? Wie konnte er nur, wo sie sich gerade emotional so entblättert und ihm diesen Vorschlag gemacht hatte ... Und dann verstand sie. „Du meinst, ob wir dann miteinander schlafen?"

„Auch das."

Das war es also. Der Test, ob der Sex sie aneinander binden

oder dazu führen würde, dass ihre Beziehung, die sie über Monate so vorsichtig aufgebaut hatten, zerbrach.

Waren sie wirklich so weit? Waren sie stark genug? Oder waren sie dabei, den größten Fehler ihres Lebens zu begehen?

Sie würden es herausfinden. Langsam stand sie auf, streckte die Hand aus und wartete mit angehaltenem Atem darauf, dass er sie ergriff.

8. KAPITEL

Am Donnerstagabend war Shandi ein Nervenbündel. Sie hatte sich am Morgen kaum auf ihre Vorlesung konzentrieren können, sondern die ganze Zeit nur daran gedacht, dass Quentin am Abend kommen würde.

Wie bescheuert.

Quentin hatte sie ja schon nackt gesehen ... wie oft eigentlich inzwischen? Aber das hier war was anderes. Hier ging es um ihren Ehrgeiz, und das machte sie irgendwie verwundbar. Vielleicht fand er ihre Idee ja total lächerlich und würde sie auslachen.

Noch schlimmer wäre es, wenn er deswegen nicht mitmachen wollte. Das würde sie ins Mark treffen, denn es würde irgendwie alles, wofür sie gearbeitet hatte, zunichte machen.

Und dann war sie auch noch kurz davor, sich in ihn zu verlieben – diese Gefühlswallung musste sie irgendwie in den Griff kriegen.

In ihrem Leben war nur Platz für eine Affäre, aber nicht für eine richtige Beziehung. Erst recht nicht, wenn diese Beziehung ihr das Herz brechen würde. Und das würde ganz bestimmt so kommen, denn schließlich war er ab der kommenden Woche nicht mehr da.

Evan und April litten ja schon wie die Tiere, wenn sie sich nur einen Tag nicht sahen. Sie und Quentin würden sich dagegen wochen- oder gar monatelang nicht sehen!

Und das war nicht gerade das, was sie sich unter einer Beziehung vorstellte.

Leider wollte sie alles auf einmal.

Eine perfekte Beziehung und Karriere machen. Einen Mann, der sie so liebte wie sie ihn. Viele Aufträge, total bekannt werden und ein Star sein.

Würde das ihrer Familie nicht beweisen, dass sie nicht bloß nach den Sternen griff und ihre Zeit verschwendete? Dass sie mehr konnte als nur Bier zapfen, Drinks mixen und mit Whiskyflaschen wirbeln, als wäre sie dem Film *Coyote Ugly* entsprungen?

Sie schob den Gedanken an ihre Familie beiseite und gestand sich ein, dass es wesentlich riskanter war, Quentin zu sich nach Hause einzuladen, als mit ihm eine Affäre anzufangen.

Sexuell waren sie gleichwertige Partner. Beruflich gesehen aber war sie im Gegensatz zu ihm eine blutige Anfängerin. Wenigstens würden Evan und April da sein, wenn er sie fallen lassen sollte. Und eigentlich war es das, womit sie rechnete.

Sie tat schließlich genau das, was alle Mrs. Cypruses dieser Welt taten. Sie wollte ihn benutzen. Also warum sollte er nicht auch sie zum Teufel jagen wie all die anderen?

Vielleicht, weil da mehr zwischen euch beiden ist?

Nein, auf keinen Fall. Das konnte sie sich nicht erlauben. Sie wollten nur ihren Spaß haben. Das hatte er selbst gesagt. Eine Affäre, mehr nicht.

Nächste Woche würde er seine Geschäftsbesprechungen beendet haben, und dann hatte er keinen Grund mehr, noch länger in der Stadt zu bleiben. Er würde das Hush verlassen und damit auch sie.

Aber mit diesem Gedanken wollte sie sich jetzt lieber nicht beschäftigen und daher machte sie sich an die Arbeit.

Sie stand in der Küche, die zum Wohnzimmerbereich hin offen war. Auf dem Schneidebrett neben der Spüle lagen die Hühnerbrüstchen bereit, in einer Schüssel daneben waren Spinat, Ricotta, Eier und Mozzarella und in einer anderen Schüssel Croutons.

Sie konnte zwar kochen, tat es aber nur sehr selten – und hatte Angst, dass man ihr die fehlende Praxis anmerkte. Aber eine halbe Stunde später war sie beruhigt, als das Aroma von Hähnchen, Oregano, Basilikum und frischem Knoblauchbrot ihren Magen knurren ließ.

Als sie den Salat mischte, wünschte sie, alle wären schon da, damit sie endlich etwas essen könnte.

Und wie aufs Stichwort klingelte es an der Tür.

Sie legte das Salatbesteck hin, glättete ihre hauchdünne weiße Tunika, zu der sie schlichte Sandalen trug und hoffte, dass es April und Evan waren – obwohl sie es natürlich besser wusste.

Evan hatte schließlich einen Schlüssel und musste nicht klingeln. Quentin dagegen ...

Seit sie ihn mitten in der Nacht angerufen hatte, hatten sie nicht mehr miteinander gesprochen, und dieses letzte Gespräch war von Unsicherheit, Lust und Frust gekennzeichnet. Sie wollten verstehen, was da zwischen ihnen vorging, weil sie beide ahnten, dass sie mehr verband als nur die Lust am Sex. Shandi holte tief Luft und öffnete die Tür.

Er trug einen schokoladenbraunen, fast schwarzen Anzug. Seine dunklen Haarsträhnen hatten dieselbe Farbe.

Er trug die Haare offen. Die braunblonde Löwenmähne wallte über seine Schultern.

Sie bat ihn herein. „Ich mag es, wenn du die Haare offen hast."

Er drückte ihr eine Flasche Chablis in die Hand und einen kleinen Strauß Tausendschön, über den sie lächeln musste. „Und ich mag dein Gesicht."

Heute Abend hatte sie die Farben Silber, Gold und Schwarz kombiniert und ein Make-up im Stil „griechische Göttin" aufgelegt. Sie hatte Stunden dafür gebraucht. Die Tatsache, dass es ihm auffiel, machte die Zeit wett, die sie mit Pinsel, Schwämmchen und Kosmetiktuch verbracht hatte. „Danke. Ich gebe gern an mit meinen Künsten."

Er lachte. „Zu Recht. Du hast wirklich Talent."

„Ich hoffe", sagte sie und ging in die Küche, um unten im Schrank nach der kobaltblauen Vase zu suchen – der einzigen, die sie besaß. „Bei mir bekommst du, was du siehst. Alles echt. Na ja, plus Make-up."

„Und was verbirgt sich dahinter?", fragte er gespielt misstrauisch. „Irgendwelche Übertreibungen? Halbwahrheiten?"

Als sie sich wieder aufrichtete, stand er genau vor ihr. Sie sah in seinen Augen, dass er ein Lachen zurückhielt. „Eigentlich nur die Grundierung Studio Tech NC 15, dazu den Shadestick ‚Sea Me' und den Lidschatten ‚Electric Eel', alles von M.A.C."

„Touché", sagte er und schenkte ihr ein Lächeln, das sie sofort dahinschmelzen ließ. „Das Essen riecht wunderbar."

„Ich hoffe, es schmeckt auch wunderbar." Sie stellte die Blumenvase auf den Tisch, der mit bunten Fiestawarc-Imitaten vom Flohmarkt gedeckt war. Die blaue Vase passte gut zu den gelben, grünen und lila Tellern. „Es gibt außerdem Salat und Brot. Der Korkenzieher hängt seitlich am Kühlschrank, wenn du so nett wärst ..."

Er legte seine Hände auf ihre Taille und wirbelte sie herum und in seine Arme, sodass sie sich in den Stoff seines hellbraunen Hemds krallen musste, das er ohne Krawatte trug.

Sie schlang die Arme um seinen Nacken und sah ihn an. Er leckte sich die Unterlippe. Seine Augen loderten vor Lust.

„Ich würde dich gerne küssen, aber ich will dein Make-up nicht zerstören", sagte er und streichelte ihr übers Haar, das ihr lose über die Schultern fiel.

„Das tust du nicht." Sie stellte sich auf die Zehenspitzen und küsste ihn leicht auf die Lippen. „Solange du dir die innigen Zungenküsse für später aufhebst."

Er beugte sich runter zu ihr und lächelte. Seine Lippen auf

ihren, fragte er: „Es gibt also ein ‚später'?"

„Abwarten." Sie küsste ihn noch mal, rieb ihre Nase an seiner und fuhr ihm mit den Fingern durchs Haar. „Vielleicht nimmst du auch Reißaus, wenn du von meiner Seminararbeit erfährst."

„Keine Chance." Er ließ seine Hände auf ihren Rücken wandern und zog sie an sich, dabei massierte er sie. „Du hast mich neugierig gemacht."

„Vorsicht", flüsterte sie nahe an seinem Mund, „oder wir müssen uns um mehr sorgen als um deine Neugierde."

„Ich hatte schon meine Gründe, warum ich dir meinen Mantel noch nicht gegeben habe."

Sie spürte, dass sie rot wurde. „Ich bin also eine schlechte Gastgeberin?"

Quentin fing an, sie mit seinem Mund am Ohr zu liebkosen. „Hauptsache, du bist gut im Bett."

„Ach ja?" Sie machte sich los und sah ihn abschätzig an. „Um den Rest kann sich ja auch Mrs. Cyprus kümmern."

„So ein Quatsch", sagte er schroff und klatschte ihr auf den Po. „Und wenn du diese Frau noch einmal erwähnst, muss ich dich wohl übers Knie legen."

„Alles leere Versprechungen", erwiderte sie und wollte ihm gerade den Hintern versohlen, als die Wohnungstür aufging und Evan und April hereinkamen.

„Oh, stören wir vielleicht?", fragte Evan. „Ich dachte eigentlich, wir hätten eine Essenseinladung. Von einer Show hat keiner was gesagt."

Lachend machte sich Shandi von Quentin los, protestierte aber nicht, als er ihre Hand festhielt. Mit der anderen gestikulierte sie. „Quentin Marks, das ist mein Mitbewohner Evan Harcourt und unsere gemeinsame Freundin April Carter."

„April, Evan." Quentin ließ Shandi los und schüttelte den

beiden die Hand. „Schön, euch kennenzulernen."

„Ebenso", sagte April. „Jetzt weiß ich, warum uns Shandi dich so lange vorenthalten hat."

Shandi fing an, irgendwas über den Korkenzieher zu murmeln, den sie ganz vergessen hätte, und verzog sich in die Küche. „Ich habe niemandem jemanden vorenthalten. Meine Güte, Quentin und ich haben uns doch erst diese Woche kennengelernt."

Er folgte ihr in die Küche, nahm ihr den Korkenzieher aus der Hand und nickte in Richtung der Weingläser, die im Glasregal unter einem der Schränke hingen. Dabei sah er April an und sagte: „Es kommt uns nur so vor, als würden wir uns schon ewig kennen."

Stimmt, dachte Shandi, und zog vier der acht Weingläser aus der Halterung. Sie kommunizierten sogar schon ohne Worte, wie gerade beim Weinöffnen und Einschenken.

„Ja", stimmte sie zu und stellte zwei Gläser auf die Arbeitsplatte. „Und das Prickeln ist auch schon vorbei. Jetzt kommt die Langeweile. Das Übliche eben."

Evan zog sich einen Stuhl heran und setzte sich. „Das Gefummel eben war also ein letzter Versuch, wieder einen Funken Spannung in eure Beziehung zu bringen, ja?"

April schnappte nach Luft. „Evan!"

Quentin blinzelte Shandi zu. Ein wohliger Schauer durchfuhr sie vom Kopf bis in die Zehenspitzen.

„So was in der Art. Wir haben so einen Partner-Tipp aus der *Cosmopolitan* ausprobiert."

„Genau", sagte Quentin. „Zehn Tipps für die scharfe Küche."

Shandi hielt ihm die nächsten beiden Weingläser hin. Ihre Hände zitterten leicht, als Quentin den Wein eingoss. Nachdem sie den anderen beiden ihre Gläser gereicht hatte, nahm sie ihres und sah Quentin in die Augen, als sie einen Schluck nahm. Er erwiderte ihren Blick und sah sie eindringlich an, sodass es ihr schwerfiel zu schlucken.

Sie konnte sich nicht vorstellen, dass sie dieses Essen durchstehen würde – weniger noch, den ganzen Abend –, wenn er nicht sofort aufhörte, sie so anzusehen, mit diesem Ich-weiß-wie-du-nackt-aussiehst-Blick.

Sie stellte ihr Glas ab. Plötzlich hatte sie das Gefühl, sie bräuchte mehr Luft zum Atmen und bat April um Hilfe. „Kannst du eben das Brot aus dem Ofen holen? Ich mische in der Zeit den Salat und dann können wir anfangen."

„Es riecht wunderbar", sagte April.

„Finde ich auch", pflichtete Quentin ihr bei.

„Da weder April noch ich kochen können", sagte Evan, während er sein Glas neben seinem Teller abstellte und April ansah, „müsst ihr uns wohl demnächst auch in unserer neuen Wohnung bekochen."

Shandi sah von ihrem Mitbewohner zu ihrer Freundin, die plötzlich ganz geschäftig das Brot schnitt. „Welche neue Wohnung?"

„Die, in die wir drei bald einziehen."

Quentin konnte sich nicht erinnern, wann er zuletzt ein so leckeres selbst gemachtes Essen verzehrt oder einen so interessanten Abend erlebt hatte. Evans Ankündigung hatte Shandi völlig unvorbereitet getroffen.

Merkwürdig, dass ihr Mitbewohner diese Neuigkeit vor einem unbeteiligten Besucher äußerte. Was wusste Quentin schon von Shandis Beziehung zu den beiden anderen?

Er war eigentlich davon ausgegangen, dass Shandi mit April zusammenwohnte und Evan derjenige war, der immer zu Besuch kam. Aber es war genau umgekehrt.

Bevor das Thema gewechselt wurde, war es Quentin immerhin gelungen herauszufinden, dass die Wohnung, in der Shandi und Evan wohnten, seiner Großmutter gehörte und die beiden keine Miete zahlen mussten, da sie kein Paar waren.

Ihm waren die Einzelheiten zwar nicht ganz klar, und man erklärte sie ihm auch nicht, aber es schien auf der Hand zu liegen, dass Shandi im Falle eines Umzugs Geld für die Miete aufbringen musste und nicht wusste, woher es kommen sollte. Außerdem wollte sie gar nicht umziehen.

Das konnte er verstehen. Er stand in der Küche, die ihn an die Küche aus der Serie *Friends* erinnerte, und schenkte ihr Wein nach.

Endlich waren sie allein. Die beiden anderen waren gegangen, nachdem sie alle gemeinsam die Küche aufgeräumt hatten. Shandi hatte nicht viel gesagt, als sie die Teller abgekratzt und in die Spülmaschine gestellt hatte.

Er wusste, dass sie mit den Gedanken woanders war. Sie rechnete sich vermutlich schon aus, wie sie einen Umzug realisieren sollte, der nicht nur ihre Zeit in Anspruch nehmen, sondern für sie auch Mehrarbeit in der Bar bedeuten würde, damit sie ihn sich überhaupt leisten konnte.

Er nahm die beiden Weingläser und ging zu ihr rüber. Sie stand vor den großen Fenstern und starrte hinaus in die Nacht. Ihm fiel plötzlich ein, dass sie ihre Seminararbeit noch immer mit keinem Wort erwähnt hatte.

Stattdessen hatten sie den ganzen Abend zwanglos über dies und jenes geplaudert, man hatte ihm Fragen zu seinem Beruf gestellt und hin und wieder gab es Andeutungen in Bezug auf Evans Ankündigung.

Es war Zeit, dass sie auf andere Gedanken kam, fand er, und gab ihr ein Glas. „Kein schlechter Blick, wenn da nicht die Häuser wären."

„Haha", sagte sie und nahm das Glas, trank aber nicht. „Ich

sehe mir den Himmel an. Oder das, was man davon sieht."

Das war nicht gerade viel. Gerade mal ein paar Sterne. Ein Stückchen Mond. „Was ist denn auf dem Dach?"

Sie überlegte kurz, dann zuckte sie mit den Schultern. „Keine Ahnung. Ich war noch nie oben."

„Nein? Dann lass uns doch mal nachschauen."

Sie sah ihn an. „Du willst aufs Dach gehen?"

„Warum nicht? Von da oben sieht man bestimmt mehr vom Himmel." Er streckte die Hand aus. Sie zögerte kurz, ergriff sie aber schließlich doch.

Sie gingen zur Tür, sie schnappte sich ihren Schlüsselbund, der daneben an einem Haken hing, schloss hinter ihnen ab und zeigte ihm, wo die Treppe war.

Vier Stockwerke später standen sie auf dem Dach. Shandi war überrascht, hier zwischen mehreren Topfpalmen einen kleinen Gemüsegarten zu finden.

„Wow! Das wusste ich gar nicht!", sagte sie und lachte leise ihr glockenhelles Lachen. „Und ich hocke mich jeden Abend nach der Arbeit vor das blöde Fenster, wo ich genauso gut hier oben sitzen könnte!"

„Obwohl es nicht sonderlich klug wäre, mitten in der Nacht alleine hier zu sein."

„Ja, ich weiß. Das muss man nicht wörtlich nehmen." Sie zuckte die Achseln. „Ich träume nur."

Sie kam ihm viel zu pragmatisch und ehrgeizig vor, um eine Träumerin zu sein. Sie war fleißig, arbeitete in der Bar und für ihr Studium, und beides war ihr sehr wichtig.

Träumen passte da nicht ins Bild. „Träumst du denn oft?"

Sofort sagte sie: „Wo soll ich die Zeit dafür hernehmen?" Das passte besser zu seiner Einschätzung, aber dann fügte sie hinzu: „Oder besser: genug Zeit, denn ich muss zugeben, dass ich schon manchmal träume."

Schade. Er hatte gedacht, er würde sie besser kennen. „Und wovon träumst du dann?“

Sie ließ die Schultern kreisen, trank einen Schluck Wein, stellte sich unter eine der Palmen und sah plötzlich aus, als sei sie gerade einer Filmszene entstiegen. *Troja* oder *Alexander* oder sogar *Cleopatra.* „Von einem Tony, dem Oscar für das beste Make-up. Davon träumt jeder Maskenbildner.“

Er lachte, obwohl ihm eigentlich nicht danach zumute war. Sein Magen zog sich zusammen, als er sie ansah. Sie war wunderschön. „Okay, dann verleihe ich ihn dir.“

„Als ob du in meinen Träumen was zu sagen hättest.“ Sie sah ihn über ihr Glas hinweg an, nahm noch einen Schluck, schüttelte ihr Haar nach hinten und seufzte. „Was sag ich da? *Ich* habe ja offensichtlich nicht mal was zu sagen, wenn es darum geht, wo ich *wohne.* Wie soll ich da meine Träume steuern können?“

Er war erstaunt, dass sie so leicht verletzlich war. „Stresst dich das? Dieser Umzug und plötzlich Miete zahlen?“

„Es könnte daran liegen, dass ich Studentin bin und nicht gerade zu den Großverdienern gehöre.“

Sie sah ihn an. Alles an ihr – ihre Haare, ihre Kleider, ihr Make-up – wurden vom Mond in silbernes Licht getaucht. Sie sah zauberhaft aus.

„Egal“, sagte sie kurz darauf. „Von meiner Sorte gibt’s in deinem Umfeld vermutlich nicht viele.“

Er blickte nach unten und bemerkte ein Funkeln in seinem Weinglas. „Nennst du mich jetzt einen Snob?“

„Nein, ich bin nur realistisch“, sagte sie, als eine Brise die Palmen erfasste und ihre Tunika und ihre Haare flattern ließ. „Und es kotzt mich an, dass mich ausgerechnet meine beiden besten Freunde in diese Situation bringen. Wenn sie es endlich schaffen, über ihren eigenen Schatten zu springen und zusammenzuziehen, hätten sie mich vorher in ihre Pläne einbeziehen können. Es ist ja nicht gerade so, dass ich nichts mit der Sache zu tun hätte!“

„Klingt auch nicht wirklich nach besten Freunden“, pflichtete er ihr bei und trank noch einen Schluck. Sie verwirrte ihn. Sein Kopf schwirrte von den Gedanken und Gefühlen, die sie in ihm auslöste. „Aber das sage nur ich, aus meinem Luxusapartment in meinem Elfenbeinturm.“

„Natürlich. Der Elfenbeinturm allein reichte nicht. Es musste noch ein Luxusapartment dazu sein.“ Ein sarkastisches Lächeln umspielte ihren Mund, doch dann schien sie in sich zusammenzufallen. „Tut mir leid. So hab ich es nicht gemeint.“

„Wie denn?“, fragte er. Er wollte wissen, was in ihr vorging.

„Okay“, stimmte sie zu, „ich erklär's dir. Aber nur, wenn du mir etwas zugestehst.“

„Was denn?“

„Wenn ich dir etwas von meinem Innersten preisgebe, musst du mir auch etwas von deinem Innersten preisgeben. Und“, fügte sie schnell hinzu, „damit meine ich nicht beim Sex.“

Er hatte seine Vergangenheit und sein Privatleben immer für sich behalten. Das war seine Art von Selbstschutz. Sollte er für Shandi eine Ausnahme machen?

Eigentlich spielte es keine Rolle, was er ihr sagte und was nicht. Er fuhr schließlich nächste Woche, und dieser Gedanke versetzte ihm einen merkwürdigen Stich. „Klar. Warum nicht?“

Sie wippte hin und her, während sie ihn musterte. „Das kam zu schnell.“

Dieser Frau konnte man es wohl nie recht machen. Er ging auf sie zu. „Du hast wohl mit einem Nein gerechnet?“

Sie hörte auf zu wippen, betrachtete ihr Glas und fuhr mit einem Finger über den Rand. „Es wäre einfacher, dir zu glauben, wenn du Nein gesagt hättest."

Touché, dachte er und zuckte die Achseln. „Ich habe eine Mauer um mich gezogen, hinter der ich mein Leben lang gelebt habe."

„Und jemanden dahinterblicken zu lassen, wäre so schlimm?", fragte sie leise und sah ihn an.

Die Antwort, die sie von ihm erwartete, verlangte die Kraft von tausend Männern. „Ich denke, ich bin kurz davor."

„Und?", wollte sie nach einer kurzen Pause wissen, in der er sich gefragt hatte, was gerade mit seinem Herzen passierte. Mein Gott, es fühlte sich an, als sei es durchbohrt worden. „Hast du so viel Angst davor?"

Angst, seine Deckung fallen zu lassen? Ihr zu glauben, dass sie es ernst mit ihm meinte? Zu wissen, dass er sich in eine Situation begab, die verheerender für ihn ausgehen könnte als die Vaterschaftsklage?

Nein. Das war es nicht. Er hatte kein bisschen Angst davor.

Es fühlte sich so verdammt gut an, denn er glaubte an sie und an die Gefühle, die sie in ihm auslöste.

Er legte ihr eine Hand auf die Wange, die von der Nachtluft ganz kalt war. Das Mondlicht streichelte ihre nackten Arme, und er sah, dass sie eine Gänsehaut hatte. „Ist dir kalt?"

Sie fröstelte. „Nein. Ich bin nervös, aber mir ist nicht kalt."

„Warum bist du nervös?", fragte er und ließ seine Finger in ihren Nacken wandern.

Wieder durchfuhr sie ein Schauder. „Wegen der Verantwortung."

Er runzelte die Stirn. „Wofür?"

„Für dich."

Er warf den Kopf zurück und lachte. „Das klingt so, als wäre ich ein Welpe."

„Im Prinzip kann man das so sehen", sagte sie und lehnte sich an ihn. Er legte ihr den Arm um die Schultern. „Zumindest hast du auch so große Augen, die um Aufmerksamkeit betteln."

„Wahrscheinlich spiegeln sich deine Augen in meinen."

„Phh! Ich habe keinen bettelnden Blick."

„Kann sein." Er amüsierte sich über ihre Verärgerung. Er war fröhlich und genoss dieses neue, ihm unbekannte Gefühl. „Aber dein Mund bettelt."

„Was hab ich gesagt?" Sie machte sich los und schuf damit eine Distanz zwischen ihnen, die ihm gar nicht gefiel. „Wir reden hier nicht über Sex!"

„Hm. Bei den Gesprächen über Welpen und Augen weiß ich aber auch nicht mehr, worüber wir eigentlich reden wollten." Er steckte die Hände in die Hosentaschen. Natürlich wusste er genau, warum sie die Wohnung verlassen und hier hochgekommen waren.

Shandi hatte einen Tapetenwechsel gebraucht und frische Luft. Sie musste raus aus der Wohnung, in der sie offensichtlich nicht mehr allzu lange wohnen würde.

Aber plötzlich wollte er nicht mehr über dieses Thema sprechen.

Er wollte, dass sie wieder fröhlich war und ihn ihre Leidenschaft spüren ließ.

Er sah zu, wie sie an der kleinen Backsteinmauer entlangging, die das Gärtchen umschloss. „Obwohl … Wenn ich mich recht erinnere, war da nicht etwas mit einer Seminararbeit?"

Sie ließ den Kopf hängen. „Ich hätte große Lust, das alles abzublasen. Ich kann daran im Moment gar nicht denken."

Er ging zu ihr rüber und setzte sich neben sie auf die Mauer. Es roch nach Torf und fruchtbarer Erde. „Das klingt aber gar nicht nach der Shandi, die ich kenne. Nachdem du so voller

Enthusiasmus warst, willst du jetzt aufgeben?“

Sie sah zu ihm hinüber, ihre Augen umrahmt von dem schwarzen Lidstrich, ihre Wimpern lang und dunkel in ihrem silbrig schimmernden Gesicht. „Du glaubst also, du kennst mich? Nach weniger als einer Woche mehrerer kurzer Gespräche und nicht minder kurzen intimen Begegnungen?“

Er nickte einfach. „Ja, ich glaube schon. Der Anruf letzte Nacht war sehr aufschlussreich.“

„Mein Güte, Quentin“, sagte sie und lehnte sich an ihn. „Wie kann das nur sein? Eben noch war alles in Ordnung und plötzlich läuft alles schief?“

Weil so das Leben ist, wollte das zynische Arschloch in ihm antworten. Doch er legte nur den Arm um sie, zog sie an sich und flüsterte: „Weil man so, Shandi Fossey, herausfindet, aus welchem Holz man geschnitzt ist.“

„So was lässt sich leicht sagen, wenn man genug Kohle hat. Ich habe aber nicht genug Kohle, und das heißt, ich muss an der Uni kürzertreten, mehr arbeiten, mir wahrscheinlich sogar einen zweiten Job suchen – und das alles nur, um die Miete bezahlen zu können. Von Essen, Vergnügen oder Klamotten mal ganz abgesehen.“

„Du schaffst das schon“, sagte er. Er konnte sich nur vorstellen, dass sie immer wieder auf den Füßen landete.

Sie wiegte sich in seinem Arm. „Immerhin werde ich nicht verhungern. Der Koch im Hush ist sehr großzügig.“

„Ich lasse dich schon nicht verhungern.“

„Wie bitte?“ Sie befreite sich aus seiner Umarmung und sah ihn forschend an. „Willst du etwa den Mäzen für die arme Kunststudentin spielen?“

So hatte er das noch gar nicht gesehen, aber … „Warum nicht? Ich könnte von meinem Steuerberater einen Stipendien-Fonds einrichten lassen. Oder eine Art Kredit. Damit könntest du deine monatlichen Ausgaben finanzieren und dich gleichzeitig voll aufs Studium konzentrieren."

Sie sah ihn immer noch an. Im fahlen Mondlicht konnte er ihren Blick nicht wirklich deuten. Aber dann zwinkerte sie und verzog langsam den Mund zu einem Lächeln. „Das würdest du für mich tun?"

„Ich habe mir schon länger überlegt, ob ich nicht so was machen sollte", log er. Er war zu dem Schluss gekommen, dass er ihr nicht unbedingt die Wahrheit sagen musste.

Er war immer so sehr mit sich selbst beschäftigt, dass er nie daran gedacht hatte, von seinem Erfolg etwas abzugeben. Bis er sie kennengelernt hatte – diese erstaunliche Frau, der er jeden erdenklichen Erfolg wünschte.

Sie hatte ihn noch nie um etwas gebeten, außer, ihr bei einem Projekt unter die Arme zu greifen, über das er immer noch nichts Genaues wusste.

Shandi stellte ihr Weinglas auf dem Mäuerchen ab, stand langsam auf, drehte sich um und blickte nach unten.

Er konnte fast die Rauchwölkchen sehen, die ihr vor Wut aus den Ohren stiegen, als sie sich jetzt vor ihm aufbaute.

„Du würdest mich also für die Zeit meines Studiums finanziell unterstützen, und als Gegenleistung müsste ich nur mit dir schlafen?!"

9. KAPITEL

Hatte er wirklich das gemeint? Wollte er sie sich als seine Gespielin halten? Sie aushalten?

Glaubte er vielleicht, wenn er das Ganze als eine Art Stipendium für Kunststudenten ausgab, hätte es einen weniger peinlichen Beigeschmack?

Nicht zu fassen! Sie stolzierte wütend auf und ab. Gut, sie kannten sich nicht einmal eine Woche, aber sie wäre nie darauf gekommen, dass er so drauf war!

Sein Vorschlag war im Prinzip nichts anderes als die Umkehrung von dem, was er hasste: dass man immer nur wegen seines Namens etwas von ihm wollte. Nein, jetzt benutzte *er* seinen Namen und seinen Erfolg dafür, das zu bekommen, was *er* wollte!

Aber er sprang auf und rief: „Verdammt, so habe ich es doch nicht gemeint! Was denkst du denn von mir?"

„Ganz ehrlich?" Sie verschränkte die Arme vor der Brust und glaubte, sie müsste ersticken. „Diese Idee von dir taucht einfach aus dem Nichts auf, als ob dir plötzlich aufgegangen wäre, ich könnte dir jederzeit zur Verfügung stehen, solange du nur für mich zahlst?"

„Es war zwar ein spontaner Einfall, Shandi, aber ganz sicher nicht aus dieser Motivation heraus", sagte er, machte einen Schritt nach vorn und stieß dabei das Weinglas um, das er auf den Boden gestellt hatte. Es zerbrach, und er unterdrückte einen Fluch.

„Tut mir leid. Das ersetze ich dir. Und nein, das ist kein Versuch, dich zu kaufen." Er machte kehrt und ging auf die Tür zum Treppenhaus zu, öffnete sie und wartete darauf, dass sie mitkam.

Als sie ihn so ansah, in sein vom Mondlicht erhelltes Gesicht, fand sie es plötzlich fürsorglich von ihm, dass er sie nicht alleine auf dem Dach lassen wollte.

Sie sank auf die Mauer und vergrub das Gesicht in den Händen. Aber sie fing nicht an zu weinen – noch nicht.

Die Tür schloss sich mit einem Klicken. Sie hörte Quentins knirschende Schritte auf dem Kiesboden, als er zu dem Gartenmäuerchen zurückging, auf dem sie saß.

Er setzte sich nicht neben sie, sondern blieb vor ihr stehen und wartete. Wahrscheinlich fragte er sich, in was für einen Irrsinn er da hineingeraten war und wie er sich am besten aus der Affäre ziehen konnte, ohne mehr sagen zu müssen als „mach's gut".

Sie hob den Kopf und schüttelte ihn, dann seufzte sie. „Es tut mir leid, wenn ich in dein Angebot etwas hineininterpretiert habe. Ich kann es nur auf den Mond schieben."

Er trat von einem Fuß auf den anderen und fragte leicht irritiert: „Den Mond?"

Sie nickte und kam sich ausgesprochen dumm vor. Aber besser das, als dass alles aus war. „Ich bin doch nur den kleinen Ausschnitt des Himmels gewöhnt, den ich von meinem Fenster aus sehe. So viel Mond auf einmal vertrage ich offensichtlich nicht."

Sie starrte auf seine Schuhe. Jetzt setzte er sich neben sie, und sie heftete den Blick auf seine Knie. Er hatte sich so weit weggesetzt, damit einer von ihnen den ersten Schritt tun musste.

Sie raffte ihre Tunika zusammen, damit sie nicht hängen blieb, und rutschte neben ihn. „Es tut mir leid. Wirklich. Ich glaube, ich bin nur so ausgerastet, weil dein Angebot die perfekte Lösung für mein Problem wäre, ich es aber leider nicht annehmen kann."

„Das weiß ich." Er verschränkte die Hände zwischen den Knien und ließ den Kopf hängen. „Du wärst nicht die, die du bist, wenn du dich für die einfache Lösung entscheiden würdest."

„Und warum hast du es dann angeboten?" Warum hast du mir diese dämliche Hoffnung gemacht, hätte sie am liebsten hinzugefügt.

„Ich weiß nicht", bekannte er. „Vielleicht wollte ich mich aus meinem Zustand des zynischen Arschlochseins rauskaufen."

Sie lächelte in sich hinein. „Hm. Ob dieses Wort existiert?"

„Wie soll ich es denn sonst sagen?", fragte er zerknirscht. „Wenn du in meiner Nähe bist, scheine ich einen Knoten in der Zunge zu haben."

Jetzt grinste sie wirklich und drückte die Hand auf ihr Herz. „Wirklich? Das bewirke ich bei dir?"

Da nahm er ihre Hand in seine, als ob die simple Berührung ihrer Handflächen alles sagen würde. „Du bewirkst mehr, als du denkst."

„Ich höre", sagte sie, drückte seine Hand und wartete atemlos auf seine Antwort. Denn auch sie hatte ihm nicht die volle Wahrheit gestanden. In dieser Woche hatte sie nämlich nur von ihm geträumt.

Aber so leicht machte er es ihr nicht, stellte sie fest, als er den Kopf schüttelte. „Nein. Erst, wenn du mir von deiner Seminararbeit erzählt hast, die du natürlich nicht hinschmeißen wirst."

„Na gut." Je schneller sie es hinter sich brachte, desto schneller erfuhr sie, was er davon hielt.

Sie holte tief Luft und sagte: „Ich muss eine Zeitungswerbung für eine Haarcoloration machen. April und Kit Prescott sind meine Models."

„Die Kit aus dem Hush?", fragte er nach einer Weile.

„Ja. Eine Brünette und eine Blondine. Sozusagen die beiden Buchdeckel."

„Und keine Schwarzhaarige?"

Sie schüttelte den Kopf. „Zu knallig. April hat einen warmen Braunton, wie ein frisch gebutterter Toast. Und Kit ist irgendwie eigelbfarben, hell eben. Klingt bescheuert, ich weiß", fuhr sie fort und gestikulierte mit einer Hand, „aber das passt genau zu dem, was ich vorhabe. Nur war mir die ganze Zeit klar, dass da noch was fehlt, weil der Kontrast zu stark ist."

„Und da komme ich ins Spiel?"

„Ja. Deine Haarfarbe ist nämlich die perfekte Mischung aus Kits und Aprils", erklärte sie und fragte sich gleichzeitig, ob er sie wohl für total durchgeknallt hielt. Oder sollte sie ihm sagen, wie wild und sexy er aussehen würde zwischen den beiden perfekt durchgestylten Frauen? „Dann hätte ich die Buchdeckel und alle Seiten dazwischen."

„Du bist wieder bei den Büchern, und ich denke an Toast und Ei zum Frühstück", sagte er und schüttelte den Kopf.

„Hey, ich bin Maskenbildnerin und keine Dichterin." Sie stöhnte. „Leider, denn ich muss mir außerdem auch noch einen schlagkräftigen Slogan einfallen lassen, und Eier und Toast sind da, glaube ich, kaum das Richtige."

„Zum Frühstück schon", sagte er, stand auf und zog sie mit sich. Sie strich ihre Tunika glatt.

„Frühstück?" Wollte er sie nur auf später vertrösten oder lud er sich gerade selber ein, die Nacht bei ihr zu verbringen? Sie winkte ab. „Ich muss um acht an der Uni sein. Ich frühstücke nicht."

„Morgen schon", sagte er und zog sie an der Hand hinter sich her zum Treppenhaus. „Ich lade dich ein."

„Führst du mich aus oder machst du selber Frühstück?", fragte sie, als er ihr die Tür aufhielt.

„Kommt drauf an. Willst du früh aufstehen oder lieber ausschlafen? Dann bringe ich dir das Frühstück ans Bett." Die Tür schlug zu. Sie standen im dunklen Treppenhaus, nur durch das flackernde Licht ein Stockwerk tiefer war überhaupt etwas zu sehen.

Er ging zwei Stufen runter, sodass ihre Gesichter auf gleicher Höhe waren. Sie blieb stehen, sah ihn an und streichelte seine weiche Haut. Diese perfekten Wangenknochen!

Warum war er bloß kein Arzt oder Rechtsanwalt oder irgendjemand aus dieser Stadt, in der sie gerade ihr neues Zuhause gefunden hatte? „Danke, dass du mir verziehen hast. Und für dein Verständnis."

Er küsste ihre Handfläche und sein Kinnbärtchen kitzelte sie. „Du hast viel vor. Und klare Vorstellungen. Ich hätte mich eindeutiger ausdrücken sollen."

„Ich hätte keine falschen Schlüsse ziehen sollen", sagte sie und streichelte sein Ohr. Als seine seidigen Haarsträhnen wie Wasser über ihre Handgelenke schwappten, wurden ihre Brustwarzen hart.

Ihre weiße Tunika war im Dunkeln gut zu erkennen, und Quentin bemerkte es sofort. Er legte sein Gesicht zwischen ihre Brüste und atmete tief ein. Jetzt legte er seine Hände auf ihre Rippen und schob seine Daumen langsam nach oben.

Sie hielt sich an seinen Schultern fest und klammerte sich an ihn. Dann schloss sie die Augen und konzentrierte sich auf die Empfindungen, die durch ihren Körper rasten und überlegte, dass es im Bett noch viel schöner wäre. Oder vielleicht auch nicht, beschloss sie, als er die Hände durch die weiten Ärmel in ihre Tunika schob.

Ein Schauer durchfuhr sie und ihre Nackenhaare stellten sich auf. „Du hast mir noch nicht gesagt, wo du mir das Frühstück servieren willst. In deinem Bett oder in meinem?"

„Wo hättest du's denn lieber?", hauchte er an ihren Hals, während er seine Daumen auf ihren nackten Brüsten kreisen ließ.

Ihre Muskeln in den Oberschenkeln und zwischen den Beinen verkrampften sich, und sie musste sich räuspern, bevor sie antworten konnte. „Meins ist näher."

„Das wäre also geklärt. Wir bleiben hier." Er küsste sie vom Hals bis zur Schulter, trat eine Stufe nach unten und widmete seine Aufmerksamkeit nun ihren tiefer liegenden Körperregionen. Sie spürte seinen heißen Atem durch den Stoff ihrer Tunika auf ihren Brüsten, ihrer Hüfte und schließlich – er war in die Knie gegangen – auf ihren Schenkeln. „Wenn du Eier da hast."

Hatte sie nicht, fiel ihr ein, während sie die Beine spreizte. In ihrer Magengrube brannte es. Die Eier waren alle fürs Abendessen draufgegangen. „Ich habe eine Pfannkuchenmischung. Du brauchst nur Wasser und Mehl dazuzugeben."

„Das geht auch." Er hob ihren Rock an. Sie griff nach dem Treppengeländer, als er ihren Slip wegschob und sie an ihrer intimsten Stelle zu küssen begann.

Sie zitterte und keuchte, ihr verging Hören und Sehen, so scharf machte er sie. Sie begehrte ihn so sehr, dass ihnen nichts anderes übrig blieb, als das zu Ende zu bringen, was er gerade angefangen hatte.

Mit den Daumen schob er ihre Schamlippen zur Seite und leckte sie, bis er schließlich seine Zunge in sie gleiten ließ. Mit den Fingern massierte er ihren Kitzler.

Sie schrie kurz auf und dachte, sie müsste umfallen, denn jetzt hatte er seine Zunge durch zwei Finger ersetzt und saugte an ihrem Kitzler, während er seine Finger in ihr kreisen ließ.

„Warte, Quentin. Lass uns nach unten gehen. Ich glaub ... ich hab keinen Ahornsirup mehr."

Er kicherte an der Stelle, wo er ihr mit seinen Lippen, Fingern und Zunge eine feuchte Lache zwischen die Beine zauberte. Sie hasste es, ihn zu unterbrechen, aber sie wollte mehr:

ihn auf sich spüren, seinen Mund auf ihren Lippen und seinen harten Schwanz in sich.

Als ob er Gedanken lesen könnte, gab er ihr einen letzten innigen Kuss, und während sie noch ganz benommen stöhnte, stand er auf, ging die Stufen zu ihr nach oben und drehte sie sachte um.

Sie presste ihren Körper gegen das kühle Metall der Tür zum Dach, hörte, wie Quentin seinen Reißverschluss aufmachte, spreizte die Beine und wartete. Scheiß auf den Sirup. Jetzt zählte nur noch eins: zu kommen oder zu sterben.

Er schob ihr den Rock hoch, riss ihren Slip weg und stellte sich hinter sie, ging in die Knie und schob ihr seinen Penis rein. Dabei hob er sie fast hoch.

Sie biss sich so stark auf die Lippe, dass es blutete, und versuchte, leise zu sein und ihre Schreie zurückzuhalten – es nutzte nichts. Wie konnte sie still sein, wenn sie jedes Mal, wenn er in sie fuhr, vor Verlangen fast wahnsinnig wurde?

Er legte eine Hand auf ihre Taille, die andere auf ihren Bauch. Seine Wange rieb an ihrem Haar, und er flüsterte ihr ins Ohr, dass er ihren Körper liebe und was er alles mit ihr machen würde.

Sie wollte alles.

Sie wollte ihn – in ihrem Bett, in ihrem Körper. Und in ihrem Leben. Sie wollte mit ihm lachen und weinen, mit ihm über Probleme reden und sie gemeinsam bewältigen. Sie wollte morgens neben ihm aufwachen und abends neben ihm einschlafen.

Noch während sie das begriff, überkam es sie, und sie schrie ihren Orgasmus heraus. Quentin kam mit ihr und spritzte seinen Samen in sie, während er leise in ihr Ohr stöhnte und sie seinen Körper heiß auf ihrem Rücken spürte.

Sie sank nach unten, dankbar, dass er sie festhielt und sie nicht auf dem Boden landete. Lange Zeit verging, bis er sich von ihrem Körper löste, ihre Tunika herunterzog und sich wieder anzog.

Sie drehte sich um, lehnte sich gegen die Tür und legte die Hände auf den Rücken. „Ich glaube, wir haben ein Problem."

„Ich bin froh, dass du das sagst, denn ich dachte, ich wäre der Einzige, der das denkt." Er sah sie erst an, nachdem er seinen extralangen Gürtel durch die Schlaufe seiner Hose gefädelt hatte. Sie hätte schwören können, dass da so etwas wie Trauer in seinen Augen war. „Aber ich weiß nicht, was wir dagegen machen könnten."

„Wir können es ja langsam auslaufen lassen", sagte sie, indem sie an ihm vorbei und die Treppe hinunterhuschte. Erst am Treppenabsatz fiel ihr auf, dass er oben stehen geblieben war.

Sie schluckte den dicken Kloß in ihrem Hals herunter und sah nach oben. „Quentin?"

Er kam langsam die Treppe runter und blickte sie dabei unverwandt an. Als er auf gleicher Höhe mit ihr war, blieb er jedoch nicht stehen, sondern ging direkt auf sie zu. Sie drückte sich in die Ecke.

Er starrte ihr in die Augen wie ein Beutetier seinem Opfer. „Du glaubst also, das ist alles gewesen, Shandi? Ein Feuer, das von selber erlischt?"

Was sollte sie ihm sagen? Dass sie hoffte, es wäre nicht so? Dass die Vorstellung, von ihm ausgehalten zu werden, ihr aus mehreren Gründen durchaus angenehm erschien, obwohl es sie eigentlich abstoßen müsste?

Sie wusste nicht, ob sie ihm das sagen sollte, also blieb sie bei der restlichen Wahrheit. „Nein, das glaube ich nicht. Aber ich hoffe es. Ich kann nicht mein Leben lang darauf warten, dass du mal wieder in die Stadt kommst und mich nur dann komplett und lebendig fühlen, wenn wir zusammen sind. So will ich nicht leben. Ich würde den Respekt vor mir verlieren.

Und wenn du das von mir erwartest, verliere ich auch den Respekt vor dir."

„Und? Ist Quentin über Nacht geblieben?", fragte April, während sie hinter Shandi, die gerade ihren Rucksack auf die Schulter hievte, zur U-Bahn-Station hetzte.

„Was geht dich das an?", antwortete Shandi und sah ihre Freundin an, die nur ein Prada-Handtäschchen dabei hatte, sonst nichts. „Übrigens war Evan nicht zu Hause, als ich heute Morgen das Haus verließ."

„Weil ich ihn gestern Abend gebeten habe zu bleiben." April wich einem Fahrradkurier aus, der an ihnen vorbeiraste. Sie beeilte sich, Shandi wieder einzuholen, und ihre Jimmy-Choo-Slipper klapperten auf dem Bürgersteig. „Ich wusste doch, dass er bei eurem hemmungslosen Nahkampf nur gestört hätte."

„Du bist heute Morgen ja sehr kreativ." Obwohl es, nachdem sie vom Dach gekommen waren, in der Tat noch einmal sehr hemmungslos geworden war.

Aber Kreativität war heute Morgen auch nicht gerade ihre Stärke. Genauso wie Gehen. Oder sich Gefühle einzugestehen.

Denn sie gab es nur ungern zu, aber seit Quentin heute Morgen gegangen war, war sie schlechter Laune. Er hatte sie in der Nacht so wunderbar gewärmt; sie hatte schon lange nicht mehr so tief und gut geschlafen.

Als sie schließlich aufgestanden war, war ihr das Bett so leer vorgekommen und sie sich so allein.

Es war nicht fair von ihr, dass sie ihre beste Freundin jetzt darunter leiden ließ. „Vielleicht solltest du einen Kurs ‚Kreatives Schreiben' belegen. Oder irgendwie sonst an deiner Originalität arbeiten, vor allem, da die Kunstgalerie, die du planst, Originale von April Carter ausstellen soll."

„Wechsel nicht das Thema", sagte April, hielt Shandi am

Rucksack fest und zwang sie, stehen zu bleiben. „Und hör auf, mich anzuzicken. Ich habe nach dir und Quentin gefragt!"

„Schön, und ich habe von dir und Evan gesprochen. Quentin und ich haben nur eine Affäre", sagte Shandi und fragte sich, warum es ihr heute so wehtat, das zu sagen, wo es ihr gestern doch so leicht über die Lippen gekommen war. „Was du mit Evan hast, ist doch angeblich mehr. Also sollten wir lieber darüber reden."

„Was meinst du damit, *ist doch angeblich mehr?* Es *ist* mehr!" April verschränkte die Arme, hob trotzig das Kinn und versuchte, auf Shandi herabzusehen – was ihr nicht wirklich gelang, denn sie war gute zehn Zentimeter kleiner.

Shandi seufzte. Sie wollte nach Hause. Sich in die Badewanne legen, Pediküre betreiben, ihre Haare pflegen, sich die Beine rasieren. Sich etwas Gutes tun, um ihre schlechte Laune loszuwerden.

Und sich überlegen, was sie heute Abend unter ihrer Kelleruniform tragen würde, falls Quentin wieder das Bedürfnis überkam, sie auszuziehen. Schließlich blieben ihnen nur noch wenige Tage, und die sollten perfekt werden.

Sie wollte in dieser Stimmung keine Diskussion mit April anfangen. Es war ungerecht, sie so zu behandeln. Immerhin würde sie noch da sein, wenn Quentin längst verschwunden war.

Seit Evan die Bombe hatte platzen lassen, hatte sie noch kein Wort mit ihm gewechselt, obwohl sie dringend reden mussten. Vor allem, wenn sie sich wirklich demnächst zu dritt eine Wohnung teilen wollten.

Sie warf einen Blick auf die verstopfte Kreuzung, über die sie sich kämpfen musste, um auf die andere Seite zur U-Bahn-Station zu gelangen. Dann drehte sie sich zu April um. Sie sagte recht einfallslos: „Komm, wir gehen einen Kaffee trinken."

April nickte stumm und hakte sich bei Shandi unter. Sie

gingen nicht über die Straße, sondern bogen um die Ecke und steuerten den Starbucks an, in dem Evan arbeitete.

Es war Freitag, und er wäre nicht vor vier Uhr da, weil er so lange Vorlesung hatte. Also hatten April und sie genügend Zeit, alleine zu reden.

April bestellte eine Vanilla Latte und Shandi einen einfachen Espresso. Sie ergatterten einen Tisch an der Frontscheibe, der gerade frei geworden war. Als sie es sich bequem gemacht hatten, legte Shandi auch schon los.

„Ich möchte wissen, wie Evan und du es euch vorstellt, dass wir uns eine Wohnung mit mehr als einem Zimmer oder 120 Quadratmetern leisten können, wo nur zwei von uns einen Teilzeit-Job haben."

April hielt den grünen Pappbecher mit dem Starbucks-Logo in beiden Händen und blickte nach unten. „Ich muss mir eben auch einen Job suchen ..."

„Du meinst, du musst dir auch *zwei* Jobs suchen." Es ging nicht anders, Shandi musste ihren Frust und ihre Verzweiflung rauslassen. „Ich werde mir einige Kurse nicht mehr leisten können und muss noch mehr arbeiten. Wenn ich nicht mehr Stunden im *Erotique* arbeiten kann, muss ich mir zusätzlich was anderes suchen. Dasselbe gilt für Evan. Wir werden dadurch mindestens ein Semester länger studieren müssen. Habt ihr darüber denn gar nicht gesprochen?"

„Natürlich", sagte April und schlürfte an ihrer Latte, um Shandis Blick auszuweichen. Aus den Lautsprechern des Cafés dröhnten jazzige Reggaerhythmen.

Wahrscheinlich müsst ihr noch mal drüber reden, dachte Shandi. Und zwar mit mir. „Warum habt ihr nichts gesagt? Ich finde es reichlich unfair, dass ihr diese Entscheidung über meinen Kopf weg getroffen habt. Es geht hier schließlich nicht nur um euch beide."

„Doch, eigentlich schon." April sah sie entschlossen an. „Evan und ich wollen zusammen sein. Wir wollen es gemeinsam versuchen."

„So lange ich da bin und euch zu Hilfe eilen kann, meinst du", sagte Shandi und funkelte wütend einen anderen Gast an, der sie angerempelt und sich nicht einmal entschuldigt hatte. Als sie wieder April ansah, schüttelte diese den Kopf.

„Wenn du mit uns zusammenwohnen möchtest, damit wir die Kosten teilen, gerne. Aber es geht nicht um dich, Shandi. Es geht um uns." April saß plötzlich ganz gerade, als ob sie ihr neu gewonnenes Rückgrat ausprobierte. „Es hat zwar eine Weile gedauert, aber langsam kapiere ich, was du mir die ganze Zeit gesagt hast."

„Und das wäre?", fragte Shandi und kam sich klein und egoistisch vor. Aber sie machte sich eben Gedanken, wie es für sie weitergehen würde, wie alt sie sein würde, wenn sie endlich ihren Abschluss hätte und wie lange sie diese Doppelbelastung überhaupt noch durchhalten könnte.

„Dass wir unser Leben nicht danach gestalten sollen, wie es unseren Angehörigen passt, so wie bisher", räumte April ein und spielte mit dem Deckel ihres Kaffeebechers. „Zuerst war es ein Kompromiss, jetzt ist es ein Opfer. Wir stellen dauernd unsere Bedürfnisse hinten an, damit Evans Großmutter und meine Eltern zufrieden sind. Ich weiß auch nicht, warum wir so lange gebraucht haben, um das zu kapieren."

Wie sollte Shandi dagegen argumentieren? Das war schließlich genau das, was sie ihrer Freundin immer wieder gepredigt hatte.

Sie ließ sich gegen die Stuhllehne sinken und fühlte sich plötzlich zu erschöpft, um eine ganze Schicht in der Bar zu absolvieren. „Ihr hättet mir wenigstens sagen können, dass ihr darüber nachdenkt, statt damit herauszuplatzen, als Quentin da war."

„Glaub mir, Evan hat immer noch ein schlechtes Gewissen deswegen“, sagte April. „Aber es hat sich erst am Abend davor ergeben. Oder genauer gesagt, erst am Morgen. Ich konnte nicht schlafen und ging rüber zu ihm ins Wohnzimmer. Dann haben wir über eine Menge Dinge gesprochen, von denen du mir gesagt hast, dass wir dringend darüber reden müssten. Ich bezweifle, dass Evan überhaupt an Quentin gedacht hat. Er wollte nur einfach die gute Nachricht loswerden.“

„Ja, es ist wirklich eine gute Nachricht.“ Shandi freute sich für die beiden. Für sich selbst freute sie sich weniger, aber ihre Freundin hatte recht: Es ging hier nicht um sie.

„Ich freue mich für euch, wirklich. Ich wünschte nur, dass wir deswegen nicht alle umziehen müssten. Ich liebe meine Wohnung fast so sehr wie die Tatsache, dass ich dort keine Miete zahlen muss.“

April lachte. „Ich weiß. Und eigentlich hoffen wir alle, dass ich die Einzige sein werde, die umzieht.“

Aprils Worte waren wie ein Rettungsring, an den sich Shandi dankbar klammerte. „Evan wird also mit seiner Oma sprechen?“

„Ja, schon bald. Aber erst suche ich mir einen Job. Falls wir umziehen müssen, muss ich sowieso arbeiten gehen.“ April ließ den Rest Kaffee in ihrem Becher kreisen und sah kurz zu den drei kichernden Teenagern rüber, die mit dem Jungen hinter dem Tresen flirteten. „Mrs. Harcourts größter Einwand gegen unsere Beziehung war ja immer, dass ich nicht arbeiten muss, weil ich aus einer wohlhabenden Familie komme.“

Shandi trank einen Schluck Kaffee und sah sie verwundert an. „Ich dachte immer, sie hätte etwas dagegen, dass ihr in Sünde lebt.“

Aprils Gesicht verzog sich zu einem Grinsen. „Deshalb wollten wir ihr eine symbolische Mietzahlung anbieten und ihr sagen, dass ich mir so lange ein Zimmer mit dir teile, bis ich mir meine volle Unabhängigkeit erarbeitet habe."

Shandi lachte auf. „Und das soll sie glauben?"

„Ich bezweifle es." April lachte. Sie lachte noch mehr, als Shandi auch anfing zu lachen. „Also müssen wir wohl heiraten."

Schlagartig hörte Shandi auf. „Was? Ihr wollt heiraten, nur damit ihr zusammenziehen könnt?"

„Nein, du Dummkopf." April wurde plötzlich rot. „Wir wollen heiraten, weil wir uns lieben und den Rest unseres Lebens miteinander verbringen wollen."

Shandi war schockiert. Sie konnte es nicht fassen. „Und was wird aus euren Plänen? Aus Evans Plänen? Deine Galerie, seine Reisen um die Welt, die er sich mit Zeichnen verdienen will? So eine Hochzeit ist schweineteuer. Willst du deine Eltern zwingen, das zu bezahlen? Außerdem dauert es ewig, bis das alles organisiert ist!"

„Eine große Hochzeit wäre zwar toll, muss aber nicht sein. Und nur weil man heiratet, muss man ja nicht alle seine Pläne aufgeben." April sah sie fragend an. „Wie kommst du darauf?"

Weil es allen ihren Freundinnen aus Round-Up so ergangen war, nachdem sie geheiratet hatten? Weil jedes weibliche Mitglied der Fosseys seine Träume aufgegeben hatte, nur weil der Ehemann eine andere Auffassung von Familienglück hatte?

Shandi leerte ihren Kaffee und griff nach ihrem Rucksack, der auf dem Boden stand. „Wahrscheinlich, weil ich es zu oft erlebt habe. Viele alte Schulfreundinnen von mir haben ihre Träume aufgegeben, weil sie plötzlich Familie hatten."

„Und deswegen bist du von zu Hause weggegangen, stimmt's?", fragte April und nahm ihre Handtasche. „Das hast du mir so noch nie gesagt."

Shandi zuckte mit den Schultern. Sie musste nach Hause. Sie musste sich für die Arbeit fertig machen, und sie hatte Quentin einfach zu lange nicht gesehen. „Das Warum spielt keine Rolle. Nur, dass ich das tue, was ich tun muss, um dahin zu kommen, wo ich hin will. So wie du. Und Evan. Oder Quentin."

April drehte sich um und wollte gerade aufstehen, hielt aber plötzlich inne und betrachtete sie neugierig. „Magst du ihn deshalb so? Weil er getan hat, was er wollte, und damit Erfolg hatte?"

„Keine Ahnung, ob es das ist oder einfach er selbst." Oje, das klang irgendwie schlapp. „Ich weiß nicht, ob das irgendwie Sinn macht. Ich meine, ich hoffe nicht, dass ich so oberflächlich bin, dass ich nur seine Macht attraktiv finde. Das ist es noch nicht mal. Es ist eher sein Erfolg."

„Ist das nicht dasselbe?"

Shandi seufzte genervt. „Ich wünschte, ich könnte die richtigen Worte dafür finden. Er hat seinen Traum wahr gemacht. Er hat nie aufgegeben. Er wurde nur zu dem, der er ist, weil er viel gearbeitet hat. Mit seinen eigenen Händen. Und das ist es, was ich an ihm bewundere."

„Womit du dich identifizierst, meinst du wohl. Diesbezüglich seid ihr euch echt sehr ähnlich."

„Vermutlich. Und er benutzt nicht einfach seinen Namen oder seinen Erfolg, um das zu bekommen, was er möchte. Er arbeitet immer noch hart. Und deshalb macht er mich an."

April dachte einen Moment über ihre Worte nach und sagte dann: „Er macht dich doch schon an, wenn du ihn nur ansiehst."

Jetzt musste Shandi grinsen. „Ja. Das kommt noch dazu."

10. KAPITEL

Am Freitagabend saß Quentin mit einem alten Kumpel im *Erotique*. Sie hatten es sich an einem der Tischchen bequem gemacht. Die niedrige Decke verlieh dem Raum eine intime Atmosphäre.

Wie im Hush insgesamt, wurde auch im *Erotique* größter Wert auf Privatsphäre gelegt – das heißt, sie wurde sogar gefördert. In diesem Ambiente blieben persönliche Begegnungen auch persönlich, und genau darum hatte Quentin die Bar vorgeschlagen. Und natürlich auch, um in Shandis Nähe zu sein.

Quentin konnte den Raum übersehen, während sein Freund mit dem Rücken zu den anderen Gästen saß. Diese Sitzordnung kam ihnen beiden entgegen. Quentin konnte Shandi beobachten, wann immer er Lust dazu hatte, und sein Freund wurde in Ruhe gelassen, zumal die Gäste des *Erotique* sowieso nicht darauf aus waren, Rockstars zu belästigen.

Der Rockstar und sein Kumpel war Constantine Hale von der Heavy-Metal-Band *Hale's Fallen Angels.* Im Vergleich zu ihm hatte Quentin nur ein kleines Problem mit Groupies.

„Hätte ich nur vorher gewusst, dass du in der Stadt bist", sagte Connie gerade. „Dann hätten wir uns schon früher treffen können."

„Stimmt", sagte Quentin lachend. „Aber ich versuche, es diesmal ruhig angehen zu lassen. Und wenn ich mich mit dir getroffen hätte, wäre daraus nichts geworden."

Connie zuckte mit den Schultern. Eine Strähne blauschwarzes Haar fiel ihm in die Stirn, als er sich nach vorn beugte und den Hals seiner Bierflasche mit dem Zeigefinger umschloss. „Das kann sein. Aber wir hätten viel Spaß gehabt."

„Ich glaube, ich bin langsam zu alt für diese Art von Spaß, Hale." Quentin lächelte vor sich hin, ließ die Eiswürfel in seinem Glas kreisen und betrachtete die bernsteinfarbene Flüssigkeit. Nur mit der Frau hinter der Bar hatte er gerne Spaß. Von ihr schien er nie genug zu bekommen. „Als wir beide das letzte Mal zusammen Party gemacht haben, kam dabei für mich eine Vaterschaftsklage heraus."

Connie lachte, trank einen Schluck und schüttelte den Kopf, während er schluckte. „Oh Mann. War das eine Nacht! Ich kann mich nicht mal erinnern, die Tussi gesehen zu haben!"

„Gesehen habe ich sie, aber das war's auch." Diesmal sah Quentin zu Shandi hinüber, als er sein Glas zum Mund hob. Ihre Augen glänzten, als sie sich mit einem Pärchen unterhielt, das dort an der Bar saß, wo sonst sein Platz war.

Sein Platz. Seine Frau.

„Diese Klage hat irgendwie das Ende meiner Partyphase eingeläutet." Er schüttelte die Besitzansprüche ab, die zu seiner Überraschung in ihm aufstiegen, und sah wieder Connie an. „Ich wusste in dem Moment, als sie mir ihre Demo-CD in die Hosentasche schob, dass die Frau ein Problem ist."

Connie fing an, mit der Flasche zu spielen. Er steckte den Finger in den Flaschenhals und ließ es ploppen. *Plopp-plopp. Plopp-plopp.* „So ist es, Mann. Die Frauen. Mit ihnen geht's nicht, aber ohne sie auch nicht!"

Quentin lachte. „Jetzt weiß ich es ganz sicher: Mit dir wird nicht mehr gefeiert!"

„Glaub es oder nicht, Marks, du siehst einen neuen Menschen vor dir", sagte Connie und schob sich das Haar aus dem Gesicht.

„Tatsächlich?" Quentin stellte sein Glas ab und hoffte, entspannter zu klingen, als er sich fühlte.

Wenn er *Hale's Fallen Angels* unter Vertrag nehmen könnte, sobald ihre momentanen Verpflichtungen ausgelaufen waren, könnte er seinen Plan womöglich noch schneller verwirklichen. „Und was hat bei dir den Ausschlag gegeben?"

„Hab auf den Tourneen zu viele Gehirnzellen eingebüßt. Dann kam ich nach Hause, verschwand im Studio und nichts weiter." *Plopp-plopp. Plopp-plopp. Plopp-plopp.* „Mir gefiel die Vorstellung nicht, mit dreißig am Ende zu sein."

Da Connie erst siebenundzwanzig war und ein Ausnahmetalent, bezweifelte Quentin, dass er so bald am Ende sein würde. Andererseits war es sicher kein Fehler, wenn er sich mehr auf seine Karriere als auf die süßen Nebenerscheinungen des Ruhms konzentrierte.

Quentin war das absolute Gegenstück zu jedem einzelnen Mitglied von *Hale's Fallen Angels.* Er hätte diese süßen Nebenerscheinungen jahrelang nicht einmal wahrgenommen, auch wenn sie ihn gebissen hätten.

Aber inzwischen war er für sie empfänglich – und er fragte sich, ob er Shandi wohl genauso irritierte wie sie ihn. „Woran hast du in letzter Zeit gearbeitet?"

Connies Blick erhellte sich. „Willst du's hören?"

Der Mann hatte immer seine Gitarre dabei, obwohl er sie nicht dazu brauchte, um Musik zu machen. Da reichte allein seine Stimme.

Quentin sah den Gitarrenkasten an, der neben Connies Sessel auf dem Boden stand. „Na klar! The Constantine ohne den Rest der Angels bekommt man nicht so oft zu hören!"

Connie leerte sein Bier, nickte und stellte die Flasche wieder auf den Tisch. Dann bückte er sich, klappte den Gitarrenkasten auf und nahm das Instrument heraus.

Nachdem er die Gitarre gestimmt hatte, spielte er sich mit ein paar bekannten Angels-Nummern ein, selbstverständlich unplugged.

Quentin bemerkte, wie die Leute die Köpfe drehten, die Unterhaltungen verstummten, die Bewegungen langsamer wurden, es ruhiger wurde in der Bar.

Connie dagegen bemerkte gar nichts. Er war versunken in seine Musik. Er hatte die Augen geschlossen und nickte im Rhythmus zu einem Takt, den nur er hörte.

Und dann fing er an, dem sich versammelnden Publikum den Rücken zugewandt.

„Weißt du, was ich weiß
Was ich denke
Was ich will
Was ich tue, wenn du nicht da bist
Kann ich sagen, dass du es weißt
Dass du es spürst
Dass du es fühlst
Dass du mich hörst wenn ich nicht da bin
Wirst du je wissen, so wie ich es weiß
Wie ich versage
Wie ich dich vermisse
Wie weh es mir tut, wenn du nicht da bist
Muss ich Angst davor haben
Warum es dir wehtut
Warum du mich brauchst
Warum du weinst, wenn ich nicht da bin“

Den Ellbogen auf der Sessellehne, ein Bein über das andere geschlagen und mit den Fingern den Rhythmus auf seinem Kinn mitklopfend, hielt Quentin Ausschau nach Shandi. Er fragte sich, ob sie in Connies Lied dasselbe hörte wie er.

Den Schmerz der Unsicherheit und Trennung. Die Verbindung zwischen ihnen, die nicht einmal die Entfernung würde zerstören können. Aber eigentlich hielt er nichts von Gefühlsduselei. Er hatte auch noch nie Liebeskummer gehabt; im Gegenteil, man warf ihm immer wieder vor, ein Herzensbrecher zu sein.

Dabei war für ihn immer sein Beruf das Wichtigste. Bis ihm Shandi begegnet war.

Sie stand in der Ecke der Bar und wippte im Takt zu Connies Ballade, ein Handtuch in der Hand, mit dem sie sich gerade verstohlen die Tränen aus den Augen wischte. Als Quentin ihren Blick einfing, versetzte es ihm einen Stich, sodass er fast keine Luft mehr bekam.

Sie war traurig, weil sie beide darunter leiden würden, wenn der andere nicht mehr da sein würde. Denn sie wusste nicht, ob es ihnen gelänge, eine Lösung zu finden, um die beruflichen Ambitionen von ihnen beiden unter einen Hut zu bringen.

Keiner von ihnen hatte mit ihrer Begegnung gerechnet, und plötzlich war da etwas zwischen ihnen, etwas Wunderschönes, von dem sie nicht wussten, wie sie in Zukunft damit umgehen sollten.

Sein Hals schmerzte und seine Augen brannten, als er den Blick wieder Connie zuwandte, während Shandi einem Gast, der am Tresen Platz genommen hatte, einen Drink servierte.

Connie hatte die Augen geschlossen. Er ging auf in seiner Musik. Er spürte sie in seinen Fingern, die die Saiten zupften, und in seiner Seele.

„Muss ich Angst davor haben, warum du es weißt
Warum es dir wehtut
Warum du mich brauchst
Warum du weinst, wenn ich nicht da bin
Würdest du herausfinden
Wo ich hingehöre
Wo ich warte
Wo ich mich verstecke, wenn du nicht da bist

Bitte weine nicht
Bitte sei nicht traurig
Bitte hab keine Angst
Stell dir einfach vor, ich bin immer da
Denn ich glaube auch, du bist immer da"

Der Text verstummte, die Musik verklang. Connie lächelte, tauchte ein letztes Mal ein in seine Gefühle, bevor er die Augen öffnete und wieder in die Realität zurückkehrte.

Quentin nickte ihm anerkennend zu, und eine Sekunde später brandete Applaus auf.

Connie sah überrascht aus. Offensichtlich hatte er über seinem Song vergessen, dass er in der Öffentlichkeit gesungen hatte. Er drehte sich um und winkte den Leuten dankend zu.

Dann legte er mit einem verlegenen Grinsen die Gitarre zurück in den Koffer und rutschte auf der Sesselkante vor wie ein kleiner Junge, der um die Anerkennung seiner Eltern bettelt – und nicht wie ein musikalisches Genie, das die Welt des Heavy Metal neu definiert hatte. Seine Musik, seine Stimme und die einfache Begleitung auf der Gitarre hatten jeden im Raum verzaubert.

Quentin griff nach seinem Glas. „Sehr schön. Gibt's noch mehr davon?"

Connie nickte und rutschte wieder nach hinten. Die Hände hatte er auf die Oberschenkel gelegt. „Ich arbeite gerade an drei oder vier Songs dieser Art. Die Band gönnt sich ein Jahr Pause. Die letzte Tour hat uns fast umgebracht."

Das war keine Überraschung, wenn man ihren Tourplan kannte. „Umgebracht?"

„Na ja, ganz so wild war's auch wieder nicht. Wir halten schon eine Menge aus. Aber wir haben verabredet, dass wir eine Pause einlegen. Wir haben alle was anderes vor, wollen uns mal wieder aufs Wesentliche konzentrieren, uns selbst finden“, fügte er lachend hinzu. „Der übliche Quatsch, du weißt schon.“

„Kenne ich“, sagte Quentin. Es kam ihm vor, als spräche Connie gerade seine eigenen Gedanken aus.

Connie schob sich das Haar aus der Stirn. Er sah zu jung aus für jemanden, der ausgebrannt war. „Sergey und ich treffen uns alle paar Wochen und spielen unsere neuen Stücke. Anfang des Jahres gehen wir ins Studio.“

„Willst du alle Lieder für das Angels-Album benutzen?“, fragte Quentin aufgeregt.

Connie hörte auf, mit dem Knie zu wackeln. „Du meinst, ob ich schon mal über ein Solo-Album nachgedacht habe?“

„Ja, das meine ich.“

„Hab ich“, gab er zögernd zu. „Ich weiß nur nicht, wie das Publikum auf The Constantine ansprechen wird, wenn die Angels nicht dabei sind.“

Quentin deutete mit dem Kopf auf die Gäste in der Bar. „Das hast du doch gerade erlebt.“

„Ach was! Die haben sich nur gefreut, dass sie keinen Eintritt zahlen mussten“, sagte Connie mit einem Augenzwinkern.

Komisch, dass diese Künstler ewig so selbstkritisch waren. „Es hat ihnen gefallen.“

„Vielleicht“, meinte Connie. „Man wird sehen.“

„Denk an mich.“

„Im Ernst? Ich würde gerne mal wieder was mit dir machen.“

„Dann mach doch.“ Mit einem breiten Grinsen ergriff Quentin die Hand des anderen und schüttelte sie. „Ich bin gerade dabei, mein eigenes Studio in Austin aufzuziehen. Wenn du so weit bist, lass uns die Sache angehen.“

Den Rest des Abends sprachen sie über die alten Zeiten, über das Leben unterwegs und im Studio, was sie alles verpasst hatten, um ihrer Leidenschaft zu frönen, und ob es das wert war. Sie kamen beide zu dem Schluss, dass sie taten, was sie taten, weil sie nichts anderes tun wollten.

Schließlich stand Connie auf. „Ich muss zurück sein, bevor Sergeys Mädel mich aussperrt. Oder besser gesagt, ihn einsperrt. Das nächste Mal, wenn ich in der Stadt bin, steige ich auch lieber hier ab. Das Ambiente gefällt mir."

„Willst du mein Zimmer haben? Ich hab heute Nacht noch was vor." Quentin sah auf die Uhr und dann hinüber zu Shandi, die die Bar aufräumte.

Connie folgte seinem Blick. „Aha. Sehr schön."

Quentin sagte nichts, sondern zog seine Keycard aus dem Portemonnaie. „Lass sie einfach morgen im Zimmer liegen. Ich besorg mir an der Rezeption eine neue."

„Danke, Mann. Und im Ernst", sagte Connie und griff nach seinem Gitarrenkoffer, „es war schön, dich mal wieder getroffen zu haben. Wir bleiben in Verbindung."

„Ich zähl auf dich." Quentin wartete, bis Connie die Bar verlassen hatte, dann stand er auf und ging hinüber zum inzwischen leeren Tresen, um auf Shandi zu warten. Sie rechnete sicher nicht damit, denn sie hatten für heute Abend nichts ausgemacht.

Sie hatten ohnehin nicht viel miteinander gesprochen, seit sie auf dem Dach ihres Hauses waren und er sie wie ein geiler Wilder im Treppenhaus gevögelt hatte. Gestern Abend hatten sie zusammen geschlafen und waren eng umschlungen eingeschlafen, aber das berühmte Thema hatten sie nicht mehr angeschnitten.

Doch all das spielte im Moment keine Rolle, denn die Lichter in der Bar gingen aus.

Er ging zur Personaltür und wartete dort. Als Shandi herauskam, legte er den Arm um sie und sagte: „Komm, wir gehen nach Hause."

Quentin lag auf der Seite auf Shandis Bett, den Kopf auf ein Kissen gestützt.

Sie lag ebenfalls auf der Seite und sah ihn an. Er merkte, dass sie sich nur mit Mühe wach hielt und ihr immer wieder vor Erschöpfung die Augen zu fielen.

Nachdem sie zu ihr gefahren und getan hatten, was keinen Aufschub duldete, hatte sie ihm gesagt, sie habe am Samstag viel zu tun, und wenn er sie nach der Arbeit ausführen wolle, müsse sie jetzt schlafen.

Das sei kein Problem für ihn, hatte er ihr versichert, bevor sie sich zum zweiten Mal auf ihn gesetzt hatte.

Wie konnte er sich da wehren? Es gefiel ihm schließlich, wenn sie sich widersprach und ihn mit ihrem Körper umschloss und liebte.

Das war vor einer Stunde. Danach war sie immer wieder weggedöst, während er damit zufrieden war, sie einfach nur anzuschauen.

Seine Gefühle für Shandi machten es ihm schwer, in drei Tagen die Stadt zu verlassen, so wie er es geplant hatte.

Sie war für ihn plötzlich so wichtig wie sein neues Studio, seine Rückkehr nach Texas und der Drang, seine Unzufriedenheit abzustellen, die ihn so zynisch hatte werden lassen.

Und während er gerade darüber nachdachte, machte sie die Augen wieder auf.

Sie tat so, als sei sie böse auf ihn. „Ich fasse es nicht! Du kennst Constantine Hale und stellst ihn mir nicht vor! Du hättest mir wenigstens ein Autogramm besorgen können."

Er sah sie erstaunt an. „Ich dachte eigentlich, du bist nicht so promigeil, dass du auf Autogramme stehst."

Sie streckte die Beine und tippte mit ihren Zehen gegen seine. „Ich schlafe mit dir und du denkst, ich bin nicht promigeil?"

„Du kleines Luder! Ich dachte, du gehst mit mir ins Bett,

weil ich dir helfen soll, deine Seminararbeit aufzupeppen?“

Sie kuschelte sich tiefer in die Kissen, zog die Decke über sich und sagte mit einem Lächeln: „Ich gehe aus den verschiedensten Gründen mit dir ins Bett, je nachdem, was du für mich tun kannst.“

„Ich verstehe.“ Schön, dass sie so ungezwungen miteinander umgehen konnten und nicht jedes Wort auf die Goldwaage legen mussten.

„He“, sagte sie mit schlaftrunkener Stimme. „Wir promigeilen Groupies sind total hemmungslos, um das zu erreichen, was wir wollen.“

„Ah ja. Aber jetzt bin ich dran.“ Er streckte die Hand aus, um ihren nackten Bauch zu streicheln. „Denn ich will auch was von dir.“

Sie hatte die Augen geschlossen, lächelte aber und zog fragend eine Braue hoch. „Habe ich nicht den ganzen Abend etwas für dich getan?“

Mit ihr war Flirten so leicht! Aber ihnen lief die Zeit davon und er war auf mehr aus als auf unverbindliches Geplänkel. Er brauchte mehr als nur Sex. Und trotzdem … „Ich glaube, das beruht ja wohl auf Gegenseitigkeit, Cowgirl.“

„Moment mal, Mister.“ Ein Auge ging auf. „Nur weil ich kein Mädchen aus der Stadt bin …“

„Ich meinte nur, dass du mich gut reitest.“

„Ach so. Na gut.“ Sie seufzte. Kuschelte sich an ihn und legte seine Hand auf ihre Hüfte. „Was willst du?“

„Einen einfachen Handel. Für meine Hilfe bei deiner Seminararbeit bekomme ich auch etwas von dir.“

„Hm. Ich weiß nicht, ob ich mich darauf einlassen soll. Aber schieß los.“ Sie öffnete beide Augen. „Apropos schießen …“

Sie stützte sich auf einen Ellbogen, sodass ihr die Decke von der Schulter rutschte und ihre Brüste entblößte. „Habe ich dir schon gesagt, dass wir das Fotoshooting in der Erotik-Bar des Hotels machen?“

Er blieb liegen, wie er war und freute sich. Plötzlich war sie wieder hellwach und ihre Augen funkelten aufgeregt. Er konnte kaum sprechen, so sehr schnürte es ihm die Brust ab.

Er bemühte sich, nicht ihre Brüste anzustarren. „Nein, hast du nicht.“

„Okay, dann weißt du's jetzt“, sagte sie und lächelte. Ihre Begeisterung umhüllte ihn wie warmer Honig. „Also, was willst du?“

Auch er stützte sich jetzt auf einen Ellbogen und sah sie an. „Ich möchte wissen, was du an Oklahoma vermisst.“

Diese Frage traf sie völlig unvorbereitet, und das hatte er auch nicht anders erwartet. Genauere Einzelheiten hatte sie ihm zwar nie verraten, aber ihm war schnell klar, dass ihre Vergangenheit irgendwie ein Tabuthema war. Da machte sie dicht.

Mit ihrer Zukunft war das ganz anders – über ihre Pläne konnte sie stundenlang reden.

Und so war er nicht erstaunt, als sie ihn auch diesmal mit einer gleichgültigen Antwort abspeiste. „Eigentlich gar nichts. Manchmal meine Familie, schätze ich. Aber das ist eher nostalgisch, eine Erinnerung an alte Zeiten, die es so nie gab.“

„Dann vergiss das“, sagte er. „Was vermisst du sonst noch? Deine Freunde? Die Weite?“

Es dauerte keine Sekunde, bis die Antwort aus ihr herausschoss. Sie warf sich zurück ins Kissen und zog die Decke bis zum Kinn. „Den Himmel.“

Auch das überraschte ihn nicht. „Warum denn gerade den Himmel?“

„Weil der Himmel unendlich ist. Weil er grenzenlos ist. Ich habe immer an den Himmel gedacht, wenn mich mein Job frustriert hat. Daran, dass ich alles erreichen könnte, was ich mir vornehme, dass das Leben mehr ist als nur Getränke ausschenken – was man von den Fosseys aus Round-Up erwartet."

Er fragte sich, ob das die Methode war, mit der ihre Eltern die Familie zusammenhielten. Er fragte daher: „Alle Fosseys?"

Sie zuckte kurz mit den Achseln. „Alle außer meiner Mutter. Sie kümmert sich um die Buchhaltung, um die Bestände. Um alles, was nicht mit körperlich anstrengender Arbeit zu tun hat. Oder damit, Betrunkene rauszuschmeißen."

„Das erledigt dein Vater?"

„Und meine Brüder. Das heißt, Matt nicht. Er ist eher der diplomatische Typ. Er komplimentiert die Leute mit Worten raus."

Einen Moment lang verstummte sie, und ihre Gedanken zauberten ein Lächeln auf ihr Gesicht. „Matt ist viel ruhiger geworden, seit er Shelly geheiratet hat. Er hat das Böse-Buben-Image der Fosseys für eine Frau geopfert und ist dabeigeblieben. Aber es ist ihm auch egal."

„War er glücklich?"

„Total außer sich vor Glück. Er ist es immer noch." Sie drehte sich auf die Seite und schlang ihre Beine um ihn. „Die beiden sind so verliebt – das ist schon beängstigend."

„Beängstigend?" Ihre Haut war so weich, so warm. Er sehnte sich danach, sie anzufassen und noch mal mit ihr zu schlafen, aber da sie endlich über ihre Familie redete, wollte er sie nicht unterbrechen. „Wieso?"

„Wenn die Liebe so ist, dann, glaube ich, werde ich die Liebe nie erfahren." Sie sah weg und fing an, seine Brusthaare zu streicheln. „Was die beiden gefunden haben, ist so selten. Und ich will mich nicht auf so was einlassen."

Einlassen. Aha. Sah nicht gerade danach aus, als ob seinen Plänen Erfolg beschieden wäre. „Und könntest du dich auf eine Fernbeziehung einlassen?“

Sie hörte auf zu streicheln. „Fernbeziehungen überhaupt oder eine bestimmte?“

„Eine bestimmte“, sagte er und nahm ihre Hand.

Sie sah ihn nicht an. „Haben wir jetzt doch eine Beziehung?“

Er musste vorsichtig sein, schließlich wollte er sie nicht verjagen. „Könnte sein. Es sieht ganz danach aus.“

„Wäre es nicht besser, sich damit abzufinden, dass es bald zu Ende ist?“ Sie schloss die Augen und schnaubte verächtlich. „Wir schaffen es nicht mal vom Dach runter in den sechsten Stock, ohne uns die Kleider vom Leib zu reißen. Wie sollen wir es da aushalten, wenn einer von uns in Texas und der andere in New York ist?“

Er ließ sich auf den Rücken fallen und verschränkte die Hände hinter dem Kopf. „Das war’s dann also. Oder was? Wir hatten diese Woche, und das war’s?“

Sie gab ihm nicht sofort eine Antwort. Plötzlich lag eine ungeheure Spannung in der Luft.

Er starrte an die Decke, weil der Mae-West-Raumteiler, die Popcornmaschine und die Theaterhaken ihn zu sehr an die Art von Leben erinnerten, das sie führen wollte.

An das Leben, in dem er nicht vorkam.

Als sie schließlich antwortete, klang sie resigniert und ein bisschen traurig. „Wie dringend ist denn dein Wunsch nach diesem eigenen Studio in Austin?“

„Dringend?“ Was war denn das für eine Frage?

„Würdest du es aufgeben, um hier mit mir zu leben?“

Er konnte ihr darauf keine Antwort geben.

„Genau“, sagte sie, als könne sie Gedanken lesen. „Und ich möchte hierbleiben. Zumindest fürs Erste. Vielleicht gehe ich später mal nach L. A.“

„Austin ist ja nicht gerade aus der Welt.“ Er hasste es, dass er so klang, als müsse er sich verteidigen. „Ich kann dir zwanzig Produktionsfirmen in Austin nennen. Robert Rodriguez' Troublemaker Studios zum Beispiel."

„Du willst also, dass ich mit dir gehe?"

„Das hab ich nicht gesagt." Wenn er nur einen Moment lang geglaubt hätte, sie wäre einverstanden, hätte er es zugegeben. Aber er wollte nicht zurückgewiesen werden. „Pass auf, Shandi. Ich will nur nicht, dass das, was zwischen uns ist, an der Entfernung scheitert."

Diesmal schaute sie wenigstens zu ihm rüber. Er spürte ihren Blick auf sich, bevor sie fragte: „Du meinst also, du musst in Zukunft nicht mehr durch die Gegend reisen?"

Er zuckte die Achseln. Ihm gefiel diese Wendung ganz und gar nicht. „Ich hoffe, ich kann es auf ein- bis zweimal im Jahr beschränken."

„Dann können wir uns ja sehen, wenn du hier bist."

Er rollte sich auf die Seite und sah sie herausfordernd an. „Du hast doch gesagt, du willst nicht dein Leben damit zubringen, darauf zu warten, bis ich mal wieder in der Stadt bin."

„Ich werde ja auch nicht warten", sagte sie, ohne zu lächeln. „Ich werde arbeiten."

Er hatte recht gehabt. „Vielleicht bin ich aber erst in einem halben Jahr wieder hier."

„Ich bleibe hier. Ich werde da sein."

„Ja, du wirst da sein und vergeben."

„Machst du Witze? Ich habe kaum Zeit zu schlafen. Wo soll ich da die Zeit für eine Beziehung hernehmen?"

Am liebsten hätte er gelacht. Wie konnte er so verletzt sein und trotzdem lachen wollen? „Selbst wenn es eine Beziehung mit mir wäre?"

„Mit dir ... Wie soll ich das beantworten? Ich kann das nicht mal theoretisch sagen, denn ich weiß, dass es dazu nicht kommen wird. Weil es nicht dazu kommen kann."

„Weil wir an zwei verschiedenen Orten leben."

„Es ist nicht nur das, und das weißt du." Sie drehte den Kopf und sah ihn an. Ihre Augen schimmerten feucht und sie sah so elend aus, wie er sich fühlte. „Wir haben beide unsere Pläne und Träume und Vorstellungen von unserem Leben."

Das war ihm auch klar.

Sie atmete seufzend aus und verschränkte ihre Finger in seinen. „Ich würde nie von dir verlangen, dass du dein Studio aufgibst, um hier bei mir zu bleiben. Umgekehrt fände ich es nicht gut von dir, wenn du von mir verlangen würdest, dass ich meine Träume aufgebe."

„Und wenn ich dich bitte, darüber nachzudenken, mit mir zu kommen, und wir nach einer Möglichkeit suchen, wie wir es anstellen können?", fragte er und hielt ihre Hand so fest, als hinge seine Zukunft von ihrer Antwort ab. „Du sollst noch gar nichts entscheiden, sondern einfach darüber nachdenken."

„Oh Quentin." Sie schluckte ein Schluchzen hinunter. „Tu mir das nicht an."

Er zog sie an sich. Schluss mit dem Thema. „Und wie wäre es, wenn du jetzt schläfst und ich dich dabei im Arm halte?"

„Ja", sagte sie mit einem Frösteln. „Das fände ich wunderbar."

11. KAPITEL

Am Sonntag schaffte es Shandi nicht, vor Mittag aufzustehen. Am liebsten hätte sie weitergeschlafen, bis es Zeit für ihre Schicht im *Erotique* war. Aber sie hatte mit Kit ausgemacht, um zwei Uhr bei ihr im Büro zu sein und ihr Make-up für die Benefizveranstaltung am Abend zu machen. Jetzt brauchte sie erst mal einen Kaffee, um wach zu werden.

Oder sie würde ihrer Freundin keinen Gefallen tun.

Es wäre schön, wenn Quentin noch neben ihr liegen würde, dachte sie – aber sie war nicht einmal aufgewacht, als er gegangen war.

Sie hatte ihre Ansichten in Sachen Beziehung zu Quentin geändert.

Das Gespräch letzte Nacht hatte sie darin noch einmal bestärkt.

Sie war zwar verrückt nach ihm – obwohl sie ihn ja erst ganz kurz kannte –, aber sie wollte sich gar nicht erst daran gewöhnen, jede Nacht mit ihm zu verbringen.

Sie konnte es sich auch nicht leisten, sich daran zu gewöhnen.

Ihn für eine Woche, diese fantastische Woche, um sich zu haben, war schon mehr, als sie sich je erträumt hatte.

Damit sollte sie zufrieden sein, die Zeit genießen und sich nicht mehr erwarten.

Sie wusste, dass es genügend Frauen gab, die nur darauf hofften, jemanden aus dem Business kennenzulernen und einen mächtigen Mann wie Quentin Marks für sich zu gewinnen und mit ihm ins Bett zu gehen, um beruflich vorwärtszukommen.

Das erklärte seinen Zynismus und vielleicht auch sein Interesse an ihr, denn sie war eben anders. Denn sie wollte es alleine schaffen, ohne seine Hilfe.

Und irgendwie wollte sie ihm auch beweisen, dass es auch Frauen gab, die ihn als Mensch begehrten und nicht nur wegen seines gesellschaftlichen Status. Wenn sie doch nur mehr Zeit hätten!

So ein Quatsch! Wenn sie mehr Zeit hätten, würde sie sich sofort mit Haut und Haar in ihn verlieben. Und genau davor fürchtete sie sich – obwohl sie der Gedanke auch anmachte …

Dabei verliebte sie sich gerade.

Sie hatte sich schon in ihn verliebt.

Grummelnd trottete sie in die Küche, um sich ihren Kaffee zu machen. Die beunruhigenden Gefühle schob sie weg. Stattdessen dachte sie daran, was sie so an ihm mochte.

Zum Beispiel das Kuscheln nach dem Sex. Und ihre langen Gespräche, bis tief in die Nacht, nachdem sie miteinander geschlafen hatten.

Er hatte sich nicht einmal weggedreht oder war einfach eingeschlafen danach. Ehrlich gesagt, war eher sie es, die einschlief. Aber schließlich arbeitete *und* studierte sie *und* erübrigte noch Zeit für ihn.

Natürlich, er hatte seine Meetings, und sie wollte sich lieber nicht vorstellen, wie belastend es sein musste, so schwerwiegende Entscheidungen zu treffen.

Aber dieser Mann schien nie müde zu werden – außer in jener Nacht Anfang der Woche, nach einem anstrengenden Tag voller Meetings. Am liebsten würde sie ein bisschen von seiner Energie abzapfen, denn sie hatte den Eindruck, dass sie für mehr als einen Menschen reichte.

Er läuft und läuft und läuft, dachte sie, und wenn das der Grund für seinen Erfolg war, war sie zum Scheitern verurteilt, noch bevor sie angefangen hatte.

Während die Kaffeebohnen gemahlen wurden, bemerkte

sie, dass Evans Zimmertür offen stand. Entweder war er gar nicht nach Hause gekommen oder er war schon wieder weg.

Obwohl er mit noch weniger Schlaf als sie auskam, würde sie wetten, dass es sich um Ersteres handelte.

Er und April schienen noch verliebter zu sein, seit sie die Entscheidung getroffen hatten zusammenzuziehen. Keiner von beiden hatte jedoch ein Wort darüber verloren, ob sie inzwischen nicht nur Tisch, sondern auch Bett teilten, und Shandi würde sicher nicht danach fragen.

Fürs Erste blieb ihr nur, unter die Dusche zu gehen, sich anzuziehen, ihre Sachen zu packen und loszuziehen. Vor ihr lagen anstrengende vierundzwanzig Stunden, und morgen würde das Fotoshooting den größten Teil des Tages in Anspruch nehmen.

Sie musste sich also für ein Nonstop-Wochenende wappnen. Nachdem sie sich einen frischen Kaffee eingegossen hatte, verschwand sie erst mal im Badezimmer.

Zwei Stunden später stand sie in Kits Büro und stellte die Tasche mit ihren Arbeitsklamotten auf einen Stuhl und den Profi-Schminkkoffer sowie die Tasche mit den Klamotten für ihr Date am Abend auf einen anderen.

Von Kit war nichts zu sehen, und auch der Versuch, sie irgendwo im Hotel telefonisch zu erreichen, hatte keinen Erfolg. Um sich die Wartezeit zu verkürzen, rief Shandi von einem der Haustelefone im Gang in Quentins Zimmer an.

Sie wollte nicht als Nervensäge erscheinen, deshalb hatte sie ihn am Abend vorher nicht gefragt, was seine Pläne für den heutigen Tag waren. Er war ein viel beschäftigter Mann und hatte vermutlich den Tag voll verplant. Daher überraschte es sie, als er das Telefon abnahm.

„Du bist da?“, fragte sie und ließ sich in einen der kuscheligen Sessel fallen. „Ich dachte, du wärst längst auf Achse!“

„Es ist Samstag. Ich hab meinen faulen Tag."

Sie grinste bei der Vorstellung, wie er immer noch im Bett lag, das Tablett des Zimmerservice und die Fernbedienung des Fernsehers neben sich auf der Decke. „Aber sicher wartet doch ein heiratsfähiges Talent darauf, entdeckt zu werden."

Er brummte: „Apropos heiratsfähig, wo bist du eigentlich? Warum bist du nicht in meinem Bett?"

Sofort fing ihr Herz an zu klopfen. „Ich wandere durchs Hotel auf der Suche nach Kit. Sie muss heute Abend auf einen Wohltätigkeitsball, und ich soll ihr Make-up machen."

„Und danach?"

„Kommt auf die Uhrzeit an. Heute nach der Arbeit habe ich ein heißes Date. Vielleicht muss ich mich vorher noch ein bisschen ausruhen."

„Ich stelle dir gerne mein Bett zur Verfügung."

Ihr war klar, dass dann von Ausruhen nicht mehr die Rede sein würde. „Wie wär's, wenn wir uns stattdessen einfach einen Film ansehen? Das hatten wir doch schon an unserem ersten Abend vor, oder?"

„Du willst ins Kino gehen?"

„Nicht ins Kino. Wir können uns hier einen Film ansehen, wenn der Vorführraum am Nachmittag nicht schon gebucht ist." Ein etwas umständlicher Versuch, aber einer, der es wert war.

„Um wie viel Uhr?"

Shandi bückte sich, um Eartha Kitty den Rücken zu kraulen. Die Hotelkatze kroch gerade unter dem Beistelltisch hervor und streckte sich. „Länger als eine Stunde sollte es mit Kit nicht dauern. Ich frage mal an der Rezeption nach, ob das Kino schon reserviert ist, und wenn nicht, treffen wir uns da. Um drei?"

„Und wenn es schon reserviert ist?"

„Fällt uns was anderes ein." Sie wollte ihm nicht vorschlagen, einen Film auf seinem Zimmer zu sehen. Dann würden sie sowieso wieder im Bett landen.

Und das hieße, ihr ausgelaugter Körper würde wieder nicht zur nötigen Ruhe kommen. „Triff mich einfach da."

Quentin war einverstanden. Er legte erst auf, nachdem er noch mal darauf hingewiesen hatte, wie schön es in seinem Bett sei, und wie viel schöner es wäre, wenn sie jetzt bei ihm wäre.

Lächelnd hängte Shandi ein.

Bevor sie wieder in Kits Büro ging, spielte sie noch ein bisschen mit der Katze. Kit stürzte gerade aus ihrem Zimmer auf den Flur und sah sich hektisch nach links und rechts um. Ihr Haar wurde von einem Band nach hinten gehalten, damit es ihr nicht ins Gesicht fiel. Offensichtlich hatte sie sich gerade frisch gemacht.

„Da bist du ja!" Kit winkte ihr nervös zu. „Ich hab deine Sachen gesehen, aber ich bezweifle, dass du heute was für mich tun kannst. Ich bin völlig durch den Wind!"

„Machst du Witze?", fragte Shandi und folgte ihrer Freundin in deren Büro. Sie schloss die Tür. „Make-up hilft immer."

„Diesmal nicht." Kit wuselte hinüber zur Kommode, um für Shandi Platz zu schaffen. „Ich habe dir doch von meinem Begleiter heute Abend erzählt?"

Shandi nickte und öffnete ihren mit vielen Fächern ausgestatteten Maskenbildnerkoffer. „Orlando Blooms älterer und attraktiverer Bruder."

„Genau der", sagte Kit und suchte nach einer Steckdose für den dreiteiligen Spiegel mit Beleuchtung, den Shandi ihr reichte. „Offensichtlich hat er vor, seinen dreißigsten Geburtstag groß im Hush zu feiern."

„Hm." Shandi warf Kit einen Umhang über die Schultern, nachdem diese mit ihrem Schreibtischstuhl vor die Kommode gerollt war. „Du meinst, keiner schmeißt für ihn eine Party, also veranstaltet er sie selber?"

„Nein. Oder vielleicht doch. Aber es geht mir eigentlich eher darum, wen er auf der Gästeliste hat." Kit atmete laut und vernehmlich ein. „Offensichtlich hat er nicht viel am Hut mit der Galerie seiner Familie."

„Außer der Tatsache, dass er Spenden dafür sammelt."

„Ja. Und das tut er, indem er die meisten seiner Kunden zu der Benefizveranstaltung heute Abend eingeladen hat."

Geistesabwesend suchte Shandi in ihrem Schminkkoffer nach den Farben, die sie benutzen wollte. Als Erstes griff sie aber nach der Feuchtigkeitscreme. „Und wer sind seine Kunden?"

„Er ist Künstleragent in Hollywood. Mann, ich bin so doof! Mir kam es nicht mal komisch vor, dass auf seiner Einladungsliste so viele Prominente stehen!" Kit schloss die Augen, während Shandi ihr die Lotion einmassierte. „Ich habe einfach geglaubt, dass seine Familie gewisse *Connections* hat ..."

Shandi nahm den Faden auf: „... aber nicht, dass dein Date der Ursprung dieser *Connections* ist."

„Ja, genau. Oh, das tut so gut." Sie lehnte den Kopf nach hinten, als Shandi ihre Kinn- und Kieferpartie zu massieren begann. „Wie kommst du denn damit klar, dass du mit einem Star zusammen bist?"

Shandi konzentrierte sich gerade darauf, die richtige Grundierung herauszusuchen, Puder, Schwämmchen und ihren Lieblingspinsel, sodass sie nicht sofort Antwort gab. Sie überlegte kurz, wie sie die Beziehung zu Quentin eigentlich wirklich sah.

Denn sie konnte nicht besonders gut damit umgehen, dass Quentin so bekannt war. Einerseits fragte sie sich, ob sie wirklich mit ihm *zusammen war.* Andererseits ... „Es ist nur ein Abend, Kit. Du bist ehrenamtlich unterwegs und er ist dein Begleiter."

Kit öffnete ein Auge und sah Shandi im Spiegel an. „Danke,

dass du mir meine Illusionen zerstörst."

„So hab ich das nicht gemeint", sagte sie und stellte sich vor Kit, um die Grundierung aufzutragen. „Du hast doch dauernd mit Berühmtheiten zu tun. Du kommst super mit allen Leuten klar. Erinnere dich bitte daran, als Dash Black hier war. Ihr beide kamt doch so gut miteinander aus, dass jeder dachte, ihr kennt euch schon ewig!"

Jetzt fixierte Kit sie mit beiden Augen. „Du verwechselst da was, Shandi. Mit Dash bin ich nicht ausgegangen."

„Was seine Frau sicher zu schätzen wusste", zog Shandi sie auf und versuchte, Kits leichte Röte mit der Schminke auszugleichen. „Prominente sind auch nur Menschen – zumindest manche von ihnen. Dash zum Beispiel oder Quentin. Sogar Constantine Hale ist ein ganz normaler Typ. Stell dir Orlandos Bruder als einen stinknormalen Typen vor und du hast kein Problem damit."

„Das hoffe ich", sagte Kit und schloss wieder die Augen. „Ich kann immer noch nicht glauben, dass ich ihn nicht singen gehört habe. Constantine, meine ich. Das war bestimmt toll, oder?"

Toll traf es nur zur Hälfte. Shandi konnte es immer noch nicht fassen, wie sehr sein Lied sie berührt hatte. Diese Sehnsucht, dieses schmerzvolle Verlangen, dieses seltene Bedürfnis, das zwei Menschen verband. Und dazu diese Stimme, die jedes Herz zum Schmelzen brachte!

Ihre Gedanken wanderten zu Quentin, und sie sah auf die Wanduhr im Büro. Noch dreißig Minuten. Es kam ihr vor wie eine Ewigkeit – so ungeduldig war sie.

Mit einem Seufzen konzentrierte sie sich wieder auf ihre Eyeliner und Lidschatten. Sie entschied sich für ein blasses Mauve und ein außergewöhnlich knalliges, goldgesprenkeltes Pink.

Es würde einige Zeit in Anspruch nehmen, die beiden Farben perfekt miteinander zu kombinieren, aber das Ergebnis war die Mühe wert. Es würde toll aussehen. Nur musste sie sich wirklich konzentrieren, aber so konnte sie wenigstens endlich einmal diesen Mann aus ihren Gedanken verbannen. Die Arbeit war ihre Rettung.

Sie fragte sich, ob die Arbeit sie auch dann retten würde, wenn Quentin die Stadt verlassen hatte.

Wie durch ein Wunder war der Vorführraum frei.

Unter der Woche war er immer gut gebucht und auch am Wochenende am Abend, wie Shandi Quentin zu berichten wusste, als sie die Tür schloss und an dem Schalter drehte, der das Licht über der Tür im Flur ausknipste.

Das garantierte ihnen zwar nicht unbedingt absolute Privatsphäre, war für andere Gäste aber immerhin ein Hinweis darauf, dass der Raum belegt war.

Quentin hätte Shandi zwar lieber in seinem Bett gehabt, aber das hier würde vielleicht auch Spaß machen. Er konnte sich schon gar nicht mehr daran erinnern, wann er das letzte Mal im Kino war.

„Auf was hast du denn Lust?", fragte sie ihn, während sie sich die DVD-Sammlung ansah, die am hinteren Ende des Raums in einem Schrank untergebracht war. Vorführungen für Gäste aus der Filmbranche wurden aus dem angrenzenden Vorführraum projiziert. „Horror? Komödie? Drama? Mystery? Romantik?"

„Entscheide du." Ihm war es ganz egal, was sie sich ansahen. Er war nur hier, weil er bei ihr sein wollte.

„Wirklich?", fragte sie. Er sah zu ihr rüber. Sie überflog gerade den Inhalt eines Films auf dem DVD-Cover. „Ich weiß doch nicht mal, was du gerne magst."

„Irgendwas." Er wusste nicht einmal mehr, wann er das letzte Mal konzentriert einen Film gesehen hatte. Entweder drifteten seine Gedanken ab, und er dachte an seine Arbeit oder er ließ sich vom Soundtrack einlullen und schlief ein.

Während sie nach einem Film suchte, ging er durch den Raum und sah sich die Beschallungsanlage an. So wie er das Hush bisher kennengelernt hatte, hatte man sicher auch im Kinosaal an nichts gespart.

Die eineinhalb mal zweieinhalb Meter große Leinwand, die Akustik, die Beleuchtung – alles vom Feinsten. Der in Dunkelrot und Gold gehaltene Raum konnte durchaus mit dem mithalten, was Quentin in L. A. zu Hause bei Leuten aus der Branche gesehen hatte.

„Ich hab was", verkündete Shandi und klappte den DVD-Schrank zu, nachdem sie die DVD eingelegt hatte. „Willst du Popcorn oder was zu trinken? Dann ruf ich in der Küche an."

Er schüttelte den Kopf. „Ich lass lieber Platz fürs Abendessen."

Shandi sah zu ihm rüber und dann auf die Uhr. „Abendessen gibt es noch lange nicht. Und es könnte noch länger dauern, falls Armand doch nicht netterweise meine letzten beiden Stunden Schicht übernimmt."

„Ich werd's überleben."

„Gut. Falls ich in der Zwischenzeit verhungere, bist du schuld", brummelte sie.

Sie entschieden, in der ersten Reihe in der Mitte Platz zu nehmen. Nachdem sie sich in den Kinosesseln mit verstellbarer Rückenlehne niedergelassen hatten, schaltete Shandi per Fernbedienung das Licht aus und den Film an.

Aber es war gar kein Film.

Es war eine DVD von der Welttournee der Hale's Fallen Angels aus dem Jahr 2003.

Quentin sah zu ihr rüber. Sie saß im Schneidersitz in ihrem Sessel und starrte gebannt auf die Leinwand, wo ein riesiger

Constantine Hale zu singen begann. „Sehr lustig."

Da brach sie in Lachen aus. „Du hast doch gesagt, ich soll irgendwas nehmen. Und außerdem konnte ich nicht widerstehen, nachdem ich Constantine in der Bar singen gehört habe."

„Na klar", sagte er lachend.

„Okay, ich sag dir die Wahrheit." Sie wirbelte herum, setzte sich quer auf den Sitz und legte die Füße hoch. „Auf der Hülle stand ‚Koproduzent Quentin Marks', und deswegen habe ich diese DVD genommen."

Ihr Blick hätte ihn warnen sollen. Er zuckte mit den Schultern. „Das war Connies Idee. Ich hab im Prinzip nichts gemacht."

Shandi verengte die Augen zu schmalen Schlitzen. „Warum kann ich das irgendwie nicht glauben?"

„Weil du ein misstrauischer Mensch bist?"

„Wie bitte?", fragte sie frustriert. Sie war eingeschnappt und fing an, mit einem Arm zu fuchteln. „Leugnest du jetzt deine Beteiligung an einem so coolen Projekt, nur weil du glaubst, ich fände deinen Beruf spannender als dich selber?"

„Nein!" Das hatte er nicht damit sagen wollen, zumindest nicht bewusst. „Es ist wirklich so, dass ich mit diesem Projekt *nichts* zu tun habe. Connie fand, mein Name würde vielleicht den Verkauf ankurbeln."

„Na klar." Sie schaukelte ungeduldig in ihrem Sessel hin und her, als glaubte sie, er würde ihr schlüpfrige Details vorenthalten. „Dir gefällt es einfach nicht, dass ich Constantine Hale geil finde."

Damit hatte sie durchaus recht, auch wenn er nicht unbedingt stolz darauf war, das zuzugeben. Aber es war aufschlussreich.

Denn genau in diesem Moment wurde er sich über seine Gefühle für Shandi klar.

Er schlitterte immer tiefer in diese Sache hinein, und zum

ersten Mal in seinem Leben versuchte er nicht, sich dagegen zu wehren und davonzulaufen.

Die Freude über diese Erkenntnis ließ sein Herz frohlocken. Er lächelte.

Als sie angerufen hatte, hatte er in seinem Zimmer gesessen, CNN geguckt und war im Geiste noch einmal die Meetings dieser Woche durchgegangen. Sobald er ihre Stimme hörte, war all das jedoch vergessen, und es hatte sich eine neue Perspektive aufgetan, womit er seine Zeit verbringen könnte.

Und zwar mit ihr – hier oder sonst wo, ganz egal. Er hätte nie gedacht, dass diese Frau jemals so wichtig für ihn sein könnte wie seine Arbeit, seine Zukunft, sein Erfolg.

Oder besser gesagt, noch wichtiger.

Jetzt musste er nur noch klarmachen, dass er es ernst mit ihr meinte.

„Du hast recht", sagte er schließlich und deutete auf die Leinwand. „Er ist geil. Ich finde es zum Beispiel total schön, wenn er sich die Haarsträhnen ins Gesicht fallen lässt und er dann so dazwischen hervorguckt."

Erst reagierte Shandi nicht. Dann starrte sie ihn finster an und boxte ihm auf die Schulter. „Du sollst dich nicht lustig über mich machen!"

Er rieb sich die Stelle, an der sie ihn getroffen hatte und sagte lachend: „Süße, es tut mir leid, aber du hast mir die Vorlage gegeben. Und außerdem bin ich verrückt nach dir."

Sie starrte ihn weiter finster an, obwohl er hätte schwören können, dass ihr Mund zitterte. „‚Verrückt' alleine reicht. Das ‚nach dir' kannst du weglassen."

Er wackelte mit den Augenbrauen. „Komm näher ran und sag das noch mal."

„Phh!" Sie drückte sich in die andere Ecke ihres Sessels. „Wenn ich dir näher komme, kriegen sie mich wegen unangemessenen Verhaltens am Arbeitsplatz dran."

Er hob die Hände. „Ich schwöre, ich behalte meine Finger bei mir."

„So weit will ich auch nicht gehen", sagte sie und kletterte über die breite, gepolsterte Armlehne in seinen Sessel, der breit genug für zwei war.

„Schon besser", sagte er, als sie sich neben ihn kuschelte.

Sie sah ihn von der Seite an. „Wenigstens muss ich mir jetzt keine Sorgen mehr machen, dass du Constantine mehr beachtest als mich."

Er musste so laut lachen, dass Shandi sich die Ohren zuhielt. „Ich verspreche es hoch und heilig: Mein Interesse an Connie ist rein beruflich und rein freundschaftlich. Aber du darfst ihn gerne anstarren, so viel du willst."

Sie schüttelte den Kopf und drohte, ihn wieder zu boxen, wandte ihre Aufmerksamkeit dann aber doch wieder der Leinwand zu. Nach ein paar Minuten fragte sie: „Das Lied, das er in der Bar gesungen hat. Werden sie es aufnehmen?"

Geschäftsgeheimnis. Insidernews. Er hatte seine Infos immer für sich behalten, alles andere brachte Unglück. Aber in diesem Fall war er neugierig auf ihr Urteil.

„Aber das bleibt jetzt unter uns, okay?"

Sie sah ihn vorsichtig an. „Natürlich. Ich weiß, wann ich die Klappe zu halten habe."

Das reichte ihm. „Ich hoffe, dass ich die Jungs davon überzeugen kann, zu meinem Label zu kommen. Oder zumindest Constantine, damit er sein Soloprojekt mit mir macht."

„Wow! Das wäre ja genial!"

Stimmt. Dann würde er auch mit schwarzen Zahlen rechnen können. „Damit kann ich meinen Namen bekannt machen."

„Dein Name ist ja wohl schon bekannt."

„Als Mann im Hintergrund natürlich. Und bei den Studios,

mit denen ich bisher produziert habe.“ Er holte tief Luft. „Aber das ist was anderes.“

„Das wird super“, sagte sie und lehnte sich an ihn, als wüsste sie, wie sehr er ihre Berührung genoss und ihr Lob ihn freute.

„Apropos Pläne ...“ Er richtete den Oberkörper auf und legte ihr den Arm um die Schultern. „Was hast du vor, um deinen Namen bekannt zu machen?“

Sie seufzte. „Im Moment nichts. Ich weiß, ich weiß. Ich gehe die Sache nicht aggressiv genug an. Aber das liegt daran“, erklärte sie, mit der einen Hand wild gestikulierend, damit er sie nicht unterbrach, „dass ich Geld verdienen muss. Ich kann erst ein Praktikum machen, wenn ich mit dem Studium fertig bin. Vorher habe ich keine Zeit. Und Lust auf ein Leben in einem Schuhkarton habe ich nun mal nicht.“

Sie schaffte es jedes Mal, vom eigentlichen Thema abzukommen. „Schuhkarton?“

Sie nickte heftig. „Wenn ich keine Extraschichten einlege, um mit Evan und April zusammenziehen zu können, kann ich mir gerade noch das leisten – einen Schuhkarton.“

„Was ist denn jetzt mit diesem Umzug?“

„Ich schätze, er wird kommen.“ Sie zuckte die Achseln. „Außer, die beiden heiraten.“

Moment mal. „Heiraten? Wie bitte?“

„Es ist ziemlich kompliziert“, fing sie an und sah wieder auf die Leinwand.

Er griff nach der Fernbedienung, die auf ihrem Sitz lag, und stellte Connie leiser. „Ich habe Zeit.“

„Der Grund dafür, dass ich mit Evan zusammenwohne und nicht April, liegt darin, dass Evans Oma glaubt, nicht verheiratete Paare sollten nicht zusammenleben. Da meine Beziehung zu Evan dagegen rein platonisch ist, geht es für sie gerade eben so durch.“

„Das heißt, die beiden müssten heiraten, damit sie ihnen erlaubt, gemeinsam dort zu wohnen?“ Auch für einen zynischen Mistkerl klang das ziemlich sinnlos.

„Das habe ich April auch gefragt.“

„Und?“

„Sie hat gesagt, wenn sie heiraten, dann nur deswegen, weil sie ein Leben lang zusammenbleiben wollen und weil sie sich lieben.“

„Und das Gratiswohnen hat natürlich nichts mit ihrer Entscheidung zu tun?“, fragte er.

Shandi schüttelte den Kopf, dass ihre blonden Haare ihr um den Kopf flogen. Sie strich sie nach hinten. „April sagt, sie wollen auf jeden Fall heiraten. Warum also die Wohnung aufs Spiel setzen, wenn sie sie auch behalten können?“

„Es wundert mich nur, dass sie keine ausschweifende, große Hochzeit will.“ Vielleicht war er voreingenommen, aber was soll's. „Sie scheint mir der Typ dafür zu sein.“

„Sie ist der Typ dafür, das stimmt. Deswegen war ich auch ganz platt, als sie mir sagte, es wäre ihr nicht wichtig. Und dabei geht es nicht nur um eine tolle Hochzeitsfeier.“

„Sondern?“

„Sie muss ihr schönes, bequemes Leben aufgeben, wenn sie Evan heiratet. Hätte ich ihr gar nicht zugetraut, so viel Stolz, weißt du?“ Quentin merkte Shandi an, wie sehr sie sich darüber freute. „In letzter Zeit ist sie richtig erwachsen geworden. Und das ist nicht das Schlechteste, selbst wenn ich am Ende auf der Straße lande.“

„Ich lasse dich nicht auf der Straße landen.“

„Ja, ja.“ Sie winkte ab. „Das sagst du die ganze Zeit.“

Er blickte nach unten. „Und was ist mit dir?“

„Wie, was ist mit mir?“, fragte sie und starrte ihn an.

„Bist du auch der Typ für große, aufwendige Hochzeiten?“

„Soll das ein Witz sein?“, schnaubte sie. „Ich bin noch nicht mal der Typ fürs Heiraten!“

„Du meinst, du bist lieber mit deinem Beruf verheiratet?“

Sie sah ihn provozierend an. „Bist du vielleicht anders?“

Er zuckte mit den Schultern. Warum ging es denn jetzt schon wieder um ihn? „Ich sehe meine Arbeit eher als eine Geliebte und nicht als Ehefrau.“

„Ich verstehe. Spaß haben, aber keine Verantwortung.“

„Nein. Es wäre einfach nicht fair, einer Frau meinen Lebensstil zuzumuten.“ Und ihm selbst gegenüber wäre es auch nicht allzu fair. Schließlich hätte er oft genug auf die Zweisamkeit verzichten müssen, die zu einer Partnerschaft gehört.

„Und in Zukunft? Wenn du dein Studio hast?“, fragte sie leise, beinahe flüsternd. „Willst du dann heiraten?“

„Ich weiß es nicht. Ich habe ziemlich feste Vorstellungen vom Leben. Keine Ahnung, ob mich da eine haben will.“ Oder ob ich eine finde, die ich haben will, dachte er.

Er hätte ihr gerne gesagt, dass er es ohne zu zögern mit ihr versuchen würde, aber solange sie ihm nicht einen kleinen Hinweis darauf gab, dass sie in dieselbe Richtung dachte, hielt er lieber den Mund.

„Vielleicht brauchst du erst mal ein paar Monate in Austin, um deinen Zynismus abzulegen“, sagte sie und tätschelte sein Knie. „Ich wette, du wirst erstaunt sein, was du alles entdeckst, wenn du nach vorne schaust, anstatt immer davonzurennen.“

„Wirst du immer gleich so tiefenpsychologisch?“

„Ich bin eben Barkeeperin. Ich kann nichts dafür.“

12. KAPITEL

Wenn ich meine Dienste weiter so schleifen lasse, fliege ich bald hier raus *und* von der Uni, und das zwei Semester vor dem Abschluss. Dann kann ich mir nicht mal mehr einen Schuhkarton als Wohnung leisten. Ich wäre mittellos, obdachlos, arbeitslos und ohne Abschluss. Und dann?“

Shandi machte sich wirklich Sorgen, obwohl sie ja bis Mitternacht gearbeitet und nur die letzten beiden Stunden ihrer Schicht frei genommen hatte.

Im *Erotique* war es nicht so voll wie an anderen Samstagen. Aber das war auch nicht verwunderlich, denn im Exhibit A hatte eine neue erotische Show Premiere, und dort gab es kostenlos Champagner und die berühmten Horsd'œuvre des Hauses.

Shandi hatte auf dem Anrufbeantworter in der Buchhaltung hinterlassen, dass man ihre offene Rechnung mit ihrem Lohn verrechnen solle. Jetzt musste sie nur noch bei Evan das Geld eintreiben, das man ihr abziehen würde. Oder er musste die Lebensmittel für die kommende Woche bezahlen.

Shandi war mit Armands Segen früher gegangen. Sie hatte ihm im Gegenzug versprochen, am Dienstag für ihn einzuspringen – normalerweise ihrem freien Tag. Immerhin war jetzt Wochenende, und sie musste morgen nicht an die Hochschule.

Nach dieser Analyse fühlte sie sich schon wohler.

Aber für einen Abend mit Quentin war ihr jede Mühe wert. Das, was er ihr heute Abend geboten hatte, hatte noch nie ein Mann für sie getan – und hätte es auch nie tun können, weder finanziell noch organisatorisch.

Sie wollte es eigentlich nicht gut finden, dass Quentin alles in die Hand genommen hatte, aber ihr blieb nichts anderes übrig. Es war ein traumhafter Abend – der Mann, das Essen, das

Tanzen, die Kutschfahrt. Bis zum frühen Sonntagmorgen waren sie zusammen. Er hatte alles extra arrangiert und dafür natürlich seine Beziehungen spielen lassen.

Er hatte es für sie getan, um mit ihr zusammen zu sein.

Sie hakte sich bei ihm unter, als sie zurück zum Hotel gingen. Sie war die hochhackigen Schuhe nicht gewöhnt, denn bei der Arbeit trug sie immer flache Schuhe, und ihr taten die Füße weh. Aber egal.

Sie wünschte sich, dieser fantastische Abend würde nie zu Ende gehen. Doch leider war alles viel zu schnell vorbei.

Quentin knüpfte an ihre rhetorische Frage an. „Dann würdest du vielleicht mein Angebot, mit mir nach Austin zu gehen, eher annehmen."

Schluck. Sie wollte heute Nacht nicht darüber reden. Heute Nacht wollte sie nur das kleine Mädchen sein, die Prinzessin, die Cinderella. Das wahre Leben hatte Zeit bis zum nächsten Tag. „Du meinst, dein Angebot gilt nur, wenn ich keinen Abschluss machen kann und kein Geld verdiene?"

Er sah sie an. „Ich habe doch Geld. Und glaub mir, bei meinen Kontakten brauchst du keinen Abschluss."

„Quentin Marks." Sie machte sich los, blieb stehen und stemmte die Hände in die Hüften. „Was bildest du dir überhaupt ein?"

„Wieso?" Er drehte sich zu ihr um. Sie waren einen halben Häuserblock vom Hotel entfernt. „Darf ich für eine Freundin keine Beziehungen spielen lassen?"

„Nein", sagte sie. Sie fragte sich, warum er es immer noch nicht kapierte. Sie hatte es ihm doch schon erklärt! „Weil ich dir dann etwas schuldig wäre. Ich will es unbedingt auf eigene Faust schaffen."

Er stellte sich vor sie und ließ traurig den Kopf hängen. „Können wir das Thema für heute Abend mal vergessen?"

„Keine Ahnung. Was meinst du?“ Sie verschränkte die Arme vor der Brust. Sie sollte lieber still sein, wenn sie den schönen Abend nicht verderben wollte. „Irgendwie scheint es ein Selbstläufer geworden zu sein.“

„Entschuldige. Ich habe nicht nachgedacht.“ Sie sah ihn an, und er kam auf sie zu. „Ich weiß. Tut mir leid. Aber der Gedanke, dass ich dich hierlassen muss, ist nicht leicht zu akzeptieren.“

„Ich weiß.“ Sie rieb sich mit den Händen die Arme, denn sie fing an zu zittern, als sie seine Worte hörte.

„Ich glaube nicht, dass du das weißt, Shandi. Du bist das Beste, was mir je passiert ist.“ Er sah auf die Straße und versuchte, die richtigen Worte zu finden. „Aber angesichts meiner beruflichen Pläne sehe ich einfach keine Lösung, wie wir beide zusammen sein können.“

„Wir sind doch jetzt zusammen“, sagte sie leise. Ihr Herz würde brechen, das wusste sie. Eben war die Stimmung noch so wunderschön, und von einer Minute auf die andere war es damit vorbei.

Er sah sie an. Ein paar seiner Haarsträhnen hatten sich losgemacht und flatterten im Wind. Sie sah ihm an, wie durcheinander er war und dass er Sehnsucht nach ihr hatte. „Kommst du mit zu mir oder soll ich dich nach Hause bringen?“

„Kommt darauf an.“

„Worauf?“

Was sie jetzt sagte, tat weh. Erst recht, weil sie nichts lieber tun würde, als sich in seine Arme zu werfen. „Darauf, ob du die traurigen Gedanken verscheuchen und stattdessen das genießen kannst, was uns bleibt.“

„Du meinst, die ganzen achtundvierzig Stunden?“, fragte er ungeduldig.

Sie zog ihren Umhang, dessen Enden im Wind zappelten,

enger um die Schultern und fragte sich, ob der Schmerz in ihrer Brust Enttäuschung oder Wut oder Liebe war. „Ich glaube, ich nehme ein Taxi."

„Nein." Er ergriff ihre Hand. „Ich will nicht mit dir streiten, Shandi. Jedenfalls nicht, ohne dass wir uns hinterher mit einem Kuss versöhnen."

Sie spürte seine warmen Finger, seinen fordernden Griff. Er wollte sie, er brauchte sie. Und war es nicht das, wonach sie suchte? Sie drückte seine Hand und umarmte ihn. „Ich glaube, ich bleibe hier. Die Zimmer sollen schön sein."

Er seufzte erleichtert. „Die Zimmer sind mehr als schön."

„Ich glaube, deins habe ich noch gar nicht vollständig gesehen."

„Ich führe dich gerne herum."

„In Ordnung", sagte sie und atmete tief durch, um ihre Nerven zu beruhigen. Aber ihre Hände zitterten immer noch, als sie durch die Lobby zu den Aufzügen gingen.

In ihrem Innern tobten wahre Schlachten.

Sollte sie hart bleiben oder auf Quentins Angebot eingehen?

Hatte sie überhaupt eine Alternative? Seine Kontakte waren unbezahlbar. Und in dieser Branche waren Kontakte das A und O, das wusste jeder. Sie hatte sich schließlich für diese Karriere entschieden.

Zwei Jahre lang hatte sie es geschafft, auf eigenen Beinen zu stehen. Sie hatte sich mit Gelegenheitsjobs über Wasser gehalten, bis sie die Arbeit im *Erotique* gefunden hatte. Sie war fünfmal in der Woche in der Hochschule. Sie knauserte und sparte und versuchte, irgendwie über die Runden zu kommen.

Warum wollte sie also nicht zulassen, dass der Mann, den sie langsam zu lieben begann, für sie sorgte und ihr half, ihren Traum zu verwirklichen?

War es nicht das, was eine Beziehung ausmachte? Geben

und nehmen und sich gegenseitig unterstützen – emotional wie mental, finanziell wie spirituell?

Aber sie hatten ja nicht mal eine echte Beziehung! Das war doch der springende Punkt! Sie hatten eine Affäre, wenn auch eine wunderbare, aber mehr nicht!

In achtundvierzig Stunden würde Quentin nicht mehr da sein. Und trotz seines Angebots, sie solle mit ihm kommen, hatte er noch mit keinem Wort seine Gefühle für sie geäußert.

Okay, er hatte gesagt, er wollte nicht aufgeben, was zwischen ihnen war, ohne ihnen zumindest die Chance zu geben, mehr daraus zu machen, aber …

Reichte das nicht? Schließlich hatte sie ihm gegenüber auch nicht zugegeben, dass ihre Gefühle für ihn immer stärker wurden.

War ihr nur ihr verdammter Stolz im Weg? Wollte sie einfach um jeden Preis ihren Eltern beweisen, dass sie unrecht hatten, und deswegen diese einzigartige Chance vergeben?

Mein Gott, sie war so durcheinander.

Die Fahrstuhltür öffnete sich im sechzehnten Stock, und wie in ihrer ersten gemeinsamen Nacht schlugen sie den Weg zu Quentins Zimmer ein. Nur waren sie diesmal nicht so aufgedreht. Sie lachten nicht und fummelten auch nicht an ihren Kleidern herum, während sie den Gang entlanggingen.

Sie schwiegen, denn sie hatten jetzt eine Geschichte. Was heute Nacht zwischen ihnen geschehen würde, hatte nichts mit dem spannenden ersten Mal und gegenseitigem Entdecken zu tun.

Heute Nacht würden sie das genießen, was sie an einander lieb gewonnen hatten. Heute Nacht würde sich entscheiden, was aus ihnen beiden werden würde.

Selbst die Aussicht, den ganzen nächsten Tag mit ihm zu verbringen – mit ihm und ihren Freunden für ihre Seminararbeit –, konnte ihre Traurigkeit und Niedergeschlagenheit nicht vertreiben.

Sie lehnte sich an die Wand neben der Zimmertür und ließ Quentin zuerst eintreten. Er drehte sich um, als er bemerkte, dass sie noch draußen stand. Er sah sie mit einem angedeuteten Lächeln an.

Sie seufzte, streifte die Schuhe ab und folgte ihm. Sie lehnte sich an seine Brust. Sofort nahm er sie in den Arm und wiegte sie sachte hin und her.

„Bist du okay?“, flüsterte er.

Sie spürte seinen warmen Atem, roch das Aroma von Kaffee und Brandy. „Es geht gleich wieder. Ich muss nur gerade mal melancholisch sein.“

„Ich weiß nicht, ob ich das zulassen soll.“ Er streichelte ihren Rücken. Sie bekam eine Gänsehaut. „Ich hatte auf eine andere Stimmung gehofft.“

Sie kuschelte sich enger an ihn und fand es schön, dass er sie festhielt. „So? Auf welche denn? Von einer bestimmten mal abgesehen.“

„Ich wollte dir den Mond und die Sterne zu Füßen legen.“

„Wirklich?“ Sie trat einen Schritt zurück und sah ihm in die Augen. „Und wie?“

Er hob eine Augenbraue. Im gedämpften Licht war sein Gesicht in Schatten getaucht. „Kann ich dich eine Minute allein lassen? Du brichst nicht zusammen oder so was?“

Sie schüttelte den Kopf. „Es geht mir gut.“

Er nickte. Er küsste sie auf die Stirn und ging dann hinüber zur Balkontür.

Den ganzen Abend über war der Himmel wolkenlos und sternenklar. Während der Kutschfahrt hatte sie ihm gesagt, sie würde am liebsten die ganze Nacht so weiterfahren.

Er war nicht ganz so bei der Sache. Sein Interesse hatte weniger dem nachtblauen Firmament gegolten als vielmehr dem, was sich hoffentlich bald in seinem Bett abspielen würde.

Sie sah ihm zu, als er die rot-lila-blau-goldene Überdecke vom Bett nahm und auf dem Boden ausbreitete. Er legte die Dekokissen und Nackenpolster darauf, die dem Zimmer entfernt die Atmosphäre eines Sultanpalasts verliehen.

Um eine seiner Haremsdamen zu spielen, musste sie sich nicht einmal besonders anstrengen, dachte sie – auch wenn er es war, der die Verführungsszene vorbereitete. Er schob den Couchtisch in Richtung Tür und öffnete den Deckel einer geschnitzten und vergoldeten Box, die daraufstand.

In der Box befanden sich kleine Fläschchen mit Duft- und Massageölen – die Standardeinrichtung der Zimmer im Hush. In einer anderen Box, die Quentin gerade von dem Schrank mit der Glastür nahm, waren eindeutigere Annehmlichkeiten zu finden. Shandi wusste, dass diese Box verschlossen war – und was ihn erwartete, wenn er sie öffnen würde.

Doch er legte nur den Schlüssel auf die Box, richtete sich langsam wieder auf und sah sie an. Sein Blick sagte, sie könne entscheiden, ob sie die Box aufschließen wollte oder nicht und das benutzen und genießen wollte, was sie darin fand.

Bevor er ein Wort sagen konnte, ließ sie ihren Umhang fallen, ging durch den Raum zu ihm hinüber, steckte den Schlüssel ins Schloss der Box und öffnete sie.

Doch weder sie noch er sahen hinein.

Seine Augenlider begannen zu flattern und sein Atem beschleunigte sich. Sie hörte, wie er leise vor sich hin murmelte und ging hinüber zur Bar, von der sie zwei Gläser und den Brandyschwenker holte.

Er goss sich einen Drink ein, während er weiter vor sich hin murmelte, dann stürzte er ihn in einem Zug hinunter. Er wartete, bis das Brennen in seinem Hals verschwunden war.

„Ist es jetzt besser?", fragte sie.

„Nein." Er ging zum Schrank und schaltete die Stereoanlage ein. Verführerische Jazzklänge. „Ich wüsste gerne, was du mit mir anstellst, damit ich etwas dagegen tun kann."

Ihre Finger suchten die Knöpfe von ihrem weit ausgeschnittenen, ärmellosen schwarzen Kleid. „Willst du denn etwas dagegen tun?"

Wortlos schüttelte er den Kopf und sah sie an. Je mehr Knöpfe sie öffnete, desto mehr konnte er von ihrer Haut sehen. Schließlich war sie beim untersten Knopf angelangt, auf der Höhe ihres Slips.

Sie machte sich daran, das Kleid auszuziehen.

Er hielt sie davon ab und streifte ihr den Rayonstoff selber von den Schultern. Genießerisch langsam legte er ihre Brüste frei, ihren Bauch, ihren Netztanga.

Er verschlang sie mit seinen Blicken und stöhnte vor Lust.

„Ich nehme an, das heißt nein?", fragte sie, stieg aus ihrem Kleid und betrat das Sultansbett. Mondlicht erhellte das dunkle Zimmer und ließ die hellen Webfäden, die in die Decke eingearbeitet waren, leuchten.

„Ein fettes Nein", erwiderte er, während er sich an seinen Hemdknöpfen zu schaffen machte. Er zog die Schuhe, die Socken und die Hose aus, bis er in seinen wunderbar aufschlussreichen Boxershorts vor ihr stand.

„Ich verstehe", sagte sie mit einem lüsternen Grinsen. Dann streckte sie die Hände aus. Er ergriff sie, trat auch auf die Decke und ging mit Shandi gemeinsam in die Knie.

Sie pressten ihre Körper aneinander und küssten sich. Eine Hand hatte er auf ihre Wange gelegt, die andere in ihren Nacken. Ihre lose herabhängenden Haarsträhnen wickelte er locker um sein Handgelenk.

Jetzt ließ er seine Lippen von ihrem Mund zu ihrem Kinn

wandern, zu ihrem Hals und weiter runter zu ihren Brüsten. Er leckte und küsste ihre Haut, saugte an ihrer Brust. Sie stöhnte und fühlte, wie sich in ihrem Körper ein herrliches Gefühl ausbreitete.

Sie spannte die Muskeln in ihrem Unterleib an, während sie ihre Hände von seinen Schultern zu seinen Lenden gleiten ließ. Sie fühlte den Bund seiner Boxershorts und seine mächtige Erektion, die endlich aus ihrem Gefängnis befreit werden wollte.

Sie zögerte nicht lange. Sie wollte ihn spüren. Die Venen in seinem harten Schwanz pulsierten, als sie das störende Stück Stoff über seine Eichel streifte.

Während er seine Unterhose ganz auszog, wandte sie sich der Box mit dem Liebesspielzeug zu. Sie wurde verrückt vor Lust bei der Vorstellung daran, was sie und Quentin gemeinsam erleben würden. Sie entschied sich für einen Cockring aus weichem Leder. Sie sah ihn fragend an.

Er nickte kurz. Mehr ließ seine Erregung nicht zu, vermutete sie. Die Adern an seinen Schläfen pulsierten wie wild. Sie schlang den einen Riemen des Cockrings um den Schaft seines Schwanzes, mit dem anderen teilte sie seinen Sack. Während sie die beschwerten Lederbändchen festzog, sah sie ihm in die Augen.

Er erschauderte, als sie die Riemen immer enger schnürte und schloss die Augen, als sie seine Eier zu kneten begann. Sie befeuchtete ihre Fingerspitzen mit der herrlichen Flüssigkeit, die sein Schwanz bereits absonderte, und arbeitete sich so tiefer zwischen seine Schenkel vor.

Er spreizte die Beine und ließ sie gewähren. Sie spielte mit seiner Schwanzspitze, mit seiner wunderbar gestrafften Haut, und ließ dann wieder einen Finger zwischen seine Eier gleiten. Sie umschloss sie mit der ganzen Hand und fing dann an, sie sanft zu massieren.

Er hatte die Augen geschlossen, den Kiefer angespannt, die Hände unter dem Kopf verschränkt. Jetzt beugte sie sich über ihn, leckte mit der Zungenspitze erst seine eine, dann die andere Brustwarze, bis sie endlich seinen Schwanz in den Mund nahm.

Sie fuhr mit ihrer Zunge an der empfindlichen Schwanznaht entlang und begann, an seiner Eichel zu saugen. Mit der einen Hand hielt sie seinen Schaft umklammert, mit der anderen erforschte sie seinen Schritt und massierte seinen Sack mal mehr, mal weniger hart.

Es dauerte nicht lang, und er packte sie bei den Schultern. Seine Lenden zuckten wild. Sie verstärkte den Druck auf seinen Schwanz, saugte heftiger und löste das Lederbändchen um seinen Schaft.

Er explodierte vor Lust in ihrem Mund. Sie fing seinen warmen Samen mit der Zunge auf und behielt seinen Schwanz im Mund, bis sein Orgasmus verebbt war.

Erst als die Schauer seiner Lust abgeklungen waren, löste sie sich von ihm und warf den Cockring in den Abfalleimer neben dem Schrank. Er sank erschöpft in den Kissenstapel auf der Decke.

Er sagte keuchend: „Einen Moment noch."

Männer sind so süß, dachte sie, während sie sich neben ihn legte. „Nimm dir so viel Zeit, wie du brauchst. Ich gehe ja nicht weg. Ach ja, und mein Lieblingsduft ist Kräuter und Zitrus."

„Gib mir noch drei Minuten, dann bekommst du die beste Massage deines Lebens", sagte er, während sein Atem sich langsam wieder normalisierte.

Sie rollte sich auf den Bauch, stützte sich auf die Ellbogen, um ein Kissen unter sich zu schieben und sah durch die geöffnete Balkontür hinaus in den Himmel. „Ich frage mich, welchen Blick ich haben werde, wenn ich erst mal umgezogen bin."

Er drehte den Kopf und sah sie an. „Wann weißt du denn, ob es akut wird?"

Sie zuckte die Schultern und schüttelte den Kopf. „Morgen nach dem Fotoshooting versuche ich, April oder Evan – am besten natürlich beide – auf eine konkrete Antwort festzunageln. Wenn ich weiß, was mir bevorsteht, kann ich damit umgehen. Nur diese Unsicherheit macht mich wahnsinnig."

Quentin rollte sich auf die Seite, legte ihr eine Hand auf den Rücken und fing an, sie mit kreisenden Bewegungen zu massieren, bevor er sagte: „Ich werde dir helfen, so gut ich kann."

Sie wusste, wie schwer er sich tat, ihr nicht viel mehr anzubieten.

Zum Beispiel, ihr ein eigenes Apartment und ihre Semestergebühren zu finanzieren oder sie den richtigen Leuten vorzustellen.

Aber das tat er nicht. Er lag ganz einfach neben ihr, streichelte sie und gab ihr das Gefühl, dass er für sie da sein würde und sie nicht verhungern oder in einem Schuhkarton leben müsste.

Sie sah zu ihm hinüber, mit Tränen in den Augen, beugte sich über ihn und küsste seine Nasenspitze. Lachend legte sie sich wieder hin.

Er lachte nicht, sondern fragte verwundert: „Wofür war das?"

„Dafür, dass du so bist, wie du bist. Dass du mir deine Aufmerksamkeit schenkst." Sie genoss seinen warmen Körper neben sich und gleichzeitig die kühle Nachtluft, die vom Balkon her zu ihnen wehte.

„Aha. Kräuter und Zitrus, ja?", fragte er, während er sich hinhockte und in den Flaschen mit Massageöl nach den richtigen Sorten suchte.

„Genau. Danke, dass du dir auf deine großzügige Zunge gebissen hast."

„Großzügig?", fragte er und setzte sich rittlings auf sie. „Das soll wohl ein Kompliment sein?"

„Ja. Und danke für das beruhigende Angebot." Es war gut zu wissen, dass jemand da sein würde, wenn alle Stricke rissen. So ließ sich ruhiger in die Zukunft schauen.

„Versprich, dass du mir Bescheid sagst, bevor du in deinen berühmten Schuhkarton ziehst, ja?", sagte er und rieb seine Handflächen aneinander, um das Öl zu erwärmen. Er hatte eine Mischung gewählt, die nach Basilikum und Nektarine duftete.

„Mmm. Ich versprech's." Sie schloss die Augen, rutschte in eine bequeme Position und spürte seinen jetzt nicht mehr harten Penis, der auf ihrem Po lag. „Das riecht gut."

„Ich hoffe, es fühlt sich auch gut an", sagte er und begann mit seiner Massage. Schultern, Oberarme, zurück zum Kopf.

„Unglaublich", sagte sie mit einiger Mühe. Es kam ihr vor, als driftete sie auf einem typischen Oklahoma-Baumwoll-Wölkchen davon. „Schon deshalb dürften wir nie zusammen arbeiten: Du müsstest mich die ganze Zeit massieren, und davon hättest du schnell die Schnauze voll."

„Wer sagt, dass ich davon die Schnauze voll bekommen kann?", fragte er, während seine Daumen ihre Muskeln rechts und links der Wirbelsäule durchkneteten. „Vielleicht macht mir das noch mehr Spaß als dir."

„Ziemlich unwahrscheinlich", erwiderte sie. Sie spürte, wie sein Schwanz zwischen ihren Pobacken wieder härter wurde und lächelte in sich hinein.

Er rutschte weiter nach unten, massierte mit seinen Handflächen ihre Pobacken und knetete ihre Muskeln so gut durch, dass sie laut stöhnte.

„Sag ich doch", murmelte sie. „Unwahrscheinlich."

Sein Lachen klang heiser und geil wie die Worte, die er murmelte, als er mit seinem Schwanz über ihren Unterkörper strich und sein Sack gegen ihre Pobacken drückte.

Sie hob die Hüfte und zog die Knie an, sodass ihr Po genau in seinem Schritt lag. Er legte ihr zwei Kissen unter den Bauch und griff nach der Flasche mit dem Duftöl.

Dann tröpfelte er ein bisschen Öl in ihre Pospalte. Es rann zwischen den Pobacken hinunter und bereitete den Weg für seine forschenden Finger, die sie jetzt zwischen ihren Beinen spürte. Er streichelte den Übergang zwischen Oberschenkeln und Po mit dem Zeigefinger und spreizte mit den Daumen ihre Pobacken.

Sie begann zu zittern. Da waren nur noch das Mondlicht, die Kissen und Quentins Wärme. Sie liebte seine Berührungen, seine Zärtlichkeit, die Art, wie er sie erregte.

Mehr davon, was er gerade mit seinem Fingerknöchel machte … *ja, das.* Genau da. Er rieb ihre Spalte, kreiste mit den Fingern um ihren Kitzler, spielte mit ihr.

Sie hätte am liebsten geschrien. Aber sie wollte noch warten, wollte, dass er noch mehr Geheimnisse ihres Körpers entdeckte.

Es war schrecklich, dieses Warten. Jetzt strich er nicht mehr mit seinen Fingern, sondern mit seinem Schwanz über ihren Kitzler, drang aber nicht ein, sondern tastete sich nur bis zum Eingang vor und verharrte dort. Sie wollte ihn so gerne in sich spüren!

Sie wand sich, stützte sich auf die Ellbogen, um ihn zu packen und endlich in sich hineinzuziehen, doch er ließ sie nicht. Er entzog sich ihr und streichelte und neckte sie, leise lachend, weiter.

Plötzlich machte er ernst. Er setzte sich mit gespreizten Beinen hinter sie und ließ jetzt anstelle seiner Finger seine Zunge in sie hineingleiten.

Sie zuckte und stöhnte, bekam eine Gänsehaut nach der anderen und fing an, sich selber zu reiben. Ein neues, intensives Gefühl jagte durch ihren Körper und brachte sie an den Rand des Orgasmus, den sie immer noch hinauszuzögern versuchte.

Aber sie musste aufgeben. Es ging nicht anders, denn Quentin ließ zwei Finger in sie hineingleiten und begann sie zu streicheln, während er ihren Kitzler leckte und ihr zuflüsterte, sie solle kommen.

Und sie kam! Sie explodierte förmlich, zitterte und zuckte am ganzen Körper. Ihr Bauch brannte, ihre Brustwarzen schabten über die Decke, während sie sich vor Lust wand. Doch viel zu schnell war dieses orgasmische Freudenfeuer vorbei.

Aber da hatte sie nicht mit Quentin gerechnet. Er drehte sie auf den Rücken, ließ sie die Knie über der Brust anwinkeln, sodass sie weit geöffnet vor ihm lag und drang dann in sie ein.

Kaum war er in ihr drin, bewegte er sich nicht mehr. Ihre Körper waren verschmolzen zu einem. Er strich ihr sanft die Haarsträhnen aus dem Gesicht und sah ihr in die Augen. Erst dann begann er, sich in ihr zu bewegen.

So etwas hatte sie noch nie erlebt. Diese Innigkeit, diese unglaubliche Verschmelzung zweier Körper und zweier Seelen. Ihr Herz hämmerte wie verrückt. Ihr ganzer Körper tat ihr wohlig weh.

Oh Gott. Sie liebte diesen Mann.

Er war so wunderbar. Nie war er egoistisch, immer dachte er zuerst an sie, er kümmerte sich um sie, sorgte für sie – im Bett, beim Spazierengehen oder wenn sie Hähnchen-Spinat-Wraps aßen oder eine DVD guckten.

Sie liebte seine Entschlossenheit, seine Energie, seine Art, die ihn zu dem gemacht hatte, der er war. Sie liebte ihn, wie er war. Und als er ihr die Tränen wegwischte, die ihr über die Schläfen liefen, schüttelte sie nur den Kopf und lächelte.

Dann schlang sie die Arme um ihn und presste sich an ihn, während sich ihre Körper in perfekter Harmonie bewegten, als hätten sie endlich gefunden, wo sie hingehörten.

13. KAPITEL

Obwohl sie am Sonntagmorgen erst gegen vier Uhr morgens nach Hause gekommen war, war Shandi um neun schon wieder auf.

Schließlich hatte sie nur diesen einen Tag für ihr Fotoshooting. Evan hatte heute frei. Kit hatte heute frei. April hatte immer frei, und für Quentin war es der letzte Tag in der Stadt. Sie hatten verabredet, sich um zehn Uhr vor dem Exhibit A im Untergeschoss des Hotels zu treffen.

Morgen ginge es nicht. Arbeit und Hochschule und Reisepläne wären nicht unter einen Hut zu bringen, und darum mussten sie es heute auf jeden Fall schaffen.

Und wenn es nicht klappen sollte, musste sie mit Kit und April einen neuen Termin verabreden und sich von der Idee verabschieden, Quentin als Trumpf in ihrer Marketing-Kampagne zu präsentieren.

Es war schon schlimm genug, dass sie ihn als Lover ziehen lassen musste. Nach der letzten Nacht wusste sie erst recht nicht mehr, wie sie es ohne ihn aushalten sollte.

Sie sagte sich zwar immer wieder, dass sie das Beste aus den ihnen verbleibenden zwei oder drei Tagen machen würden, dabei wusste sie nicht einmal, ob sie ihn am Dienstag, dem Tag seiner Abreise, noch einmal sehen würde.

Wenigstens heute würde sie ihn den ganzen Tag sehen, das musste genügen. Sie wollte sich jetzt lieber nicht damit beschäftigen, was wäre, wenn er nicht mehr da war.

Die Dinge waren nun mal nicht zu ändern. Sie packte ihre Sachen zusammen und machte sich auf den Weg. Die U-Bahn hatte Verspätung, und als sie endlich im Hotel eintraf, waren April und Evan schon da. Sie warteten in der Bar, wo sie nebeneinander auf einer Bank saßen.

Shandi rollte die Augen und sah sich um. Es erstaunte sie jedes Mal, wie anders es hier aussah, wenn nicht Rauchschwaden die Luft schwängerten und nicht die blauen Lichter eine verführerische – und fast unheimliche – Atmosphäre verbreiteten.

Als sie näher kam, stellte sie fest, dass ihre Freunde Kaffee tranken und sich einen Dessertteller mit Marshmallows und Schokolade teilten.

Keine Frage: Das war Kits Handschrift – obwohl sie nirgends zu sehen war. Genau wie Quentin. Offensichtlich hatten April und Evan wieder eine lauschige Nacht bei April verbracht und brauchten jetzt viel Zucker und Koffein, um in die Gänge zu kommen.

Hm. Das klang eigentlich gar nicht schlecht.

Shandi musste sich zweimal räuspern, bevor die beiden sie bemerkten. „Wie sieht's aus? Darf ich was abhaben oder wollt ihr zwei das ganz alleine essen?"

April sah sie lächelnd an. „Hallo, Shan. Setz dich zu uns. Kit holt gerade mehr Kaffee und noch einen zweiten Teller davon. Meine Güte, so was Leckeres habe ich noch nie gegessen."

„Was? Bei den Carters aus Connecticut kennt man S'mores nicht? Ihr röstet wohl keine Marshmallows überm Lagerfeuer?" Sie biss in ein Schokoladenstück. Es war wirklich himmlisch! „Mmmh! Ich glaube, unser Koch hat eine Marktnische entdeckt."

„Aber echt", sagte Evan. „Und ich bin nicht mal ein großer Schokoladen-Fan."

Die Tür öffnete sich und Shandi sah, wie Kit Quentin hineindirigierte. Sie trug einen zweiten Teller mit Marshmallow-Schokoladen-Fondue, während er ein Tablett mit einer Thermoskanne, Tassen, Zucker und Milch balancierte.

Shandi sagte kein Wort. Sie sah ihn nur an, atemlos, und dachte an ihre letzten gemeinsamen Stunden. Ihr wurde ganz heiß, und ihr Herz schien überzuquellen vor Freude.

Er stellte das Tablett auf dem großen runden Tisch ab, dann beugte er sich rüber zu ihr und küsste ihr einen Tropfen Schokolade aus dem Mundwinkel, bevor er sich selbst ein Marshmallow nahm.

Ihre Freunde kicherten, und Shandi hätte ihnen gerne einen tadelnden Blick zugeworfen, aber sie war zu gebannt von Quentin.

Er war der schönste Mann, den sie je gesehen hatte, und mit jeder Faser ihres Körpers spürte sie, dass sie ihn liebte.

Kit schlüpfte neben April auf die Bank und begann, mit ihr und Evan zu plaudern. Sie goss allen Kaffee ein, während Shandi weiter Quentin dabei zusah, wie er von der Schokolade-Marshmallow-Mischung aß und dann seine Tasse nahm.

„Hast du überhaupt noch geschlafen?“, fragte er, während er über den frisch aufgebrühten, heiß dampfenden Kaffee blies. „Du siehst müde aus.“

„Ein paar Stunden“, sagte sie und bemerkte, dass *er* natürlich so ausgeruht aussah, als hätte er wochenlang geschlafen. „Aber mein Adrenalinspiegel hält mich wach.“

„Kannst du dich denn wenigstens ausruhen, wenn wir hier fertig sind?“, wollte er wissen. Es klang wie die harmlose Frage eines guten Freundes.

Aber sie hörte alle Nuancen heraus. Jedes Wort ein Geständnis seiner Zuneigung.

Mit solchen Worten wollte sie ihm sagen, was die letzte Nacht mit ihr gemacht hatte. Ihre Welt hatte sich verändert. Sie liebte ihn und fragte sich, was sie machen sollte, wenn er nicht mehr da sein würde und an seiner Stelle nur ein großes Vakuum.

Aber sie zuckte einfach die Achseln und nahm sich eine Tasse Kaffee. „Falls ich Zeit habe. Meine Schicht beginnt um sechs.“

„Dann sollten wir besser anfangen, oder?“ Er sah sie fragend an und signalisierte ihr mit seinem Blick, dass sie nicht so sorglos mit sich umgehen sollte und er darauf achten würde, dass sie es nicht tat.

Wieder stockte ihr der Atem, und sie nickte bloß. Dann sah sie die anderen drei an. „Evan, ich dachte, wir gehen auf die Bühne. Mal sehen, ob das hinhaut. Quentin kann dir beim Aufbauen helfen. Ich kümmere mich in der Zeit um das Make-up und die Haare meiner weiblichen Stars."

„Alles klar", sagte Evan und trank noch einen letzten Schluck Kaffee. Er wartete, bis Kit aufgestanden war, dann machte er sich an die Arbeit.

Auch Shandi und April standen auf. Sie und Kit hatten sich nur die Haare gewaschen und geföhnt. Für alles andere war Shandi zuständig.

Sie sah von einer zur anderen. „Eure Klamotten habt ihr dabei?"

Kit nickte und zeigte auf die Sitzbank in einer anderen Nische. „Alles da. Inklusive Schuhe."

Nachdem Shandi vor ein paar Tagen ihr Konzept ausgearbeitet hatte, hatte sie in Kits und Aprils Kleiderschränken nach Klamotten gesucht, die ihren Farbvorstellungen entsprachen.

In Anbetracht der großen Kleiderschränke von beiden war es ihr nicht schwergefallen, das Richtige zu finden, samt farblich passenden Schuhen.

„Und du?", fragte sie Quentin. Schön, sie konnte wieder durchatmen.

Er machte eine hilflose Geste. „Du bekommst, was du siehst."

Das würde funktionieren, sogar sehr gut. Er trug den schlichten elfenbeinfarbenen Leinenanzug, den er getragen hatte, als sie sich in der Bibliothek nähergekommen waren … Schnell verscheuchte sie die Erinnerung.

Sie hätte zwar einen Anzug bevorzugt, der noch eine Schattierung dunkler war, Bambus oder Kokosnuss, der farblichen Mischung aus Kits schokoladenbraunem Etuikleid und Aprils weißem Hängerkleidchen.

Aber sie hatte ihn nicht bitten wollen, sich nur für ihre Seminararbeit einen neuen Anzug zu kaufen. Sie hoffte, es würde auch so toll aussehen.

„Das geht schon", sagte sie, während sie das Funkeln in seinen Augen ignorierte und ihn mit dem Zeigefinger dirigierte. „Aber du musst die Haare offen tragen. Schließlich geht es ja um Haarfarben, deshalb müssen wir deine Haare auch sehen."

Gehorsam griff er nach hinten und löste das Lederband, mit dem er seine Haare zu einem Pferdeschwanz zusammengebunden hatte. Die karamellfarbenen Strähnen fielen auf seine Schultern, und Shandi hätte schwören können, dass sie in diesem Moment die anderen beiden Frauen aufstöhnen hörte.

Sie liebte seinen wilden, zerzausten Look und wünschte, sie wären alleine, damit sie ihn noch mehr zersausen könnte. Er war einfach der perfekte „König des Dschungels"-Typ für ihre Anzeige.

Plötzlich war sie nicht sicher, ob sie wirklich ihren privaten Quentin mit ihren Freundinnen und ihren Kommilitoninnen teilen wollte. April und Kit bekamen ja jetzt schon vor Entzücken den Mund nicht mehr zu!

Eine Stunde verging mit den nötigen Vorbereitungen. Zum Glück gab es hier unten genügend Steckdosen für Shandis Schminkspiegel und Glätteisen.

Es gelang ihr, die Fragen nach ihrem Verhältnis zu Quentin dahingehend zu beantworten, dass er ein momentaner Flirt sei, der in zwei Tagen beendet sein würde. Aber ihre Freundinnen gaben keine Ruhe.

Während Shandi die passende Grundierung aussuchte, fing April wieder an. „Im Ernst, Shan. Ich weiß zwar, wie wichtig dir diese Karrierenummer als Visagistin ist ..."

„Karriere*nummer?*" Shandi sah April im Spiegel an. „Was soll denn das heißen?"

„Du weißt schon." April beugte sich vor und begutachtete die dunklen Ringe unter ihren Augen. „Karrierenummer. Bitte sag mir, dass du Concealer da hast."

Shandi sah sie stirnrunzelnd an. „Dein Traum von einer eigenen Galerie für dein Schmuckdesign ist also eine Karrierenummer? Kits PR-Job ist eine Karrierenummer?"

„Ja, klar. Was denn sonst? Irgendwann kommt der Punkt, an dem du dich fragen musst – an dem wir alle uns fragen müssen –, wie viel du bereit bist zu opfern. Den Mann für die Karriere oder die Karriere für den Mann."

Wie bitte? Spielte April jetzt die Psychologin? Shandi verteilte mit einem Schwämmchen den Grundierer. „Ach, mehr Alternativen gibt es nicht?"

„Kennst du welche?"

„Ja, kenne ich. Träume und Ziele, Selbstachtung und eigene Identität opfern und ..."

„Schon gut, okay." Kit streckte die Arme hoch und lachte. „Ich denke, wir haben's begriffen."

„Du vielleicht", sagte April. „Ich nicht."

„Das glaube ich nicht", sagte Shandi und stemmte die Hände in die Hüften. „Du bist es doch, die sich von ihrer Familie ihr Liebesglück vermasseln lässt."

„Stimmt. Lange war es so." April drehte sich um und sah Shandi an. „Aber ich habe in letzter Zeit auch viel über Alternativen nachgedacht."

Shandi fühlte sich unwohl bei dieser Diskussion. Sie wandte sich wieder Schminkkoffer, Pinseln und Puderrouge zu. „Und zu welchem genialen Schluss bist du gekommen?"

„Ich weiß nicht, ob er genial ist", sagte April und betrachtete ihre Fingernägel. „Aber ich weiß, dass ich weder zu mir noch zu Evan fair gewesen bin."

Wow. Shandi war beeindruckt. Sie arbeitete an Aprils Wangenknochen. „Heißt das, du brichst den Kontakt zu deinen Eltern ab, oder heißt das, du stellst ihnen Evan endlich vor?"

„Ich denke gerade darüber nach, wie ich das kombinieren kann. Und das …" April deutete mit dem Finger auf Shandi „… habe ich dir zu verdanken."

Shandi hielt inne. „Mir? Wieso das denn?"

„Weil du so bist, wie du bist. Du machst keine Kompromisse. Du tust, was du tun musst, um deine Ziele zu erreichen, auch wenn das heißt, deiner Familie auf die Füße zu treten."

„Wenn es nur die Füße wären!", seufzte Shandi. Sie war überrascht, dass ihr eigener kleiner Freiheitskampf April beeinflusst hatte. „Es war vielmehr so, dass ich alle meine Vorstellungen von Familie aufgeben musste und so getan habe, als wäre Familie nicht mehr wert als Trauben in einem Fass, die man zu Wein zerstampft."

„Wahnsinn", sagte Kit. „Wie philosophisch."

„Nein. Wie traurig. Wie hinderlich. Und demoralisierend. Kannst du dir vorstellen, wie es ist, wenn dir deine Eltern Vorschriften machen, wie du dein Leben zu leben hast? Und wenn du es anders machst, heißt es, du hast keinen Respekt vor ihnen?"

April und Kit sagten nichts mehr. Auch Shandi war jetzt still. Das hätte ich nicht so herausblöken sollen, dachte sie, während sie nach den richtigen Lidschattenfarben suchte, die die Skala von Cremefarben über Terrakotta und Siena zu Schokoladenbraun abdeckten. Sie hatte sich damit abgefunden, dass ihre Eltern eine leicht eingeschränkte Sichtweise hatten.

Sie waren unfähig, mit Veränderungen umzugehen. Da war Vorurteil statt Fortschritt. Sie weigerten sich einfach, Dinge zu akzeptieren, die ihnen fremd oder unbehaglich waren.

Das hatte Shandi dazu gebracht, sich aus diesem Sicherheitsnetz zu befreien. Sonst wäre sie darin erstickt. Aber wahrscheinlich hatte sie kleine Stückchen dieses Netzes immer noch in sich.

Denn sie machte sich schließlich weiter Gedanken darüber, was ihre Eltern über ihr Leben dachten. Sie hatte sich so wenig von ihren Eltern gelöst wie diese sich von ihren kleinstädtischen Ansichten. Da hätte sie auch gleich in Round-Up bleiben können.

„Genug davon", sagte sie schließlich mit einem bitteren Lachen. „Sorgen wir lieber dafür, dass ihr zwei Schönheiten fertig werdet. Und lasst bitte die Finger von meinem Mann."

Eine halbe Stunde lang war Shandi mit Schminken beschäftigt. Die Farben von Lippen, Augen und Wangen mussten perfekt aufeinander abgestimmt und die beiden farblich kontrastierenden Frisuren gebändigt werden. Die drei Frauen kicherten und erzählten sich von erfolgreichen Dates und katastrophalen Pleiten mit irgendwelchen Männern, während Shandi ihre beiden Models perfekt zurechtmachte.

„Das ganze wichtigtuerische Gequatsche über Beruf und Familie ändert doch in Wirklichkeit gar nichts, oder?" Während Shandi ihre Arbeitsmaterialien wieder einräumte, stand Kit auf und strich ihr Kleid glatt. Ihr hellblondes Haar glänzte beinahe weiß. „Es geht letztendlich doch nur um Bienchen und Blümchen und das verrückte Ding namens Liebe."

„Sieh mich nicht so an, wenn du von dem L-Wort sprichst", sagte Shandi spöttisch und schaltete ihre beleuchteten Spiegel und die Glätteisen aus. „Ich habe in zwei Wochen Abgabetermin, da kann ich jetzt nicht einfach mein Gehirn ausschalten."

„Ach nein?", fragte April und fuhr sich ein letztes Mal mit dem Pinsel über die Nase. „Wer hat denn die Sauerei mit der Schokolade veranstaltet, nur weil ihr Mann zur Tür reinkam?“

„Ja, ja“, nörgelte Shandi und schob ihre Freundinnen in den Hauptraum von Exhibit A zurück. Schluss mit der Unterhaltung.

Evan hatte inzwischen das Licht und das Stativ vor der runden Bühne aufgebaut. Die Kamera baumelte noch um seinen Hals. Wie von Shandi gewünscht, hatte er zwei der coolen schwarzen Stühle aus dem *Erotique* auf die Bühne gestellt.

Sie war nicht nur Quentin dankbar, dass er mitmachte, sondern auch Kit, die bei Janice dafür gesorgt hatte, dass sie Exhibit A heute privat nutzen durften. Sie hatten vier Stunden Zeit, bevor das Personal die Bar für den Abend vorbereiten musste. Das heißt, sie mussten sich ranhalten.

Während Evan die beiden Frauen richtig auf der Bühne positionierte, hatte Shandi nur Augen für Quentin. Sie vertraute auf die Fähigkeiten ihres Fotografen und hatte ihn deshalb nicht in die Maske gebeten. Kit und April standen für glatt und geschmeidig und er für das Gegenteil.

Er war das Sinnbild für wild. Da waren dieses Funkeln in seinen Augen, das sie immer wieder an letzte Nacht erinnerte, und seine wuscheligen Haare, die aussahen, als hätte sich seine Geliebte in Ekstase an seiner Frisur vergriffen.

Er war einfach Sex pur. Und sosehr sie sich auch auf Evans Anweisungen zu konzentrieren versuchte, irgendwann hielt sie es nicht mehr aus und musste sich in eine der Nischen setzen. Dort saß sie und beobachtete das Treiben von Ferne und versuchte, nicht vor Geilheit zu sabbern anzufangen.

Na gut, ganz so schlimm war es nicht. Aber viel fehlte nicht … Sie versuchte, ganz professionell, analytisch und kritisch zu sein. Als ihr das nicht gelang, stellte sie sich vor, ein unbeteiligter Zuschauer zu sein, der sich eine Show ansah.

Aber auch das gelang ihr nicht. Sie konnte nur daran denken, Quentin anzufassen, ihn zu küssen, ihn auszuziehen. Wie er sie zum Lachen brachte und wie er ihr Mut machte. Wie viel Spaß sie zusammen hatten.

Er war wirklich ein super Mann, der sich noch dazu Gedanken um sie und ihre Zukunft machte.

Und jetzt, als sie ihn auf der Bühne stehen sah, wie er umgekehrt auf dem Barhocker saß, die Arme auf der Rückenlehne und die Füße auf den Fußstreben, wie sich sein Körper unter seiner Kleidung abzeichnete …

Oh Mann, sie hatte echt ein Problem.

Kit stand rechts neben ihm, mit dem Rücken zu ihm, die Arme über der Brust verschränkt, die Beine leicht gegrätscht. April stand zu seiner Linken in der gleichen Haltung. Sie waren seine stolzen Löwinnen, die Blonde und die Braune. Mit ihrer Kleidung und ihren Schuhen bildeten sie das farbliche Gegenstück zueinander. Und Quentin war ihr König. Ihr Beschützer, ihr Anführer, das wilde männliche Biest.

Shandi glaubte, sterben zu müssen, so sehr wünschte sie sich, für immer ihm zu gehören und seine Frau zu sein.

Evan konnte wieder einmal nicht schlafen. Das war nichts Neues. Seit sie vor ein paar Jahren zusammengekommen waren, hatte er etwa die Hälfte der Nächte auf Aprils Sofa verbracht und immer nur wenig geschlafen.

Aber seit er die Nächte in ihrem Bett verbrachte, schlief er überhaupt nicht mehr.

Und Sex hatte er auch keinen.

Es war nie ein Problem für ihn, enthaltsam zu sein, als er noch auf dem Sofa schlief. Jetzt schon.

Er respektierte zwar Aprils Wunsch, damit zu warten, bis sie verheiratet waren. Aber wenn er ihr körperlich so nah war, war es sehr schwer für ihn. Das hatte er sich anders vorgestellt.

Als sie ihm gesagt hatte, sie wollte ihm nah sein, war ihm schon klar, dass sie damit nicht das meinte. Aber irgendwann reichte Selbstbefriedigung auch nicht mehr.

Und das war ja auch kein Wunder. Schließlich bekam er schon einen Steifen, wenn er bei der Arbeit hinter dem Tresen stand und April ansah, wie sie ihn über den Rand ihrer Kaffeetasse hinweg anlächelte.

Er liebte sie. Er wollte mit ihr schlafen.

Stattdessen rutschte er weg von ihr, drehte sich auf die Seite und versuchte einzuschlafen.

Keine halbe Minute später fragte April: „Du schläfst nicht, oder?“

„Nein, aber ich versuch's.“

„Wollen wir reden?“

„Ja.“ Er rollte sich auf den Rücken und wartete. Sollte sie ruhig den Anfang machen, dann konnte er nichts falsch machen.

„Es war nicht fair von mir, dich zu bitten, in meinem Bett zu schlafen“, sagte sie und holte tief Luft. „Ich weiß, du beschwerst dich nicht, aber ich weiß verdammt noch mal, dass keiner von uns schläft.“

Er lächelte in sich hinein. Es kam wirklich selten vor, dass April fluchte. „Ich kann ja wieder aufs Sofa gehen. Oder bei mir übernachten. Was du lieber willst.“

„Ich will, dass wir nicht mehr warten.“

Schock. Plötzlich war ihm eiskalt und ihre Worte knackten wie Eiszapfen, die kurz vor dem Abbrechen waren. „Mit dem Sex?“

„Ja.“ Wieder atmete sie tief ein. Und aus. „Und nein.“

Er wusste nicht, was die gute und was die schlechte Nachricht war. „Ich höre.“

„Ich habe eine Lösung, aber ich möchte nicht, dass du schlecht von mir denkst, wenn ich sie dir sage." Die Decke knisterte, als sie sich bewegte.

Okay. Er drehte sich zu ihr um. Er behielt die Finger bei sich, sie waren durch die Bettdecke getrennt. Aber er musste ihr Gesicht sehen.

Sie war wunderschön. Ihr Gesicht sah so weich aus in dem schwachen Lichtschimmer, der durch die Jalousie ins Zimmer drang. Sie hatte sich die Haare hinters Ohr gestrichen und an ihrem Ohrläppchen funkelte ein winziger Diamant – ein Geschenk ihrer Eltern zu ihrem achtzehnten Geburtstag.

„April, sag es mir. Ich würde nie schlecht über dich denken."

„Solltest du aber vielleicht. Denn ich kann manchmal ganz schön schrecklich sein." In ihren Augen glänzten Tränen. „Egoistisch und materiell orientiert. Ich widme dir und deinen Gefühlen nicht die Aufmerksamkeit, wie es eine Verlobte tun sollte."

Sein Herz begann zu klopfen. „Bist du jetzt meine Verlobte?"

Sie nickte. „Ich wäre es gerne."

Er streckte den Arm aus und streichelte mit dem Zeigefinger ihr Ohr. „Und wie lange soll die Verlobungszeit dauern?"

„Kommt darauf an. Hast du bestimmte Anforderungen an unsere Hochzeit?"

Er musste kichern. „Wohl kaum. Ich bin derjenige von uns, der keine Kohle hat, falls du dich erinnerst. Und ich glaube kaum, dass meine Großmutter ihre Geldbörse dafür öffnen würde."

„Vor allem, wenn du *mich* heiratest."

Was sollte er dazu sagen? „Sie ist eben so, wie sie ist. Großzügig, wenn sie meint, dass es angebracht ist. Geizig, wenn sie anderer Meinung ist. Und glaub mir, sie findet es bestimmt nicht angebracht, dass ich heirate."

April seufzte, rollte sich auf den Rücken und zog sich die Bettdecke bis unters Kinn. „Und, findest du es angebracht?"

Sie fragte so vorsichtig und leise, dass er sie beinahe nicht verstanden hätte. „Ja. Natürlich. Warum fragst du das?"

„Denn wenn du es angebracht findest", sagte sie und drehte den Kopf, um ihn anzusehen, „und du nicht auf einer aufwendigen Hochzeit bestehst, hätte ich einen Vorschlag zu machen."

Wie konnte man sich nur so umständlich ausdrücken? „Geht es um etwas Illegales, Unmoralisches oder sonst wie Lasterhaftes?"

„Nein." Sie lächelte und schüttelte den Kopf. „Falls du es nicht als lasterhaft bezeichnest, zwei Tage Vorlesung ausfallen zu lassen."

14. KAPITEL

„Ich habe etwas getan, wofür du mich vermutlich hassen wirst", sagte Quentin, als Shandi ihm am Montagmorgen völlig übermüdet die Tür öffnete.

„Ist okay." Sie wickelte sich fester in ihren Chenille-Bademantel und fand, er hätte ruhig anrufen und sagen können, dass er vorbeikäme. Dann hätte sie sich wenigstens die Zähne geputzt.

Er ging an ihr vorbei ins Wohnzimmer, ohne dass sie ihn hereingebeten hätte. „Dienstagsabends hast du frei, oder?"

„Normalerweise ja." Sie machte die Tür wieder zu und verriegelte sie. „Aber morgen springe ich für Armand ein."

„Nein, jetzt nicht mehr." Die Hände in die Hüften gestemmt, betrachtete Quentin einen Moment den Fußboden. Dann sah er sie wieder an. „Und das ist die Sache, für die du mich hassen wirst."

„Hassen?" Ach ja, das hatte er eben schon mal gesagt. Sie war noch nicht wach genug, um das alles zu verarbeiten. Was machte er überhaupt hier? „Was hast du gemacht?"

„Ich habe meine Macht als Grammy-Preisträger benutzt, um dir zwei freie Abende zu ermöglichen", sagte er und machte ein schuldbewusstes Gesicht.

Zwei freie Abende klangen nicht schlecht. Zumindest nicht im Moment, als sie so müde war. „Warum?"

„Weil du mit mir nach Austin kommst."

Sie runzelte die Stirn. Sie verstand nicht recht. „Ich dachte, du fährst morgen."

„Wollte ich auch. Aber ich habe meine Pläne geändert." Er war so aufgeregt, dass sie ihn ansehen musste. Sein Lächeln strahlte. Seine Augen strahlten noch mehr. „Ich möchte zwar so schnell wie möglich nach Hause, aber ich möchte dich unbedingt mitnehmen."

Oh nein! Wie oft mussten sie das noch durchkauen? „Ich will nicht mit nach Texas", jammerte sie.

Er hielt die Hände hoch. „Du sollst ja nicht bleiben. Es ist nur ein Besuch. Du sollst nur sehen, wie ich wohne und wo mein Studio gebaut werden soll."

Sie ging taumelnd auf den Küchentisch zu und setzte sich. Quentin kam hinterher, suchte im Schrank nach einer Tasse und schaltete die Kaffeemühle an, in der schon die Bohnen waren.

Sie saß am Tisch und sah zu, wie er ganz selbstverständlich die Kaffeemaschine mit gefiltertem Wasser füllte, den frisch gemahlenen Kaffee abmaß und darauf wartete, dass die Kanne sich füllte, als wollte er ihr den heißesten und frischsten Kaffee der Welt servieren.

Wie konnte sie ihn gleichzeitig so vergöttern und so enttäuscht sein von ihm? Er war so fürsorglich und lieb, das fand man nicht oft bei Männern.

Außerdem hatte er ihr sogar diese Möglichkeit angeboten, die ihren Kampf ums Überleben mit Studium und Job um ein paar Jahre verkürzen würde. Warum war sie so bescheuert, dass sie sein Angebot nicht annahm?

War sie vielleicht doch nur das langbeinige, wilde Fohlen, das in der ‚Durstigen Klapperschlange' Drinks servierte – wie es sich für eine Fossey aus Round-Up gehörte?

Nein, sie war viel mehr! Das wusste sie, und das wusste auch Quentin.

Und eigentlich reichte das ja auch, oder nicht? Sie liebte ihn und war sich sicher, dass er sich auch in sie verliebt hatte. Das merkte man.

Sie seufzte und legte den Kopf auf den Tisch. Dann sah sie ihn an. Nachdem sie gestern Nachmittag bei dem Fotoshooting so begeistert von ihm war, hatte sie fast das Wichtigste aus den Augen verloren.

Bei dem Gedanken daran musste sie stöhnen. „Ich glaub, ich fall durch."

„Warum das denn? Nur weil du mir gestern die ganze Zeit auf den Hintern gestarrt hast, meinst du, dein Projekt wird ein Reinfall?"

Sie hob den Kopf und streckte ihm die Zunge raus. „Evan soll die Fotos heute auf CD brennen. Dann werden wir sehen, ob ich mich schon mal nach einem Schuhkarton umsehen muss."

„Nein, erst kommst du mit mir nach Texas."

„Ach ja. Sag mir bitte noch mal, warum ich da hinfliege?"

Er antwortet nicht sofort. Er sah sie nicht einmal an.

Stattdessen goss er ihr eine Tasse Kaffee ein und stellte sie, zusammen mit einem Löffel, vor ihr auf den Tisch. Dazu zwei Päckchen Süßstoff und eine Packung Sahne, die er aus dem Kühlschrank nahm.

Erst dann sagte er: „Ich werde dich nicht einfach so abschreiben, Shandi. Samstagnacht – oder Sonntagmorgen – das war nicht nur Sex. Das war Liebe."

„Ich weiß", gab sie zu, denn sie wusste, das wollte er hören.

„Es war einzigartig und wunderschön, und das braucht es, damit eine Beziehung funktioniert." Er schluckte. „Diese innere Verbindung. Diese Innigkeit und Nähe und Reinheit. So was gibt es nur selten."

Er betrachtete seine Hände, die er auf den Tisch gelegt hatte. „Ich brauche dir nichts vorzumachen und so zu tun, als ob ich nie von den sexuellen Möglichkeiten Gebrauch gemacht hätte, die man mir angeboten hat. Was ich dir sagen will ist, dass ich diese One-Night-Stands vor langer Zeit aufgegeben habe, weil sie mich nur eines gelehrt haben."

„Und das wäre?", fragte sie. Plötzlich war ihr kalt, und sie legte die Hände um ihre Tasse, um wenigstens ein bisschen warm zu werden.

„Dass sich der beste Sex im Kopf abspielt.“ Ein Lächeln ging über sein Gesicht, und er sah sie an. „Abgedroschen, aber wahr. Lieber hole ich mir selber einen runter, wenn ich geil bin. Das erspart einem auch dieses peinliche Hinterher, und mir selbst muss ich im Bett auch keine Anweisungen geben.“

Beinahe hätte sie sich an ihrem Kaffee verschluckt. „Lass das. Ich bin noch nicht wach genug, dass ich gleichzeitig schlucken und lachen kann.“

„Ich verspreche, es kommt nie wieder vor.“ Er grinste. „Ich mag es nämlich nicht, wenn ich Anweisungen geben muss. Ich mag es, dass jemand instinktiv weiß, was mich anmacht. Du weißt es. Und das ist selten, wie gesagt. Sehr selten.“

Er schob ihr den Kaffee hin. „Trink aus, zieh dich an und pack Sachen für zwei Tage. Du sollst den echten Quentin Marks kennenlernen.“

Shandi sah schweigend aus dem Fenster, als sie im Anflug auf Austin waren. An diesen Himmel erinnerte sie sich. Auch wenn Oklahoma sechshundert Kilometer entfernt war, dort sah der Himmel genauso aus. Groß und strahlend und endlos.

Seit sie vor fünfzehn Monaten ihr Zuhause verlassen hatte, war sie noch nicht einmal wieder dort. Gerade in den Ferien arbeitete sie besonders viel, und außerdem war es wesentlich einfacher, in der Stadt zu bleiben und sich dort sinnvoll zu beschäftigen, als in Round-Up zu hocken und zum x-ten Mal darüber zu diskutieren, warum sie sich wofür in ihrem Leben entschieden hatte.

Aber jetzt war sie mit Quentin hier, und bei der langen Fahrt in seiner Limousine vom Flughafen zu seinem Haus war sie weder nervös noch fühlte sie sich sonst wie unwohl. Komisch.

Vielmehr kam es ihr so vor, als gehörte sie hierher.

Das gleiche Gefühl hatte sie Samstagnacht überwältigt, als sie miteinander geschlafen hatten.

Und das machte ihr Angst.

Als ob er spürte, was sie empfand, rutschte er in den bequemen Lederpolstern des Wagens näher an sie heran. Er legte ihr einen Arm um die Schultern und küsste sie auf die Stirn. Er sagte nichts, sondern hielt sie nur fest.

Eine perfekte Reaktion. Am liebsten hätte sie geheult.

Aber sie legte nur ihre Hand auf seinen Oberschenkel, auf Höhe seines Knies. „Kriegt man das auch irgendwann mal satt? Den Kick, sich Privatjets und fette Limousinen leisten zu können?"

„Den Kick?" Er zuckte unverbindlich mit den Schultern. „Wahrscheinlich. Aber die Annehmlichkeiten und die Privatsphäre wird man immer zu schätzen wissen."

Sie schloss die Augen und lehnte sich zurück. „Ich schätze, dafür lohnen sich die Kosten."

„Die Kosten interessieren nicht. Es ist eine Geschäftsreise, also kann ich sie sowieso absetzen."

„Natürlich. Das habe ich vergessen." Sie hasste es, dass er nur ein Wort zu sagen brauchte und sie sich wie ein Vollidiot vorkam. Das lag aber nicht etwa daran, dass er den Mann von Welt spielte, sondern daran, dass sie so vieles nicht wusste. „Ich bin ja gerade mit einem der ganz Großen zusammen."

„Nein, Liebling." Er streichelte ihre Wange. „Du bist gerade mit einem Mann zusammen, der einfach gerne das Doppelte bezahlt, wenn er dadurch schneller nach Hause kommt."

Sehr aufschlussreich.

Hier war er in seinem Element. Hier konnte er der wahre Quentin Marks sein. Hier würde sie alles über den Mann an ihrer Seite herausfinden, was sie wissen musste, um ihre Entscheidungen zu treffen.

Dazu gehörte auch, ob sie ihm sagen sollte, dass sie sich in ihn verliebt hatte, oder nicht.

„Es ist wirklich so. Du bist die erste Frau, die ich jemals mit in dieses Haus genommen habe."

Er hatte ihr das Haus gezeigt. Vier Schlafzimmer, zwei Stockwerke, viel Holz und Glas. Jetzt saß Shandi an der backsteinroten Marmorbar, die den Essbereich von der Küche trennte, in der Quentin gerade Zwiebeln und Paprika schnitt. Auf dem Grill im Innenhof brutzelten Hähnchen-Fajitas.

„Das glaube ich dir ja", sagte sie. „Ich begreife es nur nicht."

„Warum nicht?", fragte er und konzentrierte sich mit aller Macht auf das Gemüse. Wenn er jetzt Shandi ansah, würde er sich bestimmt in den Finger schneiden. „Ich bin ja nicht hier, um jemanden zu unterhalten. Bisher war es jedenfalls so."

„Nein. Ich begreife nicht, warum du nicht mit Frauen ausgehst, wenn du hier bist." Sie griff nach ihrem Haar, zwirbelte es und warf es nach hinten auf die Schulter. „Oder übertreibst du es damit so, wenn du auf Reisen bist, dass du hier deine Ruhe haben willst? Nach dem Motto ‚eine Frau in jedem Hafen'?"

„Ich komme ja gar nicht in Häfen. Und ich habe auch nicht überall Frauen. Die einzige Frau, die ich habe, sitzt gerade in meiner Küche." Irgendwie war sie auf Konfrontation aus, und er hatte keine Ahnung, warum. „Und zufälligerweise ist sie auch die einzige, die ich dort sehen möchte."

Sie grinste, aber er spürte ihre Distanz. „Du musst nicht extra Süßholz raspeln, um mich ins Bett zu kriegen, Quentin. Dazu reichen die Fajitas."

Er klopfte mit der flachen Seite des Messers auf das Schneidebrett, sah zu ihr rüber und stöhnte: „Ich weiß nicht, ob du die frustrierendste Frau bist, die ich je kennengelernt habe oder nur diejenige, deren Frust es sich anzuhören lohnt."

„Frust? Du musst dir meinen Frust anhören?“ Sie lachte. „Du kennst wohl keine frustrierten Leute! Setz dich mal ins Auto und fahr nach Oklahoma, zum Beispiel nach Round-Up. Da triffst du die Fosseys, die sind frustriert!“

Aha, das war es also. Texas war zu nahe an Oklahoma und damit zu nahe an ihrer Vergangenheit, vor der sie davongerannt war. Er legte das Messer hin, wusch sich die Hände, trocknete sie ab und wandte sich dann, die Hände in die Seiten gestemmt, zu ihr: „Gut, lass uns hinfahren.“

„Was?“, fragte sie mit einem leichten Anflug von Panik, wie er sowohl ihrem Gesicht als auch ihrem Tonfall entnehmen konnte.

„Wir haben doch Zeit“, sagte er nach einem Blick auf die Uhr. „Wir wären zwar die halbe Nacht unterwegs, aber was soll's? Wir könnten dort übernachten, und meine Studiopläne kann ich dir immer noch zeigen, wenn wir zurück sind.“

„Nein, danke. Lieber nicht.“ Sie kletterte von ihrem Barhocker und verschwand durch die Glastür auf den Balkon, ohne ihn noch einmal anzusehen. Der Rauch des Grillfeuers wirbelte im Sommerwind.

Quentin schüttelte den Kopf und seufzte. Er sah aus dem Küchenfenster und beobachtete sie, wie sie mit verschränkten Armen gedankenverloren am Geländer stand.

Er hatte es gewusst. Sie musste mit ihm über ihre Familie reden, denn diese Sache belastete sie – mehr als ihre und seine beruflichen Pläne, die, aufgrund ihrer beider Ambitionen, völlig gegenläufig waren. Nein, es war das, was vorgefallen war, als sie Oklahoma verlassen hatte, was sie beschäftigte – oder eher quälte.

Er ließ das Gemüse und das Messer fallen, schnappte sich zwei Flaschen Corona aus dem Kühlschrank und ging raus zu ihr. Sie sah ihn nicht einmal an, bis er ihr ihr Bier in die Hand drückte. „Komm, erzähl's mir."

„Was?", fragte sie und drehte den Deckel der Flasche auf.

„Von Oklahoma. Nicht von der ‚Durstigen Klapperschlange' oder von deinen Eltern oder deinem Bruder und seiner Frau. Erzähl mir, wie es für dich war wegzugehen. Und warum du nicht zurückgehen kannst."

„Das spielt keine Rolle." Sie nahm einen Schluck aus der Flasche, stellte sie auf dem Geländer ab und sah ihn immer noch nicht an. „Außerdem könnte ich jederzeit zurückgehen. Ich hab's nur noch nicht getan, und ich werde es auch nicht tun."

„Und dafür muss es einen Grund geben", beharrte er, als auch er sein Bier öffnete.

„Ich habe keine Zeit. Ich muss arbeiten. Ich muss an die Hochschule. Ich habe keine Kohle. Such dir was aus." Sie sah kurz zu ihm rüber. Der Glanz in ihren Augen war verschwunden. „Es dauert noch ein bisschen, bis ich mich an Privatjets und Limousinen gewöhnt habe und an Hotels wie das Hush."

„Das weiß ich", sagte er behutsam, denn er wusste, er befand sich auf dünnem Eis.

Sie stöhnte genervt. „Wie lange es alleine noch dauert, bis ich meinen Abschluss habe! Ich werde mir nie ein Hotel wie das Hush leisten können. Und wenn ich es mir leisten kann, bin ich zu alt, um es genießen zu können. Und das wird die Fosseys aus Round-Up sicher sehr glücklich machen."

Er wartete. Sollte er sie drängen weiterzusprechen oder sie einfach lassen? Es ging nicht. Sie mussten endlich darüber sprechen. „Deine Familie glaubt also nicht an dich, stimmt's? Sie haben dir prophezeit, dass du es nicht schaffen wirst."

„Oh nein. Es ist noch viel klischeehafter." Sie nahm einen großen Schluck von ihrem Bier, bevor es aus ihr herausplatzte. „Sie warten darauf, dass ich mit eingeklemmtem Schwanz nach Hause zurückkehre. Ich bin schon seit über einem Jahr weg, aber ich wette, sie warten immer noch jeden Tag darauf, dass ich wieder aufkreuze."

Aha. Sie wollte es alleine schaffen, um es sich und, mehr noch, ihrer Familie zu beweisen. „Da können sie lange warten. Das weißt du, Shandi. Und ich weiß es auch."

„Da weißt du mehr als ich", sagte sie bitter.

Er ging rüber zu dem Tisch mit Sonnenschirm und ließ Shandi mehr Raum. „Ich weiß es. Ich glaube fest an dich."

Als sie ihm nicht antwortete, holte er tief Luft und trank einen Schluck Bier. „Und genau deswegen weiß ich auch, was zu tun ist. Bitte hör mich erst an, bevor du über mich herfällst."

Sie drehte sich um und sah ihn an, ans Geländer gelehnt. „Was?", fragte sie scharf.

„Ich weiß, dass du deinen Abschluss machen willst. Das ist in – wann? – zwei Semestern?" Sie nickte. „Und ich weiß, dass du nicht die nötigen Rücklagen hast, um dich selbstständig zu machen."

„Weiter. Vielleicht sagst du mir ja noch etwas, das ich noch nicht weiß."

„Also. Du weißt noch nicht, dass ich so fest an dich glaube, dass ich bereit bin, dich finanziell zu unterstützen." Er sah, wie sie sich versteifte und sprach schnell weiter. „Ich habe mit meinem Steuerberater gesprochen, bevor wir hierherkamen ..."

„Über mich? Du hast mit ihm über mich geredet?"

Er nickte. „Über deine Ziele. Über deinen Ehrgeiz und deine Entschlossenheit. Über dein Talent. Und darüber, dass ich dich gerne unterstützen würde."

„Du willst mich also kaufen", sagte sie mit tonloser Stimme. „Damit ich hier bei dir bleibe."

„Nein, Shandi. Ich möchte dir helfen. Ich habe das Geld und die Kontakte. Und ich möchte dir beides anbieten, sozusagen als Startguthaben – oder nenn es, wie du willst."

„Bestechungsgeld?"

Er ignorierte ihren gehässigen Ton, denn ihm war klar, dass er ihren Stolz verletzt hatte. „Von mir aus auch das. Du kannst deine Ausbildung weitermachen und dir gleichzeitig ein berufliches Renommee aufbauen."

Es dauerte ein paar Sekunden, bis sie antwortete. „Ich müsste also nicht hier sein."

„Du könntest sein, wo du möchtest. Hier" – er konnte gerade noch verhindern, dass ihm ein *bei mir* rausrutschte – „oder in New York oder von mir aus auch in Los Angeles."

„Und warum solltest du das tun?", fragte sie mit Tränen in den Augen.

Meine Güte, dachte er mit klopfendem Herzen. Das war die einfachste Frage, die sie ihm heute gestellt hatte. „Weil ich dich liebe."

Viel später, nachdem sie und Quentin wunderschön miteinander geschlafen hatten, streifte Shandi sein Hemd über und trat auf die Veranda, während er im Bett lag und schlief. Aber sie konnte nicht schlafen und wollte ihn nicht wecken.

Morgen würde sie nach New York zurückfliegen, in weniger als achtzehn Stunden, wieder in seinem Privatjet. Da sie nur so kurz hier war, hatte sie nicht viel mehr tun können als essen, schlafen, sich sein Haus und die Pläne für sein Studio ansehen.

Kurz hin, dann wieder zurück. Keine Zeit für Sightseeing oder ein Treffen mit seinen Freunden. So gerne sie sie kennenlernen wollte, wirklich leid tat ihr das nicht.

Nachdem er ihr angeboten hatte, sie mit nach Oklahoma zu nehmen, war ihr nicht nach Gesellschaft zumute. Und nach seiner Liebeserklärung wusste sie erst recht nicht mehr, was sie sagen oder tun sollte.

Meine Güte, sie war total aufgeschmissen.

Sie hatten auf der Veranda gesessen, Fajitas gegessen und dabei den Sonnenuntergang bewundert. Es war ein herrlicher Sommerabend, schön warm und eine leichte Brise wehte. Sie hatten eher belangloses Zeug geredet und dabei die Einsamkeit und den Blick genossen.

Zum ersten Mal wusste sie nicht recht, was sie mit ihm reden sollte. Sie konnte nicht einmal mehr klar denken.

Vom Essen hatte sie nichts geschmeckt. Ihr hatte die ganze Zeit das Herz bis zum Hals geschlagen und in ihren Ohren klang noch immer seine Liebeserklärung. Und ihr darauf folgendes Schweigen.

Warum hatte sie ihm nicht auch ihre Liebe gestanden?

Der Rest des Abends war nicht großartig anders verlaufen. Ihre Gespräche wurden unterbrochen von langen Phasen des Schweigens, in denen sie den Himmel betrachteten und die Unmengen von funkelnden Sternen bewunderten.

Sie war so zerrissen. Da war seine Liebe und da war ihr Leben. Aus der, wie sie gedacht hatte, leichten Entscheidung war eine unmögliche geworden.

Sie hätte ihm „nein, danke“ sagen und in ihr Leben zurückkehren sollen, das sie ja so liebte, wie sie jedem versicherte. Und das tat sie auch. Wirklich.

Quentins Liebe zu ihr sollte einfach genauso wenig an den Dingen ändern wie ihre Liebe zu ihm.

Aber das ist das Komische an der Liebe. Sie verändert alles.

15. KAPITEL

Was ist denn mit euch los?", fragte Shandi, als April und Evan am Mittwochabend in der Bar auftauchten – da, wo Quentin immer gesessen hatte. Evan sah aus wie die sprichwörtliche Katze und April wie der dazugehörige Kanarienvogel.

Shandi kam das äußerst suspekt vor.

Seit dem Fotoshooting am Sonntag hatte sie die beiden nicht gesehen. Sie wusste nicht einmal, ob sie bemerkt hatten, dass sie von Montag auf Dienstag nicht da war.

Und falls doch, hatte diese Tatsache offensichtlich keine Bedeutung für sie, sie hatten nicht einmal danach gefragt.

Stattdessen sah April Shandi so an, als sei sie diejenige, die eine Frage stellen müsste. Also sagte Shandi, als sie Evan ein Bier und April einen Cosmopolitan hingestellt hatte: „Okay, ich geb's auf. Was ist los?"

„Willst du nicht wissen, wo wir seit Montag abgeblieben sind?", fragte April. Sie griff nach ihrem Cocktail und kuschelte sich an Evan. Er beugte sich zu ihr und küsste ihren Kopf.

Shandi versuchte, nicht auszurasten; dieses blöde Geturtel ging ihr auf den Geist. „Ich habe gar nicht mitbekommen, dass ihr nicht da wart."

April verschluckte sich fast an ihrem Drink, den sie schnell auf den Tresen stellte. „Wieso nicht? Wir waren weder an der Hochschule noch in der Wohnung."

Um nicht sofort antworten zu müssen, griff Shandi nach ihrer Wasserflasche unter der Theke und schraubte sie auf. „Ich war auch nicht da."

„Wo warst du denn?", fragte Evan, bevor er einen kräftigen Schluck von seinem Bier nahm.

„In Texas."

„Wie bitte? Was hast du denn in Texas gemacht?“, fragte er verdutzt. „Nein! Ich weiß schon.“

April sah ihn an, als wäre er ein Trottel, und sagte: „Sie war bei Quentin.“

Unisono kam die Frage: „Und?“

Verdammt noch mal. Hatten die beiden endlich Sex gehabt, oder was war der Grund dafür, dass sie nur noch gemeinsam sprechen konnten? „Ja, ich war bei Quentin.“

„Und?“, fragte April mit großen Augen. „Was ist passiert?“

„Nichts Besonderes“, meinte Shandi. Sie trank einen Schluck Wasser, dann fügte sie hinzu: „Ich bin zurückgekommen, er ist dageblieben.“ Was sollte sie sonst sagen?

Evan lehnte sich in seinem Stuhl zurück. „Und jetzt? Bleibt er da? Ziehst du zu ihm?“

Hallo? Sprach sie gerade mit sich selbst? Shandi verschränkte die Arme und sah ihn mit zusammengekniffenen Augen an. „Was ist das hier? Die Spanische Inquisition?“

„Nein, die Harcourt'sche Inquisition.“

Es lag nicht an Aprils Kichern, dass Shandi plötzlich wusste, was zwischen den beiden abging.

Sie sah vom einen zum andern, lächelte und schüttelte den Kopf. „Die Harcourt'sche Inquisition. Ihr wart in Vegas, stimmt's? Ihr habt geheiratet!“

April nickte. „Wir haben uns am Sonntagabend entschieden und sind gleich am Montagmorgen geflogen.“

„Und seit wann seid ihr zurück?“

„Seit heute“, sagte Evan. „Wir kommen gerade von meiner Großmutter.“

Shandi riss die Augen auf. „Muss ich mich setzen?“

„Nur, wenn du auch bei guten Nachrichten in Ohnmacht fallen solltest.“

„Du darfst weiter in der Wohnung bleiben.“ Shandi seufzte erleichtert.

„Nein. *Wir* dürfen weiter in der Wohnung bleiben“, rief Evan ihr in Erinnerung. „Die einzige von uns, die umziehen wird, ist April. Wir sind gerade auf dem Weg zu ihr, um ein paar Dinge zu packen, die wir einlagern wollen. Dann gehen wir zu Hause meine Sachen durch. Es wird zwar ein bisschen eng werden, aber wir sollten alles unterkriegen.“

„Wissen es deine Eltern schon?“, fragte Shandi.

April schüttelte den Kopf und sah ihren frischgebackenen Ehemann an. „Wir fahren morgen nach Connecticut. Entweder sie schmeißen mich raus oder nicht. Es spielt keine Rolle mehr. Ich bin mit dem Mann zusammen, den ich liebe, und mehr zählt nicht.“

Das waren ja wunderbare Neuigkeiten! Darauf hatte Shandi die ganze Zeit gehofft. Zumindest, was die Wohnung betraf. Keine zusätzlichen Schichten. Kein zweiter Job. Und warum freute sie sich dann nicht wirklich?

Weil sie sich vorkam wie das fünfte Rad am Wagen.

„Das ist ja toll. Echt.“ Sie sah auf, und in dem Moment erhaschte sie einen Blick auf Constantine Hale, der gerade durch die Lobby ging. Sofort dachte sie an Quentin und wie sehr sie ihn schon jetzt vermisste, dabei war er erst einen Tag weg. „Ich freu mich so für euch. Ich bin zwar total schockiert und irgendwie sprachlos, aber ich freu mich.“

Evan beugte sich zu ihr. „Das sieht aber nicht so aus. Oder du freust dich für uns, aber nicht für dich.“

„Irgendwie ist es komisch.“ Shandi tauschte die feuchten Cocktailservietten gegen frische aus. Sie sah ihre Freunde an. „Ich weiß, dass es genau das ist, was wir alle wollten. Zumindest das mit der Wohnung.“

„Ja“, sagte Evan. „Das stimmt.“

„Ich weiß nur noch nicht, wie ich damit klarkommen werde, dass schon jemand da ist, wenn ich nach der Arbeit nach Hause komme. Ich bin es einfach nicht gewöhnt, dass es so was wie eine Sperrstunde gibt."

„So ein Unsinn!", sagte April mit einem gluckenhaften Gesichtsausdruck. „Ich hatte gedacht, du freust dich, weil wir uns noch öfter sehen können."

„Das tu ich auch, aber ich finde es trotzdem komisch. Es ist einfach nicht dasselbe. Ich werde nicht zwei Mitbewohner haben, sondern mit einem Ehepaar zusammenwohnen." Und das, wo sie sich nur eins wünschte – Quentin in ihrem Bett.

„Ich denke, daran gewöhnst du dich schnell", sagte Evan beschwichtigend und griff nach seinem Bier. „Wir werden uns alle umstellen müssen."

„Vermutlich." Aber wie sollte sie in Ruhe auf ihrem Lieblingsplatz vor dem großen Fenster sitzen und in den Himmel schauen, wenn nebenan die Bettfedern quietschten? Nein, das würde nicht funktionieren. Aber das war noch nicht ihr Problem.

Am liebsten würde sie sofort ausstempeln und den nächsten Flug nach Texas nehmen.

Dieses Bedürfnis kam nicht plötzlich. Sie spürte es, seit sie sich gestern von Quentin verabschiedet hatte.

„Wie dem auch sei", sagte sie und dachte nicht weiter nach. „Erzählt mal von der Hochzeit. Die Details aus der Hochzeitsnacht könnt ihr weglassen."

„Oh, oh." April winkte mit beiden Händen. „Es war eine schnuckelige kleine Kapelle. Evan wollte mich überreden, zu den Klängen von Elvis zu heiraten, aber so weit wollte ich dann noch nicht gehen. Ich habe schon auf ein richtiges Brautkleid mit zwei Meter langer Schleppe und acht Brautjungfern verzichtet, aber Rosen und weiße Tauben mussten dann doch sein."

„Eine Taube." Evan hielt einen Finger hoch und grinste ironisch. „In einem Käfig."

Shandi lachte. „Klingt perfekt."

„Das war es auch. Nur hast du als unsere Trauzeugin gefehlt", fügte April mit leichtem Schmollen hinzu.

„Zeigt mal eure Ringe", verlangte Shandi und trocknete sich die Hände ab. „Hat sich dein Mann so richtig ins Zeug gelegt?"

April spreizte die Finger und legte ihre linke Hand auf den Tresen. „Nein. Er hat nur einen Auftrag erteilt."

„Wem?"

„Mir", sagte April leise, fast ehrfürchtig, während sie Evan in die Augen schaute.

„Du hast deinen eigenen Ehering entworfen? Oh, April!" Shandi griff nach Aprils Finger, um den Ring genauer zu inspizieren. Er war aus gehämmertem Gold und mit Amethysten besetzt. „Das ist ja toll! Und so ekelhaft romantisch."

In ihren Augen glänzten Tränen, als sie den Kopf hob. „Ich freu mich so für euch."

Und das stimmte auch. Aber jetzt musste sie langsam an ihr eigenes Glück denken.

Sie wusste plötzlich, was sie zu tun hatte.

Hoffentlich würde sie es schaffen.

Als sie das zweite Mal in dieser Woche vom Flughafen La Guardia abflog, kam es Shandi vor, als sei dies das Schlimmste, was sie je in ihrem Leben getan hatte. Und irgendwie war es das auch. Sie ließ so viel zurück. Ihre Arbeit, ihr Studium, ihre Freunde.

Sie versuchte sich einzureden, dass es nur für den Übergang war und sie schon bald zurückkehren würde. Dass der Kompromiss, den sie einging, kein Betrug an dem war, was sie im letzten Jahr erreicht hatte.

Aber es fiel ihr selbst schwer, das zu glauben. Erst wenn sie sich die Vorteile vor Augen hielt, waren die Nachteile schnell vergessen.

Sie würde mit Quentin zusammen sein, mit dem Mann zusammenleben, den sie liebte und der ihr Leben war.

Diese zwei Semester würde sie noch machen. Denn sie wusste jetzt, er würde nie darauf bestehen, dass sie ihren Traum vollständig opferte.

Er würde alles tun, um sie zu unterstützen und sie zurück an die Hochschule gehen lassen, wenn sie bereit war. Bis dahin würde er für sie Kontakte machen und seine Beziehungen spielen lassen.

Aber sein Geld würde sie nur annehmen, wenn es in Form eines Darlehens wäre. Etwas anderes ließ ihr Stolz nicht zu.

Dieses Mal kam ihr der Flug elend lang vor, denn sie fuhr ja nicht mehr ins Ungewisse wie bei ihrer ersten Reise.

Nein, jetzt hatte sie Schmetterlinge im Bauch. Außer einem Kaffee hatte sie heute Morgen vor Aufregung nichts heruntergebracht.

Endlich begannen sie den Anflug auf Austin. Sie sah aus dem Fenster und kam sich vor wie Quentin. Sie wollte das sehen, was er bei der Landung in Austin sah.

Das Zuhause. Die Zukunft. Ihr Leben.

Das Leben, das sie mit ihm teilen wollte.

Nur einmal hatte sie kurz daran gedacht, wieder umzudrehen und mit dem nächsten Flieger nach New York zurückzukehren. Aber dann merkte sie, dass sie es kaum erwarten konnte, ihn zu sehen, ihn zu überraschen und ihm alle diese Dinge zu sagen, die sie für ihn empfand.

Wie sehr sie ihn vermisst hatte – heute hatte sie ihn zum ersten Mal seit zehn Tagen nicht gesehen! – und wie einsam sie sich vorgekommen war.

Wie sie zur Hochschule gegangen war und nur an ihn gedacht hatte, wie sie die Fotos für ihre Seminararbeit mit Photoshop bearbeitet und dabei seine Augen angestarrt hatte, bis sie es nicht mehr ausgehalten hatte.

Sie brannte darauf, ihm zu erzählen, dass sie nach Hause geeilt war, um sich für die Arbeit umzuziehen und dann die Blume gefunden hatte, die er ihr am Abend der Kutschfahrt hinters Ohr gesteckt hatte. Sie hatte sie sich wieder hinters Ohr gesteckt, als sie zum Hush fuhr, sie aber im Getümmel verloren.

Sie wollte ihm erzählen, wie sehr sie sich über Evans und Aprils Überraschung gefreut hatte und wie sehr sie ihn vermisst hatte, als sie Constantine Hale in der Lobby sah.

Aber vor allem eins musste sie ihm sagen: Dass sie ihn wahnsinnig liebte.

Quentin ging von der Küche auf die rückwärtige Veranda, von wo er den Sonnenuntergang über dem Lake Travis beobachtete.

Er hatte dieses Grundstück nur gekauft wegen dieses Blicks. Schon vor langer Zeit hatte er beschlossen, dass dies der perfekte Ort dafür war, auf der Veranda zu sitzen und einfach das Leben zu genießen.

Vor ein paar Tagen hatte er noch geglaubt, er würde dieses Leben mit Shandi verbringen. Sie hatte so perfekt hierhergepasst, mochte es auch abgedroschen klingen, und ihm gezeigt, was ein Zuhause wirklich ausmacht.

Sie war nur eine Nacht hier und trotzdem kreisten seine Gedanken seitdem nur um eins: wie es wäre, wenn sie gleich hereinkäme. Auch jetzt stellte er es sich vor. Fast konnte er ihre Schritte hören, ihren Geruch einatmen, ihr Lachen hören.

Er wurde langsam verrückt in diesem großen leeren Haus. Er schüttelte den Kopf, stützte sich auf die Verandabrüstung und fragte sich, ob sie wohl ans Telefon gehen würde, wenn er sie jetzt anriefe.

Oder ob sie, wenn sie sah, dass der Anruf aus Texas kam, ihren Anrufbeantworter drangehen ließe.

Oder ob sie seine Anrufe erst einen, dann zwei und schließlich drei Tage später beantworten würde, sodass ihm klar werden musste, dass sie kein Interesse mehr hatte.

Sie wollte ihm einfach nicht ins Gesicht sagen, dass sie sich anders entschieden hatte, weil sie ihn nicht verletzen wollte. Dass ihr ihre Karriere eben wichtiger war als ihre Gefühle für ihn. Dass es ihr wichtiger war, es ihrer Familie zu beweisen, als es ihm zu beweisen.

Er hatte einfach zu viel Selbstmitleid. Kein guter Start in ein neues Leben. Er musste darüber wegkommen und endlich durchstarten.

Er musste aufhören, ihren Geruch zu riechen, ihre Stimme zu hören ...

„Quentin?“

Er drehte sich um. Sein Herz klopfte wie wild. Er hatte es sich nicht eingebildet! Da stand sie, lief über den Steinfußboden in seinem Wohnzimmer auf ihn zu, winkte mit einer Hand und sagte: „Ich schätze, du solltest besser die Alarmanlage ausschalten. Ich bin sozusagen eingebrochen. Vermutlich wird gerade die Polizei alarmiert.“

Sie war verrückt! Er rannte rein und hämmerte den Code der Alarmanlage ein, obwohl er sich kaum auf die Zahlen konzentrieren konnte.

Schließlich fragte er sie: „Was machst du hier?“

Sie ging vom Wohnzimmer in die Küche, die Bar war wie eine Pufferzone zwischen ihnen. „Ich wollte dein Angebot annehmen.“

Das war es eigentlich nicht, was er hatte hören wollen, aber immerhin. Es war noch nicht alles zu spät. „Gut. In Ordnung.“ Sie war sozusagen geschäftlich hier. Aber immerhin war sie hier.

„Ich kann gleich morgen früh einen Termin für dich machen."

Als er zu ihr rübersah, stand sie mit verschränkten Armen da und schüttelte den Kopf. „Nein, Quentin. Von diesem Angebot rede ich nicht."

Er blieb stehen, wo er war, obwohl er am liebsten auf sie zustürzen wollte. „Von welchem dann, Shandi? Welches Angebot meinst du?"

Er hatte sie noch nie so ernst gesehen. Sie sagte: „Dem Angebot, unserer Beziehung eine Chance zu geben."

Besser. Damit konnte er umgehen. Mal sehen. „Du meinst, eine Fernbeziehung?"

Als sie den Kopf schüttelte, erstarrte er. Er konnte nur noch grinsen. Ein breites, dümmliches Grinsen. „Hast du etwa deine Sachen dabei?"

„Ich musste nichts mitbringen außer mich selbst", sagte sie. Am liebsten hätte er ihr gesagt, dass das auch das Einzige war, das zählte.

Aber sie sprach weiter. „Ich habe Evan und April eine Nachricht hinterlassen, dass sie mir die Sachen nachschicken sollen. Auf deine Rechnung, wenn das geht."

„Natürlich. Ich schicke ihnen morgen das Geld." Er würde ihnen alles Geld der Welt schicken, wenn nur Shandi nicht wieder zurückging nach New York.

„Sie waren in Vegas und haben geheiratet."

„Wow." Wie es ihr wohl ging? Sie hatte ihre Freunde zurückgelassen. Was erwartete sie sich von der Zukunft mit ihm? „Willst du das auch?"

„Was? Nach Vegas fahren oder heiraten?"

„Beides."

Sie lachte. „Eine Spritztour nach Vegas wäre bestimmt nicht schlecht. Da war ich noch nie."

„Dann fahren wir hin."

„Na klar“, sagte sie. „Aber heiraten würde ich doch lieber in Round-Up.“

Er konnte nur nicken.

„Und damit wollte ich eigentlich noch ein bisschen warten. Um sicher zu sein, dass es mehr ist als nur eine Affäre. Dass es wirklich so etwas Seltenes und Einzigartiges ist, wie du gesagt hast.“

„Daran habe ich keinen Zweifel“, krächzte er, bevor ihm die Stimme versagte.

Mit Tränen in den Augen flüsterte sie: „Ich auch nicht.“

Er breitete die Arme aus, und sie fiel ihm um den Hals. Und so standen sie da und umarmten sich still und genossen den Zauber, der sie umfing.

In der Zwischenzeit ging die Sonne über dem See unter und die ersten Sterne tauchten funkelnd am Firmament auf.

In diesem Augenblick wurde Quentin klar, was Shandi sah, wenn sie vor dem Fenster saß und in den Himmel sah.

Sie sah Möglichkeiten und Verheißungen. Und sie hatte recht, wie in so vielen Dingen. Aber damit besonders.

Denn das, was sie beide hatten, musste nicht überstürzt werden. Es war für immer.

Es war grenzenlos.

– ENDE –

Jill Shalvis

Zimmerservice

Roman

Aus dem Amerikanischen von
Christian Trautmann

MIRA®

PROLOG

Los Angeles

Emma Harris war einerseits die gewitzte Frau aus dem Medienbusiness von Hollywood, andererseits war sie noch das brave, liebe Mädchen vom Land. Das mochte zwar eine seltsame Kombination sein, hatte aber immer gut zusammen funktioniert.

Bis jetzt.

Jetzt war sie eine siebenundzwanzigjährige TV-Produzentin, die sich ihrer letzten Chance in dieser Branche gegenübersah. Wenn sie die vermasselte, konnte sie sich von ihrem Job und ihrer Karriere verabschieden. Dann wäre sie erledigt, und das noch vor ihrem dreißigsten Geburtstag.

Aber sie war fest entschlossen, das nicht zuzulassen. Natürlich war es nicht gerade hilfreich, dass jeder in der Produktionsfirma, in der sie arbeitete, glaubte, das Glück habe sie verlassen, einschließlich ihrer eigenen Assistentin, die letzte Woche gekündigt hatte, um als Kameraassistentin bei einer NBC-Sitcom zu arbeiten. Trotzdem würde Emma niemals aufgeben.

Nein, sie war zäh. Sie war in Ohio aufgewachsen, auf der florierenden Farm ihrer Familie, von der sie weggezogen war, um aufs College zu gehen. Und anschließend hatte sie begonnen, TV-Shows zu produzieren. Ihre Eltern waren noch immer entsetzt und überzeugt, dass ein Mädchen mit strengen moralischen Grundsätzen wie sie es unmöglich in Hollywood schaffen konnte. Doch sie war fest entschlossen, ihnen das Gegenteil zu beweisen.

Sie liebte diesen Job. Sie würde einfach nicht daran denken, dass sie es nicht auf ihre Weise schaffen könnte.

Andererseits war sie gerade zum Boss gerufen worden –

eine kleine Erinnerung daran, dass Entschlossenheit allein in Hollywood nicht genügte. Sie atmete tief durch und ging zu seinem Büro. Vor der geschlossenen Tür strich sie ihren Rock glatt. Bei ihren Haaren war das hoffnungslos, daher versuchte sie es gar nicht erst. Sie setzte ein Lächeln auf und klopfte selbstbewusst.

„Herein!"

Emma öffnete die Tür. Nathan Bennett empfing sie in seinem großen Ledersessel hinter seinem großen eleganten Schreibtisch mit düsterer Miene.

Emma lächelte unerschütterlich weiter. „Sie wollten mich sehen?"

„Emmaline Harris, setzen Sie sich."

Er redete sie mit ihrem vollen Namen an. Das war nie ein gutes Zeichen. Sie trat ein und setzte sich auf den Sessel, auf den er zeigte. Er war kleiner und weniger bequem als seiner, damit, wie sie wusste, Gäste sich darin minderwertig fühlten.

Das würde bei ihr nicht funktionieren. Schließlich war sie mit den Ermahnungen ihrer Mutter aufgewachsen. „Emma", hatte sie gesagt, die Hände in die Hüften gestemmt, „niemand kann dir das Gefühl geben, minderwertig zu sein, es sei denn, du lässt es zu."

Das war ein Zitat von Eleanore Roosevelt, aber Emma hatte stets daran geglaubt. Sie war hart genug für diese Stadt!

Nathan betrachtete sie nachdenklich. „Wissen Sie, warum Sie heute hier sind?"

Um gefeuert zu werden. Es sei denn, es gelänge ihr, ihn zu überreden, es nicht zu tun. Was sie konnte. Im Überreden war sie die Beste. Nur mit dem Lügen und Manipulieren hatte sie Probleme. „Ich bin mir ziemlich sicher."

Nathan nickte ernst und legte die Finger beider Hände aneinander. „Wir haben Sie trotz Ihrer mangelnden Erfahrung in diesem Geschäft eingestellt, weil wir Sie für einen aufgehenden Stern hielten."

„Sir ..."

„Wir dachten, Sie würden Großes leisten für unsere Produktionsfirma."

„Und ich hoffe, ich habe gerade erst angefangen." Sie versuchte es erneut mit dem Lächeln.

Vergebens.

Nathan schob sein bereits perfekt ausgerichtetes Federhalterset rechts vom fleckenlosen Tintenlöscher gerade. „Emmaline, was können Sie mir zu den letzten drei Shows sagen, die Sie hier produziert haben?"

„Nun, ich ..."

„Können Sie mir erklären, weshalb jede davon ein Flop war?"

Ihr Lächeln erstarb. Ja, das konnte sie. Aber das würde sie nicht tun. Denn damit würde sie anderen schaden. Als sie neu in die Stadt kam, verstand sie die Regeln nicht – oder besser gesagt, sie begriff nicht, dass es keine Regeln gab. Inzwischen wusste sie es. Die Herausforderung bestand darin, trotzdem ihren Prinzipien treu zu bleiben. „Ich bin sicher, dass jeder hier mal Probleme hat", sagte sie. „Drei Flops sind ..."

„Das waren Ihre einzigen Shows. Sie haben keinen einzigen Erfolg vorzuweisen."

Sie wussten beide, dass sie hart arbeitete. Daran lag es nicht. Dummerweise hatte sie nicht nur Ehrgeiz, sondern auch ein weiches Herz, und das erwies sich oft als Karrierebremse. Denn sie wollte auf ihrem Weg nach oben nicht lügen oder jemandem wehtun. Damit hätte sie nicht leben können.

Und aus diesem Grund war sie auch jetzt nicht imstande, Nathan die drei Flops zu erklären. „Ich weiß, dass ich schlecht dastehe, aber ich kann es. Bitte geben Sie mir nur noch eine Chance. Wenn ich von Anfang an die gesamte Verantwortung für eine Show haben könnte …"

Er schüttelte bereits den Kopf und lehnte sich zurück. Sein Haar war schwarz, ohne jede Spur von Grau. Er hatte es ähnlich wie Donald Trump nach vorn gekämmt, um zu kaschieren, dass es sich lichtete. Sein Gesicht war gebräunt von seinem letzten Urlaub auf den Bahamas mit seiner dritten Frau, und er trug Brillantstecker in den Ohren, die mindestens das Fünffache ihres Jahresgehalts wert waren. Er war vermutlich noch nie im Leben gefeuert worden. „Sie hatten Ihre Chance", sagte er entschieden. „Sogar drei."

Klar. Die erste war eine aufregende Realityshow mit zwei Brüdern, beides liebenswerte Erfinder mit enormem IQ. Emma war begeistert von den beiden und wollte sie unbedingt bekannt machen. Leider stellte sich heraus, dass Ty und Todd schon bekannt waren und dass gegen sie wegen Patentverletzung ein Gerichtsverfahren lief. Als die erste Folge im Fernsehen gezeigt wurde, wurde der Sender verklagt.

Emmas zweiter Versuch war ihre Chance, zu beweisen, dass die vorige Katastrophe einfach nur Pech war. Doch von Beginn an hatte es bei der Realityshow um eine Safari Krach unter den Mitarbeitern und Sabotage gegeben. Weil Emma die Crew nicht zusammenstellen durfte, gelang es ihr auch nicht, sie zu führen. Das und die Tatsache, dass keiner von ihnen eine Landkarte lesen konnte, führte zum Scheitern, noch ehe die Sache richtig begonnen hatte.

Emmas dritter Versuch war eine Talkshow, deren Moderatorin keineswegs zufällig Nathans angeheiratete Nichte sein sollte. Eine nette, witzige, scharfsinnige Frau, die dabei war, als Komikerin Karriere zu machen, nachdem sie ein Jahr zuvor einen schrecklichen Autounfall überstanden hatte und nun medikamentenabhängig war – ein Geheimnis, das sie ruinieren konnte. Als Emma dahinterkam, flehte die Frau sie an, es niemandem zu sagen.

Natürlich verriet Emma es niemandem. Das entsprach einfach nicht ihrem Charakter. Aber als die Komikerin sich live im Fernsehen selbst zerstörte, kostete Emma diese Entscheidung die Show.

Jetzt hatte sie also drei Flops, die ihr anhafteten. Für jeden lag der Grund nicht darin, dass sie eine schlechte Produzentin war, sondern weil sie sich ihre Mitarbeiter nicht selbst hatte aussuchen können.

Ihr war klar, dass noch nie so viel auf dem Spiel gestanden hatte. Aber sie wusste auch, dass alles möglich war, sogar, in dieser Branche Erfolg zu haben. Auf ihre Weise. „Ich kann es, Nathan", wiederholte sie. „Ich weiß, dass ich es kann. Sie müssen mir nur eine echte Chance geben."

„Emmaline …"

„Eine echte Chance." Sie stand auf, beugte sich über den Schreibtisch und stützte sich dabei mit den Händen auf, um ihren Worten mehr Nachdruck zu verleihen. „Wenn ich die Crew und den Moderator dieses Mal selbst aussuchen könnte …"

„Sie haben keine Erfahrung auf diesem Gebiet."

Das stimmte. Bis zum College hatte sie einen Traktor gefahren, sich um den Stall gekümmert und die Bücher über das Milchvieh auf der Farm ihrer Eltern geführt. Aber da sie einen Abschluss in Medienwissenschaften in der Tasche hatte, wollte sie sich endlich auf diesem Gebiet beweisen. „Sie haben doch selbst gerade gesagt, dass Sie Hoffnung in mich gesetzt hatten. Bitte lassen Sie es mich noch einmal versuchen."

Nathan drehte seinen Füllhalter zwischen den Fingern und schwieg so lange, dass Emma ganz kribbelig wurde. Schließlich seufzte er dramatisch. „Ich weiß, dass ich es bereuen werde, aber na schön …"

„Ja?" Sie lachte verblüfft. „Wirklich?"

Er nickte, wirkte aber nicht besonders glücklich dabei.

„Vielen, vielen Dank!", rief sie, rannte um seinen Schreibtisch und umarmte Nathan.

Er tätschelte ihr unbeholfen den Rücken. „Ist ja gut."

„Verzeihung." Sie ließ ihn los und wich zurück. Das breite Grinsen verschwand jedoch nicht aus ihrem Gesicht. „Sie werden es ganz bestimmt nicht bereuen."

„Versprechen Sie mir nur, dass Sie es diesmal wirklich hinbekommen", sagte er ernst. Doch wenn Emma nicht alles täuschte, lag ein amüsierter Ausdruck in seinen Augen. „Denn glauben Sie mir, wenn Sie es diesmal vermasseln, sind Sie für immer erledigt."

„Oh, ich werde es hinbekommen." Sie atmete tief durch, um ihn nicht schon wieder zu umarmen. „Verraten Sie mir, was für eine Show soll es werden?"

„Wir wollen eine Kochsendung."

Emma starrte ihn perplex an. „Eine Kochsendung."

„Mit einem dynamischen unterhaltsamen Koch. Sie wissen schon, so ein Kerl, der mit Messern und Zutaten jongliert. Wie diese Köche in den japanischen Restaurants, nur ohne das folkloristische Element. Sie werden alles in dieser Show zubreiten, von Hamburgern bis zu Crème brûlée."

Crème brûlée? Sie wusste nicht einmal, was das war. „Eine Kochsendung", wiederholte sie und dachte fieberhaft nach. Sie hatte vom Kochen ebenso viel Ahnung wie von Flugzeugbau und schaffte es sogar, Wasser anbrennen zu lassen.

„Kochsendungen sind momentan schwer angesagt", erklärte Nathan. „Sie sollten mit dem Koch beginnen. Er wird der Schlüssel zu Ihrem Erfolg sein. Zufällig habe ich schon jemanden im Sinn …"

„Sie haben doch gesagt, ich könnte die Mitwirkenden einstellen …"

„Ja, die Mitarbeiter rund um die Show."

Sie behielt ihr Lächeln bei und hoffte, die aufsteigende Panik damit überspielen zu können. Eine Kochsendung … „Ich hatte gehofft, Sie würden es mir überlassen, die Crew und den Moderator zu engagieren."

„Das tue ich. Sehen Sie sich einfach mal den Koch an, der mir vorschwebt. Er hat eine enorme Ausstrahlung und wird das Publikum anziehen. Frauen finden ihn sexy."

„Wer ist es?"

„Jake Hill, der zurzeit das Amuse Bouche leitet, das Gourmet-Restaurant im berühmten Hotel Hush in New York."

„Sie meinen das neue Hotel, das thematisch ausgerichtet ist auf …"

„Sex? Genau das. Sie können sofort aufbrechen." Nathan hielt inne. „Oh, noch etwas."

Emma war immer noch benommen, weil sie nicht gefeuert worden war, sondern stattdessen eine Kochsendung machen sollte und zu einem Erotik-Hotel geschickt wurde.

„Ich kenne Ihr Potenzial, Emma. Deshalb mache ich das. Aber Sie müssen wirklich aufhören, so weichherzig zu sein. Werden Sie härter."

„Ich bin hart."

„Nicht auf die Art, die ich meine. Es wäre besser, wenn Sie sich dem anpassen würden, wie es hier läuft."

„Sie meinen, ich soll lügen und betrügen?"

Zum ersten Mal lächelte er. „Exakt. Wenn der Kerl nicht freiwillig mitmachen will, engagieren Sie jemanden, der im Amuse Bouche ein Haar in seiner Suppe findet. In einem Restaurant wie dem wäre er auf der Stelle erledigt. Dann wird er Sie anflehen, die Sendung machen zu dürfen."

Sie sah ihn fassungslos an. „Das ist verabscheuungswürdig."

Er zuckte die Schultern. „So ist das Leben nun mal."

„So etwas würde ich niemals tun."

„Ja." Sein Lächeln verschwand, und er rieb sich mit beiden Händen das Gesicht. „Das wäre dann Flop Nummer vier."

„Ich werde nicht zum vierten Mal versagen."

Er wirkte nicht überzeugt. „Sie haben einen Monat Zeit, um die Sendung zu produzieren. Viel Glück."

Das würde sie zweifellos brauchen.

1. KAPITEL

New York

Drei Tage nach dem Gespräch mit Nathan Bennett stand Emma in der Lobby des Hotel Hush und schaute sich staunend um. Der Teppich unter ihren Füßen hatte ein Muster aus Schwarz, Grün, Grau und Pink und war so dick, dass man glaubte, auf Luft zu gehen. Die im Art-déco-Stil gehaltenen Möbel und die Gemälde erinnerten an die herrlichen alten Salons in den wilden Zwanzigerjahren des vorigen Jahrhunderts.

Aus der Website des Hushs wusste Emma, dass das Hotel ein junges wohlhabendes und neugieriges Publikum ansprechen wollte. Es hatte achtzig Suiten beziehungsweise Zimmer, die mit jedem erdenklichen Komfort ausgestattet und nach unterschiedlichen Mottos eingerichtet waren. Außerdem gab es von Designern entworfene Penthouse-Suiten mit Butler, eine Bar namens *Erotique*, in der die Schickeria New Yorks verkehrte, ein luxuriöses Wellnesscenter sowie einen Swimmingpool auf dem Dach. Und jede Annehmlichkeit war ausgerichtet auf das zentrale Thema des Hotels: prickelnde Erotik. Die Gäste konnten die Videokameras in den Zimmern benutzen oder eines der Spielzeuge, die sich in jedem Schrank befanden. Und im Kellergeschoss gab es eine Bar, in der Paare ihre Fantasien ausleben konnten.

Damit waren sinnliche Vergnügungen gemeint, zu denen nur sehr tolerante, experimentierfreudige Gäste den Mut fanden. Laut den Informationen, die Emma im Internet gefunden hatte, konnte dort alles passieren.

Emma konnte sich das kaum vorstellen. Nicht dass es darauf ankäme. Schließlich war sie nicht zum Vergnügen hier, sondern um sich das Amuse Bouche und dessen Chefkoch anzusehen. Nathan hatte eine gute Wahl getroffen. Es hieß, Jake Hill sei ein Genie in der Küche.

Außerdem sollte er wahnsinnig sexy sein.

Es hieß, sein Essen sei nicht von dieser Welt und man werde süchtig danach, sobald man es gekostet habe. Angeblich musste das Küchenpersonal die Türen bewachen und jeden Abend Frauen abwimmeln, die Jake Hill wollten und keinen anderen.

Emma hoffte, dass das Fernsehen das Besondere an diesem Mann vermitteln konnte.

Sie hatte versucht, mehr über ihn zu erfahren, doch interessanterweise gab es nicht viel. Sie fand mehrere beeindruckende Referenzen, seltsamerweise jedoch nichts, was länger als fünf Jahre zurückreichte. Was entweder bedeutete, dass Jake Hill relativ neu im Geschäft war oder eine Vergangenheit hatte, die er lieber für sich behielt.

Kurz gesagt: Er war ein Rätsel. Und der letzte Schritt zu Emmas Erfolg.

Hoffentlich hatte er mit dem Rest der menschlichen Rasse gemeinsam, dass man ihn entweder mit Geld oder Ruhm locken konnte, und zwar quer durchs Land nach Los Angeles.

„Sieh dir das nur an“, sagte Liza ehrfürchtig. Liza war Emmas älteste Freundin und seit Neuestem ihre Assistentin. „All diese Art-déco-Stücke sind echte Kunstwerke.“

„Ich bin sicher, die männlichen Gäste kommen nur deswegen her“, bemerkte Eric, Emmas zweitbester Freund und neuer Location Director. Er betrachtete genüsslich ein Gemälde, das eine wunderschöne nackte Frau auf einem luxuriösen Bett zeigte.

Liza verdrehte die Augen. „Wir sind wegen des Restaurants hier.“

„Ja, und glaub mir, als Koch habe ich eine Schwäche für

gute Restaurants. Nur sind wir auch hier, um Emmas Hintern zu retten … Au!“ Er rieb sich die Rippen, in die Liza ihm ihren Ellbogen gestoßen hatte. „Was ist denn? Es stimmt doch.“

Liza schüttelte angewidert den Kopf. „Nein, das stimmt nicht, und du bist kein Koch.“

„Bin ich wohl.“

„Bist du nicht.“

Emma seufzte. Die beiden besaßen ein einzigartiges Talent, sich gegenseitig auf die Palme zu bringen – oder sexuelle Spannung zwischen sich aufzubauen.

Eric starrte wieder die nackten Frauen auf den Gemälden an.

„Du bist ein Tier“, sagte Liza. „Männer sind Tiere.“

Eric knurrte.

Wenn Eric ein Tier war, dann ein sehr attraktives. Er war groß und sah in seiner Freizeithose, dem Poloshirt, den Tennisschuhen und der in die blonde Mähne geschobenen Sonnenbrille sehr kalifornisch aus. Er hatte himmelblaue Augen und ein Lächeln, mit dem er den Verkehr zum Erliegen bringen konnte.

Ohne ihn und Liza würde Emma die vor ihr liegende Aufgabe nicht bewältigen können.

„Ich werde uns anmelden“, verkündete Liza. „Ich werde mir ein Zimmer nehmen, das so weit wie möglich von deinem entfernt liegt“, fügte sie, an Eric gewandt, hinzu.

„Meinetwegen.“ Er zuckte gleichgültig die Schultern. „Letzte Chance, Emma. Spar dir den ganzen Ärger und nimm mich als Koch. Du weißt, dass ich gut bin.“

Das stimmte, nur hatte er keine formelle Ausbildung absolviert und war viel zu flapsig, um jemals ernst genommen zu werden. „Eric …“, begann Emma.

„Ja, ja. Ich gehe in die Bar.“

„Meinetwegen", schnappte Liza. Die beiden verschwanden mürrisch und ließen Emma allein in der Lobby stehen.

„Na, das wird ja lustig", sagte sie zu sich selbst.

Früher auf dem College hatten sie alle drei viel Spaß zusammen gehabt. Letztes Jahr hatte Eric dann den Fehler gemacht, Liza zu gestehen, dass er sie liebe. Er schenkte ihr einen Diamantring und heiratete sie.

Die Ehe hielt zwei wilde, erotisch prickelnde Monate, bevor es zu einem heftigen Streit kam. Und weil keiner von beiden vorher jemals eine feste Beziehung gehabt hatte, wussten sie nichts mit wahrer Liebe anzufangen. Jetzt, mit all den angestauten Gefühlen, stritten und zankten sie sich ständig.

Emma hatte alle beide schrecklich gern, aber wenn sie nicht begriffen, dass sie ihren Gefühlen trauen und endlich mal wieder miteinander schlafen mussten, würde sie sie zusammen in ein Zimmer sperren, bis sie es herausfanden.

Aber darum würde sie sich ein andermal kümmern. Denn Eric hatte recht. Emma musste sich retten, und deshalb ging sie nun zur Rezeption, deren brusthoher schwarzer Marmortresen die gleiche Eleganz ausstrahlte wie der Rest der Lobby. An der Wand dahinter prangte in pinkfarbenen Buchstaben der Name Hush.

Für die Anmeldung war eine hübsche Frau in schwarzem Smoking mit pinkfarbener Fliege und einem freundlichen Lächeln zuständig. „Ihr Zimmer liegt im zwölften Stock, genau wie das Ihrer Freunde. Sie haben Nummer 1212. Es bietet eine großartige Aussicht auf die Stadt. Falls Sie noch etwas benötigen, rufen Sie uns jederzeit an."

Wenn das nur so einfach wäre – einfach die Rezeption anrufen und Jake Hill bestellen. Emma nahm die Chipkarte und holte Liza und Eric bei den Fahrstühlen ein.

Eric prostete ihr mit einem Bier zu. „Dieses Hotel ist wirklich etwas Besonderes. Man kann die Spannung, die hier in der Luft liegt, förmlich riechen."

Liza schnupperte und zuckte die Schultern.

Eric lachte. „Dieses Hotel ist für Leute, die Action wollen. Leute, die sich als Weltbürger fühlen. Ich kann es spüren."

„Seit wann willst du denn Weltbürger sein? Du sitzt doch am liebsten mit einem Bier und der Fernbedienung auf dem Sofa", meinte Liza.

„Seit zwei Frauen im *Erotique* mich praktisch mit den Augen verschlungen haben."

Lizas Augen funkelten zornig, doch sie tat so, als wäre sie kein bisschen neugierig. *„Erotique*?"

„Die Bar. Du hättest mich da mal erleben sollen. Echt heiß." Er grinste jungenhaft. „Tja, du hättest mich eben festhalten sollen, als du noch die Chance dazu hattest."

„Ha."

Offenbar zufrieden, ihren wunden Punkt getroffen zu haben, wandte er sich an Emma. „Auf Phase zwei." Er prostete ihr erneut mit dem Bier zu. „Darauf, dass wir uns den Chefkoch schnappen."

„Ja, auf Emmas Erfolg", pflichtete Liza ihm bei.

„Genau!", rief Eric und sah sie mit sanfter Miene an.

Liza stutzte.

„Was ist los?", wollte er wissen.

„Waren wir gerade einer Meinung?"

Er lachte. „Das kann nicht sein."

„Waren wir aber."

„Dann kreuze es im Kalender an", sagte er in beinah zärtlichem Ton.

„Sehr witzig."

„Im Ernst." Er trat näher zu ihr. „Als wir noch verheiratet waren, warst du nie einer Meinung mit mir, ganz egal, worum es ging. Wenn ich gesagt hätte, ‚Schatz, der Himmel ist blau', hättest du geantwortet: ‚Nein, er ist hellblau oder dunkelblau, aber nicht bloß einfach blau'. Hauptsache, du warst nicht einer Meinung mit mir."

„So war ich nicht", widersprach Liza.

Ihre Nasen berührten sich fast, so dicht standen sie voreinander. „Die Wahrheit schmerzt manchmal, was?"

Die Spannung zwischen ihnen war spürbar, und sie wurde nicht nur durch Ärger erzeugt.

„Leute …", warf Emma ein.

„Weißt du, was dein Problem ist?", fragte Liza Eric.

„Nein, aber ich nehme an, das wirst du mir gleich verraten."

„Bitte …", sagte Emma.

„Du glaubst, du seist Gottes Geschenk an die Frauen", sagte Liza. „Und das ist widerlich."

„Dann werde ich eben versuchen, es für mich zu behalten", erwiderte er leichthin. „Danke."

„Es war eine dumme Idee, dass wir zusammen mitgefahren sind", stellte Liza fest.

„Genau, Emma. Willst du diese ganze Sache nicht aufgeben und lieber gleich mich als Koch nehmen, wo ich doch Gottes Geschenk an die Frauen bin? Dann können wir alle gleich wieder nach Hause fahren."

„Wir werden das hier durchziehen", sagte Emma. „Ihr könnt es. Bitte."

Eric und Liza sahen sich an. Dann seufzten sie beide und nickten.

Emma atmete auf. Sie hatte ihre Hausaufgaben gemacht und war bestens vorbereitet. Sie brauchten Jake Hill, und sie hatte vor, ihn zu bekommen.

Auf ihre Weise.

Während sie darauf warteten, dass sich die Fahrstuhltür

öffnete, beäugte Liza einen attraktiven Mann, der durch die Lobby ging.

Eric beobachtete sie mit ernstem Blick.

Emma schüttelte den Kopf und bückte sich, um eine schwarze Katze zu streicheln, die von irgendwoher aufgetaucht war. Sie trug ein pinkfarbenes Halsband mit einem Schild, auf dem „Eartha Kitty" stand. Die Katze schnurrte und rieb sich an Emmas Knöcheln, bis die Fahrstuhltüren endlich aufgingen.

Die Kabine war luxuriös wie alles in diesem Hotel, mit Spiegeln und dekorativem schwarzem Stahl. Emma betrachtete die Reihe der pinkfarbenen Knöpfe, nachdem sie den Fahrstuhl betreten hatte – ohne Liza und Eric, die schon wieder zankten.

Genervt und fest entschlossen, diese Sache mit oder ohne sie in Angriff zu nehmen, drückte sie den Knopf für den zwölften Stock. Die Tür ging zu, und angenehme Stille umgab Emma. Sie lehnte sich an die Wand und schloss die Augen. Wenn Liza und Eric sich bis zum Sonnenuntergang nicht gegenseitig umgebracht hatten, würde sie, Emma, es liebend gern für sie tun.

Nein, besser noch, sie würde sie in eines der Zimmer sperren, damit sie ihren Frust abreagieren konnten.

Unglücklicherweise hatte Emma kein Ventil für ihren Frust. Die meisten Männer in ihrem Leben hatten sich als Frösche erwiesen, die sich auch nach diversen Küssen nicht in Prinzen verwandelten. Na schön, wenn sie ehrlich war, konnte man das von allen Männern sagen, mit denen sie bisher zusammen war.

Sie machte die Augen wieder auf und betrachtete sich im Spiegel. Ihre Haare waren zerzaust, die Augen müde ... wenn heute ein Prinz auftauchen würde, liefe er bei ihrem Anblick davon.

Der Fahrstuhl hielt und ging auf. Im zweiten Stock?

Ein Mann betrat die Kabine. Er trug schwarze Jeans und zerschrammte Cowboystiefel, dazu ein langärmeliges schwarzes Hemd mit dem pinkfarbenen Hush-Logo auf der Brust. Seine Augen waren hinter einer verspiegelten Pilotenbrille verborgen. Als er sie auf den Kopf schob, hielt Emma den Atem an.

Er war groß, bestimmt über ein Meter neunzig, und muskulös. Sein Haar war extrem kurz geschoren und dunkel wie seine unergründlichen Augen. Und sein Gesicht verriet, dass er jedes einzelne Jahr seines Lebens intensiv gelebt hatte.

Was nicht hieß, dass er nicht anziehend war. Genau genommen konnte Emma sich von seinem Anblick nicht losreißen. Er war der Typ Mann, um den seine Mutter sich Sorgen machte und bei dem Väter um ihre Töchter fürchteten. Er wirkte hart und verwegen und vielleicht sogar ein bisschen gefährlich.

Bis er lächelte.

Ja, er hatte etwas Rebellisches. Dies war ein Mann, der schon einiges gesehen hatte, die Sorte Mann, der bei einer Schlägerei ebenso einstecken wie austeilen konnte und am Ende ungeschoren davonkommen würde. Emma hätte schwören können, dass ihr Herz schneller schlug, bevor es auszusetzen schien.

Am erstaunlichsten aber war das, was er sagte.

„Gut, dass Sie hier sind."

Wie bitte? Emma drehte sich um, aber sie waren allein. Ich, formte sie stumm mit den Lippen und zeigte auf sich.

„Ja, Sie." Seine Stimme klang nicht hart und kalt, wie man vielleicht hätte erwarten können, sondern sanft und tief, mit einer Spur Südstaatenakzent, was das Kribbeln in ihrem Bauch nur verstärkte.

Bevor sie darüber nachdenken konnte, legte er den Arm um sie und wandte sich lächelnd an zwei Frauen, die nach ihm den

Fahrstuhl betraten. „Seht ihr? Da ist sie.“

Beide Frauen sahen aus, wie man sich typische New Yorkerinnen vorstellt: schlank, attraktiv, modisch gekleidet. Und sie lachten. Was auch immer der Mann meinte, sie glaubten ihm nicht. „Komm schon, Mr. Superkoch“, sagte die eine kopfschüttelnd.

Emma stand ein wenig perplex da, denn der Mann drückte sie an seinen warmen muskulösen Körper. Ihr Kopf schmiegte sich perfekt an seine Schulter. Bei ihrer Größe von ein Meter fünfundsiebzig hatte sie den Kopf noch nie an die Schulter eines Mannes legen können, ganz zu schweigen davon, dass sie sich jemals zerbrechlich gefühlt hätte. Die Feministin in ihr rebellierte, wurde jedoch von der Frau in ihr übertönt.

Dann drehte der Mann ihr sein Gesicht zu. Auf seinen Wangen waren dunkle Bartstoppeln. In einem Ohr trug er einen silbernen Ohrstecker. Außerdem hatte er die dichtesten Wimpern, die sie je gesehen hatte. Er hätte selbst die frömmste Heilige zur Sünde verführen können.

Er lächelte noch immer, nur war es kein warmes, zärtliches Lächeln, sondern ein wildes, draufgängerisches.

Oh Großmutter, was hast du für große Zähne! Emma dachte unwillkürlich an das Märchen von Rotkäppchen und dem bösen Wolf. Sie musste sich zusammenreißen. Aber er war so sexy, dass sie noch nicht entschieden hatte, ob sie ihn ohrfeigen oder sich ihn schnappen sollte.

Er nahm ihr die Entscheidung ab, indem er sich zu ihr hinunterbeugte, sodass seine raue Wange ihr Ohr streifte. Das sanfte Kratzen seiner Bartstoppeln an ihrer zarten Haut ließ sie erschauern.

„Haben Sie etwas dagegen, wenn ich Sie küsse?“, flüsterte er mit heiserer Stimme.

Was für eine Frage!

„Nur zur Schau", murmelte er und drückte sie an sich, als hätte sie schon zugestimmt.

Emmas Gedanken wirbelten durcheinander. Er sah nicht aus wie einer jener Frösche, mit denen sie in letzter Zeit zusammen war. Er fühlte sich auch nicht wie einer an. Aber konnte sie sicher sein, ehe sie ihn geküsst hatte?

Nein, das war verrückt. Es war mehr als verrückt, sich von einem vollkommen fremden Mann anfassen, geschweige denn küssen zu lassen. Aber etwas an seinen mokkafarbenen Augen und dem, was sie in ihnen las, veranlasste sie, den Kopf zu schütteln.

Er belohnte sie mit einem weiteren Lächeln, das diesmal auch seine Augen erreichte. Und dann berührten seine Lippen ihre.

Die beiden Frauen hinter ihm, die gerade noch gelacht hatten, schnappten erschrocken nach Luft.

Das war alles, was Emma hörte, bevor ihr Verstand sich ausschaltete und sie nur noch wahrnahm, was sie fühlte. Seine Lippen waren fest und zugleich weich, sein Atem warm und wundervoll. Zur Krönung des Ganzen duftete der Mann auch noch so gut, dass sie ihn den ganzen Tag lang hätte einatmen können.

Die Folge war, dass sich ihre Lippen fast wie von selbst teilten. Angesichts dieser unmissverständlichen Einladung gab ihr Prinz einen überraschten Laut von sich und küsste sie noch leidenschaftlicher. Eine seiner Hände lag auf ihrem Hinterkopf, die andere wanderte ihren Rücken hinunter, bis seine Finger fast ihren Po berührten.

Du lieber Himmel!

Und dieser Kuss ergab überhaupt keinen Sinn. Sie kannte diesen Mann doch gar nicht. Trotzdem hatte sie das Gefühl, als sei er ihr nicht fremd, als erkenne ihr Körper ihn, auch wenn ihr

Verstand ihn nirgends einordnen konnte. Das war verwirrend, doch klammerte sie sich weiter an ihn, als spiele das keine Rolle. Und er küsste sie weiter, bis ihr überall heiß war und sie leise verzückte Laute von sich gab, über die sie entsetzt wäre, wenn sie nur einen einzigen klaren Gedanken hätte fassen können.

Er schien den geheimen Rhythmus zu kennen, auf den sie instinktiv ansprach, so als wären sie schon einmal ein Liebespaar gewesen.

Aber es war nicht real, das wusste Emma, trotz der sinnlichen Benommenheit, die der Fremde in ihr hervorrief. Und doch war es zutiefst aufwühlend. Vor allem aber war dieser Kuss absolut nicht mit dem Kuss eines Froschs zu vergleichen.

Er hob den Kopf und wirkte für einen kurzen Moment ebenso verwirrt wie sie. Aber dann erschien das Lächeln wieder – ein Lächeln wie die pure Sünde. Emma versuchte, ebenso gelassen zu reagieren, aber stattdessen starrte sie ihn mit offenem Mund an.

Ein letztes Mal streichelte er ihren Rücken mit einer Geste, die sorgsam gezügelte Leidenschaft verriet, ehe er sich von ihr löste, um seine beiden Begleiterinnen aus dem Fahrstuhl zu schieben, als dieser sich öffnete.

Bevor der Fremde ging, drehte er sich noch einmal zu Emma um.

Sie stand da und sah ihn mit großen Augen an, ohne ein Wort herauszubringen.

„Danke“, sagte er.

Wieso bedankte er sich?

„Ich stehe in Ihrer Schuld.“ Seine Stimme klang eine Spur angespannter als vor dem Kuss.

Interessant.

Und dann ging dieser erschreckend aufregende Mann einfach so davon.

Noch immer staunend und mit rasendem Puls registrierte Emma vage, wie die Tür des Fahrstuhls sich wieder schloss. Ihr Herz pochte, ihre Knie waren weich. Bei den nächsten Stopps betraten und verließen Leute den Fahrstuhl, bis er schließlich wieder in der Lobby hielt.

Emma kam zu sich und musste lachen. „Reiß dich zusammen", ermahnte sie sich und drückte noch einmal den Knopf für das zwölfte Stockwerk.

Wie lernte ein Mann nur, so zu küssen? Es war die Art von Kuss, von der jede Frau träumte, ohne jemals sicher zu sein, ob es so etwas außer in Liebesromanen und Filmen überhaupt gibt.

Dabei kannte sie nicht einmal seinen Namen …

Im zwölften Stock stieg sie aus und vergaß vor Verwirrung ihren Trolley. Rasch machte sie kehrt und holte ihn. Dann ging sie zu ihrem Zimmer und fragte sich, ob der Rest ihrer Reise so abenteuerlich werden würde wie die ersten Minuten.

Erst in diesem Augenblick erinnerte sie sich daran, wie die Frauen den wundervollen Fremden genannt hatten: Mr. Superkoch.

2. KAPITEL

Jake ging durch die Angestelltenunterkünfte im zweiten Untergeschoss. Die Angestellten wurden gut behandelt im Hush, wahrscheinlich weil die Gründerin des Hotels, Piper Devon, ein fürsorglicher Mensch war, auch wenn die Presse sie als „Paris Hiltons heimliche Zwillingsschwester" bezeichnete. Das lag nur daran, dass sie in ihr lediglich die attraktive blonde Erbin sahen. Doch ihre Angestellten wussten, wie hart sie arbeitete, um Erfolg zu haben.

Jake ging durch die Cafeteria zum Umkleideraum. Dort erntete er anerkennende Pfiffe. Als er sich seinem Spind näherte, sah er auch, warum.

Am Schloss hing ein Stringtanga aus schwarzer Seide.

„Noch ein String." Jon, ein junger Portier, stand am Spind neben Jakes und zog sich für seine Schicht um. Fasziniert betrachtete er den Slip. „Das passiert dir ungefähr zweimal pro Woche", bemerkte er. „Ich kriege höchstens mal einen Korb."

Jake nahm den Slip und warf ihn Jon zu. „Fröhliche Weihnachten."

„Im Ernst, Jake. Verrat mir dein Geheimnis. „Du bekommst Telefonnummern, Geschenke. Was ist dein Trick?"

Jake schloss seinen Spind auf und schwieg. Es gab nichts zu sagen. Schließlich tat er nichts, um die Aufmerksamkeit auf sich zu lenken – es passierte einfach. Als er jünger und unerfahrener war, hatte er es mehr genossen und sich auf Affären eingelassen.

Er mochte Frauen noch immer, ihren Duft, ihre Körper, einfach alles, aber in letzter Zeit hatte sich etwas bei ihm verändert. Er schien nicht mehr die gleiche Geduld für dieses Spiel zu besitzen. Wurde er mit vierunddreißig allmählich alt? Ein beängstigender Gedanke.

„Ich mache doch auch alles richtig“, fuhr Jon fort. „Ich rufe eine Frau an, wenn ich es versprochen habe. Ich höre ihr zu. Ich gehe mit ihr tanzen. Ich sage ihr nette Dinge.“

Jake nahm seine Sachen und schloss seinen Spind ab. „Ich höre mich wahrscheinlich wie ein Mistkerl an, wenn ich das sage, aber die Wahrheit ist … ach, schon gut. Vergiss es.“

„Verrate es mir. Was es auch ist, ich kann es.“

„Na schön, hör zu. Du willst es zu sehr.“

Der junge Mann starrte ihn an. „Wie?“

„Ich weiß.“ Jake hob die Hände. „Es ist eigenartig, aber Frauen scheinen immer auf die Männer zu stehen, denen sie gleichgültig sind. Typen, die nie anrufen, nicht zuhören …“

„Das ist dein Geheimnis?“, fragte Jon ungläubig. „Sie schlecht zu behandeln?“

Jake zuckte die Schultern. „Ich sage nicht, dass ich es gutheiße. Ich teile dir nur meine Erfahrung mit.“

„Wow!“ Jon starrte auf den Stringtanga, den er noch immer in der Hand hielt.

Jake klopfte ihm auf die Schulter und stieg die Treppe ins Erdgeschoss hinauf, durchquerte die Lobby und betrat das Amuse Bouche.

Wie jeden Tag standen frische Blumen auf den Tischen und verliehen dem Restaurant eine freundliche, elegante Note. Im Gegensatz zu anderen Restaurants wurde es ihm hier nie langweilig. Die Küche war so sauber, dass man vom Fußboden hätte essen können.

Und es hatte Jahre gegeben, in denen er froh gewesen wäre, irgendwo in einem solchen Laden vom Fußboden essen zu können. Jetzt war er hier, hatte es zum Küchenchef dieses Restaurants gebracht, und musste sich nur dem Manager gegenüber verantworten, der einmal pro Woche hereinschaute und ansonsten alles ihm, Jake, überließ.

Ein zufriedenes Lächeln erschien auf seinem Gesicht. Nicht schlecht für den verwahrlosten Gassenjungen, der er früher war. Der Sozialdienst hatte bei ihm eine Bindungsunfähigkeit diagnostiziert, was ihn völlig fertiggemacht hatte. So ein Unsinn! Er hätte sich einfügen und Bindungen entwickeln können. Er wollte es nur nicht.

Daran hatte sich nichts geändert.

Auf jeden Fall verkörperte das Amuse Bouche alles, was er früher verachtet hätte: Luxus und Kultiviertheit, Klasse statt Masse. Daher war es seltsam, wie gern er hier war, in einer Umgebung, deren Vornehmheit er selbst nie erreichen würde.

Was soll's. Irgendwann würde ihn die Wanderlust wieder packen, und dann würde er wie immer seine Sachen nehmen und nicht mehr zurückschauen.

Vorerst aber hatte er es sehr gut getroffen. Er führte dieses Restaurant mit der besten Ausstattung und den frischesten Zutaten, die man für Geld kaufen konnte. In wenigen Stunden würde jeder Tisch besetzt sein mit Leuten, die *sein* Essen wollten.

Ja, nicht schlecht für ein Straßenkind aus Podunk.

Er ging zu den drei großen Industriekühlschränken und dachte, dass es zwei Dinge im Leben gab, die jede Mühe wert waren. Beide erforderten Leidenschaft, Konzentration und Können, und beides bereitete ihm großes Vergnügen: zu kochen und eine Frau zu verführen.

Bei der Erinnerung an die Szene mit der hübschen Fremden und dem sinnlichen Kuss im Fahrstuhl musste er lächeln.

„Was grinst du so?", fragte Pru, die hinter ihm die Küche betrat. Sie war die Sommelière des Amuse Bouche. Der Posten der Wein-Expertin passte ausgezeichnet zu ihr, da sie ein echter Snob war, obwohl sie, genau wie Jake, mit nichts in New York angefangen hatte.

Doch sie war sehr scharfsinnig und unterhaltsam. Jake und sie hatten sich auf Anhieb verstanden. Erstaunlicherweise hatten sie nicht miteinander geschlafen. Für Jake war es eine ganz neue Erfahrung, mit einer Frau rein platonisch befreundet zu sein. Mit ihrem kurvenreichen sexy Körper wäre sie genau sein Typ gewesen, doch interessierte sie sich ausschließlich für Frauen.

Nach der anfänglichen Enttäuschung war es ihm egal. Er mochte sie genug, um ihre weniger tollen Eigenschaften zu tolerieren – wie zum Beispiel, dass es ihr Spaß machte, ihn ständig mit der „Richtigen" verkuppeln zu wollen.

„Brauche ich einen Grund, um zu grinsen?", entgegnete er.

„Für ein Grinsen von der Sorte ja." Pru musterte ihn nachdenklich. Ihre dunkelbraunen Haare hatte sie zu einem komplizierten Zopf geflochten. „Du denkst an Sex."

Er lachte. Ertappt. „Wieso glaubst du das immer?"

„Weil Männer rund um die Uhr daran denken. Wahrscheinlich denkst du an die arme Frau, die du im Fahrstuhl belästigt hast."

„Ich habe sie nicht belästigt." Nein, nach einem kurzen Schreck hatte sie den Kuss erwidert. Ziemlich leidenschaftlich sogar.

„Wer war sie?"

Eine Fremde, die zufällig zur richtigen Zeit am richtigen Ort war und ihn für etwa sechzig Sekunden verhext hatte. Aber wer sie war, wusste er nicht. Natürlich hätte er das herausfinden können, doch war es ja nur ein Kuss. Wenn auch ein Wahnsinnskuss.

„Mein Date."

Pru stellte ihren eleganten Aktenkoffer ab, der prallvoll mit Weinkatalogen und Kochzeitschriften war, und stemmte die Hände in die Hüften. „Du erwartest doch wohl nicht von mir, dass ich dir das glaube."

„Warum solltest du nicht?"

„Weil sie zu süß aussah, um mit dir geschlafen zu haben."

Diese Frau hatte in ihrem zartgrünen Kleid, das nicht nur ihre grünen Augen, sondern auch ihre Kurven dezent betonte, tatsächlich süß ausgesehen. Und sehr, sehr sexy. „Ich schlafe nicht immer gleich beim ersten Date mit den Frauen."

Pru lachte. „Doch, tust du." Sie nahm die Broschüre eines kalifornischen Weinbauern aus ihrem Koffer und tippte mit einem manikürten Fingernagel auf den Umschlag. „Das Zeug wollen wir."

Jake sah sich das Cover an, auf dem Weinberge in voller herbstlicher Pracht abgebildet waren. „Was ist das Besondere daran?"

„Du musst den Wein unbedingt probieren. Er ist überwältigend. Ich will eine Bestellung aufgeben. Bist du einverstanden?"

„Du weißt, dass ich dir vertraue."

„Ja", sagte sie trocken. „Deshalb gehst du auch nur mit Frauen aus, die ich dir empfehle."

„Ich korrigiere mich – ich vertraue deinem Urteil bei Weinen."

„Ich habe auch einen guten Geschmack, was Frauen angeht." Pru zog die Augenbrauen hoch. „Ich werde noch die Richtige für dich finden, du wirst sehen."

„Das hatten wir doch schon alles, Pru."

„Ich weiß, ich weiß. Die Vorstellung, dich auf eine Frau zu beschränken, ist dir zuwider. Aber das liegt nur daran, dass du keine Ahnung hast. Du weißt nicht, wie toll das sein kann."

Die Küchentür flog auf, und eine weitere Frau trat ein. Caya war groß, gertenschlank und sehr attraktiv. Ihre Haut war olivenfarben. Caya war eine der Kellnerinnen und Prus Mitbewohnerin. Während Pru der ruhige, elegante Typ war,

war Caya das Partygirl. Die beiden waren vollkommene Gegensätze.

Caya sah von einem zum anderen. „Feiert ihr eine Fiesta ohne mich?"

„Ich erinnere unseren Superkoch nur an all seine Fehler", erklärte Pru.

Caya legte den Arm um Jake und den Kopf auf seine Schulter. „Aber Pru, unser Superkoch hat doch keine Fehler."

Jake lachte. „Das stimmt. Vergesst das bloß nicht."

„Wir haben gerade über die Szene im Fahrstuhl geredet", informierte Pru ihre Kollegin.

„Nein, du hast darüber geredet." Jake öffnete den Fleischkühlschrank und nahm einen Behälter mit frischen Miesmuscheln heraus.

„Und?" Caya lehnte sich an die Arbeitsfläche und beobachtete ihn. „Wirst du es uns erzählen?"

„Klar." Jake gab die Muscheln in einen großen Topf und trug ihn zur Spüle. „Ich werde eine Miesmuschelsuppe zubereiten." Er begann den Topf mit Wasser zu füllen. „Sie wurde häufig gewünscht."

„Das meine ich nicht, du ärgerlicher Kerl." Pru kam näher. „Obwohl das eine ausgezeichnete Wahl ist", fügte sie murmelnd hinzu und spähte in den Topf. „Du solltest einen leichten bis mittelschweren, nicht ganz trockenen Weißwein dazu servieren, vielleicht sogar einen leicht lieblichen, zum Beispiel einen Chenin Blanc oder einen Vouvray."

„Du meine Güte", meinte Caya lachend. „Sei doch mal für einen Moment kein Workaholic. Lass uns beim Thema bleiben, bei der Hübschen im Fahrstuhl."

„Vergiss es. Er kann dir nichts erzählen, weil er wieder nur irgendeine Fremde geküsst hat."

Jake verdrehte die Augen.

„Ich habe heute übrigens im Wellnessbad diese Frau getroffen“, berichtete Pru. „Ich habe mich dort massieren lassen, was himmlisch war. Wie dem auch sei, ich finde, sie wäre genau die Richtige für dich.“

„Ich höre dir gar nicht zu“, entgegnete Jake.

„Sehr witzig.“

„Ich mache dir einen Vorschlag: Wenn du nicht mehr Single bist, reden wir darüber.“ Er trug den Topf mit den Muscheln zum Herd. „Bis dahin such nur weiter die Richtige.“ Er bemerkte Prus flüchtigen, sehnsüchtigen Blick zu Caya, aber bevor er darüber nachdenken konnte, ging die Tür erneut auf, und Jakes zwei Assistenten kamen herein.

Er hatte Timothy und Daniel persönlich ausgesucht, und nachdem er vorher mindestens zehn Assistenten nacheinander gehabt hatte, die alle nichts taugten, setzte er große Hoffnungen in diese beiden. Natürlich waren sie noch sehr jung und unerfahren, aber so hatte er auch einmal angefangen, und da sie begeistert kochten und begierig waren zu lernen, hatte er ihnen eine Chance gegeben.

Timothy schaute Jake über die Schulter. „Miesmuschelsuppe. Klasse.“

„Das wird sie“, versprach Jake. „Hol den getrockneten Lorbeer und den Koriander. Und den Fenchelsamen natürlich. Fang an, alles zu zermahlen.“ An Daniel gewandt sagte er: „Such die Zutaten für die Suppe zusammen. Du weißt, welche?“

Daniel wirkte aufgeregt und eingeschüchtert zugleich. „Ja.“

„Dann los. Ach, und rühr regelmäßig um.“ In vertraulichem Ton fügte er hinzu: „Damit meine ich oft, ob deine Freundin nun alle drei Minuten anruft oder nicht.“

Daniel errötete bei der Erinnerung an letzte Woche, als er versehentlich einen ganzen Topf Suppe hatte anbrennen lassen.

„Diesmal werde ich es nicht vermasseln."

„Sorg dafür."

„Ich habe nachgedacht", wandte Caya sich an Jake. „Wir sollten heute Abend alle ausgehen."

Mit „alle" konnte sie wirklich alle und jeden meinen. Während Pru Frauen liebte, hatte Caya sich nie festgelegt.

„Ich werde die Frau aus dem Wellnessbad für Jake mitbringen", verkündete Pru.

„Spar dir die Mühe, ich habe heute Abend zu tun", sagte Jake und legte seine Arme um beide Frauen, ehe sie protestieren konnten. Sanft schob er sie zur Tür.

Pru sperrte sich lachend. „Du hast überhaupt nichts zu tun."

„Jede Menge."

„Na schön, ich kann auch ohne euch feiern", meinte Caya unbeschwert.

Ein Ausdruck von Enttäuschung huschte über Prus Gesicht. Jake seufzte. Die kühle Schöne hatte eine Schwäche für die unbekümmerte lebenslustige Caya, die ihre Partner so häufig wechselte wie andere Leute ihre Hemden. Daran war nichts auszusetzen, nur dass Pru monogam veranlagt war und etwas Dauerhaftes suchte. Seit Jake sie kannte, war sie selbst auf der Suche nach der Richtigen.

Und jetzt war sie dabei, sich unglücklich zu verlieben. „Wir könnten ausgehen", schlug sie Caya vor. „Nur wir zwei."

Caya sah sie einen Moment an, dann lachte sie. „Klar, die Sommelière geht mit der kleinen Kellnerin aus. Das ist nett gemeint, aber nicht nötig." Sie küsste Jake und Pru auf die Wangen. „Bis später, Leute."

Mit einem aufreizenden Hüftschwung verschwand sie wieder aus der Küche.

Pru sah ihr hinterher, und Jake schüttelte den Kopf. „Was

hat das zu bedeuten?“

„Was?“, fragte sie mit ausdrucksloser Miene.

„Wie du sie angesehen hast.“

„Na, dich habe ich schließlich auch angesehen.“

„Ja, aber nicht so.“

Pru nahm ihren Aktenkoffer und schwieg.

„Du solltest es ihr sagen“, riet er ihr.

„Da gibt es nichts zu sagen“, entgegnete sie mit verschlossener Miene.

Jake hob kapitulierend die Hände. „Fein.“

„Fein.“ Pru ging ebenfalls und schloss die Tür einen Tick zu laut hinter sich.

Jake tat es mit einem Achselzucken ab und widmete sich mit der gleichen Vorfreude, die er einer Frau in seinem Bett entgegengebracht hätte, wieder dem Kochen.

Emma, Eric und Liza schauten auf, als die Oberkellnerin zu ihnen trat. „Wir haben jetzt einen Tisch für Sie frei“, verkündete sie mit einem freundlichen Lächeln.

Das Amuse Bouche entpuppte sich als elegantes, äußerst ansprechendes Restaurant, dessen Einrichtung zum Art-déco-Stil des übrigen Hotels passte. Die Tische waren hübsch gedeckt und standen in Nischen, sodass die Gäste sich ungestört fühlen konnten.

Emma wäre gern allein gewesen, um in Ruhe über den Vorfall im Fahrstuhl nachzudenken. Leider war das in Gesellschaft von Liza und Eric nicht möglich. Die beiden gingen hinter ihr, ohne einander Beachtung zu schenken – zumindest taten sie so.

Liza sah umwerfend aus in ihrem knappen roten Cocktailkleid, das vermutlich für Erics glasigen Blick verantwortlich war. Er selbst sah ebenfalls nicht schlecht aus, weshalb einige

Frauen sich nach ihm umdrehten.

„Bitte sehr", sagte die Oberkellnerin und deutete auf den Tisch. „Heute Abend werden Sie in den Genuss von Jake Hills berühmten Kochkünsten kommen. Viel Vergnügen."

„Ich sterbe vor Hunger", sagte Liza und schlug die Speisekarte auf, die sie so hielt, dass sie Eric heimlich beobachten konnte, mit jenem sehnsüchtigen Ausdruck, der von Zeit zu Zeit in ihren Augen aufflackerte.

Eric hatte den gleichen Blick, während er vorgab, die Gäste zu mustern, obwohl er in Wahrheit Liza beobachtete.

Emma machte das verrückt – wieso konnten sie nicht begreifen, dass sie zusammengehörten? Jeder sah das. Nur die beiden nicht.

Liza ließ ihre Karte sinken. „Wir brauchen etwas Alkoholisches zu trinken."

„Nicht, bevor ich mit dem Koch gesprochen habe", sagte Emma entschlossen. Allerdings wurde sie allmählich nervös. „Ich brauche einen klaren Verstand."

„Schätzchen, bei dem Mann nützt dir dein Verstand auch nichts. Du wirst seinem Charme erliegen, ob du es nun willst oder nicht."

„Woher willst du das wissen?"

„Ich habe es gehört. Und was heute passiert ist, beweist es doch."

Emma bereute, dass sie ihrer Freundin von dem Vorfall im Fahrstuhl erzählt hatte.

Liza hob die gezupften Brauen. „Ich finde, du solltest nachgeben, denn du könntest einen Cookie gebrauchen."

„Cookie?"

„Einen Orgasmus", erklärte Eric. „Sie nennt Orgasmen ‚Cookies'. Sie findet das süß."

„Du warst derjenige, der das immer süß fand."

Erics blaue Augen leuchteten. „Das tue ich vielleicht immer noch."

Liza starrte ihn an, dann griff sie nach ihrem Wasserglas, als wäre ihre Kehle ausgetrocknet. Emma behielt die Tür zur Küche im Auge. „Was glaubt ihr, wie man sich ihm am besten nähert?"

Liza schien nur mit Mühe den Blick von Eric losreißen zu können. Mit dem Daumen rieb sie die Stelle an ihrem Ringfinger, wo ihr Ehering gesessen hatte. „Was hat Nathan denn vorgeschlagen?", fragte sie Emma.

Nathan wollte, dass sie von Anfang an zielstrebig vorging, indem sie Jake Geld anbot und, falls er zögerte, eine Gewinnbeteiligung. Und wenn alles nichts nützte, sollte sie auf das Haar in der Suppe zurückgreifen.

Als wenn sie so etwas wirklich tun würde. „Ich könnte die Kellnerin fragen, ob ich mit ihm sprechen kann."

„Bei diesen Preisen sollte er im Menü inbegriffen sein und am besten noch dazu singen und tanzen." Eric warf seine Speisekarte auf den Tisch und lächelte, als die Kellnerin vorbeikam. „Entschuldigen Sie, kennen Sie den Koch?"

„Selbstverständlich." Die Kellnerin erwiderte sein Lächeln. „Warten Sie, bis Sie sein Essen gekostet haben. Es ist himmlisch."

Liza wandte sich an Emma. „Laut deiner Aussage ist nicht nur sein Essen himmlisch."

„Hör auf damit." Emma errötete.

Die Kellnerin ratterte die Spezialitäten der Küche herunter. „Alle Gerichte sind vorzüglich. Glauben Sie, Sie werden von allem begeistert sein."

„Den Koch eingeschlossen", murmelte Liza, sodass nur Emma es hören konnte.

„Könnten wir noch einen Moment bekommen, um uns zu entscheiden?", bat Emma die Kellnerin.

„Natürlich. Lassen Sie sich Zeit."

Emma wartete, bis sie wieder allein waren, dann sagte sie zu Liza: „Ich hätte dir von dem Vorfall im Fahrstuhl nicht erzählen dürfen. Ich bin mir ja gar nicht sicher, ob er es war."

„Nun, er wurde Mr. Superkoch genannt. Hast du wirklich keine Ahnung, warum er dich geküsst hat?"

„Nein, er sagte nur: ‚Darf ich?', und dann küsste er mich."

„Und du hast nicht mal in Erwägung gezogen, ihm einen Tritt zu verpassen?", fragte Eric.

Emma hatte gar nichts mehr gedacht, sobald sich ihre Lippen berührten. Sie war sogar diejenige, die den Kuss vertieft hatte. „Nein."

„Aha." Liza betrachtete sie nachdenklich. „Das muss ja ein Kuss gewesen sein."

Oh ja. „Es war … interessant."

„Interessant? Schätzchen, diese Speisekarte ist interessant. Die Einrichtung. Aber ein Kuss? Ein Kuss ist entweder eine heiße Sache oder nicht der Rede wert. Dazwischen gibt es nichts."

Eric sah Liza an. „Wie war das bei uns?"

„Was?"

„Diese zwei Monate, die wir verheiratet waren. Waren die eine heiße Sache oder nicht der Rede wert?"

Liza schwieg.

Eric wirkte nicht mehr amüsiert, sondern gekränkt. „Aha."

Die Kellnerin kam zurück, nahm die Bestellungen auf und bot die Dienste der Sommelière an, die an ihren Tisch kommen und Weinvorschläge machen würde.

Die Sommelière entpuppte sich als eine der Frauen aus dem Fahrstuhl. Falls die große attraktive Brünette Emma wiedererkannte, ließ sie sich jedenfalls nichts anmerken.

Sobald sie wieder allein waren, wandte Liza sich an Eric:

„Sie waren eine heiße Sache."

Jetzt stutzte Eric.

Liza schien von sich selbst überrascht zu sein und plapperte hastig drauflos. „Wenn du heute Abend nicht mit dem Koch sprechen kannst, Emma, musst du wohl einen Termin mit ihm vereinbaren. Dieser Mann scheut die Medien. Es wird sicher nicht leicht, ihn zu einem Interview zu überreden."

„Ich weiß." Darüber hatte Emma sich auch schon Gedanken gemacht. „Ich muss aber heute Abend noch mit ihm sprechen ..." Sie verstummte, da die Kellnerin mit einer Platte voll Vorspeisen zurückkam, die sie nicht bestellt hatten.

„Ein Gruß aus der Küche", verkündete sie. „Frühlingsröllchen mit Chili-Öl und Teriyaki-Senf-Soße. Das ist eine der beliebtesten Köstlichkeiten hier."

„Verschenkt der Koch immer sein Essen?", wollte Eric wissen.

„Nur an Freunde und besondere Gäste."

Liza sah zu Emma. Eric ebenfalls.

Emma lachte nervös. „Tja ... dann vielen Dank."

„Guten Appetit."

„Du liebe Zeit", flüsterte Emma, als sie fort war. „Glaubt ihr, er sieht uns hier?"

„Du meinst, ob er dich sehen kann", korrigierte Liza sie. „Natürlich kann er. Schließlich hat er das Essen geschickt."

Emma betrachtete die Vorspeisen und schaute sich im Restaurant um. Die Kellner bewegten sich anmutig und diskret. Vom Koch keine Spur.

Liza machte sich über die Frühlingsröllchen her und seufzte. „Emma, die musst du probieren."

„Oh ja", pflichtete Eric ihr bei, der selbst gerade gekostet hatte. „Der Kerl versteht etwas von seinem Job."

„Der Mann ist ein Künstler", schwärmte Liza.

„Bist du sicher, dass du ihn bloß geküsst hast, Emma?“ Eric nahm sich ein zweites Röllchen. „Denn das hier ist kein Dankeschön für einen Kuss. Eher für guten Sex …“

„Eric!“ Liza warf ihm einen tadelnden Blick zu.

Eric schob sich unbekümmert ein weiteres Röllchen in den Mund.

„Männer“, murmelte Liza.

Emma probierte ein Röllchen. Es zerging ihr auf der Zunge und war so köstlich, dass ein seliges Lächeln auf ihrem Gesicht erschien.

In diesem Moment fiel ihr im hinteren Teil des Restaurants ein großer breitschultriger Mann auf, der im Türrahmen zur Küche lehnte. Seine Haltung strahlte Selbstbewusstsein aus.

Ein Selbstbewusstsein, das Emma aus nächster Nähe erlebt hatte.

Anders als im Fahrstuhl, trug er jetzt eine weiße Kochjacke und -mütze. Beides unterstrich sowohl seine Größe als auch seine Statur. Seine Mitarbeiter bewegten sich wie eine gut eingespielte Truppe um ihn herum. Die meisten nahmen sich die Zeit, etwas zu ihm zu sagen oder ihm wenigstens ein Lächeln zu schenken, das stets erwidert wurde.

„Ist er das?“, flüsterte Liza. „Wow!“

„Ja.“ Emma wurde es plötzlich heiß. Sie griff nach ihrem Wasserglas. Sogar aus der Ferne spürte sie die Wirkung seines Blicks und fragte sich, was Jake Hill wohl dachte.

Plötzlich erschien die Andeutung eines Lächelns auf seinem Gesicht, und da wusste sie es. Er dachte an den leidenschaftlichen Kuss im Fahrstuhl, der sie völlig umgehauen hatte.

Selbst jetzt rutschte sie bei der Erinnerung an den Kuss nervös herum.

Sein Lächeln wurde eine Spur verwegen.

Fast wäre ihr das Glas aus der Hand gefallen. Sie stellte es so unbeholfen ab, dass es überschwappte.

„Ganz ruhig", sagte Liza und tätschelte ihre Hand. Dann lächelte sie dem Koch zu, deutete auf die Vorspeisen und hob den Daumen.

Der Koch lächelte und nickte.

Nein, an Selbstbewusstsein mangelte es ihm nicht.

„Er sieht ziemlich gut aus", bemerkte Liza, worauf Eric sich den Hals verrenkte, um den Koch zu mustern.

„So gut nun auch wieder nicht", stellte er fest.

Liza lachte und tätschelte seinen Arm. „Keine Sorge, du siehst auch sehr gut aus."

„Ja?" Er drehte sich abrupt wieder zu ihr um. „Findest du das immer noch?"

Liza zuckte die Schultern. „Du hast einen Spiegel."

Er grinste und beugte sich zu ihr herüber. „Wenn du mich nach wie vor attraktiv findest, wieso hast du mich dann gehen lassen?"

Sie alle wussten, warum. Weil Lizas schreckliche Kindheitserinnerungen an die acht Ehen ihrer Mutter bei ihr eine Angst vor jeder Art von fester Bindung ausgelöst hatten.

Eric, der ohne Mutter aufgewachsen war, hatte das gleiche Problem. So hatten sie beide ihrer Liebe nicht getraut und sich daher nicht mit ganzem Herzen auf die Beziehung eingelassen.

Liza bemühte sich um einen lockeren Ton und tippte Eric auf die Nasenspitze. „Ich habe dich gehen lassen, weil du ein Blödmann bist."

„Kann sein, aber ich bin ein attraktiver Blödmann." Eric nahm ihre Hand und fuhr mit dem Daumen über ihren Ringfinger.

Auf der anderen Seite des Raumes gab die Sommelière dem Koch eine Champagnerflasche und zeigte auf einen Tisch. Jake ging zu dem Paar, das dort saß, und begann eine Unterhaltung, während er geschickt die Flasche öffnete.

„Sieh ihn dir nur an", bemerkte Liza. „Meinst du, er ist im Bett genauso geschickt wie mit der Champagnerflasche? Ich wette, das ist er."

Emma dachte darüber nach und spürte, wie ihre Körpertemperatur noch weiter stieg.

Die Kellnerin servierte das Essen, sodass Emma der Blick auf den anderen Tisch versperrt war. Als sie wieder freie Sicht hatte, war Jake Hill verschwunden.

Während des köstlichen Essens, zu dem die drei zwei Flaschen Wein tranken, bekam Emma ihn nicht mehr zu Gesicht. Das Dessert ließen sie aus, und nachdem sie die Rechnung bezahlt hatten, stand Liza als Erste schwankend auf.

Eric sprang auf und legte den Arm um sie. „He, langsam."

Liza grinste und legte den Kopf auf seine Schulter. „Du bist so hübsch."

Eric sah skeptisch zu Emma.

„Drei Gläser Wein", erklärte sie.

„Stimmt, ich bin eine billige Trinkerin." Liza zwickte Eric in den Po.

Er kniff die Augen zusammen. „Was war das?"

„Wonach fühlte es sich denn an?"

„Du versuchst doch wohl nicht, mich anzumachen?"

„Nein." Liza lachte und tätschelte den Po, den sie gerade gezwickt hatte. „Oder doch?"

„Du hast gesagt, du würdest lieber in der Hölle schmoren, als noch einmal mit mir zu schlafen", erinnerte Eric sie verwirrt.

„Dummer Mann." Sie wollte seine Wange tätscheln und stach ihm bei dem Versuch beinah ins Auge. „Eine Frau, deren Hormone vor der Regel verrückt spielen, darfst du doch nicht ernst nehmen."

„Okay." Eric nahm ihre Hand und zog Liza an sich. „Mit dieser Information kann ich etwas anfangen."

„Eric, sie hat einen Schwips", ermahnte Emma ihn. „Du kannst die Situation nicht ausnutzen."

„Klar kann er." Liza küsste seinen Hals. „Nutz mich aus, so viel du willst."

„Emma hat recht", erklärte Eric. „Vergiss es."

„Na schön, dann werde ich auf mein Zimmer gehen", verkündete Liza. „Wo ich alles aus der Minibar esse."

„Du hast doch gerade gegessen", erinnerte Eric sie.

Liza fuchtelte ihm mit dem Zeigefinger vor dem Gesicht herum und hätte diesmal fast seine Nase erwischt. „Verstehst du denn gar nichts von Frauen?"

„Offenbar nicht."

„Bring mich einfach ins Bett, Superheld."

„‚Superheld' gefällt mir."

„Eric", ermahnte Emma ihn sanft.

„Genau", sagte er zu Liza. „Ich werde dich ins Bett bringen, sonst nichts."

„Oh, wir zieren uns." Liza seufzte. „Das kannst du ja gut."

Eric sah hilflos zu Emma, die nur den Kopf schüttelte.

„Ich bringe sie auf ihr Zimmer. Macht es dir etwas aus, wenn ich dich hier allein lasse?"

„Ich bin weniger gefährdet als du", versicherte Emma ihm und schaute den beiden hinterher, als sie das Restaurant verließen. Sie beschloss, einen Spaziergang zu machen, um einen klaren Kopf zu bekommen und sich zu überlegen, wie sie Jake Hill dazu bewegen konnte, ihr zu helfen.

Sie war gerade aufgestanden und hatte ihre Handtasche genommen, als eine tiefe sinnliche Stimme sagte: „Ohne Dessert zu gehen, ist eine Beleidigung für den Koch."

Ihr Herz schlug schneller. Sie drehte sich zu Jake um. Bei

seinem Anblick pochte ihr Herz noch schneller. Dieser Mann besaß eine natürliche erotische Ausstrahlung, die ihr ihre eigene Sinnlichkeit auf eine Weise bewusst machte, wie sie es schon lange nicht mehr erlebt hatte. Wenn überhaupt. „Sie."

„Ja, ich. Sie sehen wunderschön aus."

„Oh … danke." Sie zupfte an ihrem schwarzen Cocktailkleid, das zwar nicht aufreizend geschnitten war, aber trotzdem ihre Figur betonte und deshalb hoffentlich einigermaßen sexy wirkte. „Ich war unsicher, was man hier am besten anzieht."

„Ich meinte nicht Ihr Kleid." Ein Lächeln erschien auf seinem Gesicht, das in ihr den Wunsch weckte, das Grübchen in seiner Wange zu berühren.

Er war nicht rasiert, und Emma fragte sich, wie es sein würde, mit den Fingerspitzen über die Stoppeln zu fahren. Und dann fragte sie sich, warum sie sich das fragte.

Weil sie langsam den Verstand verlor, deshalb.

Er war jünger, als sie erwartet hatte, doch seine Haltung und die Art, wie er Emma ansah, ließen ihn reifer wirken. Seine langen Beine steckten in einer schwarzen Hose statt der Jeans, und die zerschrammten Stiefel aus dem Fahrstuhl hatte er gegen schwarze Schuhe eingetauscht.

„Crème brûlée oder Pfirsichtörtchen?", fragte er. „Oder lieber eine Platte mit einer Auswahl importierter Käsesorten?"

Aus Nervosität legte sie ihre Hand auf den Bauch. Frag ihn, dachte sie. Frag ihn, ob er dein Fernsehkoch sein will. Sie befürchtete, dass sie ihn etwas ganz anderes fragen würde, sobald sie den Mund aufmachte. Ob er mit ihr schlafen wollte, zum Beispiel.

„Ich bin satt."

„Soll das ein Witz sein? Man ist nie zu satt für das Dessert."

Seine Stimme war äußerst erregend, was gut für die Sendung wäre. Emma redete sich ein, dass es ihr nur deshalb auffiel.

Aber das war natürlich eine Lüge. Es fiel ihr auf, weil sie eine Frau war. Eine Frau, bei der diese Stimme ein sinnliches Kribbeln auslöste, das sich überall in ihrem Körper ausbreitete.

Sein Blick wanderte über ihren Körper, und als er ihr wieder in die Augen sah, war da noch etwas anderes als Amüsiertheit und Neugier – Begierde.

„Geht es Ihnen gut?“, erkundigte er sich.

Emma nickte nur.

„Setzen Sie sich doch bitte“, drängte er sie und legte ihr die Hand auf den Arm. Genau wie im Fahrstuhl empfand sie die Berührung als elektrisierend. „Ich würde Ihnen wirklich gern ein Dessert servieren“, sagte er. „Ich bin Ihnen nämlich etwas schuldig.“

„Nein, das ist schon in Ordnung. Wirklich. Ich …“

Er legte ihr den Zeigefinger auf die Lippen, und erneut spielten ihre Hormone verrückt. „Warten Sie hier.“

Emma erschauerte. Sein wissendes Lächeln verriet, dass er genau wusste, welche Wirkung er auf sie hatte. Ohne den leisesten Zweifel, dass sie warten würde, ging er davon.

Auch wenn sie es nicht verstand, er besaß die beunruhigende Fähigkeit, sie dazu zu bringen, das zu tun, was er wollte.

Was war das?

Sie hatte keine Ahnung, aber sie wartete tatsächlich.

3. KAPITEL

Ich habe sie nervös gemacht, dachte Jake. Er betrat die Restaurantküche, nahm sich ein Tablett und belud es. Er wollte bei Emma am Tisch sitzen und ihr beim Essen zusehen. Er wollte wissen, ob er sie erneut nervös machen konnte, denn das war sehr aufregend.

Sie war aufregend, mit ihren großen ausdrucksvollen Augen, den sinnlichen Lippen, die sie ständig mit der Zungenspitze befeuchtete, mit ihrer Stimme und der Art, wie sie ihn ansah. Als wäre er eine verbotene Frucht, der sie nur mit Mühe widerstehen konnte.

Er ging zurück ins Restaurant, das voller zufriedener Gäste war, und empfand die gleiche Erfüllung wie jeden Abend. Emma saß noch an ihrem Tisch und beobachtete ihn mit einer Mischung aus Wachsamkeit und bewusster Wahrnehmung.

„Probieren Sie das hier", sagte er und setzte sich wieder zu ihr. „S'mores, eine Spezialität des Amuse Bouche. Hausgemachte Marshmallows, frische Weizencracker und importierte, nur leicht gesüßte Schokolade, alles über einer offenen Flamme geschmolzen."

„Hausgemachte Marshmallows?"

„Ja." Er sah ihr in die Augen. „Marshmallows werden oft auf die Zimmer bestellt. Geschmolzen natürlich."

Sie schaute auf den Teller. Eine bezaubernde Röte schoss ihr in die Wangen.

„Die Gäste lieben geschmolzene Marshmallows", erklärte er. „Genau gesagt lieben sie es, sie abzuschlecken."

Emma stutzte. „Oh. Tja, also …"

„Voneinander", fuhr er fort. „Nicht vom Teller."

Sie berührte die warme klebrige Masse und schien sich vorzustellen, die Köstlichkeit von jemandem abzulecken. Plötzlich war Jake es, der nervös wurde.

„Interessant", bemerkte Emma, was ihn noch mehr aus dem Gleichgewicht brachte. „Es sieht kalorienreich aus, aber es lohnt sich bestimmt." Sie biss sich auf die Unterlippe. Jake konnte ihr deutlich ansehen, dass sie es sich genau ausmalte. Mit ihm.

Er fuhr mit der Gabel in seine Kreation und hielt Emma den Marshmallow an die Lippen. Sie streckte die Zunge heraus, um einen Tropfen aufzufangen.

Ihre Blicke trafen sich, und als Emma leise aufstöhnte, hätte er beinah über ihren verzückten Gesichtsausdruck ebenfalls laut gestöhnt.

„Himmlisch", schwärmte sie. „Aber ich habe den Verdacht, das wissen Sie."

„Ja, das weiß ich."

„Ich weiß nicht einmal genau, wer Sie sind", bemerkte sie. „Und doch sitzen wir hier, diskutieren über Ihre Marshmallows und wozu man sie hier im Hotel verwendet."

„Sie wissen nicht, wer ich bin?"

„Natürlich weiß ich, dass Sie der Chefkoch Jake Hill sind", räumte sie ein.

„Dadurch sind Sie mir einen Schritt voraus. Und bitte nennen Sie mich Jake."

„Ich bezweifle, dass Ihnen jemand so leicht einen Schritt voraus sein kann."

Er lachte. „Wie heißen Sie?"

„Emmaline Harris. TV-Produzentin."

„Emmaline", wiederholte er. Ihm gefiel der Klang ihres Namens. „Genießen Sie Ihren Aufenthalt im Hush?"

Sie schien überrascht zu sein, dass er auf ihren beruflichen Status nicht weiter reagierte. Vermutlich führte sie das auf die Diskretion im Hush zurück, in dem ständig Prominente und Filmstars wohnten.

„Ja, ich genieße meinen Aufenthalt", antwortete sie. „Es ist wundervoll hier."

„Sind Sie geschäftlich oder rein zum Vergnügen hier?"

„Geschäftlich."

„Wie schade."

Sie lachte ein wenig nervös. „Ja. Ich bin hier, um den nächsten Star meiner Realityshow im Fernsehen zu finden."

Reality-TV. Das kam ihm so verlockend vor wie ein Besuch beim Zahnarzt. „Aha."

„Sie mögen Reality-TV nicht?", fragte sie.

„Ich bin allgemein kein großer Fan des Fernsehens", gestand er.

„Und wenn Sie im Fernsehen auftreten könnten? In Ihrer eigenen Sendung?"

„Das klingt wie ein Albtraum."

„Oh." Sie sah ihn lange an. Dann sagte sie: „Küssen Sie eigentlich jede fremde Frau, die Ihnen im Fahrstuhl begegnet?"

„Ach das meinen Sie." Er hatte erwartet, dass sie ihn darauf ansprach.

„Ihnen muss doch klar gewesen sein, dass wir darüber reden müssen."

Er zuckte eine Schulter.

„Was, wenn ich verheiratet gewesen wäre? Oder mit jemandem zusammen?"

„Sind Sie es?"

„Nein."

„Kein Schaden, keine Schandtat."

„Ist das Ihr Lebensmotto?"

„Ja, so ziemlich." Er lächelte.

Sie erwiderte das Lächeln, doch konnte er ihr ansehen, dass ihr Verstand immer noch arbeitete. Sie sah ihn mit ihren schönen moosgrünen Augen an. Auch der Rest an ihr war schön –

die schulterlangen, gewellten, braunen Haare, das schmale Gesicht mit dem aufregenden Mund und die unübersehbaren Kurven, die er erfreut registrierte. Er hielt nichts von mageren Frauen.

„Warum haben Sie das getan?“, wollte sie wissen und aß einen weiteren Bissen des Desserts. „Wieso haben Sie mich geküsst?“

„Weil ich es wollte.“

„Tun Sie immer, was Sie wollen?“

„Meistens.“

„Es gab aber noch einen anderen Grund für den Kuss“, ließ sie nicht locker.

„Na gut, Sie haben recht.“

Sie runzelte die Stirn und wartete.

„Sehen Sie, es gibt diese beiden extrem neugierigen Menschen in meinem Leben, die mir ständig irgendetwas vorschreiben wollen“, gestand er. „Die sind sehr ärgerlich.“

„Wieso sind sie dann in Ihrem Leben?“

Er seufzte. „Weil sie meine Freunde sind.“

Das brachte sie zum Lachen. „Gut, das kaufe ich Ihnen ab. Ich habe selbst zwei von der Sorte.“

„Sie glauben, nur weil ich Single bin, müssten sie an diesem Zustand etwas ändern und mir eine Frau besorgen.“

„Sie sind doch ein großer Junge, sagen Sie einfach Nein.“

„Verraten Sie mir mal eines, Emmaline.“

„Emma“, sagte sie und schaute auf seinen Mund, als gefiele ihr sein Lächeln.

Er hoffte es, denn ihres gefiel ihm sehr. „Emma.“ Ja, das passte viel besser zu ihr. Was allerdings noch nicht erklärte, weshalb er am liebsten die ganze Nacht hier mit ihr sitzen wollte. „Können Sie erfolgreich Nein sagen?“

„Bei den Leuten, die mir nahestehen, fällt es mir schwer.“

Wieso er das anziehend fand, war ihm ein Rätsel. „Geht mir genauso."

„Eines verstehe ich jedoch nicht."

„Was?"

„Wieso Sie verkuppelt werden müssen." Kaum hatte sie diese Worte ausgesprochen, schien es ihr peinlich zu sein. „Sie sehen nicht aus, als brauchten Sie auf diesem Gebiet Hilfe."

„Danke."

„Es war eigentlich nicht als Kompliment gedacht."

Er grinste. Ja, er mochte sie. „Meine Freundin Pru, die Sommelière, die Ihnen bei der Wahl des Weines geholfen hat, findet, ich sollte eine ‚richtige' Beziehung haben. Ihre Beziehungen waren stets ernst, und sie glaubt, mir entgehe eine wichtige Erfahrung wie diese."

„Freunde sollten einem mit ihrem Glück nicht auf die Nerven fallen, wenn sie verliebt sind."

„Von Liebe ist nicht die Rede."

„Aber Ihre Freundin ..."

Er schüttelte den Kopf.

„Worum ging es denn dann bei der ‚richtigen' Beziehung?"

„Um Sex, nehme ich an."

Sie blickte skeptisch. „Dann haben Sie also beide etwas gegen die Liebe?"

„Das habe ich nicht gesagt. Mir gefällt bloß nicht, wie gedankenlos die Menschen mit dem Wort ‚Liebe' um sich werfen." Er glaubte seit seinem vierten Lebensjahr weder an den Osterhasen noch an die Liebe. „Wissen Sie was?"

„Was?"

„Der Abend ist zu schön, um über Gefühle zu philosophieren, die vielleicht existieren, vielleicht auch nicht."

„Das stimmt", pflichtete sie ihm bei.

Er musste zurück in die Küche. Das wussten sie beide.

Trotzdem wollte Jake weiter mit ihr reden. Oder wenigstens weiterhin auf diese Weise von ihr angelächelt werden.

Doch sie schob ihren leeren Teller von sich. „Das war köstlich. Vielen Dank."

Als sie aufstand, stand er ebenfalls auf, nahm ihre Hand und hob sie an seine Lippen. „Ich wünsche Ihnen noch einen schönen Abend."

Sie wirkte verblüfft. „Sie sind der einzige Mann, den ich kenne, der sich auf diese romantische Geste versteht."

Er streifte sacht ihre Haut mit seinen Zähnen, um vom Romantischen zum Erotischen zu kommen. Emma sog scharf die Luft ein. „Genießen Sie Ihren Aufenthalt", sagte er sanft und ließ ihre Hand los.

Emma legte unwillkürlich die Hand an ihre Wange. Doch statt eines Gefühls der Überlegenheit hatte er, als er sie das Restaurant verlassen sah, das Gefühl, sich setzen zu müssen.

Oder Emma noch einmal zu berühren.

Emma fuhr ohne Zwischenfall mit dem Fahrstuhl in den zwölften Stock. Diesmal traf sie keinen attraktiven Fremden, der sie in die Arme schloss und küsste, bis ihr schwindelig wurde.

Sie redete sich ein, dass das vage Gefühl der Enttäuschung mit der Kochsendung zu tun hatte. Jake hatte gesagt, eine eigene Sendung zu haben, käme für ihn einem Albtraum gleich.

Was jetzt? Als sich die Türen im zwölften Stock öffneten, entschied sie, dass sie noch nicht allein sein wollte, und ging statt zu ihrem Zimmer zu Lizas. Hoffentlich hatte Eric sie ins Bett gebracht.

Zu ihrer Überraschung saß er auf dem Fußboden vor ihrer Tür und sah elend aus.

„Eric?" Emma kniete sich neben ihn und nahm seine Hand. „Was ist los?"

„Nichts." Sein Lächeln wirkte gezwungen. „Ich habe sie ins Bett gebracht. Sie ist sofort eingeschlafen. Wusstest du, dass sie schnarcht?"

„Wie ein Sägewerk. Aber warum sitzt du hier?"

„Ich ..." Er schloss die Augen. „Schon gut, vergiss es." Er stand auf. „Gute Nacht."

Emma hielt ihn am Arm fest. „Eric."

Er fuhr sich durch die Haare. „Ich habe sie auf ihr Zimmer gebracht, mit der Absicht ..." Jetzt rieb er sich das Gesicht. „Ich wollte ..."

„Ich weiß. Aber sie war betrunken. Du hast das Richtige getan, indem du gegangen bist, auch wenn du sie noch so liebst."

„Aber ich liebe sie nicht!"

Emma sah ihn nur an.

„Wirklich nicht ..."

Emma lächelte nachsichtig, tätschelte seinen Arm und fühlte seine Anspannung.

„Ach verdammt", sagte er. „Ja, ich liebe sie. Sag mir, dass sie es nicht weiß."

„Soll das ein Witz sein? Unsere Liza? Die ist vermutlich gerade viel zu sehr damit beschäftigt, wie sie sich fühlt."

„Ja." Er seufzte. „Sie konnte sich nicht einmal mehr selbst ausziehen – sie bestand darauf, dass ich ihr den Reißverschluss ihres Kleids öffne. Dann stolperte sie, sodass ich ..." Er stöhnte, ging ein Stück den Flur entlang und drehte sich wieder um. „Ich musste sie ausziehen und ins Bett legen, und die ganze Zeit neckte sie mich, indem sie mich fragte, ob ich sie küssen will, ob ich sie anfassen will ..."

„Sie war betrunken", erinnerte Emma ihn. „Sie wollte dich nicht quälen."

„Hat sie aber."

„Na ja, jedenfalls war es nicht böse gemeint."

„Das ist auch der einzige Grund, weshalb ich …" Er raufte sich die Haare. „Sie wird noch mein Ruin sein."

„Hast du mal daran gedacht, ihr zu sagen, was du empfindest?"

„Oh klar." Er lachte bitter. „Ich bin derjenige, der Schluss gemacht hat. Wie könnte ich es ihr jetzt sagen? Sie würde es doch nur gegen mich verwenden."

„Ich glaube, du irrst dich." Sie nahm ihn in den Arm. „Hör mal, falls diese Reise zu viel für dich ist, hätte ich Verständnis. Du kannst nach Hause fliegen und …"

„Ich komme schon klar." Er nahm Haltung an. „Wirklich, ich schaffe das schon."

„Wenn du sicher bist …"

„Bin ich. Hast du den Koch schon überreden können?"

„Noch nicht. Aber was nicht ist, kann ja noch werden. Schlaf jetzt."

„Ja. Gute Nacht."

Emma ging in ihr Zimmer, dessen Strandmotive sofort beruhigend auf sie wirkten. Noch beruhigender wäre die Wirkung allerdings gewesen, wenn der Abend so verlaufen wäre, wie sie es sich vorgestellt hatte.

Sie kickte ihre Schuhe fort und grub die Zehen in den dicken Teppich. Wenn sie schon Stress hatte, dann war dies kein schlechter Ort dafür. Nachdem sie sich ausgezogen hatte, nahm sie ein ausgiebiges Bad. Während sie die flackernden Kerzen betrachtete, drifteten ihre Gedanken zu Jake Hill. Sie dachte daran, wie er den Fahrstuhl betreten, sie geküsst und wie er sie anschließend angesehen hatte.

So verrückt es auch schien, sie hatte in der kurzen Zeit seither ein Stück ihres Herzens an ihn verloren. Und ob er es nun zugeben wollte oder nicht, ihm ging es genauso. Das hatte sie in seinen Augen gelesen.

Aber es war nicht nur das. Sie hatte auch seine Erektion gespürt, als er sich an sie schmiegte, und bei dieser Erinnerung durchflutete es sie heiß. Die geschickt platzierten Sprudeldüsen in der Wanne steigerten ihre Erregung zusätzlich und weckten in ihr ein Verlangen nach viel mehr als nur einem Kuss.

Sie konnte sich gut vorstellen, mit ihm ins Bett zu gehen. Seine selbstbewusste Art verriet, dass er Dinge mit ihr tun würde, die nicht von dieser Welt waren.

„Lächerlich", murmelte sie und zog den Stöpsel, bevor die Bilder vom Dessert erneut vor ihrem geistigen Auge entstehen konnten. Bevor sie ihn wieder vor sich sah, wie er sie fütterte und wie seine Augen funkelten, wenn sie sich mit der Zunge über die Lippen fuhr.

Sie war hier, um ihn für die Sendung zu gewinnen! Schluss mit den Gedanken an Sex!

Sie musste einen Weg finden, um ihm zu beweisen, dass ihre Sendung nicht so sein würde, wie er es befürchtete. Sie trocknete sich ab und kuschelte sich in die seidene Bettwäsche. Es dauerte lang, ehe sie endlich einschlief.

Am nächsten Morgen, nach einer Nacht voller Träume von Jake, setzte sie sich im Bett auf und lachte über sich selbst. „Schluss damit", sagte sie laut. Er war die Rettung für ihren Job, und das war bei Weitem wichtiger als eine flüchtige Affäre. Während sie das wie ein Mantra ständig wiederholte, schlüpfte sie in ihre Kleidung und rief Liza an.

„Ja?", meldete sich eine mürrische, verschlafene Stimme.

„Ich brauche Koffein", verkündete Emma. „Kommst du mit?"

„Ich brauche jemanden, der den Vorschlaghammer in meinem Kopf abstellt", erwiderte Liza stöhnend.

„Wir treffen uns unten. Ich habe die zweitbeste Lösung für dein Problem."

„Was, einen Ersatzkopf?"
„Eine Kopfschmerztablette."

„Du hast ihm also nicht gesagt, dass du ihn für die Sendung willst?" Liza schüttelte den Kopf über Emma und schluckte ihre Tablette.

Die beiden saßen in einer Ecke der Lobby und schauten den Autos und den Fußgängern zu, die sich hinter den Fenstern mit der für Manhattan typischen Hektik fortbewegten.

„Ich habe versucht, das Thema anzusprechen", erklärte Emma. „Aber er war nicht interessiert."

Nathan hingegen war äußerst interessiert, wie das Klingeln ihres Handys verriet. Nachdem sie einen Blick auf das Display geworfen hatte, verdrehte Emma die Augen und meldete sich.

„Haben Sie ihn schon an Bord geholt?", wollte er wissen.

„Ich arbeite daran."

„Tun Sie, was nötig ist", ermahnte er sie. „Setzen Sie Ihren weiblichen Charme ein."

Emma schaute ungläubig zu Liza. „Sie haben nicht gerade gesagt, ich soll meinen weiblichen Charme spielen lassen."

„Warum nicht? Schließlich sieht Jake nicht schlecht aus. Und Sie sind Single. Es wäre sicher keine Zumutung, mit ihm zu schlafen."

„Auf Wiederhören, Nathan."

„Denken Sie darüber nach", sagte er.

„Nathan …"

Er lachte. „Im Ernst, bleiben Sie hart. Denken Sie an den Trick mit dem Haar in der Suppe."

Emma legte auf und wandte sich seufzend an Liza. „Da haben wir unser Problem."

„Du meinst, abgesehen davon, dass Nathan Bennett ein Mistkerl ist?"

„Ja. Ich fürchte, dass Jake zwar seine Arbeit liebt, ihm seine Karriere aber nicht wichtig genug ist."

„Moment mal." Liza kniff die Augen zusammen. „Wieso nennst du ihn beim Vornamen?"

„Na, so heißt er doch."

Liza ließ ihr das durchgehen. Das war untypisch für sie und bedeutete vermutlich, dass sie noch Kopfschmerzen hatte. „Bist du dir sicher, dass er nicht interessiert ist?"

„Ihm gefällt seine Arbeit hier. Ich kann mir nicht vorstellen, dass es ihm Spaß machen wird, sich den Regeln einer Kochshow zu unterwerfen."

Liza rieb sich vorsichtig die Schläfen. „Hoffentlich wirkt die Tablette bald. Und du, Emma, solltest ihm einfach erklären, was Sache ist, und abwarten, wie er reagiert."

„Ich weiß."

„Heute."

„Das werde ich. Hallo, Eric", sagte Emma überrascht, als er vorbeiging.

Er blieb stehen, sah Liza an und kam näher. „Hallo."

„Was ist?", fragte Emma. „Willst du dich zu uns setzen? Wir schmieden gerade einen Plan, wie ich am besten an Jake herankomme."

„Ich hätte eine Idee", sagte Liza, während Eric sich setzte. „Biete ihm eine wilde Affäre mit dir an. Er würde dich nicht zurückweisen. Kein Mann, der eine Frau attraktiv findet, würde sie zurückweisen." Nachdem sie es zuvor vermieden hatte, ihn anzusehen, wandte sie sich nun an Eric. „Stimmt doch, oder?"

Er räusperte sich. „Höchstens, wenn er seine Gründe hat."

„Welche Gründe könnten wichtiger sein, als dafür zu sorgen, dass eine Frau sich gut fühlt?", konterte sie. „Als ihr zu helfen, wenn sie es braucht?"

Erics Miene verfinsterte sich. „Ich habe dich nicht zurückgewiesen, um dich zu beleidigen."

Liza schnaubte verächtlich.

„Na schön." Emma stand auf. „Ich werde euch zwei allein lassen."

„Geh nicht." Liza hielt Emma am Handgelenk fest, ohne den Blick von Eric abzuwenden.

„Ich sage doch nur, dass es gute Gründe gab", sagte Eric zu Liza.

„Nenn mir einen."

Emma versuchte, sich zu befreien.

„Bleib!", fuhr Liza sie an.

„Das reicht." Emma befreite sich sanft, aber entschlossen aus dem Griff ihrer Freundin. „Ihr zwei müsst diese Angelegenheit zwischen euch klären, am besten allein und ohne euch gegenseitig umzubringen. Ich persönlich finde, ihr solltet das oben in einem von euren Zimmern tun, vielleicht sogar im Bett."

Eric gab einen erstickten Laut von sich.

„Das geht nicht", erklärte Liza. „Eric hat neuerdings eine Abneigung dagegen, mit mir ins Bett zu gehen."

Emma legte ihr die Hand auf die angespannte Schulter. „Hör auf, ihn zu quälen."

„Sag ihm das auch."

Eric schüttelte den Kopf.

Emma gab erst ihm einen Kuss auf die Wange, dann Liza. „Sei nett", flüsterte sie ihrer Freundin zu und ging.

Sie brauchte dringend Koffein. Vor einem großen Gemälde neben den Fahrstühlen blieb sie stehen. Es zeigte eine nackte Frau mit ausgestreckten Händen und ekstatischem Gesichtsausdruck, während ein Mann und eine andere Frau, ebenfalls nackt, ihr beiwohnten. Ihren Stellungen nach zu urteilen, liebkoste der Mann die Brüste der Frau, und die andere streichelte sie zwischen den Schenkeln.

Obwohl es sich im Grunde um eine anstößige Darstellung handelte, war Emma fasziniert. Sie stand da, genoss die Stille um sich herum, atmete ruhig und versuchte sich zu sammeln, um sich auf ihren Job konzentrieren zu können, der darin bestand, Jake Hill für die Kochsendung zu gewinnen. Sie musste es schaffen. „Ich will das", sagte sie laut zu sich selbst.

„Wirklich?" Es war dieselbe tiefe sinnliche Stimme von gestern Abend. Jake betrachtete das Bild. „Welche der beiden Frauen möchten Sie denn sein?"

Allein seine Nähe löste eine heftige Reaktion in ihr aus. Ein wenig geschockt davon drehte sie den Kopf und sah in seine mokkafarbenen Augen. Ein Schauer durchlief ihren Körper, während der Teil ihres Verstandes, der noch arbeitete, sie warnte.

Jake sah großartig aus in seiner gut sitzenden grauen Hose und dem schwarzen Smokinghemd. Seine kurzen Haare schienen im Licht zu glänzen. Seinen Duft hätte man auf Flaschen ziehen und als Aphrodisiakum verkaufen sollen.

Er sah sie amüsiert an und wartete offenbar auf eine Antwort.

„Ich meinte nicht ..." Verdammt, sie fühlte, wie sie errötete, während sie auf das Gemälde zeigte. „Ich meinte nicht, dass ich das da will."

„Nein?" Er betrachtete erneut die beiden Frauen auf dem Bild. „Das ist wirklich schade."

Jake beobachtete zufrieden, wie Emma beim Betrachten der unverblümten Darstellung auf dem Bild nervös von einem Fuß auf den anderen trat. Es gefiel ihm sehr, sie zu provozieren.

„Ich meinte wirklich etwas ganz anderes", sagte sie.

„Wie ich schon sagte, das ist schade."

Ob verlegen oder nicht, sie sah ihm jedenfalls ins Gesicht.

„Dann stimmt es also. Männer träumen tatsächlich von zwei Frauen im Bett."

„Es muss nicht im Bett sein." Sie verdrehte die Augen, und er lachte. „Na ja, Sie haben gefragt."

„Ich hielt es für einen Mythos. Ich dachte, Männer können nicht wirklich so primitiv sein."

„Ich fürchte, das sind wir aber."

„Was ist daran faszinierend? Dass es zwei Frauen sind? Das scheint mir viel Arbeit zu sein."

Er grinste. „Keineswegs."

„Frauen fantasieren nicht von zwei Männern."

„Nie?"

Sie wand sich ein wenig und errötete leicht. Er wusste, dass sie hin- und hergerissen war zwischen Lüge und Wahrheit.

Vor einer Minute hatte er die Dienstpläne seiner Mitarbeiter abgegeben und vorgehabt, die nächsten Stunden vor der Arbeit allein zu verbringen. Aber dann hatte er Emma hier stehen sehen und war von ihr geradezu magnetisch angezogen worden.

Was hatte sie nur an sich? Er wünschte, er wüsste es. Attraktive Frauen hatten ihn immer angezogen, je kühner und unverfrorener sie waren, desto besser. Emma war schön, ohne Frage, aber was Sex anging, war sie weder kühn noch unverfroren. Dennoch faszinierte sie ihn. Sie trug ein geblümtes Kleid und einen cremefarbenen Angorapullover mit einer Reihe winziger Knöpfe vorn. Trotz ihrer geröteten Wangen und des verlegenen Lächelns wirkte sie beherrscht. Sie hatte versucht, ihre Haare zu bändigen, und das amüsierte ihn. An den Seiten hatte sie es mit Klammern hochgesteckt, doch lange Strähnen hatten sich daraus gelöst und rahmten ihr Gesicht ein. Sie trug pfirsichfarbenes Lipgloss. Jake hätte sie am liebsten geküsst.

Die Art, wie sie ihn ansah, verriet unterdrücktes Verlangen. Sein Herz schlug schneller. Er verspürte das überwältigende Bedürfnis, mehr über sie zu erfahren. Er wollte wissen, wie sich ihre Haut anfühlte, wollte jeden Winkel ihres Körpers erkunden. Er wollte ihr auf dem Gipfel der Lust ins Gesicht sehen, wollte sie ganz spüren und hören, wie sie stöhnend seinen Namen rief.

Nein, wie sie ihn schrie.

Emma wandte sich wieder dem erotischen Gemälde zu, doch er umfasste ihre Arme und drehte sie zu sich um. Ihre Pupillen waren ein wenig geweitet, und die kleine Ader an ihrem Hals pochte. Offenbar war sie ebenso erregt wie er, was seinen Zustand noch verschlimmerte. „Gehen wir."

„Was? Wohin?"

„Haben Sie Lust auf ein Abenteuer, Emmaline Harris?"

„Ein Abenteuer? Ich weiß nicht."

„Sagen Sie Ja."

Sie zögerte einen Moment. „Ja", erwiderte sie schließlich leise, sperrte sich aber, als er sie zum Ausgang des Hotels führte. „Wohin gehen wir?"

„Es ist ein wundervoller Tag heute. Waren Sie schon draußen?"

„Nein."

„Sie können nicht den ganzen Tag drinnen bleiben. Nicht bei diesem Wetter." Jake nickte dem Portier zu. Es war Jon, der hinter Emmas Rücken den Daumen hob und grinste.

Draußen empfing sie ein kalter Windstoß. Jake nahm sich einen Moment Zeit, um Emma zu betrachten. Ihre Kleidung schmiegte sich an ihren Bauch, ihre Beine, ihre Hüften und Brüste, die nicht groß waren, aber auch nicht zu klein. Genau richtig.

Ohne etwas von seiner Musterung zu bemerken, sagte sie: „Jake, es gibt etwas, worüber ich zuerst mit Ihnen sprechen muss. Meine Arbeit ..."

„Wir wollen jetzt nicht über unsere Arbeit reden. Sehen Sie sich nur den klaren blauen Himmel an." Er strich ihr die Haare aus dem Gesicht, als sie hinaufschaute. „Kommen Sie. Der Tag ist zu schön, um ihn zu vergeuden." Er nahm ihre Hand und ging los.

Emma hielt mit ihm Schritt. „Fragen Sie nie?"

„Was?"

„Ach, ich bezweifle, dass Sie das tun. Sie machen einfach, was Sie wollen."

„Ist das ein Problem für Sie?"

„Ich kann nur nicht glauben, dass Sie bei den Frauen damit durchkommen. Wieso sollten die sich das gefallen lassen? Halt, antworten Sie nicht." Sie schien ein wenig verwirrt zu sein. „Sie sind ein sehr verwöhnter Mann, Jake Hill."

„Verwöhnt?"

Darüber musste sie lachen. Ihr Lachen gefiel ihm.

„Tut mir leid", sagte er.

„Tut es nicht."

„Was halten Sie von Kaffee?" Er hob die Hände. „Sehen Sie? Ich frage."

„Sie nehmen mich auf den Arm. Trotzdem, Kaffee wäre großartig."

Es gefiel ihm sehr, dass sie ihre Meinung sagte und sich nicht verstellte. Er führte sie sicher durch den wie üblich dichten Verkehr aus Taxis, hupenden Autos und Radfahrern auf die andere Straßenseite.

„Du liebe Zeit", meinte Emma. „Das ist verrückt."

„Es ist New York."

„In L. A. bremsen die Autos normalerweise für Fußgänger."

„Hier sind die Fußgänger für die Autofahrer Freiwild." Er zog sie an sich, als ein Taxi den Beweis lieferte, indem es ihr beinah über die Zehen fuhr. „Bleiben Sie dicht bei mir." Er genoss ihre Nähe bei jedem Schritt, doch als der Verkehr nachließ, löste sie sich von ihm.

Sie gingen durch den herrlichen Bryant Park, eine Oase inmitten des Chaos, und waren nur noch einen Block weit von ihrem Ziel entfernt, da tauchte ein Radfahrer wie aus dem Nichts mitten auf dem Fußweg auf.

Jake drückte Emma an eine Hauswand. Der Radfahrer sauste fluchend vorbei.

Emma blies sich die Haare aus dem Gesicht. „Der Kerl sollte einen Strafzettel bekommen."

„Das ist in dieser Stadt nicht sehr wahrscheinlich." Jake berührte ihre kühle Wange. „Emma."

Die Empörung über den Radfahrer wich offenbar einer ganz anderen Empfindung. Die kleine Ader an ihrem Hals pochte.

„Diesmal werde ich nicht fragen, ob du etwas dagegen hast", sagte er leise und senkte seine Lippen auf ihre. Trotzdem gab er ihr noch die Chance, ihn zu stoppen. Der sanfte Druck ihrer Hände auf seiner Brust hätte genügt. Stattdessen grub sie ihre Finger in sein Hemd.

Er küsste Emma lächelnd und dachte, dass dies das erste Mal war, dass er lächeln und gleichzeitig eine Frau küssen wollte.

Vom Verstand her wusste Emma, dass dies ein Fehler war. Doch sobald Jakes Lippen ihre berührten, verabschiedete sich ihr Verstand.

Jake umfasste ihr Gesicht und küsste sie voller Leidenschaft. Sie zog ihn fest an sich und klammerte sich an ihn. Sein Kuss und die Berührung erregten sie körperlich, doch kam das Verlangen auch aus ihrem Herzen.

Hätte sie noch klar denken können, hätte ihr das Angst gemacht. Aber sie konnte nicht mehr denken, nur noch fühlen.

Als seine Zunge ihre fand, hörte Emma einen kehligen verzweifelten Laut und begriff, dass er von ihr kam. Du liebe Zeit, sie war verloren! Aber das war nicht ihre Schuld. Dieser Mann war der beste Küsser, den sie je erlebt hatte. Der beste auf diesem Planeten. Das hätte sie nicht überraschen sollen. Er war ein Traum.

Aus dem sie nicht erwachen wollte. Daher blendete sie den Verkehrslärm um sie herum aus und genoss einfach, was geschah. Sie nahm alles sehr deutlich wahr – Jakes Duft, seinen muskulösen Körper, der sich an sie schmiegte, seinen Oberschenkel, den er zwischen ihre Schenkel drängte, seine Hände, die ihre Arme streichelten und dann hinaufwanderten zu ihrem Hals, um ihr Gesicht zu umfassen.

Als er sich schließlich von ihr löste, las sie außer Begierde auch Belustigung in seinen Augen.

„Was ist so komisch?“, wollte sie mit weichen Knien wissen.

„Nur dass du genauso küsst, wie du denkst.“

Sie stutzte. „Ich tue was?“

„Du bist voller Widersprüche. Einerseits spürt man die nüchterne Karrierefrau …“

„Ich bin ein Profi in meinem Job.“

„Aber du hast auch eine sehr lockere, unbekümmerte Seite. Und die ist sehr sexy.“ Er fuhr mit dem Daumen über ihre Unterlippe.

„Ich verstehe“, sagte sie, aber das stimmte nicht. Sie hatte keine Ahnung, worauf er abzielte oder was sie erwartete, doch als er seine Hand an ihre Wange legte, schmiegte sie das Gesicht hinein und küsste seine Handfläche.

„Ich bin mir nicht sicher, was das mit dir ist.“ Seine Stimme klang ein wenig heiser. „Du redest wie eine Lehrerin, ein bisschen steif und reserviert.“

Steif? Reserviert? Sie hob den Kopf und sah Jake an.

„Und doch denkst du Sachen, die deine Augen glühen und dich rot werden lassen. Dinge, die mich erregen."

Emma wusste nicht länger, was sie fühlte, obwohl sie ein verräterisches Kribbeln im Bauch verspürte.

„Ein Widerspruch", flüsterte er. „Möchtest du noch immer Kaffee?"

„Bitte."

Er nahm ihre Hand, und während sie ihren Weg fortsetzten, warf sie ihm verstohlen einen Seitenblick zu und fragte sich, was sie eigentlich tat. Sie musste ihm dringend erklären, dass sie ihn für ihre Kochsendung brauchte. Stattdessen sah sie ihn die ganze Zeit verträumt an. Und küsste ihn.

„Da wären wir", verkündete er und blieb vor einem kleinen irischen Pub namens Patrick's stehen.

„Aber es ist erst zehn Uhr vormittags."

„Ja." Er hielt ihr die Tür auf.

Sie trat ein und war überrascht, dass der Pub trotz der frühen Stunde voller Menschen war. Die Kneipe wirkte freundlich und gemütlich. Lautes Stimmengewirr empfing sie.

„Ich bin öfter hier", verriet Jake ihr.

„Gibt es nicht auch im Hotel eine Bar? Das *Erotique*?"

„Schon, aber hier fühle ich mich wohler." Er führte Emma an den Tresen.

Eine Frau kam aus dem Hinterzimmer. Sie war um die sechzig und hatte hellrote Haare, die auf ihrem Kopf aufgetürmt waren. Sie trug Jeans und T-Shirt, dazu eine Schürze mit der Aufschrift: „Wenn Ihre Bestellung noch nicht da ist, kommt sie wahrscheinlich auch nicht mehr".

„Jake, mein Liebster", begrüßte sie ihn mit irischem Akzent. „Du bist hierhergekommen, um mir wieder meine Tagesspezialität zu kochen!"

„Das war für deinen Geburtstag, Maddie."

„Schade." Sie seufzte dramatisch. „Ich habe einen Heißhunger auf ein Omelett von dir."

Jake machte die beiden Frauen miteinander bekannt. „Emma, darf ich dir Maddie vorstellen? Ihr gehört der Pub, und sie führt ihn mit eiserner Hand, also nimm dich lieber in Acht."

Maddie lachte. „Nimm du dich lieber in Acht, mein Junge." Sie drückte ihn fest an sich, obwohl sie ihm kaum bis zur Brust reichte. Dann ließ sie ihn los und boxte ihn in die Brust. „Wie wäre es jetzt mit der Tagesspezialität?"

Jake hatte den Arm um sie gelegt und sah zu Emma.

„Ich habe nichts dagegen", sagte sie, fasziniert von der offensichtlichen Zuneigung zwischen den beiden.

„Siehst du, dem Mädchen macht es nichts aus." Maddie grinste unschuldig. „Außerdem kannst du ihr auf diese Weise deine weiche Seite zeigen." Nun lachten sie beide, als sei die Vorstellung, Jake habe eine weiche Seite, äußerst komisch.

„Na, dann komm mit", wandte er sich an Emma und führte sie hinter den Tresen in die hinteren Räume, wo er sich in der winzigen Küche eine Pfanne schnappte und auf den Herd stellte. Dann öffnete er den Kühlschrank und rief: „Achtung!"

Emma schaffte es nur knapp, erst die rote und dann die grüne Paprikaschote zu fangen, die er ihr zuwarf. Danach folgte eine Zwiebel. „He!"

Er richtete sich auf, einen Eierkarton und ein Stück Käse in den Händen. Vor Emmas Augen verarbeitete er alle Zutaten mit flinken geschickten Bewegungen. Gibt es etwas Erregenderes, als einem Mann beim Kochen zuzuschauen?, schoss es Emma durch den Kopf. Er ertappte sie dabei, wie sie ihn beobachtete, und zwinkerte ihr zu, während er die Zutaten in die Pfanne mit dem erhitzten Fett gab. Keine zwei Minuten später wendete er das erste Omelett, indem er es in die Luft warf und mit der Pfanne wieder auffing.

Maddie kam in die Küche und bekam von Jake einen Teller voll Omeletts. „Jake, mein Junge", sagte sie mit einem breiten Grinsen, „du hast dich selbst übertroffen. Ich nehme nicht an, dass du auch das Geschirr abwäschst?"

Jake lachte und führte Emma wieder nach vorn in den Pub.

Maddie folgte ihnen. „Jetzt muss ich euch wohl bedienen."

„Wir nehmen zwei Kaffee", sagte Jake. „Oder muss ich mir den auch selbst kochen?"

„Nein, du Schlaumeier." Maddie ging in die Küche zurück.

Jake sah Emma an. Er wirkte amüsiert. Dachte er gerade an den Kuss? Bei der Erinnerung daran, fingen ihre Wangen an zu glühen.

„Jake."

„Emma", erwiderte er ein wenig spöttisch.

„Ich … möglicherweise habe ich dir vorhin einen falschen Eindruck vermittelt."

„Wann?"

„Du weißt schon, als wir uns küssten."

„Ach, und was für ein Eindruck soll das gewesen sein?", fragte er.

„Dass ich die Absicht habe, mit dir zu schlafen."

Er runzelte die Stirn. „Aber das hast du nicht?"

„Nein, tut mir leid." Auch wenn ich deinetwegen fast vor Verlangen vergehe, fügte sie im Stillen hinzu. „Die Absicht habe ich nicht."

Maddie kam mit zwei Bechern Kaffee zurück.

Emma gab Milch und Zucker in ihren Becher und probierte einen Schluck. „Oh, köstlich!"

„Ja", bestätigte Jake.

„Im Ernst. Der Kaffee ist fast besser als dein Essen."

„Pass auf, was du sagst."

Sie lachte. „Kommst du schon lange her?"

„Oh ja." Er warf Maddie einen Blick zu. „Schon sehr lange."

„Ja? Erzähl."

„Als ich zum ersten Mal hier war, goss es wie aus Kübeln. Ich war durchgefroren, nass und hungrig. Maddie sperrte sich zuerst, aber dann ließ sie mich doch hinein."

„Wieso hätte sie das nicht tun sollen?"

„Ich war erst vierzehn."

Emma erschrak. „Was treibt ein Vierzehnjähriger allein in den Straßen New Yorks?"

Er trank einen Schluck Kaffee. „Hm, du durftest mit vierzehn offenbar nicht allein ausgehen."

„Selbstverständlich nicht."

„Und bestimmt gab es eine Menge Regeln, an die du dich halten musstest."

„Allerdings."

„Und du hast sie alle befolgt."

„Na ja, nicht immer." Aber meistens. Obwohl sie liebevolle, fürsorgliche Eltern gehabt hatte, hatte es in ihrer Teenagerzeit natürlich auch Reibereien gegeben.

„Und was heißt das? Dass du nicht immer brav deine Hausaufgaben gemacht hast oder manchmal fünf Minuten länger als erlaubt draußen geblieben bist?"

„Im Großen und Ganzen war ich ein braves Kind", gab sie zu. „Was für eine Überraschung, wie?" Ihre Welten hätten verschiedener nicht sein können. Trotzdem faszinierte sie gerade dieser Gegensatz. „Kinder brauchen Grenzen. Wo waren deine Eltern?"

„Ich hatte nie wirklich welche."

Emma konnte sich das gar nicht vorstellen, und hatte sofort Mitgefühl.

„Die übliche Geschichte", erklärte er. „Ein junges Mädchen wächst im Wohnwagenpark außerhalb von Nashville auf, träumt davon, aus dem Ghetto herauszukommen, und lässt sich von dem erstbesten Süßholzraspler schwängern, der sich daraufhin aus dem Staub macht. Das ungewollte Baby wird zu einem Jungen, der seinem Vater ähnlich sieht, was wiederum das Mädchen nicht aushält."

„Was hast du gemacht?"

„Schon damals habe ich gern gekocht und wollte etwas von der Welt sehen. Das verlieh der ganzen Situation etwas Abenteuerliches. Mit zehn ging ich weg und kehrte nie zurück."

„Mit zehn? Um Himmels willen, du warst noch ein Kind." Emma konnte es kaum fassen. „Ganz auf dich allein gestellt ... niemand sollte so jung allein sein." Ihre Stimme klang vor Empörung tränenerstickt. „Jemand hätte sich um dich kümmern sollen."

„Das Jugendamt? Oh nein." Er lachte bitter. „Die haben es vergeblich versucht." Er strich ihr die Haare aus dem Gesicht. „Du hast wunderschönes Haar."

Sie hielt seine Hand fest. „Wir sprachen über dich."

„Dann sieh mich nicht so mitleidig an. Ich war jung, na und? Was ist schon dabei?"

„Ich empfinde kein Mitleid", sagte sie, obwohl ihre Kehle wie zugeschnürt war. „Es ist Mitgefühl. Das ist etwas anderes. Ich denke an das Kind, das du einst warst. Wie hast du überlebt?"

„Indem ich quer durch die ganzen Südstaaten von einem Jahrmarkt zum anderen gezogen bin und gekocht habe. Ich war ziemlich gut und kam zurecht."

„Stimmt, du bist ein äußerst talentierter Koch."

Er schenkte ihr ein mutwilliges Lächeln. „Ich bin auf zahlreichen Gebieten talentiert."

Emma verspürte ein Kribbeln im Bauch. „Erzähl deine Geschichte zu Ende."

„Nach den Jobs auf Jahrmärkten kamen Jobs in Imbissbuden. Schließlich stieg ich in einen Zug und landete hier in New York, wo ich auch Maddie kennenlernte. Ihr Onkel nahm mich für ein Jahr zu sich – er arbeitete an einer Kochschule in der Stadt. Dort lernte ich eine Menge, nur hielt ich damals nicht viel von Loyalität, also verschwand ich wieder."

„Wohin?"

„Überallhin. Zu der Zeit arbeitete ich mich gerade in Restaurants hoch." Er krempelte die Ärmel seines schwarzen Hemds hoch und entblößte seine muskulösen Unterarme, bei deren Anblick Emmas Verlangen erwachte. Er nahm ein Messer, eine Gabel und einen Löffel und begann, damit zu jonglieren.

Sie schaute ihm fasziniert zu.

„Ich kam sehr gut an in den japanischen Restaurants, wo man für die Gäste mit Zutaten und Messern jongliert." Zu Emmas Erstaunen begann er, zusätzlich mit einem Marmeladenpäckchen zu jonglieren, wobei er sich ein wenig zurücklehnte, um die Sachen alle im Auge behalten zu können.

Maddie feuerte ihn an. Die übrigen Gäste schauten gebannt zu.

Jetzt nahm Jake mühelos ein weiteres Messer hinzu, ein scharfes diesmal.

Emma legte eine Hand auf ihr pochendes Herz.

„Keine Sorge", beruhigte er sie. „Ich patze nur selten und verliere einen Finger."

Maddie legte die Hände um den Mund und rief: „Angeber!"

Jake jonglierte geschickt und rasend schnell weiter. „Und jetzt bin ich im vornehmen Amuse Bouche. Natürlich arbeite ich gern dort, aber …“ Er gab Emma rasch einen Kuss, ohne auch nur ein Teil fallen zu lassen.

Sie war vollkommen verblüfft.

Er zwinkerte ihr zu. „Aber ich bin nicht annähernd so kultiviert, wie die Leute denken.“

Das glaubte Emma ihm aufs Wort.

4. KAPITEL

Jake ging mit Emma zurück zum Hotel. Kurz bevor sie da waren, vibrierte das Handy an seinem Gürtel. Eine SMS von Pru.

Bin gestern Abend ausgegangen, habe die perfekte Frau für dich getroffen. Diesmal ist es wirklich die Richtige!

Jake löschte die Nachricht und hielt Emma die Hoteltür auf. Sie betraten die Lobby, und Emma seufzte.

„Es ist wundervoll hier. Freundlich und ruhig, und zugleich aufregend."

Ehe Jake darauf etwas erwidern konnte, vibrierte sein Handy erneut.

Hör auf, meine Nachrichten zu löschen. Pru

Genüsslich drückte er erneut die Löschtaste.

„Gibt es ein Problem?", erkundigte Emma sich.

„Erinnerst du dich an die beiden Frauen, die gestern mit mir im Fahrstuhl waren?"

„Deine Freundinnen?"

„Demnächst Exfreundinnen. Das ist schon wieder eine von ihnen."

„Schreib ihr zurück, dass du anderweitig beschäftigt bist."

„Bin ich das?"

Emma sah ihn mit einem Gesichtsausdruck an, der in ihm den Wunsch weckte, sie zu küssen. Doch bevor er diesem Wunsch nachgeben konnte, vibrierte sein Handy schon wieder. „Entschuldige mich bitte", murmelte er, ignorierte die ankommende Nachricht und schrieb selbst eine.

Verdammt, Pru, sag Caya endlich, was du für sie empfindest, statt mich ständig zu nerven. Entweder du sagst es ihr, oder ich werde es tun.

So. Das müsste reichen. Er wartete einen Moment, aber diesmal blieb sein Handy still. „Wo waren wir stehen geblieben?"

„Tja ..."

„Ah, ich weiß. Du wolltest mir sagen, ob ich anderweitig beschäftigt bin."

Sie sah ihn mit ihren moosgrünen Augen an. „So, wollte ich das?"

„Ja." Obwohl es Zeit für ihn wurde, in der Küche mit den Vorbereitungen zu beginnen, begleitete er sie noch durch die Lobby zu den Fahrstühlen, wo er den Knopf für das zwölfte Stockwerk drückte.

„Ich finde allein zu meinem Zimmer zurück", sagte Emma und faltete die Hände. „Trotzdem danke."

Er wirkte amüsiert. „Hast du Angst, wieder mit mir im Fahrstuhl zu fahren?"

Sie hob das Kinn. „Sei nicht albern." Dann räumte sie ein: „Na ja, Angst habe ich nicht gerade. Es macht mich nur ein bisschen nervös. Du brauchst deswegen gar nicht so selbstzufrieden auszuschauen", sagte sie und tippte ihm mit dem Zeigefinger auf die Brust.

Die Fahrstuhltür öffnete sich. Jake schob Emma sanft hinein und folgte ihr. Sie sah ihn mit einer Mischung aus Wachsamkeit und Erregtheit an. Die Tür glitt zu. Er trat auf Emma zu. Sie wich zurück.

Das Handy an seinem Gürtel vibrierte. Er achtete nicht einmal darauf. Noch ein Schritt, und Emma stand mit dem Rücken an der verspiegelten Wand.

„Versuchst du, mich einzuschüchtern?", fragte sie.

„Nein." Er hatte keine Ahnung, wer wen verführte, als er sie zärtlich küsste. „Ich helfe dir nur, dich daran zu gewöhnen, dass ich dich nervös mache." Und dann küsste er sie erneut.

Als Jakes Mund ihren berührte, wusste Emma, dass sie in Schwierigkeiten steckte. Sie war gerade dabei, Jake besser kennenzulernen. Sie bewunderte, was er in seinem Leben gemacht hatte und mochte den Mann, zu dem er geworden war. All diese Dinge, zusammen mit der sinnlichen Wirkung, die er auf sie hatte, machten ihn einfach unwiderstehlich.

Jake fuhr ihr mit der Hand durch die Haare und umspielte ihre Zunge auf äußerst erotische Weise mit seiner. Trotzdem, so leicht würde sie nicht nachgeben. Sie löste ihre Lippen von seinen und holte tief Luft. „Ich glaube nicht …"

„Perfekt. Bleib so", unterbrach er sie und küsste sie erneut, diesmal auf eine dominante Art, die sie bei einem anderen Mann wütend gemacht hätte. Jake jedoch erregte sie so sehr, dass sie ihm keinen Widerstand entgegenzusetzen vermochte. Es machte nichts, dass er sie mit dem Rücken gegen die Wand drängte, sie mit seinem sexy Körper praktisch gefangen hielt und sie küsste, wie sie noch nie geküsst worden war.

Um ihnen beiden Gelegenheit zum Luftholen zu geben, hob er irgendwann den Kopf und sah sie an. Der Fahrstuhl hielt, und ohne den Blick von ihr abzuwenden, drückte er den Knopf zum Türenschließen.

„Wo waren wir stehen geblieben?", fragte er.

„Ich …"

„Ah, ich weiß." Den Finger immer noch auf dem Türschließknopf, küsste er Emma von Neuem.

Sie zögerte nur kurz, ehe sie sich dem stürmischen, fordernden Spiel seiner Zunge hingab, wobei sie sich an seinen muskulösen Oberarmen festhielt.

„Du bist wundervoll", flüsterte er und biss ihr liebevoll ins Ohrläppchen, während er seine Hand ihren Rücken hinunterwandern ließ, um ihren festen Po zu streicheln.

Als seine Finger weiter hinunterwanderten und auf nackte Haut trafen, erschrak Emma. Sie begriff, dass er den Saum ihres Rocks angehoben hatte, damit er ihre Schenkel streicheln konnte.

„Wundervoll", wiederholte er und überzog ihren Hals mit heißen kleinen Küssen.

Schwer atmend legte sie den Kopf zurück. Alle Gedanken an die Kochsendung waren in weite Ferne gerückt. „Jake …"

„Ja?" Da er mit beiden Händen beschäftigt war – die eine lag auf dem Fahrstuhlknopf, die andere war unter ihrem Rock –, konnte er ihren Pullover nicht aufknöpfen, daher begnügte er sich damit, durch die feine Wolle hindurch an einer ihrer Brüste zu saugen.

Emma sog scharf die Luft ein, als er sie zärtlich biss und mit dem Finger an einem Beinausschnitt ihres Slips entlangfuhr.

Sie war entsetzt, wie sehr sie sich wünschte, er möge sie hier und jetzt nehmen, an einem Ort, an dem sie gesehen werden konnten und wo sich möglicherweise sogar Kameras befanden …

„Stopp!"

Er hielt inne und schaute sie fragend an.

„Das geht nicht", erklärte sie. „Nicht hier."

Er wirkte erregt und ein wenig irritiert.

„Vermutlich sind hier Kameras installiert." Sie kam sich albern vor. Nachdem sie sich von ihm befreit hatte, strich sie ihre Kleidung glatt und blickte stur auf die Fahrstuhltür, die sich langsam öffnete. Rasch verließ sie die Kabine und wirbelte zu Jake herum. Da er ihr gefolgt war, stieß sie mit ihm zusammen. „Außerdem bin ich noch gar nicht dazu gekommen, dir zu sagen …"

„Was?“ Er hielt sie an den Armen fest.

Nein, das war der völlig falsche Zeitpunkt. Sie hatte zu lange gewartet. Sie machte sich los und ging zu ihrer Zimmertür, wo sie in ihrer Handtasche nach der Chipkarte wühlte. Jake nahm sie ihr aus der Hand, öffnete die Tür und wartete, bis Emma das Zimmer betreten hatte. Dann folgte er ihr.

Die Strandatmosphäre beruhigte ihre Nerven ein wenig. Die Anspannung kehrte allerdings mit voller Wucht zurück, als sie sich in dem Muschelspiegel über der Frisierkommode betrachtete.

Ihre Haare waren zerwühlt, ihre Wangen gerötet. Ihr Blick wirkte verschleiert, und ihre Lippen, noch feucht von dem Kuss, waren geschwollen. Auf ihrem Pullover war über einer Brust ein feuchter Fleck zu sehen, und ihre aufgerichteten Brustwarzen zeichneten sich deutlich unter dem dünnen Material ab. Sie sah aus, als sei man über sie hergefallen, was mehr oder weniger ja auch stimmte.

Jake trat hinter sie und streichelte ihre Arme. „Sieh dich an.“

Das tat sie. Sie konnte den Blick gar nicht abwenden. Sie blinzelte, doch das Bild blieb das gleiche: Emma Harris, zerzaust, zerknautscht und lächelnd. Nein, nicht lächelnd. Nicht, bevor sie es ihm gesagt hatte. Ihre Miene wurde ernst. „Jake.“

„Ja?“ Er küsste schon wieder ihren Hals.

Emma erschauerte. „Jake“, wiederholte sie, diesmal entschlossener.

Doch Jake Hill in natura war noch aufregender als im Spiegel. Sein Blick war verlangend, sein Lächeln wissend. Er schaute zum Bett, das frisch gemacht war und auf dem ein Korb stand.

„Mit besten Grüßen von Küchenchef Hill“ stand auf dem Zettel, der daran befestigt war.

„Du hast mir den Korb geschickt?“, fragte Emma.

„Das sind die Zutaten für S’mores. Du wirst begeistert sein.“

Sie musste lachen. „Hast du eigentlich jemals Selbstzweifel?"

Er runzelte die Stirn und dachte nach. „Klar."

„Wann?"

Er kam näher. „Jetzt, zum Beispiel. Denn irgendwie weiß ich, dass du mich nicht dazu auffordern wirst, mit dir in dieses Bett zu gehen."

„Nein." Ihre Stimme klang schwächer, als ihr lieb war. „Nein", wiederholte sie. „Das werde ich nicht. Jake …" Dass er sie berührte und küsste, machte die Sache nicht gerade leichter. „Ich habe dir erzählt, dass ich TV-Produzentin bin."

„Ja."

„Was du nicht weißt, ist, dass ich einen Monat Zeit habe, eine Sendung auf die Beine zu stellen. Andernfalls fliege ich raus."

„Eine Realityshow, richtig?"

„Richtig." Es kostete sie große Überwindung hinzuzufügen: „Eine Kochsendung."

Während er diese Worte verarbeitete, erschien eine kleine Furche auf seiner Stirn. „Du meinst, eine Sendung, in der ein Koch vor der Kamera Kekse backt?"

„Ein bisschen interessanter hatte ich es mir schon vorgestellt." Ihre Nerven flatterten. Sie hatte ihn unbedingt für die Sendung gewinnen wollen, aber jetzt begehrte sie ihn auch noch.

„Wie denn genau?" Sein Ton war merklich kühler geworden.

„Tja …"

„Soll ich mal raten?" Er klang gereizt. Mit gutem Grund. „Du hast vom Amuse Bouche und unserem Erfolg gehört."

„Ehrlich gesagt, ich habe nur von dir gehört."

„Und da dachtest du, ich würde alles stehen und liegen lassen, um mit dir nach Hollywood zu gehen und in die Kamera irgendeines Kabelsenders zu lächeln?"

„Es ist eine Show zur besten Sendezeit, in einem der größten Sender." Sie versuchte es mit der Andeutung eines Lächelns, das jedoch sofort wieder erstarb, als er sie ansah. „Ich habe die Sache ganz falsch angefangen", sagte sie rasch. „Ich wollte dich überzeugen, indem ich es als faszinierend und interessant darstelle. Denn das soll es auch werden. Überleg mal, Jake. Du hättest deine eigene Sendung. Natürlich sind deine Ideen uns willkommen und …"

„Meine Ideen sind euch willkommen", meinte er. „Mal sehen, ob ich das richtig verstanden habe. Du willst, dass ich in Hollywood vor einer Kamera auftrete wie ein … ein Tier im Käfig."

Emma wusste nicht, was sie darauf erwidern sollte.

„Meine Güte." Er wich einen Schritt zurück. „Das ist wirklich dein Ernst."

„Jake …"

„Wow." Er war stolz darauf, dass er sich überall durchgebissen hatte und von niemandem je aufs Kreuz gelegt worden war. Doch diese wunderschöne Frau hatte ihn mit einem einzigen Kuss ausgetrickst.

Ein Klopfen an der Tür ersparte es ihm, das zuzugeben.

„Emma?", rief eine weibliche Stimme. „Mach auf."

Emma erschrak. „Das ist Liza, meine Assistentin. Sie ist außerdem meine Freundin." Sie legte Jake eine Hand auf die Brust. „Ich weiß, es ist verrückt", flüsterte sie, „aber bitte gib mir eine Chance, dir alles zu erklären."

Liza klopfte noch einmal, lauter diesmal. „Emma!"

„Einen Moment!", rief Emma.

„Warum?", wollte Liza wissen. „Hast du da drin gerade heißen Sex mit dem scharfen Chefkoch?"

Jake musste ein Lachen unterdrücken.

Emma warf ihm einen finsteren Blick zu, als sei er schuld an dieser Situation.

„Mach endlich auf", drängte Liza. „Ich stehe hier draußen in meinem Flittchen-Outfit. Ich wollte deine Meinung hören, ob ich Eric damit eifersüchtig machen kann. Ich werde ihn heute Abend in die Kellerbar schleppen, wo es nackte Tänzerinnen und Tänzer gibt. Angeblich treiben die Leute es in den Tischnischen. Ist das zu fassen? Du musst dir mein Outfit ansehen, und mir sagen, ob ich es übertrieben habe, also mach schon auf."

Emma ging zur Tür und riss sie auf.

Liza hatte einen kanariengelben Minirock an, der gerade mal das Nötigste bedeckte. Dazu trug sie ein knappes Top, aufreizenden Lippenstift und schenkelhohe Lackstiefel, die wie dafür geschaffen waren, bei den Männern sämtliche Gehirnzellen auszuschalten.

Emma musterte ihre Freundin von Kopf bis Fuß. „Hast du mal in den Spiegel gesehen, nachdem du diesen Horror angezogen hast?"

„Ich glaube nicht, dass mein Outfit hier das Thema sein sollte", erwiderte Liza in Anspielung auf Emma, die so zerzaust wirkte, als hätte sie tatsächlich den heißen Sex gehabt, den Liza ihr unterstellt hatte.

„Es ist nicht das, was du denkst", erklärte Emma.

„Ach nein?" Liza betrat das Zimmer und zeigte auf Jake. „Ich denke nämlich, dass du gerade eine wilde Nummer hinter dir hast. Heißt das, Sie sind mit dabei?", fragte sie Jake.

„Wobei?"

„Werden Sie die Sendung machen, um Emmas süßen Hintern zu retten?"

Jake sah zu Emma.

Sie seufzte. „Wir befinden uns noch im Verhandlungsstadium."

„Die Verhandlungen sind offiziell beendet", verkündete

Jake und machte den Fehler, nah an Emma vorbeizugehen. Er blieb stehen. Sie sah ihn reumütig und verlegen an. Er streichelte mit dem Finger ihre Wange. „Leb wohl."

„Jake …"

Schau nie zurück, lautete sein Motto, weshalb er einfach das Zimmer verließ und die Tür hinter sich schloss.

„Berichte mir alles", hörte er Liza noch sagen.

„Du solltest dich lieber hinsetzen", meinte Emma, was Jake ein wenig aus dem Konzept brachte.

Sie bedeutete ihm etwas, ohne Frage.

An: Jake Hill
Von: Rezeption
Maddie vom Patrick's hat gerade eine Kanne Kaffee hier für dich abgegeben, auf Bestellung von Zimmer 1212. Merkwürdig, da wir, wie du weißt, selbst ausgezeichneten Kaffee haben. Melde dich, wenn du wieder da bist.

Jake stand in der Lobby am Empfangstresen, das Memo in der Hand.

„Ich hätte dir den Kaffee auch gebracht", sagte Deidre, Jakes Lieblingsrezeptionistin. Sie konnte nicht nur auf jede Frage eine Antwort finden, sondern sah mit ihren pinkfarbenen Haaren, den zahlreichen Piercings und dem Koboldgesicht auch noch sehr gut aus. Jake und sie waren einmal miteinander ausgegangen. Oder genauer: Sie hatten einmal miteinander geschlafen.

Zu jener Zeit hatten sie beide die Einstellung gehabt, dass mehr als eine Nacht schon fast auf eine Beziehung hinauslief. Daher war anschließend jeder zufrieden seines Weges gegangen.

Deidre hatte sich seitdem anderen Männern zugewandt, doch jetzt sah sie Jake mit diesem vertrauten sehnsüchtigen

Blick an. „Hast du viel zu tun heute Abend?“, erkundigte sie sich und reichte ihm Maddies Thermoskanne.

„Ich dachte, du bist mit diesem Typen mit den lila Haaren zusammen.“ An der Thermoskanne klebte eine weitere Nachricht.

Deidre zuckte die Schultern. „Nicht mehr.“

„Wurde es zu ernst?“

Sie seufzte. „So ist es ja immer mit den verdammten Kerlen.“

„Vielleicht bist du einfach unwiderstehlich.“

Sie grinste. „Wenn du meinst. Was ist nun mit heute Abend? Im *Erotique* spielt eine neue Band. Hast du Lust, dich mit mir auf einen Drink zu treffen?“

Er wollte etwas erwidern, doch die Nachricht an der Kanne lenkte ihn ab. Sie war von Emma.

Jake,
ich weiß, ich weiß. Kaffee zur Wiedergutmachung ist ein bisschen blöd. Aber bitte glaube mir, dass ich meine Gründe für meinen Aufenthalt in New York nie vor dir geheim halten wollte. Du bist nur ganz anders als die Männer, die ich bisher gekannt habe. Bitte lass es mich wiedergutmachen. Wie, das überlasse ich dir. Ich wette, da wirst du hellhörig. Besuch mich jederzeit, überall. Ich werde den ganzen Tag im Hush sein. Genieße Maddies unvergleichlichen Kaffee. Mit besten Grüßen, Emma

„Hallo, Erde an Jake.“ Deidre wedelte mit der Hand vor seinem Gesicht.

„Ja?“ Er zerknüllte die Nachricht. „Was ist?“

„Der Ausdruck auf deinem Gesicht“, meinte Deidre ungläubig. „Wer ist denn der Absender des Geschenks?“

„Es ist bloß Kaffee.“

„Ja, aber das ist nicht bloß ein Lächeln auf deinem Gesicht."

Er versuchte, ein ernstes Gesicht zu machen, nahm die Thermoskanne und ging.

„Du kannst nicht davonlaufen!", rief sie ihm hinterher. „Ich habe eine Verantwortung den anderen Mitarbeitern gegenüber, wenn sie mich mit Fragen löchern. Rede gefälligst mit mir, Jake!"

Er winkte und ging weiter.

„Verdammt", hörte er sie murmeln, und normalerweise hätte er darüber gelacht. Doch jetzt war ihm nicht danach. Er fühlte sich … er hatte keine Ahnung, wie er sich fühlte.

Er durchquerte die Lobby, ging am *Erotique* vorbei und dachte, ein Drink wäre jetzt großartig. Nur war es noch viel zu früh dafür.

Er betrat das Amuse Bouche. Pru begegnete ihm vor der Küchentür. Sie trug ihren Aktenkoffer und einen Karton mit vier Flaschen Wein. Sie wirkte ungewöhnlich still und niedergeschlagen. Jake blieb stehen. „He, was ist los?"

„Nichts."

„Natürlich ist was."

Sie zuckte die Schultern und ging vor ihm in die Küche, wo sie ihren Aktenkoffer und den Weinkarton auf die Arbeitsfläche aus schwarzem Granit stellte.

„Pru, wo seid ihr gestern Abend gelandet, du und Caya?"

„Im *Erotique*. Wir haben uns mit einigen ihrer früheren Freunde getroffen."

„Früher" bedeutete aus der Zeit, bevor Caya bei Pru eingezogen war. Pru gefiel es, wenn die Welt sich um sie drehte.

„Anschließend sind wir nach unten ins Exhibit A gegangen."

„Und? Hast du ihr gesagt, was du empfindest?"

„Was? Dass ich ihre wilden Freunde nicht mag?", entgegnete Pru. „Dass mir nicht gefällt, wie oft sie ausgeht und schon gar nicht, dass sie versucht, ihre Probleme durch flüchtigen Sex zu lösen?"

„Nein", sagte Jake, „dass du sie für dich allein willst."

„Natürlich habe ich ihr das nicht gesagt. Das würde unsere Freundschaft zerstören."

„Würde es nicht."

„Warum passiert das ausgerechnet mir?", meinte Pru und begann, auf und ab zu gehen. „Liebe ist Mist, schon vergessen?"

„Ich habe doch gar nichts von Liebe gesagt."

Pru blieb stehen und schlug die Hände vors Gesicht. „Gütiger Himmel, ich liebe sie."

Jake sah sie erschüttert an. „Na schön, übertreiben wir nicht gleich."

„Aber es ist wahr. Ich liebe sie." Pru ließ gequält die Hände sinken und machte auf dem Absatz kehrt.

„Wohin willst du?"

„Nachdenken und mir die Nägel schneiden, bevor ich sie alle abkaue."

„Pru …"

„Sprich jetzt nicht mit mir."

Das war ihm nur recht. Ihm war ohnehin nicht nach reden zumute. Was war überhaupt los mit ihm, dass er zu helfen versuchte? Und dass er so viel Zeit mit Nachdenken über Emma verbrachte, wo es noch so viele andere Frauen gab, um sein Leben durcheinanderzubringen?

Sobald Prus klappernde Absätze nicht mehr zu hören waren, lehnte er sich an die Arbeitsfläche und schenkte sich Maddies Kaffee aus der Thermoskanne ein. Am Becher nippend, las er noch einmal Emmas Nachricht. Und dann noch einmal.

Als er sich dabei ertappte, wie er sie das vierte Mal las, zerknüllte er den Zettel und warf ihn in den Mülleimer. Es war nun mal nicht seine Art zurückzuschauen, und daran wollte er sich halten.

Emma, Liza und Eric hielten ein Krisentreffen ab, weil Emma es vermasselt hatte. Über ihre Faszination für Jake hatte sie ihr Ziel aus den Augen verloren. Jetzt fühlte er sich benutzt, und das konnte sie ihm nicht einmal verdenken.

Sie hielten das Treffen am Pool ab, der sich auf dem Dach befand. Der ganze Bereich war verglast. Überall blühten üppige Grünpflanzen und ließen einen vergessen, dass es Februar war. Die schöne Umgebung beruhigte Emmas Nerven. Sie lag im Bademantel auf einem weißen Liegestuhl. Liza hatte darauf bestanden, das Treffen hier zu beginnen und dann im Wellnesscenter fortzusetzen, da sie in Los Angeles immer zu viel zu tun hatten, um sich solchem Luxus hinzugeben.

Außerdem mussten sie die Gelegenheit ausnutzen, besonders, da sie bald vermutlich alle auf der Straße stehen würden.

Liza hatte für sie drei verschiedene Wellness-Angebote gebucht. Von einigen hatte Emma noch nie vorher gehört. Es kam ihr unwirklich vor, dass sie hier lagen wie die Eidechsen in der Sonne und von aufmerksamem Personal bedient wurden.

Liza hielt einen bunten Drink mit einem kleinen Papierschirmchen in der Hand. Eric lag bäuchlings auf seiner Liege und ließ sich von einer hübschen Angestellten eincremen.

Jedes Mal, wenn er vor Wonne seufzte, nahm Liza einen langen Schluck von ihrem Drink.

„Du könntest ihm einfach sagen, dass er dir nicht gleichgültig ist“, flüsterte Emma ihr zu.

„Machst du Witze?“, flüsterte Liza zurück und zupfte ihr Bikinioberteil zurecht, sodass ihre üppigen Brüste beinah herausfielen. „Gib einem Mann nie die Oberhand. Außerdem habe ich ihn genau da, wo ich ihn haben wollte.“

Emma schaute zu Eric, der seine Massage nach wie vor genoss. „Wenn du meinst."

„Ach, vergiss ihn." Liza drehte sich auf den Bauch. Da sie einen Stringtanga trug, war ihr durch Yoga gestraffter Po praktisch nackt.

Eric gab einen erstickten Laut von sich. Als sie zu ihm hinsahen, wandte er das Gesicht ab.

Liza lächelte Emma zu. „Siehst du? Genau da, wo ich ihn haben will."

Emma schüttelte den Kopf.

„Erklär mir doch bitte noch einmal, wieso wir einem Mann Kaffee schicken, der wahrscheinlich jeden Kaffee in der Stadt bekommen kann, den er will, besonders in dem Hotel, in dem er arbeitet."

Emma lehnte sich auf ihrem weich gepolsterten Liegestuhl zurück und seufzte. „Weil ich versuche, mich bei ihm zu entschuldigen."

„Warum?"

„Weil er es verdient hat. Ich hätte es ihm viel eher sagen müssen."

„Ach ja? Wann denn bitte? Als er dich im Fahrstuhl geküsst hat?"

„Na ja, spätestens beim zweiten Kuss."

Liza machte große Augen. Eric setzte sich auf.

„Beim zweiten Kuss?", fragten beide im Chor.

„Schon gut", meinte Emma. „Wir wollen jetzt nicht darüber diskutieren, wie viele Küsse es waren, sondern darüber, wie wir ihn dazu bringen, die Kochsendung zu machen. Ich muss einen Weg finden, um mit ihm zu sprechen." Sie nahm einen Notizblock aus ihrem Aktenkoffer. „Irgendwelche Vorschläge?"

„Nimm mich für die Sendung", sagte Eric.

Liza lachte.

„Wenn das so lustig ist, dann lass andere Köche für die Sendung vorsprechen", schlug Eric vor. „Und zwar hier im Hush."

„Manchmal hat er tatsächlich gute Ideen", räumte Liza ein.

„Ich habe noch mehr", versicherte Eric ihr in einem mutwilligen Ton. „Willst du sie hören?"

„Nein", antwortete Liza.

Eric legte sich wieder hin und wandte das Gesicht ab, was Liza Gelegenheit gab, sehnsüchtig seinen glatten Rücken und festen Po zu betrachten.

„Sag ihm, was du willst", flüsterte Emma.

Aber das ließ Lizas Stolz nicht zu.

Emma seufzte und begann, ihre Liste zu schreiben. „Wir werden ein Konferenzzimmer mieten müssen."

„Und das Vorsprechen bekannt machen", fügte Liza hinzu.

„Das kann ich erledigen", murmelte Eric. „Ich kenne zwei Agenten, die ich anrufen kann. Keine Sorge, ich organisiere das perfekt."

Emma musste sich eingestehen, dass sie wirklich eine Alternative brauchten, falls Jake absolut nicht für die Sendung zu gewinnen war. Sie würde einfach jemand anderes mit Ausstrahlung und Talent finden. Denn sie durfte nicht vergessen, dass dies ihre letzte Chance war.

„Verzeihung", unterbrach sie eine angenehme weibliche Stimme. „Im Wellnesscenter ist alles für Sie bereit."

Eric und Liza sprangen auf. Emma wickelte sich in eines der dicken Handtücher des Hotels und folgte der Frau durch den herrlichen Dachgarten. Im Wellnesscenter duftete es nach Lavendel. Das Licht war gedämpft, und es herrschte beruhigende Stille.

Sie wurden jeder in einen anderen Raum geführt. In Emmas

gab es einen künstlichen Wasserfall, ähnlich dem in ihrem Zimmer, und aus verborgenen Lautsprechern kamen leise Dschungelgeräusche. Eine Angestellte erzählte ihr von einer orientalischen Ölmassage. „Ein Fest für die Sinne", versprach sie mit sanfter Stimme.

Emma zog sich aus, legte sich auf die Massagebank und genoss die entspannende Prozedur. Hinterher lag sie eingewickelt in warme kräutergetränkte Leinentücher und eine Decke unter der Wärmelampe und spürte, wie zum ersten Mal seit langer Zeit der Stress von ihr abfiel.

Die Tür ging auf, und eine sinnliche Männerstimme sagte: „Sieh mal einer an."

„Was machst du hier?", fragte Emma und versuchte, sich aufzusetzen.

Jake hielt ihr ein Stück Papier vor die Nase. Es war ihre Nachricht, in der sie ihn aufforderte, sie heute zu besuchen, egal wo und wann. Das war wohl nicht ihre beste Idee.

Interessanterweise war der Zettel ziemlich zerknittert, als sei er zerknüllt und wieder geglättet worden. Und bei genauerem Hinsehen konnte sie feststellen, dass Jake angespannt wirkte.

„Es tut mir leid, dass ich dich verletzt habe", sagte sie und kämpfte noch immer mit den sie einengenden straff gewickelten Leinentüchern.

„Hast du nicht." Er trat näher und half ihr, sich aufzusetzen.

Emma hielt die Decke vor sich. „Ich wollte mit dir sprechen. Über die Show."

Er stand dicht vor ihr. Ihre Knie stießen gegen seine Oberschenkel. „Ich bin nicht hier, um über die Show zu reden."

„Oh." Sie strich die Decke über ihren Beinen glatt und fühlte, wie sich darunter die einzelnen Leinentücher zu lösen begannen. „Aber ..."

„Wir wollen hier drin nicht übers Geschäft reden." Er berührte ihre nackte Schulter, was ihr bewusst machte, dass die Decke heruntergerutscht war.

Jake betrachtete sie mit einem mutwilligen Lächeln. Nervös zupfte sie die Decke zurecht. Dummerweise zog sie zu heftig, sodass sie plötzlich mit nacktem Po auf der Bank saß.

Hoppla.

Um die Sache noch komplizierter zu machen, lösten sich die Leinentücher endgültig. Emma fühlte sich sehr nackt und versuchte, sich irgendwie zu bedecken, was jedoch nicht ganz klappte.

Jake berührte ihren Hals – eine unschuldige Geste, doch Emma erschauerte unwillkürlich und sehnte sich nach mehr. Jake ließ die Hand nach unten wandern. Emmas Brustwarzen richteten sich auf.

Er streichelte ihr Dekolleté. Sie sog scharf die Luft ein. „Sag mir, was du empfindest", bat er.

Du machst mich benommen vor Lust, dachte sie. „Ich …"

„Sag es mir."

„Es ist warm." Ihre Stimme krächzte, sodass sie sich räuspern musste.

„Das liegt am Öl", erklärte er und streichelte ihren Rücken. „Es wird aus Kräutern gewonnen, um einen wärmenden Effekt bei kaltem Wetter zu erzielen. Wenn es heiß draußen ist, funktioniert es umgekehrt."

„Oh." Sie lächelte verlegen. „Ich dachte …"

„Was?"

„Dass es an dir liegt." Sie schloss die Augen. „Sobald du mich berührst, fühlt es sich so …"

„Intensiv an?"

„Ja."

„Das liegt an der Mischung aus Kalmus- und Sandelholzöl.

Die Kombination soll stimulierend wirken." Er berührte sacht die Wölbung ihrer Brüste. „Aber es freut mich natürlich, dass du mich dafür verantwortlich gemacht hast." Er schob einen Finger ein Stück unter die Decke über ihren Brüsten.

„Jake", hauchte Emma.

Nun benutzte er die Fingerrücken und streichelte sie mit den Knöcheln.

Sie beobachtete seine Finger, fasziniert vom Anblick seiner gebräunten Hand auf ihrer hellen Haut. Ihre von der Decke verhüllten Brustwarzen hatten sich aufgerichtet und zeichneten sich deutlich ab. Es war, als sehnten sie sich nach seiner Aufmerksamkeit.

Auch andere Teile ihres Körpers taten das.

Und Jake gab sie ihr, bis Emma vor Lust dahinzuschmelzen glaubte.

„Ich halte es nicht mehr aus", flüsterte sie. „Bitte ..."

Er legte ihr die Hände auf die Schultern und drehte sie langsam um, sodass sie ihm den Rücken zuwandte. „Leg dich auf die Massagebank", forderte er sie auf und hielt die Decke fest.

„He!" Sie hielt die Decke vor ihre Brüste. Wenn sie sich bewegte, würde er die Decke in der Hand behalten, und sie stünde nackt da. Dazu war sie noch nicht bereit.

„Leg dich wieder hin", sagte er so nah hinter ihr, dass sie seinen Atem an ihrem Ohr spürte. „Ich werde dich zudecken."

Sie schüttelte den Kopf. „Ich kann nicht."

„Tu es", sagte er in einem zärtlichen Ton, den sie bisher bei ihm noch nicht gehört hatte.

Sie drehte den Kopf und sah ihn an. In seinen Augen glaubte sie für einen kurzen Moment die gleiche Nervosität zu sehen, die sie verspürte.

„Leg dich hin", wiederholte er. „Sonst war die ganze Entspannung umsonst."

„Das ist ohnehin zu spät."

Er wartete trotzdem darauf, dass sie es tat.

Emma atmete tief durch und ließ die Decke los.

Er überraschte sie, indem er die Decke hochhielt, sodass Emma seinen Blicken verborgen blieb, als sie sich wieder auf die Liege legte. Dann bedeckte er ihren Po damit. Bevor sie aufatmen konnte, spürte sie seine Hände auf ihrem Rücken. Sie wanderten langsam tiefer und reaktivierten das Öl. Sofort wurde ihr wieder warm.

Sie hielt die Augen geschlossen und konzentrierte sich auf das, was er tat. Gleichzeitig musste sie daran denken, wie angespannt er war, als er hereingekommen war. „Jake?"

„Hm?"

Seine Massage war so wundervoll, dass sie am liebsten wie eine Katze geschnurrt hätte. „Ist alles in Ordnung?"

„Wieso hältst du nicht einfach den Mund und genießt es?", entgegnete er, ihre Frage ignorierend. „Hör auf, dich zu verkrampfen."

„Erst wenn du mit mir geredet hast."

„Es wird dir aber nicht gefallen, was ich zu sagen habe."

Das war ihr längst klar. „Wetten?"

Mit einem Finger fuhr er ihren Rücken hinunter bis unter den Saum der Decke. „Ich kann nicht aufhören, an dich zu denken."

Sie wollte sich umdrehen, um ihm ins Gesicht zu sehen, doch er legte ihr seine große warme Hand auf den Rücken. „Nicht bewegen. Bleib auf dem Bauch liegen. Ich werde jetzt gehen. Deine Masseuse kommt gleich wieder."

„Aber …"

Nichts aber. Ob es an ihrer Reaktion lag oder daran, dass er glaubte, zu viel gesagt zu haben, er war jedenfalls fort.

Sie ließ den Kopf auf die Liege sinken. Ihre Gedanken wirbelten durcheinander, ihr Herz pochte vor ungestilltem Verlangen.

Er konnte nicht aufhören, an sie zu denken? Nun, dann ging es ihm wie ihr.

5. KAPITEL

„Sie veranstalten heute ein Vorsprechen für eine neue Kochsendung."

Das war das Thema, über das Caya und zwei andere Kellner sprachen, als Jake am nächsten Tag in die Küche kam.

„Hast du gehört?", fragte Caya ihn.

„Ja", antwortete er, ohne das Gesicht zu verziehen. „Ich habe es gehört." Doch dank seiner Sturheit kannte er keine Einzelheiten. Er wollte sie auch gar nicht wissen. Er wollte, dass alles wieder normal wurde.

„Vielleicht sollte ich es probieren", sagte Caya. „Ich könnte berühmt werden und es mit dir aufnehmen."

„Niemand nimmt es mit mir auf", erwiderte Jake.

Alle lachten und machten sich wieder an die Arbeit. Am späten Nachmittag schlich er sich jedoch aus der Küche und ging aus reiner Neugier zu den Konferenzzimmern, wo er eine lange Schlange von Bewerbern vorfand.

Jake ging zu dem Mann, der vor der Doppeltür des größten Konferenzzimmers aufpasste. Er erkannte ihn wieder, es war einer von Emmas Begleitern vor zwei Tagen im Amuse Bouche. „Eric", begrüßte er ihn.

Der Mann schaute von seinem Klemmbrett auf. „Wollen Sie vorsprechen?"

„Nein."

„Warum sind Sie dann hier?"

Wenn er das nur selbst wüsste. „Ist Emma da drin?"

„Ja." Eric versperrte ihm den Weg. „Tut mir leid, Mann. Es dürfen nur Leute zum Vorsprechen rein."

„Ich möchte mit Emma reden."

„Das glaube ich nicht."

„Warum nicht?“

„Weil sie ohnehin schon mitgenommen ist wegen irgendetwas, was Sie gesagt oder getan haben. Jetzt versucht sie, ihre Karriere zu retten, und ich werde nicht zulassen, dass Sie sie aus dem Konzept bringen.“

„Ihnen ist klar, dass sie mir etwas vorgemacht hat, oder?“

„Ich würde eher sagen, sie hat einige Dinge unerwähnt gelassen.“

Jake runzelte die Stirn.

„Lassen Sie sie doch einfach in Ruhe diese Sache probieren“, meinte Eric.

„Sind Sie ihr Mann?“, wollte Jake wissen.

„Was? Nein, natürlich nicht.“

„Sind Sie mit ihr zusammen?“

„Nein.“

„Dann sind Sie ihr Vorgesetzter.“

„Auch nicht.“ Eric wirkte verärgert. „Abgesehen davon, dass Sie das überhaupt nichts angeht.“

„Dann werde ich da jetzt hineingehen.“

„Ich habe Ihnen doch schon erklärt, warum Sie das lassen.“

„Es darf nur hinein, wer vorsprechen will, richtig?“

„Wenn Sie hätten vorsprechen wollen, wäre das alles hier nicht nötig gewesen“, warf Eric ihm vor.

„Ich mache kein Show-Kochen.“

„Irgendeiner aus dieser Schlange wird heute sehr dankbar dafür sein, dass er das machen darf.“

„Ich will nur mit ihr reden.“

Eric seufzte. „Na schön, reden Sie mit ihr. Aber wenn Sie sie aufregen, bekommen Sie es mit mir zu tun.“

Sie musterten einander einen Moment lang, dann sagte Jake: „Ich werde ihr nicht wehtun.“

„Ist das nicht schon längst passiert?“

Was sollte das nun wieder bedeuten? Jake hatte keine Ahnung. Mit einem gemurmelten „Danke“ betrat er den Konferenzraum. Hinter einem langen Tisch saßen Emma und die blonde Frau, die er auch aus Emmas Begleitung kannte. Sie hatten den Blick auf einen Mann gerichtet, der vor ihnen stand.

Der Mann war klein, dick und kahl und schwang eine Peitsche. Er trug keine weiße Kochmütze und eine Schürze, sondern war ganz in Schwarz gekleidet. „Zuerst muss man bestimmen, ob der Salat dreckig ist“, verkündete er mit tiefer strenger Stimme, wobei er die Peitsche knallen ließ. „Ist er dreckig? Wenn ja – böse, böse!“

Jake schüttelte nur den Kopf.

Liza starrte den Mann an, als wäre er ein Außerirdischer.

Emma wirkte ebenfalls perplex.

„Sind die Tomaten böse?“, fuhr der Koch fort. „Sind sie so richtig böse? Wenn ja, schneidet man sie hübsch klein, oder es gibt kein Essen!“ Ein weiterer Peitschenknall folgte.

Emma sprang auf. „Danke, das reicht.“

Der Mann zeigte mit der Peitsche auf sie. „Sie, still! Ich bin noch nicht fertig!“

„Oh doch, das sind Sie.“ Liza sprang ebenfalls auf. „Raus!“

Der Mann stürmte mürrisch an Jake vorbei.

Liza griff nach ihrem Glas. „Das war interessant.“

„Ja“, stimmte Emma zu und sah zu Jake. Sie schien erleichtert zu sein.

Offenbar glaubte sie, er habe seine Meinung geändert und wolle nun doch als ihr Fernsehkoch auftreten.

Er schüttelte den Kopf, und ihre deutliche Enttäuschung machte ihm zu schaffen. Es war schon sehr lange her, dass er jemanden enttäuscht hatte, der ihm etwas bedeutete. Es war auch schon sehr lange her, dass ihm jemand so viel bedeutet hatte.

Liza schaute in die Richtung, in die Emma sah, und entdeckte

Jake. „Sagen Sie uns, dass das unser Glückstag ist", meinte sie.

Er schüttelte noch einmal den Kopf.

„Sie machen mich fertig", sagte Liza. „Der Nächste!"

Die Tür ging auf, und eine sehr üppige Frau in einem String-Bikini und gepunkteten Pumps kam herein. „Jetzt bin ich an der Reihe!", schrie sie und wedelte mit einer Karotte. „Zusammen werden Amerika und ich fünfundzwanzig Pfund verlieren!" Sie begann sich zu einer Musik zu drehen, die nur sie hören konnte.

„Ah, danke", sagte Emma.

Die Frau dachte nicht daran aufzuhören. Stattdessen fing sie während des Tanzens auch noch an, die Karotte zu essen.

„Das genügt!", rief Emma freundlich.

„Nein, sagen Sie nicht stopp", flehte die Bikini-Frau. „Ich kann das. Ich bin Ihr neues Küchenwunder!"

„Tut mir leid, aber ich muss Sie bitten …"

„Noch nicht! Ich bin noch nicht fertig."

„Doch", sagte Liza bestimmt. „Sie sind fertig. Der Nächste!"

Die Bikini-Köchin warf die Karotte auf den Boden. „Sie machen einen großen Fehler. Ich bin zum Star geboren. Das hat meine Mutter gesagt."

Emma rieb sich die Augenlider, dann erklärte sie der Frau: „Sie haben mir nicht das gezeigt, was ich sehen wollte – Kochtalent."

„Weil ich nicht kochen kann!", schrie die Frau.

„Dann probieren Sie es bei einer anderen Fernsehshow", entgegnete Emma geduldig.

Die Bikini-Frau seufzte, nickte und lief zur Tür. Nachdem sie verschwunden war, steckte Eric den Kopf herein. Emma signalisierte ihm, keinen neuen Kandidaten hereinzuschicken, deshalb schloss er die Tür wieder.

„Das wird ein langer Tag", bemerkte Liza. Sie kam um den

Tisch herum und musterte Jake. „Es sei denn, Sie wollen ...“

Jake winkte ab.

„Na schön.“ Liza drehte sich zu Emma um, die den Blick von ihm nicht abgewendet hatte. „Ich lasse euch eine Minute allein und hole Kaffee. Vielleicht ärgere ich auch Eric ein bisschen.“

Nachdem sie gegangen war, sagte Emma zu Jake: „Bist du hergekommen, um dich zu amüsieren?“

„Der Sado-Maso-Koch war doch interessant.“

Emma raufte sich die Haare. „Verdammt, ich stecke in echten Schwierigkeiten.“

„Vielleicht solltest du eine Sendung über die Vorbereitung zur Show machen. Das wäre sicher unterhaltsam.“

Sie lachte, doch es klang nicht sehr amüsiert. Jake trat an den Tisch. „Du erwartest doch nicht etwa, gleich am ersten Tag jemanden zu finden“, sagte er. „Wahrscheinlich hast du nicht erwartet, überhaupt so ein Casting veranstalten zu müssen.“

„Nein.“

„Es tut mir leid“, sagte er und meinte es zu seinem eigenen Erstaunen auch.

„Ich weiß.“ Sie lächelte. „Und es ist auch in Ordnung. Aber falls du nicht hier bist, weil du deine Meinung geändert hast, muss ich jetzt weitermachen.“ Sie deutete auf die Tür, hinter der die Schlange der Bewerber wartete. „Sag mir, dass da draußen keine weiteren Peitschen und Bikinis mehr sind.“

„Nein, aber ich habe einen Affen gesehen. Und a cappella singende Drillinge.“

„Das ist nicht lustig.“

„Nicht mal ein bisschen?“

Sie versuchte, ernst zu bleiben, aber dann gab sie es auf. „Ein Affe? Du meine Güte.“ Sie rieb sich den Nasenrücken. „Na schön, es ist ein bisschen lustig. Aber wenn ich nächsten

Monat arbeitslos bin, wird es nicht mehr lustig sein."

Er gab ihr einen Kuss auf die Wange. „Ich habe eine Idee, wie ich dich von deinen Sorgen ablenken kann."

„Darauf wette ich", meinte sie misstrauisch, wich vor seiner Berührung jedoch nicht zurück. „Und welche?"

„Geh heute Abend nach meiner Schicht mit mir aus."

„Wohin?"

Wenn er ihr verriet, was er wirklich vorhatte, würde sie vermutlich auf der Stelle ohnmächtig werden. „Wir sehen uns New York an."

„Ich habe die Stadt schon gesehen."

„Du wirst dich dabei entspannen", versprach er.

„Ach ja? Wie willst du mir denn helfen, mich zu entspannen?"

Er lächelte, und sie deutete auf sein Gesicht. „Hör auf", sagte sie.

„Womit?"

„Deinen Charme spielen zu lassen. Denn wenn du mich so anlächelst, würde ich dir überallhin folgen, und das ist nicht gut. Ich habe einen Job zu erledigen. Ich muss ..."

„Du würdest mir überallhin folgen?", unterbrach er sie.

Sie zögerte. „Sagen wir, ich habe dir nur wenig entgegenzusetzen."

Er hatte keine Ahnung, was er davon halten sollte. Plötzlich wurde ihm unangenehm warm. War es zu heiß hier drin? Er wich einen Schritt zurück und erschrak, als Emma seine Hand festhielt und dabei den Zettel mit ihrer Nachricht ertastete.

Sie nahm den Zettel, strich ihn glatt und las ihre eigenen Worte. „Ich habe dir tatsächlich versprochen, es wiedergutzumachen. Na schön, dann werde ich heute Abend mit dir ausgehen."

Eric öffnete die Tür. „Die Leute werden unruhig."

„Okay." Emma wandte sich wieder an Jake. „Bis später."

Er betrachtete ihr wunderschönes Gesicht. „Ja, bis später."

Jake ging zum einzigen Ort, wo er sich stets gut fühlte, ganz gleich, was sonst in seinem Leben gerade passierte – seine Küche.

Pru war schon dort und ebenfalls düsterer Stimmung. Nachdem er fünf Minuten lang zugehört hatte, wie sie in ihrem Weinschrank herumpolterte, fragte er: „Was ist los?"

„Es wird dir nicht gefallen."

„Und wenn schon."

Sie drehte sich mit Tränen in den Augen zu ihm um. „Ich habe Caya gesagt, was ich für sie empfinde."

„Aha."

„Ja, genau das hat sie auch gesagt."

„Was?"

„Aha. Sie sagte Danke und dass es ein gutes Gefühl sei. Was sie nicht sagte, war: ‚Ich liebe dich auch, Pru'."

„Wieso solltest du so etwas zu ihr sagen?"

„Weil du es mir geraten hast!"

„Ich habe dir geraten, ihr zu sagen, dass du sie begehrst. Von Liebe war nicht die Rede."

„Aber ich liebe sie nun mal." Pru schloss die Schranktür so heftig, dass die Flaschen klirrten, und verschränkte die Arme vor der Brust. Sie sah Jake an, als sei das alles seine Schuld.

„Du hast ihr Angst gemacht", sagte er.

„Wirf mal einen Blick ins Restaurant." Sie zog ihn zur Küchentür und öffnete sie einen Spaltbreit. Die Kellner hielten eine Besprechung an einem der langen Tische ab. Caya saß auf dem Schoß von Michael, dem Oberkellner. Sie warf den Kopf zurück und lachte.

„Sieht sie vielleicht verängstigt aus?", fragte Pru.

Nein, musste Jake zugeben. Er zog Pru von der Tür weg.

„Was erwartest du von mir?“, fragte er hilflos.

„Dass du alles wiedergutmachst. Kannst du das?“

Wie konnte sie annehmen, er könnte ihr helfen, wenn er sich selbst nicht einmal helfen konnte? Was war eigentlich los? Wieso konnte nicht alles wieder so einfach sein wie früher? „Pru …“

„Ja, vergiss es.“ Sie seufzte. „Ich komme schon klar.“

Das hoffte Jake. Und sich selbst wünschte er das auch.

Die restlichen Kandidaten erwiesen sich als völlige Flops, doch Eric versprach Emma, morgen hätten sie bessere Bewerber. Sie beschloss, ihm zu glauben, statt in Panik zu geraten.

Aber zuerst musste sie den heutigen Abend mit Jake überstehen, ohne etwas Wichtiges zu verlieren. Ihr Herz, zum Beispiel.

Nathan hatte angerufen. Hatte sie Jake schon für die Sendung verpflichtet? Sie hatte ihm versichert, dass sie daran arbeitete, und aufgelegt.

Da weder Eric noch Liza auffindbar war, machte sie sich allein fertig und versuchte, nicht allzu viel nachzudenken.

Arbeitete sie daran, Jake für die Sendung zu gewinnen? Nein. Das konnte sie nicht. Was also tat sie dann? Sie hatte keine Ahnung.

Und was sollte sie anziehen, wenn sie mit Jake Hill in die Stadt ging? Sie wusste nicht, was sie erwartete, und schon gar nicht, wie sie sich am besten darauf vorbereitete. Schließlich entschied sie sich für ihren roten Lieblingskapuzenpullover aus Kaschmirwolle, einen schwarzen Rock und Stiefel. Bequeme Kleidung, die aber schick genug aussah für jedes Abenteuer, in das sie möglicherweise geriet.

Jake hatte ihr eine Nachricht hinterlassen, ihn um zehn in der Lobby zu treffen. Sie nahm den Fahrstuhl und rechnete halbwegs damit, ihn darin vorzufinden, um den Abend mit einem wilden Kuss zu beginnen.

Aber stattdessen entdeckte sie ihn erst unten in der Lobby. Lächelnd kam er auf sie zu, wobei ihm die begehrlichen Blicke etlicher Frauen folgten. Er schenkte ihnen jedoch keine Beachtung.

„Hallo", begrüßte er Emma und nahm ihre Hand. „Fertig?"

„Fertig", antwortete sie. „Wohin gehen wir?"

„Überallhin."

Und er hielt Wort. Sie gingen durch SoHo und sahen sich die Straßenkünstler an. Anschließend aßen sie in einem winzigen, düsteren Thai-Restaurant, in dem niemand Englisch sprach und alle aussahen, als seien sie gerade von einem Boot aus Thailand an Land gegangen und jederzeit bereit, vor der Einwanderungsbehörde zu fliehen. Das Essen aber war köstlich.

Emma begriff, dass Jake ihre Reaktion auf seine Welt, die sich so sehr von ihrer unterschied, testen wollte. Aber ihr war es völlig egal, dass er ein Vagabundenleben geführt hatte, während ihres ganz normal verlaufen war.

Doch er fuhr fort, sie auf die Probe zu stellen. Zum Spaß stöberten sie in einem Hexenladen, verließen ihn durch den Hinterausgang und landeten vor einem Pornoshop. Emma war völlig perplex. Vibratoren, Cock-Ringe und anderes Spielzeug, du lieber Himmel! Außerdem gab es eine Abteilung für DVDs und Sado-Maso-Utensilien wie Peitschen und Ketten.

„Na, brauchst du etwas?", fragte Jake sie und wirkte völlig unbeeindruckt. Sie wünschte, sie besäße einmal dieses Selbstbewusstsein.

Sie betrachtete eine Reihe mit bizarrem Erotikspielzeug und schluckte. „Nein, danke."

„Bist du dir sicher?"

„Ja." Sie räusperte sich. „Und du?"

Zum ersten Mal an diesem Abend lachte er, und da wusste sie, dass sie den Test bestanden hatte.

Emma schaute sich in dem Pornoladen um. Sie würde es tun, sie würde etwas kaufen, allein schon, um Jakes Gesicht dabei zu sehen. Er war sich so sicher, sie geschockt zu haben. Ha! Er würde sich wundern.

Sie ging entschlossen zum Tresen. Ihr Herz klopfte angesichts der Auswahl an Vibratoren vor ihrer Nase. Sie schluckte, zeigte auf einen namens The Rabbit – das Kaninchen – und sagte: „Den da bitte."

Jack, der hinter ihr stand, stieß einen Pfiff aus, doch als sie sich umdrehte, hatte er sich schon wieder im Griff.

„Hast du ein Problem?", fragte sie betont ruhig hochmütig und zückte ihre Kreditkarte.

Jake legte seine große Hand auf ihre und zückte seine Brieftasche. „Dieses Schätzchen bezahle ich." Zu der Frau hinter dem Tresen sagte er, wobei er Emma fest in die Augen sah: „Und legen Sie bitte Batterien dazu."

Emma war viel zu verlegen, um mit ihm darüber zu diskutieren, und ehe sie wusste, stand sie mit einer braunen Tüte auf der Straße, in der der The Rabbit samt Batterien lag.

Unglaublich, aber sie war siebenundzwanzig Jahre alt und hatte gerade ihren ersten Vibrator gekauft.

„Keine Sorge, er wird dir gefallen."

„Ich war gar nicht besorgt."

Jake lächelte, und sein sexy Grübchen erschien. „Warst du doch."

Verdammt, wieso konnte er ihre Gedanken lesen und musste sie auch noch laut aussprechen?

Er neigte den Kopf zu ihr. „Falls du Hilfe mit dem Ding brauchst, lass es mich wissen."

Bevor sie darauf etwas erwidern konnte, führte er sie in eine Bar.

Eine Live-Band spielte mehr laut als gut, und das überwiegend junge Publikum tanzte ausgelassen. Die Kellner trugen Jeans und Hosenträger – aber kein Hemd. Auch die Kellnerinnen liefen oben ohne herum.

„Ich dachte, du könntest nach unserem letzten Abenteuer vielleicht einen Drink gebrauchen." Jake winkte dem Barkeeper und sah Emma an.

„Ein Bier", sagte sie, da sie wirklich eines brauchte.

Jake hob zwei Finger. Als das Bier kam, prostete er ihr zu. Er wirkte amüsiert, aber zugleich strahlte er eine ungeheure Sinnlichkeit und Leidenschaft aus.

Emma trank ihr Bier in einem Zug aus. „Ich könnte wohl noch einen Drink vertragen."

„Er soll dir Vergnügen bereiten", sagte er.

„Das Bier hat mir sehr viel Vergnügen bereitet."

„Der Vibrator."

„Oh."

„Du musst Vertrauen haben, Emma. Er hält unkompliziertes Vergnügen bereit."

„Das ist leicht gesagt für einen Mann. Für dich ist es einfach zu …" Sie hielt inne. Hatte sie es gerade wirklich aussprechen wollen? Dass es für einen Mann einfacher war zu masturbieren?

„Was ist für einen Mann einfacher? Es sich selbst zu machen?", fragte Jake belustigt und fügte leise hinzu: „Wenn du es nicht aussprechen kannst, wie kannst du dann erwarten, dass es dir leichtfällt, es zu tun?"

„Ich kann es", sagte sie und wünschte, sie hätte es nicht getan, weil sein Lächeln breiter wurde.

„Bist du dir sicher?"

„Ja."

„Denn wie gesagt, ich könnte dir helfen …"

„Ich sagte, ich komme schon klar! Und jetzt brauche ich noch ein Bier. Bitte", fügte sie ruhiger hinzu.

Er warf das Geld auf den Tresen, für die Biere, die sie bereits getrunken hatten. „Wenn du in der Stimmung bist, richtig zu trinken, sollten wir zu Patrick's gehen."

Sie wusste nicht recht, in welcher Stimmung sie war, doch es wäre nett, ihre Sehnsucht und ihr Verlangen zu stillen.

Auch bei Patrick's herrschte Betrieb, doch das Publikum war ein anderes als am Vormittag. Die Leute waren rauer, jünger und schienen eher geneigt, Ärger zu machen. Während sie und Jake ihr Bier tranken, bemerkte Emma, dass vor allem Maddies Söhne, die hinter dem Tresen arbeiteten, Streit provozierten.

Jake überraschte Emma, indem er sich nach dem Vorsprechen erkundigte.

„Es lief ganz gut", antwortete sie.

„Sind das die Worte, die du zu deinem Boss gesagt hast, oder ist es die Wahrheit?"

„Es ist das, was ich meinem Boss gesagt habe", gestand sie. „Ich hoffe, dass ich morgen mehr Glück habe."

„Und wenn nicht?"

„Vielleicht änderst du deine Meinung noch."

„Emma …"

„Das war nur Spaß. Na ja, halbwegs. Was ist denn eigentlich so schlimm daran, Fernsehkoch zu sein?"

„Abgesehen davon, dass es alles Betrug ist?"

„Betrug?"

„Natürlich. Der Fernsehkoch rührt mit leichter Hand lecker aussehende Sachen zusammen und beeindruckt damit die Zuschauer. Dabei überspringt er aber wesentliche Schritte, damit es schneller geht und nicht langweilig wirkt. Probiert der

Zuschauer dann zu Hause, die Gerichte nachzukochen, erlebt er meistens ein Desaster. Und das will ich den Leuten nicht antun."

Offenbar hatte er sich tatsächlich Gedanken darüber gemacht. „Das müsstest du auch nicht ..."

„Es sind die Werbeeinnahmen, die zählen, oder die Produkt-Platzierung, nicht die Kochkunst."

Sie wollte erneut widersprechen, musste sich aber eingestehen, dass er vielleicht gar nicht so unrecht hatte.

„Ich bin einfach nicht daran interessiert", fügte er etwas sanfter hinzu. „Nicht im Geringsten. Ich habe Kochvorführungen gemacht und will es nicht mehr."

Sie erinnerte sich an sein Jonglieren, dachte daran, wie er aufgewachsen war und hatte volles Verständnis. Und deshalb würde sie nie wollen, dass er so etwas machte.

„Was wirst du also tun?"

„Köche in Los Angeles vorsprechen lassen", erklärte sie entschlossen. „Dadurch wird die Auswahl größer."

„Es tut mir leid ..."

Sie legte ihm den Zeigefinger auf die Lippen. „Ist schon in Ordnung. Ich verstehe dich." Und das stimmte. Nathan würde es natürlich nicht begreifen. „Ich werde es irgendwie anders hinbekommen. Ich bin jedenfalls fest dazu entschlossen."

„Ich glaube auch, dass du es schaffst", sagte er.

„Ja?"

„Oh ja." Er streichelte ihre Wange. „Du hast etwas, was ich sehr gut kenne."

„Was?"

„Entschlossenheit, Leidenschaft, Hunger nach Erfolg."

Sie verstand ihn, und das gefiel ihr sehr. Aber er verstand sie auch. Gab es etwas Erotischeres als einen Mann, der nachvollziehen konnte, was in ihr vorging? Sie musste ein breites

Lächeln unterdrücken. „Du bist sehr nett."

Er lachte. „Erst hältst du mich für süß und jetzt für nett. Aber ich bin weder das eine noch das andere. Hör dich ruhig um." Er verlagerte sein Gewicht auf dem Barhocker, beugte sich vor und schob dabei seinen Schenkel zwischen ihre Beine. Seine Lippen streiften ihr Ohr, während er sprach. „Wahrscheinlich bin ich der am wenigsten nette und süße Kerl, den du je kennengelernt hast."

Seine heisere sinnliche Stimme ließ sie erschauern, und sie konnte an nichts anderes als an seinen Schenkel zwischen ihren denken. Oder an seine Hand, die auf der Lehne ihres Barhockers lag, sodass sie, Emma, praktisch gefangen war.

Sein Blick fiel auf ihren Mund, während er seinen Schenkel langsam fester zwischen ihre Schenkel presste. Erregung durchflutete sie. Sie befanden sich an einem öffentlichen Ort, wo jeder sie sehen konnte, und trotzdem erregte es sie. Sie hatte keine Ahnung, was das über sie aussagte, aber sie wollte mehr davon.

Er bewegte sich erneut, sodass er sie direkt zwischen ihren Beinen berührte. Sofort strömte pulsierende Hitze zu jeder erogenen Zone ihres Körpers – von denen es offenbar mehr gab, als sie gewusst hatte.

Niemand um sie herum schien ihnen Beachtung zu schenken. Hätte jemand zufällig zu ihnen herübergeschaut, hätte er lediglich ein Paar gesehen, das in ein Gespräch vertieft war.

Jake bewegte sein Knie erneut, und diesmal musste Emma sogar die Augen schließen und sich an den Seiten ihres Barhockers festhalten, um das Gleichgewicht zu behalten, während sich alles in ihr zusammenzog. „Ich kann nicht denken, wenn du das tust", flüsterte sie, versuchte aber nicht, sein Bein wegzuschieben.

„Wenn ich was tue?"

Sie machte die Augen wieder auf, und stellte fest, dass er offenbar aus ihrem Mund hören wollte, wie sehr sie diese Berührung erregte und sie daran hinderte, klar zu denken. Und plötzlich wollte sie aufrichtig antworten, um herauszufinden, wohin sie das brachte. „Ich kann nicht denken, wenn du dein Bein zwischen meine Beine schiebst."

Natürlich tat er es sofort wieder, und erneut schloss sie die Augen.

„Na ja, ich kann wohl schon denken, aber es sind keine Gedanken, die man laut aussprechen sollte", erklärte sie.

„Da irrst du dich", widersprach er leise. „Du solltest sie sehr wohl laut aussprechen. Für mich und für dich. Es ist wichtig für das, was zwischen uns vorgeht."

Bei diesen Worten öffnete sie die Augen wieder. „Und was ist das?"

„Etwas Angenehmes."

„Und … ist da noch mehr?", fragte sie mit einem Anflug von Hoffnung.

„Für mehr habe ich nichts übrig", erwiderte er mit der für ihn typischen Aufrichtigkeit.

„Ich weiß."

Er trank einen Schluck Bier und betrachtete sie nachdenklich. „Wie steht es mit dir?"

„Was?"

„Fängst du mit jedem Mann eine Beziehung an, mit dem du schläfst?"

„Ich fürchte ja."

Er trank noch einen Schluck Bier, und die Art, wie er körperlich auf Distanz ging, signalisierte ihr, dass er sein Spielchen nicht fortsetzen wollte. Auf verdrehte Weise war das ein Kompliment – er wollte ihr nicht wehtun.

Irgendwann machten sie sich auf den Rückweg zum Hush.

Die Straßen waren dunkel und still. Es schien kein Mond, und der leichte Nebel verlieh der Nacht etwas seltsam Intimes.

„Danke für den Abend, Jake", sagte Emma, als sie in der Hotellobby standen.

„Ich habe doch gar nichts gemacht."

Sie hob die braune Tüte in ihrer Hand. „Du hast mir eine Seite von New York gezeigt, die ich sonst wohl nicht kennengelernt hätte."

Seine Augen verdunkelten sich. Seine Wangenmuskeln zuckten. Aber er schwieg.

„Ich nehme an, für dich ist es noch früh", sagte sie. „Was wirst du jetzt machen?"

„Ich muss nach oben und mir eine der Suiten ansehen. Morgen kommt ein VIP, und ich soll für ihn und seine Verlobte ein Abendessen kochen. Deshalb will ich mir vorher die Küche ansehen."

„Ich habe gehört, die Suiten hier sind von Designern entworfen und einfach unglaublich."

Er sah sie nur schweigend an.

Sie hielt seinem Blick mit pochendem Herzen stand. Was, um alles in der Welt, tat sie nur? Sie reizte den Tiger, spielte mit dem Feuer.

„Du möchtest mich in die Suite begleiten." Es klang mehr wie eine Feststellung als wie eine Frage.

„Ja", flüsterte sie schnell, bevor sie es sich anders überlegen konnte. Sie war verrückt …

„Weißt du, mit welchen Spielzeugen die Suiten ausgestattet sind?" Sein Ton ließ keinen Zweifel daran, was er mit „Spielzeugen" meinte.

Emma hatte den Hotelprospekt gelesen und schluckte. „Ich glaube schon. Es gibt Videokameras."

„Die sind nicht dazu da, um die Kinder im Park zu filmen."

„Ich weiß."

Er stand jetzt nah bei ihr, ohne sie zu berühren. Doch ihr Körper reagierte, als hätte Jake sie gestreichelt. „Die Kamera ist dafür da, damit die Gäste ihre Sexabenteuer filmen können, die sie hier erleben. Sex zu dritt, im Whirlpool, Sado-Maso-Szenen …"

Sie musste erneut schlucken. „Ich weiß … und ich will es sehen."

„Sehen? Oder tun?"

„Ich bin mir noch nicht sicher."

Er stöhnte, machte eine halbe Drehung und rieb sich die feinen Bartstoppeln.

Das kratzige Geräusch ließ Emma erschauern. Sie wollte es an ihrer Haut spüren. „Zeig es mir", bat sie leise.

„Ich muss verrückt sein." Er ging ein paar Schritte, kam wieder zurück und nahm ihre Hand. „Dann komm mit."

Er klang grimmig, weshalb sie ihm sagen wollte, er solle ganz beruhigt sein, es würde alles kein Problem werden. Aber natürlich würde es das. Nichts würde jemals wieder in Ordnung sein.

Sie fuhren schweigend im Fahrstuhl nach oben. Das einzige Geräusch war das gelegentliche Knistern der braunen Tüte in Emmas Hand.

Als Jake die Tür des Penthouse öffnete, staunte Emma. Allein die Eingangshalle war so groß wie ihr Hotelzimmer.

„Sie heißt die Haiku-Suite und wurde von Zang Toi entworfen. Asiatischer Luxus auf dem modernsten Stand."

Es gab vom Fußboden bis zur Decke reichende Fenster, und wo kein Glas war, waren die Wände mit Seide bespannt. Die Zierleisten waren aus Ahorn.

„Die Möbel sind antik, die Teppiche handgeknüpft", erklärte Jake. „Ich finde es erstaunlich, dass jemand ein Hotel mit diesen teuren Sachen einrichtet. Aber die Gäste lieben den Luxus."

„Es ist trotzdem irgendwie anders."

„Meinst du, weil sich hier alles um Sex dreht?"

„Na ja ..." Sie biss sich auf die Unterlippe.

„Du hast keine Ahnung." Er zeigte auf einen geschlossenen Bücherschrank. „Das ist die Videosammlung. Es handelt sich um erotische Filme, um genau zu sein. Die anspruchsvollsten Filme, die es gibt, extra zugeschnitten auf unsere Gäste." Er öffnete die Türen, hinter denen ein Stapel DVDs wartete, die sich alle um Sado-Maso-Spiele drehten. „Die Lieblingsfantasie dieses Gastes."

Emma wurde verlegen. „Woher weiß die Hotelleitung, was der Gast will?"

„Durch Fragebögen."

„Das müssen ja interessante Fragen sein."

Er nahm eine DVD heraus. Auf dem Cover war eine Frau zu sehen, die über den Knien eines Mannes lag. Ihr Rock war bis zu den Hüften hochgeschoben, der Slip bis zu den Knien heruntergezogen und ihr Po war gerötet.

Emma versuchte, sich nichts anmerken zu lassen, machte aber unweigerlich große Augen.

„Was hältst du davon?" Jake klang amüsiert.

Sie schaute auf die Hand des Mannes, die über dem Po der Frau schwebte. „Also ..."

„Lass mich raten. Du stehst nicht darauf."

„Nein", antwortete sie.

Er lachte, stellte den Film wieder zurück und führte sie ins Schlafzimmer, wo er den Kleiderschrank öffnete.

Emma fehlten die Worte.

„Eine Auswahl an Kostümen", erklärte Jake und hielt ein Lederbustier und eine Peitsche hoch. „Das hier ist für eine Domina-Fantasie." Er runzelte die Stirn, da Emma einen erstickten Laut von sich gab. „Auch nichts für dich?"

„Nein", sagte sie und schüttelte den Kopf.

Er nahm ein anderes Outfit aus dem Schrank. „Und wie wäre es, die Zofe zu spielen?"

„Hm … nein, danke."

Er hängte auch den Bügel wieder weg und öffnete die Truhe am Fuß des luxuriösen Bettes. Darin befand sich eine Auswahl an Sexspielzeugen, deren Funktion Emma zum Teil nicht recht durchschaute.

„Nette Sachen", bemerkte sie und berührte Hand- und Fußfesseln aus geflochtenem Leder und Fell.

Jakes Augen funkelten. „Und?"

„Ich habe noch nie …"

Er wartete.

„Ich bin noch nie gefesselt worden", flüsterte sie.

„Ist das deine Fantasie?"

Fasziniert und erregt berührte sie einige Seidenschals, Lederzaumzeug und eine Reitpeitsche. „Ich glaube nicht." Doch jetzt sah sie sich gefesselt, mit verbundenen Augen, ausgestreckt auf dem Bett, während Jake sie in nie gekannte Sphären der Lust entführte …

Er zog sie ins Badezimmer, das größer war als ihre eigene Wohnung, und in dem es zwei nebeneinanderstehende ledergepolsterte Massagetische gab.

„Wow", murmelte sie.

„Das kann man wohl sagen." Er hielt auf verräterische Weise Abstand zu ihr.

Emma stellte ihre braune Tüte auf die polierte Granitablagefläche und deutete auf die Massagetische. „Für Paare?"

„Man kann sich hier massieren lassen oder sich gegenseitig massieren. Alles, was man dazu braucht, befindet sich in den Schränken neben den Tischen."

Sie öffnete einen und sah Öle, Lotionen, Kerzen. „Früher habe ich als Maniküre gearbeitet", sagte sie. „Ich habe die beste Handmassage in Hollywood gemacht."

Er lächelte. „Darauf gehe ich lieber nicht näher ein."

Sie warf ihm einen langen Blick zu.

„Und ich dachte, du wärst bloß Produzentin."

„Das bin ich jetzt." Und hoffentlich noch nächsten Monat. „Auf dem College musste ich jobben. Ich bekam gute Trinkgelder für meine Handmassagen." Sie klopfte auf einen der Tische. „Ich könnte es dir zeigen."

Er zögerte, dann kam er zu ihr und setzte sich auf einen der Massagetische. „Aber wir wechseln uns ab."

„Du willst meine Hände auch massieren?", fragte sie.

„Nicht deine Hände."

Ein Schauer überlief sie. Sie nahm seine Handgelenke und drehte seine Handflächen nach oben. Dann fuhr sie mit den Daumen über die durch die Arbeit entstandenen Schwielen. „Du hast dir deine Hände nicht eingecremt."

„Nein", gab er zu, ohne den Blick von ihrem Gesicht abzuwenden.

„Deine Hände sind wertvolle Werkzeuge, Jake."

„Ich betrachte ehrlich gesagt einen anderen Teil meines Körpers als wertvolles Werkzeug", erwiderte er. „Willst du das vielleicht auch eincremen und massieren?"

6. KAPITEL

Emma registrierte nervös Jakes herausfordernden Blick. „Fangen wir erst mal mit deinen Händen an.“ Sie nahm eine Flasche Öl aus dem Schrank, träufelte sich etwas von dem duftenden Inhalt in die Hand und begann, Jakes Hände einzureiben.

Zuerst blieb er still, obwohl sie merkte, wie er sie beobachtete. Sie nahm sich Zeit und widmete sich ausgiebig jedem Finger, der Handfläche und dem Daumen. „Gut?“, fragte sie nach einer Weile und schaute auf.

Seine Miene war angespannt. Er deutete mit dem Kinn nach unten.

Emma folgte seinem Blick und erkannte die unmissverständliche Ausbuchtung in seiner schwarzen Jeans.

Oh ja, es war anscheinend wirklich gut.

„Jetzt bin ich an der Reihe“, verkündete er mit belegter Stimme, als sie fertig war.

Er stand vom Massagetisch auf und sah Emma mit einem Blick an, der sie zurückweichen ließ. „Das ist nicht nötig“, entschied sie. „Meinen Händen geht es gut. Ich arbeite nicht annähernd so hart mit ihnen wie du mit deinen.“

„Auf den Tisch mit dir.“

„Also, ich …“

„Hast du etwa Angst?“

„Na schön.“ Sie setzte sich auf den Tisch, ließ die Beine baumeln und legte die Hände in den Schoß. „Allerdings sollst du wissen, dass die Handmassage eine bestimmte Technik erfordert, die nicht jeder …“

„Ich werde nicht deine Hände massieren. Leg dich hin.“

Sie gehorchte, wenn auch ein wenig widerstrebend, und legte sich auf den Bauch.

Jake zog ihr erst den einen, dann den anderen Schuh aus und schob seine Hände unter ihren langen Rock, um ihre Waden sanft zu massieren. Es war himmlisch.

Er beugte sich zu ihr herunter und sagte ihr mit dieser Stimme, die allein sie schon zum Höhepunkt bringen könnte, ins Ohr: „Es wird dir gefallen. So gut, dass du nach mehr betteln wirst."

„Ich bettele nie."

Er ließ seine Hände einfach höher wandern, an ihren Knien vorbei.

„Ah ..."

„Scht." Seine Hände wanderten noch höher, bis er den elastischen Bund ihrer Strumpfhose erreichte und daran zog.

„Jake ..."

„Ich will deine nackte Haut spüren." Nachdem er ihr die Strumpfhose ausgezogen hatte, ließ er sie auf den Boden fallen. „Entspann dich", sagte er und griff nach dem Öl.

Ja, sagte sie sich. Einfach entspannen.

Jake war fasziniert von Emma und ihren zahlreichen Facetten: ihrer Liebe zu ihren Freunden, ihrem Mitgefühl für seine Kindheitsgeschichte, ihrem Lachen, als er ihr aus Übermut seine Jonglierkünste vorgeführt hatte.

Er fand alles an ihr anziehend, und das war höchst beunruhigend, denn es weckte eine Sehnsucht nach immer mehr. Was hatte sich im Vergleich zu früher geändert, als er mit einer Frau zusammen sein und sie hinterher einfach vergessen konnte?

Nichts, sagte er sich. Er amüsierte sich auch jetzt nur, genau wie sie. Wie zum Beweis rieb er seine Hände mit duftendem Öl ein und berührte sie, denn wenn er sie berührte, vergaß er alles andere.

Er begann bei ihren Füßen, massierte den Spann und arbeitete sich von dort langsam zu ihren Knöcheln und Waden hinauf. Ihre Haut war glatt und hell. Diese kalifornische Frau wurde offenbar nicht braun. Sie hatte die Beine fest zusammengepresst. Darüber musste er lächeln, während er sich mit den Händen weiter hinauf zu ihren Oberschenkeln bewegte.

Er hatte nicht gescherzt. Er wusste tatsächlich, wie geschickt er mit seinen Händen war, und er rechnete damit, dass Emma bald nachgeben, ja sogar betteln würde.

Als ihr leises Stöhnen ihn dann aber aus seinen Gedanken riss, war er für einen Moment überrascht. Außerdem hatte er nicht damit gerechnet, was für ein erotischer Anblick es sein würde, seine Hände unter ihrem Rock zu haben.

Ihre Muskeln waren verspannt, und er widmete sich ihnen, was ihr erneut ein erregendes Stöhnen entlockte. Er massierte ihre Oberschenkel und merkte, dass sie langsam nachgab und die Beine längst nicht mehr so fest zusammenpresste.

Er nutzte die Gelegenheit, indem er die Finger höher und höher hinaufschob, bis sie den elastischen Bund ihres Slips aus hauchdünner Seide berührten. Er fragte sich, welche Farbe der Slip wohl hatte. Schwarz? Rot?

Emma lag still auf dem Tisch und schien den Atem anzuhalten. Ganz langsam – er biss die Zähne zusammen, um seine Ungeduld zu unterdrücken – fuhr er an ihrem Stringtanga entlang, bis er die schmalen Bänder auf ihren Hüften erreicht hatte.

„Welche Farbe hat er?“

„Was?“

Er erkannte seine eigene heisere Stimme kaum. „Welche Farbe hat dein Slip?“

Sie lachte nervös. „Das habe ich vergessen. Vielleicht Pfirsich? Oder Schwarz.“

Jake wurde noch härter. Er schob ihren Rock bis zur Taille

hoch, sodass ihre sexy Beine in ganzer Länge zum Vorschein kamen, und wollte nur noch spüren, wie Emma sie ihm um die Hüften legte. Sein Blick wanderte zu ihrem Po, der so gut wie nackt war, da sie nur einen schwarzen Stringtanga trug.

Sein Herz schlug schneller, und ihm wurde noch heißer. Er berührte ihre Hüfte und schloss die Finger um den schmalen Stoffstreifen. Emma wand sich. Nur ein kurzer Ruck, dachte er und bekam weiche Knie bei der Vorstellung, den winzigen Stringtanga zu zerreißen.

„Es ist warm hier drinnen“, flüsterte sie und machte ihm klar, dass er dastand wie ein unerfahrener Junge, der zum ersten Mal einen Blick unter das Kleid seiner Freundin erhaschte.

Er fühlte sich wirklich wie ein sechzehnjähriger Junge, wie ein ungeschickter noch dazu. „Du hast ja auch deinen Pullover noch an.“

„Ich könnte ihn ausziehen.“

Gute Idee. Er zog ihn ihr über den Kopf.

Unter dem Pullover trug sie ein hellrosa Hemdchen mit Spaghettiträgern, von denen ihr einer von der Schulter gerutscht war. Jake schob den anderen ebenfalls herunter. Beim Anblick ihres flachen Bauches, ihres hochgeschobenen Rocks und der von ihren Schultern gerutschten Träger packte ihn heftiges Verlangen.

Er atmete tief durch und nahm sich zusammen. Er war hier, um sie zu massieren und zum Wahnsinn zu treiben, so wie sie es mit ihm gemacht hatte. Und um sie dazu zu bringen, zu betteln. Das durfte er nicht vergessen.

Er biss die Zähne zusammen, goss sich noch mehr Öl in die Hand und widmete sich ihren nackten Schultern, ohne ihr den Rock wieder herunterzuziehen. Er entlockte ihr weiteres leises Stöhnen. „Wie fühlst du dich?“, erkundigte er sich und arbeitete sich von ihren Schultern zu ihrem Nacken hoch.

Ihre Antwort beschränkte sich auf ein vages „Hm", daher ließ er seine Hände von ihren Schultern hinunterwandern, und als das Mieder im Weg war, schob er es einfach zu ihrer Taille hinunter.

Emma klammerte sich an die Seiten des Tisches und stöhnte.

Jake lächelte mutwillig und machte sich wieder an die Arbeit.

Nach einem kurzen Augenblick atmete sie aus und entspannte sich unter seiner Berührung. Nachdem er ihre Verspannungen im Rücken so weit wie möglich herausmassiert hatte, gab er ihr einen Kuss auf die Wange und sagte: „Dreh dich um."

Sie öffnete die Augen. „Was?"

„Es sei denn, du hast Angst, ich könnte dich wirklich dazu bringen."

„Wozu?"

„Dass du um Gnade bettelst."

Sie schloss für einen Moment erneut die Augen, und er glaubte schon, dass es an diesem Punkt zu Ende war. Aber dann verblüffte sie ihn, indem sie sich tatsächlich auf den Rücken drehte. Dabei sah sie ihn unverwandt an, und der offene verletzliche Ausdruck in ihren Augen verriet, dass sie ihm nicht nur ihren nackten Körper darbot, sondern auch ihr Herz und ihre Seele.

Und das löste etwas tief in ihm aus. Er verdrängte dieses Gefühl und konzentrierte sich stattdessen auf ihren Anblick. Ihre Brüste waren wundervoll, mit rosigen Brustwarzen – ein Anblick, der Jakes Begierde noch mehr anfachte.

Emmas Oberkörper hob und senkte sich mit jedem ihrer schnellen Atemzüge. Obwohl ihr Bauch durch das Hemdchen und den Rock größtenteils bedeckt war, konnte Jake ein Stück davon erspähen. Er sehnte sich danach, sein Gesicht an ihre glatte helle Haut zu schmiegen.

Direkt unterhalb ihres hochgeschobenen Rocks war ihr Stringtanga zu sehen. Sein Sitz verriet, dass Emma sich offenbar rasiert oder einer Wachsbehandlung unterzogen hatte. Ihre langen wohlgeformten Beine lockten. Er berührte eines und fühlte, wie sie erschauerte. „Ist dir kalt?"

Sie schüttelte den Kopf und sah ihm weiter in die Augen.

Mit der anderen Hand fuhr er langsam ihre Schenkel hoch und dann zur Taille und höher, bis er fast die Unterseite ihrer Brüste erreichte. Emma sog hörbar die Luft ein. Jake streichelte ihre makellose Haut. Die Knospen ihrer Brüste wurden noch härter.

Sie befeuchtete sich die Lippen, schluckte, sah ihn aber weiter an, selbst als er mit beiden Händen ihre Brüste umschloss.

„Oh", hauchte sie erschrocken.

Mit dem Daumen rieb er zärtlich die Spitzen, ehe er sich über sie beugte, um an ihnen zu saugen. Emma hob sich ihm entgegen, klammerte sich an den Tisch und gab einen rauen kehligen Laut von sich.

Um Jake war es geschehen. Er betrachtete sie, dann küsste er ihre Wangen, ihr Ohr, atmete den Duft ihrer Haare und ihrer Haut ein. Hatte er wirklich geglaubt, er könne sie provozieren, ohne selbst Feuer zu fangen? „Emma … wir werden es tun."

„Ja", erwiderte sie zu seiner Überraschung und zog ihn zu sich herunter. „Jetzt. Bitte jetzt."

Als könnte er ihr widerstehen! Er küsste die Unterseite ihrer Brüste, umspielte mit der Zunge die Brustwarze und saugte sacht daran.

Emma stöhnte und bog sich ihm erneut entgegen. Ihre Finger glitten unter sein Hemd und über seinen Waschbrettbauch. Selbst wenn er es gewollt hätte, hätte er jetzt nicht mehr aufhören können. Nicht wenn sie seinen Namen flüsterte und die

Hand zum Bund seiner Jeans schob.

Es war himmlisch und quälend zugleich. Himmlisch, weil es herrlich war, sie anzusehen und zu berühren. Und quälend, weil er bereits wusste, ein einziges Mal mit ihr würde ihm nicht genügen.

Doch er verdrängte diesen Gedanken, verflocht seine Finger mit ihren und hob ihre Hand über ihren Kopf, damit sie ihn nicht mehr anfassen konnte. Denn wenn sie es weiterhin täte, würde es vorbei sein, bevor es richtig angefangen hatte. Bei ihr schaffte er es anscheinend nicht, sich zu beherrschen. Also zog er ihre andere Hand unter seinem Hemd hervor und legte sie ihr ebenfalls über den Kopf.

Dann gab er ihr einen heißen leidenschaftlichen Kuss, der mehr sagte als alle Worte und sein Blut noch mehr zum Kochen brachte.

„Jake", flüsterte sie atemlos, und es war das Aufregendste, was er je gehört hatte. Es ließ ihn die Hotelsuite vergessen, seinen Job und ihren, den Grund, weshalb sie sich überhaupt begegnet waren. Er nahm nur noch wahr, wie sinnlich ihre Lippen waren und wie schön es war, wenn ihre Zungen miteinander spielten. Es war ein Kuss, der seine Sehnsucht nach mehr weckte, als er in dieser Position haben konnte.

Er löste sich von Emma, und sie protestierte leise. Jake ging ans Fußende des Massagetisches, umfasste Emmas Hüften und zog sie an sich, sodass sie ihre Beine spreizen musste und sich die Wölbung in seiner Jeans an ihren empfindsamsten Punkt presste.

Sie lächelte, und sein Herz zog sich zusammen. Emma setzte sich auf, zog ihm das Hemd über den Kopf und küsste ihn erneut. Bei jeder zarten Liebkosung durch ihre Finger, die von seiner Brust hinunter zu seinem Bauch und noch tiefer glitten, spannten sich seine Muskeln an.

Sie spielte erneut mit seinem Hosenbund, und diesmal machte sie dort nicht Halt, sondern öffnete den ersten Knopf. Und dann den zweiten.

Die Berührung ihrer Hände auf seiner Haut entfachte ein Feuer in ihm, und es fiel ihm schwer, sich zu beherrschen. Das war etwas, was ihm noch nie passiert war, selbst als er jung und unerfahren war nicht. Jetzt aber drohte er die Kontrolle zu verlieren, so heftig war sein Verlangen danach, endlich in sie einzudringen.

Er drückte sie sanft auf den Tisch, legte ihr die Arme wieder über den Kopf und küsste sie heiß und fordernd, bis sie sich heftig unter ihm wand. Er wollte, dass sie ihn ebenso begehrte wie er sie. Und es gelang ihm. Er überzog ihr Dekolleté mit kleinen Küssen, die ihre Haut prickeln ließen, fuhr mit der Zunge über eine ihrer aufgerichteten Brustwarzen, glitt tiefer, streifte ihren Bauchnabel und den hochgeschobenen Rock.

Da er zwischen ihren Beinen stand, konnte sie sie nicht zusammendrücken. Aber das schien sie auch gar nicht zu wollen, denn sie hatte sie ihm um die Hüften gelegt.

Jake zerrte an ihrem Stringtanga.

Er zerriss.

Emma hob den Kopf, und Jake fürchtete schon, er sei zu weit gegangen. Doch stattdessen hob sie das Becken, rieb sich an ihm und hauchte: „Oh, bitte."

Behutsam drang Jake mit einem Finger ein, genoss das Gefühl, dass er sie so sehr erregte. Ihr Atem ging stoßweise und beschleunigte sich noch, als er mit einem zweiten Finger in sie eindrang, während er mit dem Daumen die äußerst sensible Knospe zwischen ihren Beinen rieb.

„Jake!" Sie bog sich ihm wild entgegen. „Bitte."

„Komm", flüsterte er und beobachtete, wie seine Finger geschmeidig in sie hinein- und wieder hinausglitten. „Ich will dich."

Sie führte seine Hand, bis sein Daumen an genau der richtigen Stelle war, und als sie ihre Lust herausschrie und am ganzen Körper erbebte, beugte er sich über sie und saugte an einer ihrer Brustwarzen.

Das schien ihren Orgasmus zu verlängern oder einen weiteren auszulösen. Sie in ihrer hemmungslosen Lust zu beobachten, brachte ihn schier um den Verstand. Während sie noch benommen von den Nachwirkungen ihres Höhepunkts war, zog er seine Jeans herunter und nahm ein Kondom aus der offenen Schublade.

Emma richtete sich halb auf und schloss die Finger um die größte Erektion, die er je gehabt hatte. Er stöhnte und stieß unkontrolliert in ihre Hand. Emma streichelte ihn begierig, und diesmal konnte er sie nicht aufhalten. Er war einfach machtlos gegen ihre Liebkosungen.

Sie richtete sich noch weiter auf und küsste seinen Bauch, ohne ihre aufreizenden Zärtlichkeiten zu unterbrechen. Schließlich glaubte er, vor Lust zu sterben. „Komm", hauchte sie, und das ließ ihn fast ganz die Kontrolle über sich verlieren.

Hastig riss er das Kondompäckchen auf und streifte sich den Schutz über.

„Du zitterst", bemerkte sie.

Ja, er zitterte. Weil sie ihn zutiefst erschütterte.

Sie sah ihm lächelnd in die Augen, zog ihn zu sich herunter und küsste seine Wange. „Ich liebe deinen Körper", flüsterte sie und fuhr mit der Zunge über seinen Hals.

Er stöhnte. „Emma."

„Ja, ich weiß", erwiderte sie leise, umfasste sein Gesicht mit beiden Händen und presste ihre Stirn an seine.

Er wollte diese Zärtlichkeit nicht. Es schnürte ihm die Kehle zu, und deshalb packte er Emmas Hüften und drang tief ein. „Halt dich fest", brachte er heiser hervor. „Halt dich gut fest."

Doch das tat sie bereits, und als er sich nun hart und fordernd bewegte, schrie sie ihre Lust heraus.

„Küss mich“, bat sie, und er gehorchte, während er wieder und wieder in sie eindrang.

Ihre Muskeln spannten sich an. „Jake …“

„Komm noch einmal“, forderte er und hielt sie fest, als sie erneut zum Höhepunkt gelangte, seinen Namen auf ihren Lippen.

Das war der Moment, in dem es auch um seine Beherrschung geschehen war. Er verlor sich in ihr und überließ sich dem Feuer der Lust, das jede andere Empfindung auslöschte.

Viel später brachte Jake Emma zu ihrem Hotelzimmer. Sie wusste nicht, was sie erwartet hatte, jedenfalls nicht, dass er sie hineinbegleitete.

Das Lämpchen an ihrem Telefon blinkte. Emma hörte ihre Nachrichten ab und war ein wenig verlegen wegen des großen stillen Mannes hinter sich, der jede ihrer Bewegungen beobachtete.

Was sie zusammen erlebt hatten, war so intensiv, dass sie nicht wusste, wie sie sich nun verhalten sollte. Allein die Erinnerung daran, wie sie gestöhnt und gekeucht, ja tatsächlich gefleht hatte, ließ sie erröten. Außerdem war sie ziemlich sicher, dass ihre Fingernägel Spuren auf seinem knackigen Po hinterlassen hatten.

Wusste er das eigentlich? Wenn nicht, hatte er aber bestimmt gemerkt, dass sie ihn kurz vor dem Gipfel in die Schulter gebissen hatte. Sie hatte den Abdruck ihrer Zähne dort gesehen, als er sein Hemd wieder anzog.

Du lieber Himmel, sie hatte sich in seinen Armen in ein wildes Tier verwandelt.

Wie sollte sie ihm jemals wieder in die Augen schauen? Das

brauchst du ja nicht, bis du morgen abreist, dachte sie. Das war eine schmerzliche Vorstellung, die sie verdrängte, um sich auf ihre Nachrichten zu konzentrieren. Sie hatte zwei. Die erste kam von dem verzweifelt klingenden Eric.

„Deine Assistentin ist verrückt geworden“, zischte er. „Sie hämmert gegen meine Zimmertür, weil sie hinein will. Hörst du sie?“

Emma konnte wirklich ein Hämmern hören.

„Ich kann sie durch den Spion sehen“, fuhr Eric fort. „Weißt du, was sie anhat? So gut wie nichts!“ Seine Stimme brach. „Ich weiß, ich habe dir versprochen, ihr zu widerstehen, aber da war sie betrunken. Jetzt ist sie nüchtern, und ich glaube nicht, dass ich standhaft bleiben kann. Entweder rufst du mich an und erinnerst mich daran, weshalb ich keinen Sex mit ihr haben sollte, oder du akzeptierst die Konsequenzen.“

Klick.

Emma starrte auf das Telefon. Sie hatte gewollt, dass die beiden wieder zusammenkamen, aber nur, wenn sie beide bereit dafür waren. In den letzten Tagen hatte sich gezeigt, dass das auf Liza nicht zutraf und möglicherweise nie zutreffen würde. Diese Närrin!

„Was ist los?“, erkundigte sich Jake.

„Nichts.“ Nur dass ihre beste Freundin über ihren besten Freund herfallen würde, um ihn hinterher wie eine heiße Kartoffel fallen zu lassen. Lizas Motto war, lieber selbst Schluss zu machen, bevor ihr Partner sich von ihr trennte. Und vor Eric hatte sie auch niemanden mit ihrem Verhalten verletzt.

Doch jetzt hatte Liza den armen Mann zum zweiten Mal dazu gebracht, ihretwegen alle Vernunft in den Wind zu schlagen. Auch wenn er sich gern sarkastisch gab, war er ein sensibler Mensch, und deshalb machte Emma sich Sorgen.

Die nächste Nachricht stammte von Liza. „Mach dir nicht

die Mühe, herzukommen und ihn zu retten“, sagte sie. „Ich habe ihn genau dort, wo ich ihn haben wollte, und ich kann dir sagen, dass mir die Spielzeuge hier im Hush gerade recht kommen. Ich habe ihn mit den Seidentüchern ans Bett gefesselt. Er ist übrigens ein sehr kooperationsbereiter Gefangener. Ich werde mich gut um ihn kümmern.“

Klick.

Emma legte den Hörer auf und sagte sich, dass die beiden schließlich erwachsen waren. Sie würden mit den Konsequenzen schon fertig werden.

„Emma?“

Sie drehte sich zu Jake um und richtete den Blick auf seine Brust, da sie ihm immer noch nicht ins Gesicht sehen mochte. „Liza hat Eric in dessen Zimmer ans Bett gefesselt.“ Sie sah auf und registrierte ein Funkeln in seinen Augen, das bei ihr ein sinnliches Prickeln auslöste. „Was ist das bloß mit diesem Hotel? Es scheint das Tier in den Gästen zu wecken.“

„Meinst du, das ist es, was oben zwischen uns passiert ist? Dass uns die Atmosphäre überwältigt hat?“

„Ich bin mir nicht sicher.“

Er legte ihre braune Tüte auf den Tisch – fast hätte sie ihren Einkauf vergessen – und umfasste ihre Hände. „Noch einmal.“

„Was?“

„Noch einmal“, wiederholte er.

Ihre Brustwarzen richteten sich auf. Oh ja, sie wollte ihn auch noch einmal.

Und dann noch einmal.

Aber er wollte es offenbar nur jetzt und hier. Sie wollte ihn morgen und übermorgen und, wie ihr allmählich klar wurde, auch noch länger.

Und er? Ganz sicher wollte er eine solche Beziehung nicht. Diese Erkenntnis hätte sie eigentlich innehalten lassen sollen.

Das tat sie aber nicht.

Ihr Herz pochte wie wild, als sie sich Jake in die Arme warf. Sie spürte deutlich sein nur mühsam beherrschtes Verlangen. Vielleicht, dachte sie, will er ja doch mehr.

„Lass mich", sagte er, als sie sein Hemd aufzuknöpfen versuchte. Er küsste sie, bis sie vor Verlangen nicht mehr denken konnte.

„Lass mich", flüsterte er noch einmal, als er sie endlich vollständig entkleidet hatte. Er ließ sich Zeit, jeden Zentimeter ihres nackten Körpers in aller Ruhe zu erkunden.

Und dann nahm er sie im Whirlpool.

„Noch einmal", forderte er sie später auf, und setzte sie auf den Küchentresen.

Danach auf dem Teppich. Und später auf dem Sessel beim Fenster, von dem aus man einen Blick auf die Lichter der Stadt hatte, die niemals schlief.

Irgendwann gegen drei Uhr morgens fielen sie erschöpft ins Bett, wo Jake sie fest an sich zog und sofort einschlief.

Emma betrachtete sein Gesicht, das im Schlaf ganz entspannt war, und begriff, dass sie diesen Mann lieben könnte – vielleicht sogar für immer. Wenn er es zuließ. Doch sie wusste längst, dass er das nicht tun würde. Er glaubte, dass es ihm gelungen war, seine Gefühle vor ihr zu verbergen, aber das war ein Irrtum. Sie küsste ihn. „Gute Nacht", flüsterte sie.

Er murmelte etwas im Schlaf und drückte sie fester an sich, ohne jedoch aufzuwachen. Mit einem kleinen Seufzer kuschelte sie sich an ihn und überließ sich auch dem Schlaf.

Ein Wecker riss Jake aus dem Schlaf. Er lag in einem fremden Bett, neben einer Frau mit einem verlockenden Körper.

Nein, es war nicht irgendein Bett mit irgendeiner Frau. Er war im Hush, mit Emma.

Ihre Brust schmiegte sich in seine Hand. Er spürte die aufgerichtete Knospe. Seine andere Hand lag auf ihrem warmen Po. Er drehte Emma auf den Rücken, legte sich auf sie und drängte sich behutsam zwischen ihre Beine.

„Der Wecker", erinnerte sie ihn.

Er warf den Wecker auf den Boden, und zum Glück verstummte er.

„Das Vorsprechen", murmelte sie, die Augen noch immer geschlossen. „Ich muss ... oh!"

Nachdem Jake an einer Brustwarze gesaugt hatte, umspielte er sie mit der Zunge. Er musste lächeln, als Emma sich stöhnend an ihn klammerte.

„Jake ..."

Zärtlich biss er sie in die Brustwarze und fuhr anschließend mit der Zunge darüber.

Emma grub ihre Fingernägel in seine Schulter und hob sich ihm entgegen.

Oh ja. Gut. Er ließ seine Hand an ihrer Seite hinuntergleiten, wobei er die Finger weit spreizte.

„Warte", sagte sie atemlos.

Er umfasste ihren Po.

„Jake!"

Zum ersten Mal hörte er diesen Ton bei ihr. Diesen widerstrebenden Ton, den er oft genug selbst benutzt hatte am Morgen danach, wenn er von einer Frau genug hatte und gehen wollte.

In diesem Moment wurde er hellwach.

Emma war fertig mit ihm, bevor er mit ihr fertig war. Das war ihm noch nie passiert. Er war völlig geschockt. Ohne sie anzusehen, rollte er sich von ihr herunter und stieg aus dem Bett.

„Jake?"

Er nahm seine Jeans und suchte nach seinen Schuhen.

„Jake."

„Bleib liegen", sagte er und stieg in seine Jeans. „Ich finde allein hinaus." Er hatte stets den Weg hinausgefunden. Jetzt ärgerte er sich, dass er geblieben war. Sex war in Ordnung. Aber bei einer Frau zu übernachten nicht. Anscheinend hatte er letzte Nacht einige seiner eigenen Regeln gebrochen.

Die Papiertüte auf der Kommode war offen, die Verpackung des Vibrators aufgerissen. Sie hatten sich damit auf sehr aufregende, erotische Weise vergnügt, und wenn sein Herz nicht heftig gepocht hätte, hätte er bei der Erinnerung daran gelächelt.

Stattdessen bekam er eine Erektion. Denn nach ihrer anfänglichen Zurückhaltung hatte Emma ihre Hemmungen abgelegt und sich als sehr experimentierfreudig erwiesen ...

Verdammt, er dachte schon wieder an sie.

Er war bereits an der Tür, als Emma ihre Hand auf seinen Arm legte und Jake zu sich umzudrehen versuchte. Er richtete den Blick auf seine Hand auf dem Türknauf. „Nicht, Emma."

„Sieh mich an", sagte sie leise und streichelte seinen Rücken. Jake spannte die Muskeln an. „Bitte."

Er drehte nur ein klein wenig den Kopf.

„Letzte Nacht", sagte sie und schien etwas in seinem Blick zu suchen. „Es war ... anders."

Er lachte bitter. „Ja, ich nehme an, dass dich nicht viele Männer in einen Pornoladen schleppen."

„Das meinte ich nicht."

„Du machst wohl auch nicht allzu häufig einen Zug durch die Kneipen. Zumindest nicht durch solche, in die ich mit dir gegangen bin."

Sie schien bis in die Tiefen seiner Seele schauen zu können.

„Ich meinte, es war beängstigend."

Er hatte ihr Angst gemacht? „Das wollte ich nicht …"

Sie drehte ihn ganz zu sich um, hielt seine Arme fest. „Nein, es war auf gute Art beängstigend. Ich versuche dir klarzumachen, dass ich etwas so Erstaunliches noch nie erlebt habe. Ja, es war anders und genau das hat mir solche Angst gemacht. Das, was letzte Nacht zwischen uns geschah, als wir uns liebten …"

„Halt. Du solltest nicht weitersprechen, sonst sagst du noch etwas, was du hinterher bereust."

„Es war nicht nur Lust."

„Doch", sagte er. „Das war es. Nichts weiter."

„Oh." Sie stutzte und wirkte verletzt. „Ich verstehe."

Er hätte letzte Nacht verschwinden sollen. Er war ein kompletter Idiot. „Ich will dir nicht wehtun …"

„Nein, ist schon gut. Ich verstehe. Es war nur eine flüchtige Sache."

„Genau. Nur eine gemeinsame Nacht."

„Ich habe verstanden." Sie ließ ihn los und wich einen Schritt zurück. Sie brachte sogar ein Lächeln zustande, nur wirkte es sehr gezwungen. „Kein Problem."

Er fühlte sich mies. Irgendwo hinter ihr klingelte ihr Handy.

„Entschuldige bitte, aber ich muss mich melden", sagte sie.

„Ja, klar. Tja, dann … viel Glück bei der Suche nach dem geeigneten Koch für deine Show." Sofort ärgerte er sich über diese lahme Floskel. Er benahm sich wirklich wie ein Idiot. „Emma …"

Doch sie hatte sich schon abgewandt. Genau wie er es gewollt hatte.

Emma meldete sich am Handy. Als sie hörte, wie Jake die Zimmertür hinter sich schloss, atmete sie tief durch. Er war fort.

Es war nur eine flüchtige Sache.

Ich bin so dumm gewesen, dachte sie ärgerlich und klappte ihr Handy auf. „Hallo?"

„Emma."

„Eric." Sie konzentrierte sich wieder auf die Gegenwart. „Ich nehme an, du bist nicht mehr gefesselt."

„Äh, nein." Er senkte die Stimme. „Es war wirklich großartig, aber …"

„Aber was?"

„Hinterher …" Er seufzte. „Sie hat geweint. Es hat mir das Herz gebrochen."

„Wieso flüsterst du?"

„Weil sie direkt neben mir schläft. Warum hat sie geweint?"

Emma setzte sich auf ihr Bett. „Hast du sie gefragt?"

„Sie hat es bestritten, aber ich habe ihre Tränen gesehen."

„Was ist hinterher passiert?"

„Wir, na ja, haben es noch mal getan. Es war unbeschreiblich." Er klang ehrfürchtig. „Nicht der Sex, sondern das, was zwischen uns passierte, verstehst du?"

Ja, das tat sie.

„Ich habe mich wieder in sie verliebt."

Emma holte tief Luft. Sie war selbst dabei, sich zu verlieben.

„Was mache ich bloß?", flüsterte Eric.

„Wie kommst du darauf, dass ausgerechnet ich dir einen Rat in Liebesdingen geben könnte?"

„Weil du das Herz am rechten Fleck hast. Du bist ein mitfühlender Mensch, der Beziehungen nicht auf die leichte Schulter nimmt."

„Ja, klar. Ich bin eine ziemliche Versagerin auf dem Gebiet. Im Augenblick zählt nur, dass wir unsere Jobs verlieren und Dosensuppe essen werden, wenn ich nicht nach unten gehe, um mit der Kandidatensuche fortzufahren."

„Aber sie hat geweint, Emma."

Sie rieb sich die Schläfen. Der Schmerz dort war jedoch nicht zu vergleichen mit dem in ihrem Herzen. „Wenn ich raten soll, würde ich darauf tippen, dass sie geweint hat, weil sie dich liebt."

Am anderen Ende der Leitung herrschte Schweigen.

„Eric? Bist du noch da?"

„Sie hat mir gesagt, dass sie mich nicht liebt."

„Aber du bist doch nicht so dumm, ihr zu glauben."

„He, ich bin ein Mann. Wir kommen dumm auf die Welt."

„Na schön, hör zu. Ich hatte noch keinen Kaffee, und meine Nacht war ... wie dem auch sei, vermutlich weiß Liza nicht, wie sie damit umgehen soll, dass sie dich liebt, oder wie sie es dir zeigen soll. Das Fesseln war symbolisch. Du gehörst ihr. Du bist an sie gebunden. Verstehst du?"

Er schwieg einen Moment. „Ja, ich glaube schon."

„Du weißt, dass ihr beim ersten Versuch zu ungestüm wart. Ihr habt nicht über die Dinge geredet, die euch Angst machen. Ihr habt nicht das getan, was für eine dauerhafte Beziehung nötig ist."

„Du hast recht, und ich will nicht, dass das wieder passiert."

„Dann redet miteinander. Wilder Sex allein reicht nicht. Hört einander zu. Seid füreinander da."

„Aber es ist schwer, zu Liza durchzudringen. Sie ist nicht gerade der kommunikative Typ."

„Dann dreh den Spieß einfach um."

Er zögerte. „Du meinst, ich soll sie fesseln?"

„Genau."

Er lachte leise. „Verstanden. Und jetzt erzähl mir von deiner Nacht. War sie nicht gut?"

Sie war weder gut noch schlecht, sondern schlicht die beste ihres Lebens. „Das ist schwer zu erklären." Besonders, da es für Jake nur eine „ganz normale Sache“ war. Dieser Mistkerl.

Ihr auf dem Boden liegender Wecker klingelte erneut. „Wir müssen weitermachen. Steh auf und weck Liza. Wir treffen uns im Konferenzraum für die zweite Runde.“

Obwohl er im Hotel hätte duschen können, ging Jake in seine Wohnung. Er wollte in seinen eigenen vier Wänden sein. Doch als er die drei Stockwerke hinaufging, wurde ihm klar, dass sein Problem nicht die Außenwelt war, sondern die Gedanken in seinem Kopf.

Er wollte bei Emma sein, dabei wusste er nicht einmal genau, was ihn an ihr so anzog. Er wollte mit ihr zusammen sein. Doch das ging nicht. Er war nie irgendwo geblieben, hatte sich an nichts und niemanden gebunden.

Vor seiner Tür fand er zu seiner Überraschung Pru vor, die auf ihn wartete. „Ich werde wahnsinnig“, verkündete sie und stand auf.

Jake schloss auf und runzelte die Stirn, da Pru sich einfach an ihm vorbeischob und eintrat.

„Komm doch rein“, meinte er ironisch.

„Hast du gehört, was ich gesagt habe?“ Sie wirbelte zu ihm herum, wobei ihr langer Zopf ihm beinah ins Gesicht schlug. „Ich verliere den Verstand.“

„Willkommen im Klub.“ Er stand im Wohnzimmer und warf einen sehnsüchtigen Blick zur Dusche. „Also, was ist passiert?“

„Caya und ich sind gestern Abend zusammen ausgegangen. Am Ende küsste ich sie. Sie erwiderte den Kuss, und ich sage dir, es war echt. Es war Liebe.“

„Woher willst du denn den Unterschied zwischen Lust und Liebe kennen?“

Die Frage schien sie zu verblüffen. „Lust kann befriedigt werden. Wenn man dann am nächsten Morgen aufwacht, ist sie weg. Zur Lust gehören nicht diese tiefen beängstigenden Gefühle, wie zum Beispiel, dass man den anderen unbedingt wiedersehen muss."

Jake fühlte eine leise Besorgnis. Aber das konnte nicht sein, denn er machte sich nie Sorgen. Bisher hatte sich das nie gelohnt. „Das hört sich nicht an, als könnte eine weitere Liebesnacht das kurieren."

„Nein", sagte Pru traurig. „Man glaubt es vielleicht, aber hinterher wird es nur noch schlimmer."

Verdammt. Sie irrte sich. Sie musste sich irren. „Vielleicht ist manche Lust hartnäckiger als andere."

„Schätzchen, Lust ist zwar unbeständig, aber nicht hartnäckig."

Furcht kroch in ihm hoch. „Aha."

Jemand klopfte an die Tür. Jake öffnete sie. Draußen stand Caya. Sie hatte verweinte Augen und sah genauso elend aus wie Pru. Oje, dachte er. „Ich nehme an, du willst ..."

Sie bohrte ihm den Zeigefinger in die Brust. „Hast du Pru geraten, mir ihre Gefühle zu gestehen?"

„Ich ..." Er sah über die Schulter zu Pru, die hektisch abwinkte. Er wandte sich wieder an Caya, wohl wissend, dass er das alles noch bitter bereuen würde. „Ich sollte mich lieber nicht in eure Angelegenheiten einmischen."

„Dafür ist es zu spät!"

„Caya ..." Er hielt inne, da ihr eine Träne über die Wange lief. „Oh nein, bitte nicht."

Nun brach sie vollends in Tränen aus. Er nahm sie in den Arm, aber so, dass sie nicht in seine Wohnung sehen konnte. Das war überflüssig, da Pru im Bad verschwunden war. Er ließ Caya eintreten, da er keine Chance sah, dass die beiden in nächster Zeit wieder verschwinden würden.

Sie wischte sich die Tränen ab. „Pru hat mir gesagt, dass sie mich liebt."

„Ich weiß."

„Sie will, dass ich ihr sage, dass ich ihre Gefühle erwidere. Aber was weiß ich schon von Liebe?"

„Das fragst du mich?"

Caya lachte. „Ja. Eine schöne Bescherung, was? Meinst du, es ist verrückt, dass ich ihre Liebe in gewisser Weise tatsächlich erwidere?"

Bevor Jake antworten konnte, wurde hinter ihm die Badezimmertür aufgerissen, und Pru kam heraus.

Caya erschrak. „Du bist hier?"

Pru nickte. Ihre Augen füllten sich mit Tränen.

„Du hast gehört, was ich gesagt habe", flüsterte Caya.

„‚In gewisser Weise', sagtest du", gab Pru zurück.

Caya schluckte. „Es ist mehr als das."

„Wirklich?"

„Ich wollte dich nicht lieben", gestand Caya. „Ich habe versucht, es zu verhindern. Aber du bist anscheinend für mich die Richtige."

Pru weinte jetzt hemmungslos. In ihrem Gesicht spiegelte sich so viel Hoffnung wider, dass Jake der Anblick schmerzte. „Was ist mit Männern?"

„Sie sind in Ordnung, aber nicht das, was ich will."

„Caya, um Himmels willen. Bist du dir sicher?"

„Sehr. Außerdem fehlt den meisten Männern die nötige Reife. Nichts für ungut", meinte sie zu Jake.

„Schon gut", entgegnete er trocken.

Caya wandte sich wieder an Pru. „Ich habe meine Erfahrungen gesammelt und weiß jetzt, dass ich nur dich will."

Im nächsten Moment lagen sie sich in den Armen und

küssten sich so leidenschaftlich, dass Jake sich räusperte.

„Tja", sagte er. „Dann könnt ihr zwei ja jetzt gehen." Sie küssten sich weiter, als brauchten sie keine Luft zum Atmen. „Ach, vergesst es." Jake schnappte sich seine Schlüssel und verließ seine Wohnung.

7. KAPITEL

Die Leute, die sich an diesem Tag für die Kochshow bewarben, waren noch schlimmer als am Vortag.

„Das wird nichts“, stellte Liza nach mehreren Stunden fest. Gerade hatten sie eine achtzigjährige Russin erlebt, die zwar kochen konnte, dafür aber kein Wort Englisch sprach.

„Nein, das wird nichts“, gab Emma zu. Die Angst meldete sich wieder. „Tja, es hat Spaß gemacht, mit dir zusammenzuarbeiten.“

„Du könntest mit Jake reden.“

„Nein.“

„Du könntest ihn anflehen.“

„Da sage ich erst recht Nein.“

„Na schön.“ Liza nahm ihre Handtasche.

„Wohin willst du?“

„Du hast mir das Leben gerettet. Jetzt rette ich deines.“

„Was meinst du damit, ich habe dir das Leben gerettet?“

Liza sah sie an. „Ich habe nicht geschlafen, als Eric dich heute Morgen anrief.“

„Nein?“

„Ich habe es nur vorgetäuscht. Darin bin ich ziemlich gut. Bis jetzt musste ich allen Männern etwas vortäuschen – außer Eric.“

„Oh, Liza.“

„Weil er mich liebt. Ich kann ihm glauben, denn er hat es dir erzählt. Er hat keinen Grund, dich anzulügen.“

„Er hat auch keinen Grund, dich anzulügen.“

„Ich weiß, aber ich war mir trotzdem nie sicher. Ich hatte immer Pech in der Liebe.“

Das wusste Emma. „Eric ist der Richtige.“

„Das wird mir allmählich auch klar. Und das habe ich dir

zu verdanken.“ Sie drückte Emma an sich. „Deshalb werde ich dir jetzt auch helfen. Du wirst sehen.“

„Das schaffst du nicht.“

„Ich bin deine Assistentin. Es ist mein Job, deine Probleme zu lösen. Und das werde ich. Gehen wir.“

„Wohin?“

„Komm einfach mit.“ Liza öffnete die Tür des Konferenzraumes.

Eric stand draußen mit einem Klemmbrett vor den letzten beiden hoffnungsvollen Bewerbern, einem etwa zwölfjährigen Mädchen und einem alten Mann, der im Stehen zu schlafen schien.

„Wir brauchen dich“, sagte Liza zu Eric.

Ohne Fragen zu stellen, wandte er sich an die beiden verbliebenen Kandidaten. „Tut mir leid, das war's für heute. Danke fürs Erscheinen.“

Sie durchquerten die Lobby und blieben vor dem Amuse Bouche stehen, da Emma erneut Bedenken kamen.

„Er hat doch schon abgelehnt“, meinte sie. Ihr Herz zog sich zusammen bei der Erinnerung an die vergangene Nacht und diesen Morgen. Eine Erinnerung, die er besudelt hatte, indem er sie angesehen hatte, als sei sie irgendeine Frau, mit der er sich für eine Weile abgegeben hatte.

Das hatte sie nicht erwartet. Was genau sie eigentlich erwartet hatte, wusste sie allerdings auch nicht. Schließlich hatte sie gewusst, dass er sich nicht binden wollte und nie lange an einem Ort blieb. Trotzdem hatte sie mit ihm geschlafen und sich in ihn verliebt. Also war sie verrückt, nicht er.

„Lass uns einfach mit ihm reden“, bat Liza.

„Ich kann nicht.“

Liza runzelte die Stirn. „Du bist blass.“

„Hast du eine lange Nacht hinter dir?“, fragte Eric.

Emma zuckte die Schultern.

„Ich wusste es", sagte Liza. „Oh, Liebes. Hat er dir das Herz gebrochen? Wenn ja, kann er sich auf etwas gefasst machen."

„Können wir nicht ein Problem nach dem anderen lösen?"

„Du hast recht. Zuerst die Sendung." Liza marschierte entschlossen durch das leere Restaurant zur Küche. „Gebt mir fünf Minuten", forderte sie und klopfte an die Küchentür.

Eine hübsche Brünette steckte den Kopf heraus. Emma erkannte in ihr die Sommelière von neulich Abend. „Kann ich Ihnen helfen?" Sie wirkte gestresst.

„Ja", sagte Liza. „Ich hörte, zwei Ihrer Assistenzköche haben die Grippe, sodass Sie in echten Schwierigkeiten stecken."

Emma und Eric sahen sich erstaunt an.

Die Sommelière seufzte. „Das stimmt. Aber ich weiß nicht, wo Sie das gehört haben."

„Oh, Sie wären überrascht, was ich alles höre." Liza hielt ihr lächelnd ihre Visitenkarte hin. „Ich bin nur Gast hier, aber wie Sie dort lesen können, bin ich Produktionsassistentin, also weiß ich, wie man Probleme löst. Unser Location Director hier …", sie deutete auf Eric, „… ist ein hervorragender Koch. Er hat zwar keine formale Ausbildung, aber er recherchiert für eine Sendung. Er könnte Ihnen heute aushelfen. Sie können unser Studio anrufen und Referenzen über ihn einholen."

Die Sommelière musterte Eric mit hoffnungsvoller Neugier.

Eric, der ebenso verwirrt war wie Emma, nickte nur.

„Sie können reinkommen und sich dem Chefkoch vorstellen", sagte die Sommelière zu ihm. „Er muss das absegnen, was er höchstwahrscheinlich nicht tun wird. Er arbeitet nicht mit Fremden."

„Oh, wir sind keine Fremden", informierte Liza sie.

„Einen Moment." Die Frau schloss die Tür.

Emma wandte sich an Liza. „Was hast du vor?“

„Ein Gefallen gegen einen Gefallen. Wir helfen dem Koch, dann wird er uns helfen.“

„Glaubst du etwa, weil Eric ihm einmal geholfen hat, wird Jake quer durchs Land reisen ...“

Die Küchentür ging auf, und Jake erschien. „Emma.“ Für einen kurzen Moment war ihm die Freude anzumerken, doch dann wurde er sofort wieder wachsam. Es machte sie traurig, dass das, was vergangene Nacht zwischen ihnen war, bald nur noch eine ferne Erinnerung sein würde.

„Mr. Hill“, begann Liza mit einschmeichelnder Stimme. „Eric ist ein hervorragender Koch. Er bietet Ihnen für heute seine Hilfe an.“

„Vielen Dank“, sagte Jake, „aber ich brauche niemanden.“

„Es ist Freitag. Wir wissen beide, wie es heute Abend im Restaurant aussehen wird. Das schaffen Sie nicht allein.“

Jake sah zu Eric. „Sie kochen?“

„Ja.“

Jake wandte sich an Emma. „Wo ist der Haken?“

„Es gibt keinen.“

Er verschränkte die Arme vor der Brust. Anscheinend glaubte er ihr nicht.

„Tut mir leid“, sagte sie. „Es war wohl ein Fehler herzukommen.“

„Warte.“ Er entspannte sich, und plötzlich erkannte Emma die Wahrheit: Er hatte ihr etwas vorgespielt. Ihre gemeinsame Nacht war für ihn ebenso etwas Besonderes wie für sie. Und nur deshalb war er schroff. „Ich könnte wirklich Hilfe gebrauchen.“

Eric krempelte die Ärmel hoch. „Sagen Sie mir, was ich machen soll.“

„Viel Glück“, sagte Emma.

„Wohin willst du?“, fragte Jake sie.

„Ich will dir nicht im Weg sein.“

Er fuhr sich über die stoppelkurzen Haare. „Das bist du nicht.“

Emma war perplex. „Wie meinst du das?“

„Ich denke, er hat die Frage schon beantwortet“, meinte Liza und krempelte sich ebenfalls die Ärmel hoch. „Er braucht Hilfe. Von uns allen.“

Es endete damit, dass Emma ihre Haare zu einem Pferdeschwanz zusammenband, eine weiße Jacke überzog und mit einem scharfen Messer vor einem riesigen Berg Gemüse saß.

Jake lief durch die Küche, hob Deckel von Töpfen, schwang den Kochlöffel und rührte köstlich duftende Sachen zusammen. Eric arbeitete auf der anderen Seite der Küche, wo er mit Pru scherzte, grimmig beobachtet von Liza. Sie und Emma hatten Jake versprochen, eine Stunde zu helfen. Eric würde bleiben, solange er gebraucht wurde.

Er lachte über etwas, was Pru sagte. Liza tat, als bemerke sie es nicht.

Emma war darin weniger gut. Sie schaffte es nicht einmal eine Stunde, sich vorzumachen, dass sie nicht an Jake dachte. Ging es ihm ähnlich? Dachte er an das, was sie erst vor wenigen Stunden erlebt hatten?

Eric lachte erneut. Liza legte ihr Messer hin und ging auf die beiden zu. Eric drehte sich lächelnd um, bis er ihre Miene registrierte. Sein Gesichtsausdruck wurde sanft und hoffnungsvoll. Bei seinem Anblick strahlte Liza plötzlich, als wäre Eric ihr Ein und Alles. Pru entfernte sich, und Eric berührte zärtlich Lizas Gesicht und küsste sie. Dann machte er sich wieder an die Arbeit. Liza hob die Hand an die Lippen, seufzte und ging ebenfalls wieder zu ihrem Arbeitsplatz.

Emma musste schlucken und verspürte das unerklärliche Bedürfnis zu weinen.

„Willst du einen Finger verlieren?"

Sie erschrak. Zwei Arme legten sich von hinten um sie, zwei starke Hände auf ihre. „Ganz ruhig", sagte Jake leise.

Ganz ruhig? Wie sollte das gehen? Sie spürte seine warme muskulöse Brust an ihrem Rücken und atmete seinen Duft ein. Sein Blick war auf das Messer und die Karotte gerichtet, die sie gerade schnitt.

„Du solltest dich lieber konzentrieren", ermahnte er sie.

„Jake?"

„Ja?"

„Die Dinge, die du heute Morgen zu mir gesagt hast … ich glaube nicht, dass das ernst gemeint war."

„Ich sage nie etwas, was ich nicht meine."

Sie schob das Gemüse von sich, legte das Messer hin und drehte sich zu ihm um. „Wir haben miteinander geschlafen. Wir sind zusammen eingeschlafen. Es war wundervoll. Ich mag zwar nicht so viel Erfahrung haben, aber das weiß ich." Er schwieg, und ihr kamen die ersten leisen Zweifel. „Zumindest war ich davon überzeugt."

Er fluchte. „Ja, du hast recht. Es war verrückt, so wundervoll war es." Er wirkte angespannt. „Gefällt dir das besser?"

Sie lächelte.

Jake schnappte sich frustriert das Messer und begann, das Gemüse zu schnippeln. Bei ihm ging es rasend schnell. „Es stimmt, aber es spielt keine Rolle. Es führt doch zu nichts, und das weißt du genau. Du kehrst nach L. A. zurück, und ich …"

„Was?"

„Ich bin mir noch nicht sicher. Das bin ich nie."

„Weil du gern gehst, wenn du es für richtig hältst."

„Ganz genau."

„Weil Verträge, selbst für kurzfristige, aber einträgliche Jobs beim Fernsehen, dich ebenso wenig interessieren wie Zukunftspläne."

Er legte das Messer hin. „Danke für deine Hilfe."

Er schickte sie weg. Nun, sie war selbst schuld. Sie wandte sich ab und bemerkte plötzlich, dass alle anderen fort waren. „He, wo sind sie alle?"

Jake schaute sich verwirrt um. „Du machst Stress in meiner Küche."

Emma legte die Hände auf die Hüften. „Ich mache hier Stress? Du bist derjenige, bei dem mir fast das Herz stehen bleibt."

„Wann?"

Sie biss sich auf die Lippe, damit sie nicht weiterreden konnte.

Er zog sie an sich, bis ihre Nasenspitzen sich fast berührten. „Heraus damit."

„Jedes Mal, wenn du mich zum Höhepunkt bringst", flüsterte sie.

Er starrte sie an. Sein Ärger verflog. „Ist das wahr?"

„Ja."

Er ließ sie los. „Mehl", sagte er.

„Was?"

Er zeigte auf die Speisekammertür hinter ihr. „Ich brauche Mehl."

Emma kniff die Augen zusammen. War das ein weiterer Test? Oder seine Art, das Thema zu wechseln?

Er wartete.

Na schön. Sie würde ihm sein verdammtes Mehl holen. Und danach würden sie reden. Sie öffnete die Doppeltür. Dahinter waren Regale mit Dosen und Lebensmitteln.

Und Eric und Liza. Erics Haare waren von Lizas Fingern zerzaust, sein Hemd war offen, sein Gürtel ebenfalls. Er hatte

Liza gegen ein Regal gedrängt und eine Hand unter ihrer Bluse, die andere in ihrer Hose.

Während Emma mit offenem Mund dastand, lösten sie sich hastig voneinander.

„Entschuldigung", bat Eric.

Liza lächelte verlegen. „Versöhnungssex … na, du weißt schon."

Nein, Emma wusste nicht. Aber plötzlich wünschte sie, es wäre anders.

Jake machte die Tür zu.

„Du liebe Zeit", war alles, was Emma endlich herausbrachte.

Jake betrachtete ihr erhitztes Gesicht, dann nahm er ihre Hand und führte Emma aus der Küche, durchquerte mit ihr einen Gang und zog sie in einen Raum, bei dem es sich offenbar um sein Büro handelte. Ein schwarz lackierter Schreibtisch stand darin und dazu passende hohe Regale. Die Fenster boten einen Blick auf die Stadt.

Eine schwarze Katze saß auf dem Schreibtisch. Es war die Katze, der Emma am ersten Tag im Fahrstuhl begegnet war. Sie miaute und strich ihr schnurrend um die Beine.

Jake hob die Katze hoch, kraulte sie hinter den Ohren und setzte sie vor die Tür.

„Deine?", fragte Emma.

„Eartha Kitty gehört Piper, der Besitzerin des Hotels. Sie ist eine Art Maskottchen."

Emma versuchte ein Lächeln. „Du hast eine nette Aussicht von hier."

„Kann sein. Wenn ich dich sehe, habe ich für nichts anderes mehr Augen."

Diese Worte überraschten und erregten sie zugleich.

„Ich möchte beenden, was wir gerade eben in der Küche begonnen haben."

„Den Streit?"

„Wir haben geredet, nicht gestritten. Du wolltest mir erzählen, wie es sich anfühlt, wenn ich dich zum Höhepunkt bringe."

Heiß durchflutete es sie. „Ich habe keine Lust mehr zu reden."

„Nein? Warum denn?"

„Weil ..." Sie verstummte, da er einen Schritt auf sie zu machte. Sie wich einen zurück, stieß aber gegen die Fensterbank, an der sie sich festhielt.

„Ja?"

„Ich möchte nicht darüber reden", erklärte sie ein wenig benommen. Er stand jetzt dicht vor ihr.

„Dann sollten wir am besten nicht mehr reden", meinte er und schob behutsam seinen muskulösen Oberschenkel zwischen ihre Beine. Ein sinnliches Kribbeln breitete sich überall in ihr aus, und noch während sie das wahrnahm, zog er sie an sich und küsste sie.

8. KAPITEL

Emma unterbrach Jakes leidenschaftlichen Kuss. „Na gut, vielleicht sollten wir doch besser reden."

Er strich ihr die Haare aus dem Gesicht. „Es war wunderbar, dich zu beobachten."

„Beim Gemüseschneiden?"

„Als du gekommen bist." Seine Augen funkelten. „Du scheinst jedes Mal überrascht zu sein. Wie du dich hingibst, ist das Aufregendste, was ich je gesehen habe."

Allein seine Worte beschleunigten ihren Puls.

„Aber warum bist du jedes Mal so überrascht, Emma?"

Sie wollte nicht mehr reden, und ihn auch nicht mehr ansehen. Er sah so gut aus … Sie schloss die Augen.

Er streichelte ihren Hals und ihr Schlüsselbein. Dann glitt er mit den Fingern unter ihren Pullover. Ihre Brustspitzen richteten sich auf, doch sie biss sich auf die Unterlippe und gab keinen Laut von sich.

„Bist du noch nie vorher bei einem Mann gekommen?"

Abrupt machte sie die Augen wieder auf und schob seine Hand weg. „Du bist ganz schön von dir selbst überzeugt."

„Bist du?" Er nahm unbeeindruckt ihre Hände in seine und hielt sie hinter ihrem Rücken fest, sodass Emma an ihn gedrückt wurde.

„Ja, ich bin schon bei einem Mann gekommen. Aber nicht wie mit dir", gestand sie. „Noch nie wie mit dir."

„Was ist anders?" Seine Stimme klang sinnlich.

Verdammt, er zog sie schon wieder in seinen Bann. „Bist du sicher, dass du das hören willst?" Doch sie erkannte bereits die Wahrheit. Er wollte nichts darüber hören, nur war er ebenso tief erschüttert wie sie. Und ihr zuzuhören war die einzige Chance für ihn, zu verstehen, was zwischen ihnen ablief.

„Durch dich ist es anders“, flüsterte sie. „Du hast so etwas an dir. Es hat damit zu tun, wie ich mich fühle, wenn ich mit dir zusammen bin. Da ist etwas zwischen uns, dem ich nicht widerstehen kann, auch wenn du es kannst. Du bringst mich auf andere Gedanken, ob wir nun lachen, reden oder miteinander schlafen. Und deshalb empfinde ich mehr als jemals zuvor. Mit dir zusammen einen Orgasmus zu erleben ist nicht mehr dieses kleine Erlebnis, um das ich mich so hart bemühen muss. Es ist …“

„Was?“, flüsterte er.

„Wie das Feuerwerk am Unabhängigkeitstag. Es geht über Sex weit hinaus. Für mich ist jedenfalls auch Gefühl mit im Spiel.“

„Ist es bei deinen beiden Freunden auch so?“, wollte er wissen.

„Ich glaube schon.“

„Die beiden zusammen zu sehen, hat dich erregt.“

Und nicht nur sie, denn sie konnte Jakes Erregung deutlich spüren. „Sie gehören zusammen. Zwischen ihnen gibt es unbestreitbar eine tiefe Verbundenheit, und so etwas wünsche ich mir auch.“

„Die kann ich dir geben.“ Jake hob Emma auf die Fensterbank und spreizte ihre Beine.

„Jake …“

„Ich will dich noch einmal. Ich kann vor Begierde nicht mehr klar denken.“

Sie schmolz dahin und hob ihm das Gesicht entgegen. „Ich muss ständig an letzte Nacht denken“, hauchte sie, während er zärtlich ihren Hals küsste. „Wie wundervoll es war …“

„Wenn ich sage, dass ich mich nicht mehr erinnere, können wir es dann noch einmal tun?“

Sie musste lachen, doch als er ihren Pullover herunterzog,

verstummte sie. Der Vorderverschluss ihres BHs stellte kein Problem für Jake dar. Er gab einen Laut der Begierde von sich, als ihre Brüste daraus befreit waren. Sacht schmiegte er seine von frischen Bartstoppeln raue Wange an ihre nackte Haut. Ihre Brustwarzen richteten sich auf.

„Du bist wunderschön", flüsterte er heiser und begann, an einer Knospe zu saugen.

Emma stöhnte. „Wir sollten besser nicht …" Sie vergaß ihre Bedenken, als er ihren Rock hochschob und seine Hand zwischen ihre Beine glitt. „Ah … vielleicht doch."

„Oh ja." Er schob ihren Slip beiseite, um behutsam erst mit einem, dann mit zwei Fingern in sie einzudringen.

„Jake."

„Ich kaufe dir einen neuen", versprach er, zerriss kurzerhand ihren Slip und warf ihn über die Schulter. Er landete auf der Schreibtischlampe.

„Jake …!", rief sie mit erstickter Stimme, doch dann begann er, ihren sensibelsten Punkt mit dem Daumen zu reiben, während er erneut an einer der aufgerichteten Brustwarzen saugte. „Oh", hauchte Emma, unfähig, noch Worte zu finden. Sie schlang ihm die Arme um den Nacken und klammerte sich an ihn. Und gleich darauf kam sie zum Höhepunkt.

„Noch einmal", forderte er und sank auf die Knie, um sie mit dem Mund zu liebkosen.

Keuchend und schwer atmend warf sie sich gegen das Fenster und hielt sich an der Fensterbank fest, während er sie zum Gipfel der Lust führte.

Und dann ein weiteres Mal. „Jake!"

„Einmal noch."

„Ich kann nicht." Aber dann stellte er etwas fantastisch Geschicktes mit seiner Zunge an, wobei er sie gleichzeitig weiter mit den Fingern reizte. All das zusammen brachte sie zu einem weiteren Höhepunkt.

Dann hörte sie, wie er ein Kondompäckchen aufriss, und das holte sie aus ihrer Benommenheit zurück.

Er spuckte die Ecke der Folienverpackung aus und streifte sich das Kondom über. „Halt dich an mir fest“, forderte er Emma auf.

„Warte.“

Er sah ihr in die Augen.

„Das zwischen uns ist nicht bloß eine gewöhnliche Affäre“, brachte sie, noch ein wenig atemlos, hervor. Sie öffnete sein Hemd und ließ ihre Hände an seinem sexy Körper hinuntergleiten, um mit ihren schmalen Fingern sein pulsierendes, aufgerichtetes Glied zu umfassen. Sie rieb es an ihrer sensiblen Knospe. „Jedenfalls nicht für mich.“

Er kniff die Augen fest zu und biss die Zähne zusammen. „Emma …“

„Ist es nicht“, wiederholte sie mit bebender Stimme und ließ ihn ein Stückchen in sie eindringen. „Es ist mehr.“

Er stöhnte, das Gesicht von süßer Qual verzerrt.

„Sag es“, verlangte sie.

„Um Himmels willen, ja. Ja, es ist anders mit dir.“ Mit diesen Worten packte er ihre Hüften und drang tief in sie ein. Sie stöhnten beide lustvoll auf. Jake legte seine Stirn an ihre. Er atmete schwer. „Schling deine Beine um mich. Ja, so.“ Wieder und wieder drang er in sie ein, bis Emma mit einem Aufschrei erneut zum Orgasmus gelangte. Diesmal kam er mit ihr zusammen. Sie spürte das Beben, das seinen Körper durchlief.

Die ganze Zeit über hielt sie sich an ihm fest, das Gesicht an seinen Hals geschmiegt, und genoss diese Momente ungeheurer erotischer, vertrauter Nähe. Sie wünschte, es würde nie enden.

Er ließ es zu und hielt sie ebenfalls fest, als wolle er ebenso wenig wie sie, dass es endete.

„Übrigens sind es jetzt zwei“, flüsterte sie.

„Zwei?“

„Ja.“ Sie lächelte, als er ihren Hals küsste. „Du schuldest mir zwei Slips.“

Emma und Liza saßen auf einer Couch in der Lounge und gingen ihre Möglichkeiten durch. Viele waren es nicht mehr, und es war nicht gerade hilfreich, dass Emma ständig an den Sex mit Jake in seinem Büro denken musste.

Noch nie hatte sie solche Höhepunkte wie mit ihm erlebt, und sie ahnte, dass sie das mit einem anderen Mann auch nie erleben würde. Ja, Jake war der Richtige. Nach all den Fröschen hatte sie endlich ihren Prinzen gefunden.

Dummerweise würde er von ihrer Erkenntnis nicht allzu begeistert sein.

„Also los, raus damit.“

Emma stutzte. „Was?“

„Du bist nicht bei der Sache, sondern grinst abwechselnd selig vor dich hin oder machst ein todtrauriges Gesicht. Ich glaube, du liebst ihn.“

„Sei nicht albern. Niemand verliebt sich innerhalb weniger Tage.“

„Natürlich. Man kann sich an einem Tag verlieben, in einer Stunde, einer Minute.“

„Wie lange bist du schon mit Eric zusammen? Und du weißt immer noch nicht, ob es Liebe ist.“

„Oh, es ist Liebe. Ich bin mir ziemlich sicher, dass es immer Liebe war. Heute Abend werde ich es ihm sagen. Er will, dass ich in seinem Zimmer auf ihn warte. Ich vermute, er will mir heimzahlen, dass ich ihn gefesselt habe. Hast du die Spielzeuge in diesen Zimmern gesehen?“ Lizas Augen glänzten. „Ich hoffe, wir benutzen die mit Fell gepolsterten Handschellen und die Videokamera."

Emma hielt sich die Ohren zu. „Ich höre gar nicht hin."

Liza nahm Emmas Hände herunter. „Ich werde dir nie vergessen, wie du mir geholfen hast. Ich möchte, dass du genauso glücklich bist wie ich."

„Es würde schon helfen, wenn ich mir nicht vorstellen muss, wie du und Eric die Videokamera benutzt."

„Na ja, vielleicht benutzen wir sie gar nicht, sondern gehen einfach das Kamasutra durch."

Zum Glück klingelte in diesem Augenblick Emmas Handy. Es war Nathan.

Er kam ohne Einleitung zur Sache. „Sie sind mit dem Koch gesehen worden."

„Wie bitte?"

„Ich weiß alles. Jetzt schnappen Sie ihn sich."

„Nathan, Sie wissen, dass ich so nicht arbeite."

„Schlafen Sie mit ihm oder nicht?"

„Ich trenne Freizeit und Beruf."

„Sie sind fantastisch."

„Sie hören mir nicht richtig zu", sagte Emma.

„Weiter so", ermutigte er sie. „Das wird großartig." Damit legte er auf.

Emma betrachtete ihr Handy, von Angst und Reue überwältigt.

„Mach dir nichts draus", riet Liza ihr. „Es kann dir doch egal sein, was er denkt. Du weißt doch, wie er ist."

Das stimmte zwar, doch fühlte sie sich deswegen nicht besser, denn für Außenstehende würde sich die ganze Angelegenheit wahrscheinlich genauso darstellen wie für Nathan. Man würde glauben, dass sie mit Jake geschlafen hatte, damit er die Sendung machte.

Und wenn Jake das nun auch glaubte?

Nein, das war unmöglich. Trotzdem nagte diese Angst an ihr. „Ich werde es nicht so machen, wie Nathan es machen würde“, sagte sie laut.

„Selbstverständlich nicht“, pflichtete Liza ihr bei. „Du wirst Jake nicht wehtun. Aber wird er dir wehtun?“

Tränen brannten in ihren Augen. „Ich weiß nicht … vielleicht …“

„Oh, Emma.“

„Schon gut.“ Sie brachte ein Lächeln zustande. „Wir sehen uns morgen. Morgen fliegen wir nach Hause.“

„Ja, aber …“

„Geh. Ich komme schon zurecht.“ Nachdem Liza gegangen war, machte Emma sich auf den Weg ins Amuse Bouche. Sie hatte Nathans Worte noch in den Ohren, doch das war ihr egal. Sie wollte Jake einfach nur sehen.

Es war schon spät, doch im Restaurant herrschte noch Betrieb. Niemand aß allein. Nun, dann würde sie eben die Ausnahme sein.

Sie wurde an einen Tisch geführt. Von dem Mann, mit dem sie in diesen drei kurzen Tagen so oft zusammen war, war nichts zu sehen.

Waren sie ein Liebespaar? Nein, beantwortete sie sich die Frage selbst. Das würde irgendeine Art von Beziehung und Gefühle voraussetzen. Beides wollte Jake nicht. Er wollte seine Freiheit, ungebunden sein und …

„Sieh mal einer an.“ Plötzlich stand er in seinem Koch-Outfit vor ihr. Er wirkte Respekt einflößend und sehr sexy. „Du bist das Beste, was ich den ganzen Abend in meinem Restaurant gesehen habe.“

Sie musste lächeln.

„Hast du Hunger?“

Oh ja, auf dich, dachte sie. „Ein bisschen.“

Er lächelte. „Nun, die Zufriedenheit meiner Gäste liegt mir am Herzen. Was kann ich dir bringen? Etwas Süßes, Heißes?"

„Wir reden über Essen, oder?"

Er zwinkerte. „Schon möglich." Ohne zu fragen, setzte er sich auf den Stuhl neben ihr.

„Musst du nicht kochen?"

„Wir machen langsam Feierabend." Er berührte ihre Wange. „Du siehst nicht glücklich aus."

Sie wandte das Gesicht ab und schaute in die Speisekarte. Wieso war sie hergekommen? Um sich selbst zu quälen?

„Emma."

„Weißt du was?", fragte sie und klappte die Speisekarte wieder zu. „Ich bin müde. Ich sollte mir etwas beim Zimmerservice bestellen." Sie nahm ihre Handtasche, aber bevor sie aufstehen konnte, hielt Jake sie am Handgelenk fest.

„Emma." Er sah sie auf eine Weise an, die ihre Sehnsucht noch verstärkte.

„Bitte schau mich nicht so an", sagte sie leise.

„Wie denn?"

„Als würde es dir etwas bedeuten, was zwischen uns gewesen ist. Denn wir wissen beide, dass das nicht wahr ist. Wenn ich morgen nach Hause fliege, wirst du weitermachen, als sei nichts geschehen. Und ich …" Sie unterbrach sich, um sich ihm nicht noch mehr zu offenbaren. „Bitte, lass mich gehen."

Er sah sie lange an, dann zog er seine Hand weg. „Es tut mir leid."

Ihr tat es auch leid, mehr als er es sich vorstellen konnte. Sie stand auf. Ihre Blicke begegneten sich, und sie hätte schwören können, dass die Zeit stehen blieb und er ihr gern gesagt hätte, dass er das Gleiche empfand wie sie.

Natürlich wollte sie ihn für ihre Kochsendung gewinnen. Aber sie wollte ihn auch als Mann, und das nicht nur in ihrem

Bett. Sie wollte, dass er ihr gehörte. Sie wollte, dass er verstand, dass Liebe einfach passieren konnte, von einem Augenblick auf den anderen. Er sollte erkennen, dass man so etwas Kostbares nicht einfach wegwarf, wenn man es endlich gefunden hatte.

Aber am Ende schwieg sie und ging.

Und er hielt sie nicht zurück.

Dreißig Minuten später wartete Emma nach einer ausgiebigen heißen Dusche in dem flauschigen weißen Hotelbademantel auf die Pommes frites, die sie beim Zimmerservice bestellt hatte, und dachte über die Dummheit der Männer nach.

Jake sollte jetzt hier sein. Hier bei ihr im Bett.

Leider war er kein besonders guter Gedankenleser, und sie war erwachsen. Wenn sie ihn gern bei sich gehabt hätte, hätte sie das kleine Abschiedsdrama auf Morgen vertagen sollen.

Jemand klopfte an die Tür ihres Zimmers.

Emma band den Bademantel zu und spähte durch den Spion. Ihr Herz schlug schneller. Draußen stand Jake, noch in seinem Koch-Outfit.

Sie wich zurück. Was machte er hier?

„Öffne, Emma!“, rief er.

Öffne. Hatte sie das nicht längst getan? Ihm ihr Herz geöffnet? Was konnte sie ihm denn noch geben?

„Emma.“

Sie legte die Hand auf den Türknauf, atmete tief durch und machte die Tür auf.

Er trat ein, schloss die Tür hinter sich und hob den Deckel von dem Tablett, das er mitgebracht hatte. „Knuspriger, in der Pfanne gebratener Lachs“, sagte er. „Und von Pru habe ich einen sehr guten Pinot Noir mitgebracht.“

Emma konnte nicht anders, sie musste lachen.

Er schien überrascht zu sein. „Was ist?“

„Ich habe Pommes frites bestellt.“ Das ultimative Trostessen.

Er gab einen missbilligenden Laut von sich und schaute auf das tadellose Arrangement auf seinem Tablett.

Sie lachte wieder. „Du bist ein echter Snob, wenn es ums Essen geht.“

„Bin ich nicht.“

Oh doch, das war er, und er hatte keine Ahnung. Auch wusste er nicht, wie wundervoll und liebenswert er war. Emma hatte den Verdacht, dass er noch nie für liebenswert gehalten worden war.

„Noch was?“, fragte er.

„Nein“, erwiderte sie und ermahnte sich sogleich, aufrichtig zu sein. „Doch.“

„Ja oder nein?“

„Ja.“

„Sag es.“

Sie befeuchtete ihre Lippen und überlegte, wie sie ihm erklären sollte, dass sie sich mit den nächsten Stunden begnügen würde, wenn sie ihn schon nicht für immer haben konnte. „Ich will dich.“

Sein Blick huschte über ihr nasses Haar, ihr ungeschminktes Gesicht und verweilte auf ihrem in den Bademantel gehüllten Körper. Ihr wurde plötzlich ganz heiß.

„Nun, wir bemühen uns stets, unsere Gäste zufriedenzustellen“, sagte er schließlich. Er knöpfte seine Kochjacke auf, zog sie aus und warf sie auf einen Sessel. Jetzt trug er nur noch eine schwarze Hose und ein enges weißes T-Shirt mit der Aufschrift „Beiß mich“ in Blockbuchstaben.

Emma lächelte.

Er wickelte sich den Gürtel ihres Bademantels um die Finger und zog sie an sich. „Was ist denn so komisch?“

„Ich würde dich gern beißen."

Er runzelte die Stirn. „Vorsicht. Ich beiße zurück." Im Nu hatte er den Knoten gelöst. „Was trägst du darunter?", fragte er, bevor er den Bademantel öffnete. „Einen sexy String?"

„Nein."

„Einen Flanellpyjama?"

Sie schüttelte den Kopf. Zum Glück hatte sie ihren Pyjama nicht angezogen. Jake hätte sich geschüttelt vor Lachen. „Ich trage nichts darunter", sagte sie leise.

Sofort öffnete er den Bademantel und betrachtete beinah andächtig ihren Körper. „Du bist wunderschön." Er sank auf die Knie und küsste erst ihre Hüften, dann ihren Bauchnabel.

Und dann wanderte er weiter hinunter.

Emma fuhr ihm mit beiden Händen in die Haare und legte den Kopf in den Nacken, während er begann, sie mit dem Mund und der Zunge zu liebkosen. Sie sog scharf die Luft ein. „Jake ..."

„Hm", war alles, was er von sich gab, da er viel zu sehr damit beschäftigt war, sie auf äußerst erotische Weise zu verwöhnen.

„Was ist mit dem Zimmerservice? Der kommt wahrscheinlich gleich", meinte sie keuchend, als er etwas Aufregendes mit seinen Fingern anstellte.

„Die Einzige, die kommt, bist du."

Und dann legte er sie behutsam auf den Fußboden und löste dieses Versprechen ein.

Jake lag nackt auf dem Boden, während Emma, die ebenfalls nackt war, seinen Körper mit heißen kleinen Küssen bedeckte. Es war die reinste Qual, aber die beste, die er je erlebt hatte.

„Du hast einen erstaunlichen Körper", stellte sie fest, nachdem sie fast jeden Zentimeter erforscht hatte. „Allein bei deinem Anblick läuft mir das Wasser im Mund zusammen." Sie strich mit der Zunge über eine seiner flachen Brustwarzen und hob den Kopf. „Solche Sachen habe ich noch nie zu einem Mann gesagt."

Oh ja, die reinste Qual.

„Dies ist meine Lieblingsstelle", verkündete sie und glitt zärtlich mit den Lippen über die Innenseiten seiner Schenkel, wobei sie geschickt auch ihre Zähne einsetzte. Jake zuckte zusammen. Mit einem Funkeln in den Augen fragte sie: „Soll ich aufhören?"

„Um Himmels willen, nein."

Sie fuhr fort, ihn mit ihren Lippen und Zähnen zu necken, bis sie sein aufgerichtetes Glied erreichte. Sie umwirbelte es mit der Zunge.

Wieder zuckte Jake zusammen.

Sie hob den Kopf. „Mache ich etwas falsch?"

Er lachte heiser, schob die Hand in ihre Haare und drängte sie sanft an die Stelle zurück. „Nein."

„Bist du dir sicher? Ich kann nämlich …"

„Wenn du noch einmal aufhörst, bringst du mich um den Verstand."

Ihr sexy Lächeln steigerte sein Verlangen noch.

„Komm her", forderte er sie auf, „und lass mich …"

„Nein, lass mich", sagte sie mit der Stimme einer wahren Verführerin. „Denn diesmal, Jake Hill, wirst du derjenige sein, der kommt."

Er wollte auf dem Gipfel der Lust in ihr sein, hatte schon ein Kondom bereitgelegt. Doch Emma mit ihren sanften Fingern und ihrem unglaublich weichen sinnlichen Mund übernahm die Kontrolle, wie keine andere Frau es je zuvor geschafft hatte.

„Warte!", stieß er atemlos hervor.

„Es ist in Ordnung."

„Nein, ist es nicht.“ Er konnte vor Erregung kaum denken. „Emma, warte.“

Doch sie hörte nicht auf ihn, und plötzlich riss die Lust ihn mit, und er kam mit einer solchen Heftigkeit, dass er glaubte, die Erde unter ihm erbebe.

Und als er erschöpft, noch am ganzen Körper zitternd dalag, verlegen und erschrocken, legte Emma ihm die Hand auf die Brust.

„Jake?“

„Ja?“, antwortete er mühsam.

Emma lächelte unsicher. „Ich liebe dich“, flüsterte sie und warf ihn damit schon wieder völlig aus der Bahn.

9. KAPITEL

Habe ich das richtig verstanden?" Pru blies in ihren Kaffeebecher, den Maddie ihr gebracht hatte, und sah Jake an. „Du hast uns gestern Abend wegen der kleinen süßen TV-Produzentin versetzt, die du vor ein paar Abenden angesprochen hast?"

Jake hatte gewusst, dass das kommen würde. Erst im Morgengrauen hatte er Emmas Zimmer verlassen. Kurz darauf hatten Pru und Caya ihn aus dem Bett geholt und zum Verhör in die Kneipe gebracht. Er konzentrierte sich darauf, sich nicht die Zunge am Kaffee zu verbrennen, und schwieg.

„Interessant", kommentierte Caya sein Schweigen.

„Da ist nichts interessant", sagte er.

„Und ob", meinte Pru. „Du hast dir sozusagen Nachschlag geholt. Wenn das nicht interessant ist ..."

„Hört mal, nur weil ihr zwei gefunden habt ... was immer ihr gefunden habt ..."

„Liebe", sagte Caya ihm und drückte Prus Hand.

Ein Lächeln erschien auf Prus Gesicht, wie er es noch nie bei ihr gesehen hatte.

„Das heißt nicht, dass jeder so glücklich sein muss wie ihr zwei."

„Was ist verkehrt daran, glücklich zu sein?", wollte Caya wissen.

Jake starrte in seinen Becher und dachte darüber nach. Er dachte auch über andere Dinge nach. Zum Beispiel über Sätze, die mit „ich" anfingen und mit „liebe dich" aufhörten.

Heiliger Strohsack, war das wirklich passiert? Er musste an den intensivsten Höhepunkt seines Lebens denken und daran, wie Emma ihm ihre Liebe gestanden hatte. „Nichts ist daran verkehrt", antwortete er schließlich. „Es ist nur nicht so leicht für mich."

„Glaubst du etwa, für uns war es leicht zu erkennen, dass es außer der Leidenschaft genug Substanz für eine dauerhafte Beziehung gibt?", entgegnete Pru.

„Ja, das weiß ich. Aber ..."

„Kein Aber", unterbrach sie ihn. „Anscheinend glaubst du, du hättest Liebe und Glück irgendwie nicht verdient. Aber da irrst du dich, Jake."

Er sah seine beiden Kolleginnen an. Die Zuneigung zwischen ihnen war so deutlich spürbar, dass es ihm die Kehle zuschnürte. Er hatte jemanden gehabt, der ihn genauso angesehen hatte, wie die beiden einander ansahen. Aber er hatte sich abgewandt.

„Erzähl uns von ihr", forderte Pru ihn auf.

„Oh, das kann ich übernehmen", meldete sich Maddie zu Wort und schenkte ihnen Kaffee nach. „Emma ist natürlich schön. Das hat ihn angezogen."

„Das war es nicht", verteidigte er sich. „So oberflächlich bin ich nicht."

„Du bist ein Mann, oder?" Maddie tätschelte ihm den Kopf. „Sie ist außerdem nett und klug. Das Wichtigste aber ist", sagte sie in einem vertraulichen Ton, als würde sie gleich ein Staatsgeheimnis verraten, „dass sie in ihm eine Sehnsucht nach Dingen weckt, von denen er nicht einmal gewusst hatte, dass sie ihm fehlen."

„Maddie ...", warnte er sie.

Sie ignorierte das und gab ihm einen Kuss auf die Wange. „Ach, Schätzchen, akzeptiere es. Sie gehört zu dir und du zu ihr."

Pru und Caya starrten ihn stumm an, als Maddie davonging.

„Sie ist tatsächlich anders als deine anderen Geliebten", stellte Pru nachdenklich fest.

„Ach ja?", meinte Jake ärgerlich. „Und woher weißt du das?"

„Weil sie länger als eine Nacht geblieben ist“, sagte Caya.

Das saß. War er wirklich so flatterhaft? Offenbar ja.

„Erzähl uns mehr“, bat Pru.

„Da gibt es nichts mehr zu erzählen. Sie reist ab, also was soll's.“ War das seine Stimme, die bebte bei der Vorstellung, wie Emma nach Los Angeles zurückkehrte? Vielleicht lag es nur daran, dass er nach den letzten Nächten etwas müde war.

Na schön, das war nicht der einzige Grund. Es lag auch daran, dass Emma die drei magischen Worte zu ihm gesagt hatte.

„Sie liebt mich“, erklärte er zu seiner eigenen Verwunderung.

Pru und Caya brachen in Gelächter aus.

„Was, zur Hölle, ist denn daran so lustig?“

„Jede Frau verliebt sich in dich“, antwortete Caya. „Selbst ich bin halbwegs verliebt in dich, und das, obwohl ich schon vergeben bin.“ Sie musterte ihn nachdenklich. „Oh, diesmal ist es wohl anders bei dir. Weil du ihre Gefühle erwiderst. Oh, Jake.“

„Du liebe Zeit!“, murmelte Pru. „Es ist passiert. Und ich brauchte nichts zu tun.“

Jake strich sich über die kurzen Haare. „Das hilft mir auch nicht weiter.“

„Oh, Süßer.“ Pru nahm seine Hand. „Wieso kannst du es nicht einfach zugeben?“

„Was zugeben? Dass du eine hoffnungslose Romantikerin bist?“

„Dass du ihre Liebe erwiderst.“

„Es gibt Leute, die tragen ihr Herz nicht auf der Zunge“, konterte er. „Es gibt Leute, die hegen ein gesundes Misstrauen und stürzen sich nicht Hals über Kopf in irgendwelche Geschichten.“

„Es gibt auch Leute, die Angst vor Gefühlen haben“, stellte Caya fest und drückte ihn an sich. „Ist es das?“

„Verdammt.“ Er schob sie sanft von sich und starrte wieder grübelnd in seinen Becher.

„Du wirst doch wohl das Richtige tun und die einzige Frau, die dir jemals den Kopf verdreht hat, nicht einfach gehen lassen, oder?", fragte Pru.

„Ich werde gar nichts tun."

Pru und Caya sahen sich bestürzt an.

„Es war nett, mit euch beim Kaffee zu plaudern", sagte er, stand auf und warf etwas Geld auf den Tresen.

„Jake", meinte Pru tadelnd. „Du kannst es nicht einfach ignorieren."

Und ob er das konnte. Besonders wenn die Alternative etwas war, woran er nicht einmal zu denken wagte.

„Du kannst nicht einfach davonlaufen", rief Caya ihm hinterher. „Bisher bist du immer damit durchgekommen. Aber eines Tages wird es dich einholen."

Schon möglich. Aber nicht dieses Mal.

Eric und Liza hatten einen früheren Flug als Emma. Da ihr noch einige Stunden Zeit blieben, wartete sie bis zur Abfahrt zum Flughafen in der Hotellobby und überlegte, was sie Nathan sagen sollte.

Ihr Handy klingelte. Nathan rief an.

„Wie geht's?", erkundigte sie sich so unbeschwert wie möglich.

„Das ist meine Frage an Sie."

„Oh, alles ist wunderbar", antwortete sie, was nicht ganz gelogen war. Gewisse Abschnitte dieser Reise waren wirklich wunderbar.

„Haben Sie Hill für die Sendung gewinnen können?"

„Ich habe mehrere Kandidaten, aber ich habe beschlossen, mir auch in Los Angeles noch Bewerber anzusehen."

„Was ist mit Hill?"

„Er ist nicht interessiert."

„Ich dachte, Sie hätten mit ihm geschlafen."

Emma verzog das Gesicht. „Ich werde nie wegen meines Jobs mit jemandem schlafen. Ich werde jemanden finden, der genauso gut ist."

Nathan seufzte. „Ihnen bleiben noch drei Wochen. Bearbeiten Sie ihn."

Ihr Mut sank. „Ich werde niemanden bearbeiten." Das konnte sie nicht. Aber manchmal gab es andere, bessere Methoden. „Vertrauen Sie mir, ich löse das Problem."

„Auf Ihre Weise, richtig?"

„Ganz recht", erwiderte sie entschlossen.

„Ich nehme an, Sie haben schon eine Idee."

„Natürlich." Sie dachte fieberhaft nach. „Um ehrlich zu sein, ich wollte mit Ihnen über einige Änderungen sprechen."

„Ich mag keine Änderungen."

„Hören Sie zu. Ich dachte an eine Kombination aus Kochsendung und Reisemagazin."

„Was soll das heißen?"

„Wir würden natürlich immer noch einen Koch brauchen, aber er wäre mehr ein Moderator, der uns jede Woche in einem anderen Restaurant überall im Land begrüßt." Sie überlegte angestrengt weiter. „Er müsste kein Starkoch sein. Es wäre sogar besser, wenn er unbekannt wäre, weil das besser für das Ego des Kochs des jeweiligen Restaurants ist, das wir besuchen."

„Hm."

Das war nicht gerade ermutigend, aber auch noch kein Nein, daher fuhr sie fort: „Die Leute werden die Sendung einschalten, um jede Woche etwas über einen neuen Ort, eine neue Gegend zu erfahren." Sie begeisterte sich selbst immer mehr für diese Idee. Warum war sie nicht schon früher darauf gekommen? „Es wird kein festes Studio nötig sein. Das Restaurant bekommt

Werbung, ebenso der Koch, und wir haben eine …“

„Serie.“ Jetzt klang Nathan begeistert. „Sehr gut. Machen Sie das. Bleiben Sie noch einen Tag da und denken Sie sich was aus. New York tut Ihnen gut. Schauen Sie sich gleich nach angesagten New Yorker Restaurants um. Sie haben freie Hand.“

Emma dachte an Eric und Liza, die bereits im Flugzeug saßen. Sie war auf sich allein gestellt. Aber das machte nichts, denn sie würde es schaffen. Sie verstaute das Handy wieder in ihrer Handtasche. Man hatte ihr eine weitere Nacht hier zugestanden …

„Emma?“

Erschrocken sah sie auf. Ihr ganzer Körper reagierte auf diese Stimme. Vor ihr stand der Mann, an den sie nicht aufhören konnte zu denken, obwohl ihre Karriere auf dem Spiel stand. „Was ist los?“, fragte sie.

„Das wollte ich dich gerade fragen.“

„Oh.“ Sie zwang sich zu einem Lächeln. „Es ist alles in Ordnung, ehrlich. Es läuft alles bestens.“

Er ging vor ihr in die Hocke, um ihre Hände in seine zu nehmen, und sah ihr ins Gesicht. „Bestens, ja?“

Emma kämpfte gegen den heftigen Impuls an, sich ihm einfach in die Arme zu werfen. „Es geht mir gut“, versicherte sie.

„Aber …“

„Jake, willst du wirklich, dass ich dir erzähle, was los ist?“ Sie sah ihm deutlich an, dass er an den Augenblick dachte, als sie ihm ihre Liebe erklärt hatte und er daraufhin blass geworden war. Sie befreite ihre Hände aus seinen und stand auf. „Ich muss mich an die Arbeit machen, denn endlich komme ich weiter.“

„Hast du einen Koch gefunden?“

„Ich habe das Problem fürs Erste umgangen.“

Er nickte und schob die Hände in die Hosentaschen, statt Emma noch einmal zu berühren.

Ihr Verstand sagte Emma, dass das gut war, obwohl sie sich von ganzem Herzen nach seinen Zärtlichkeiten sehnte.

„Ich dachte, du würdest heute abreisen“, sagte er.

„Das dachte ich auch.“

„Aber?“

Irrte sie sich, oder sah sie Hoffnung in seinen Augen aufflackern? „Aber nun verbringe ich doch noch einen weiteren Tag hier.“

„Eine weitere Nacht ist gut“, sagte er leise.

„Dass ich noch hier bin, hat mit meinem Job zu tun“, erklärte sie. „Wir wollen immer noch eine Kochsendung machen und wir brauchen immer noch einen Koch dafür. Aber wir gehen mit ihm auf eine Reise quer durchs ganze Land. Statt in einem Studio in L. A. drehen wir in verschiedenen Restaurantküchen. Mein Boss meint, wenn ich schon hier bin, soll ich mir gleich ein paar Restaurants in New York ansehen.“

„Aha.“

Sie wussten beide, dass Jake derjenige war, der ihr diese Restaurants zeigen konnte. Und dass das Amuse Bouche ganz oben auf der Liste stehen sollte. Dort drehen zu können, wäre eine tolle Sache. Aber Emma hatte auch ihren Stolz, und deshalb würde sie ihn nicht um Hilfe bitten.

„Ich habe etwas, was ich dir zeigen sollte“, meinte er schließlich.

„Was?“ Sie hatte Angst, etwas in diese Worte und die Art, wie er sie ansah, hineinzuinterpretieren.

„Ich muss in die Küche“, sagte er, „aber vielleicht könnten wir uns ...“

„Ja?“

„Später hier treffen?“

Auf seine Weise fragte er tatsächlich, statt einfach zu fordern. Das rührte Emma ein wenig, daher nickte sie.

10. KAPITEL

Jake hatte spät Feierabend und verzichtete auf die gewohnte Dusche sowie den Gutenachtdrink mit den Mitarbeitern, um schnell in der Lobby zu sein. Emma stand an den Fenstern, die Arme um sich geschlungen, und sah in die Nacht hinaus. Sie trug wieder einen ihrer feminin wirkenden Röcke, die er so an ihr mochte, dazu einen schwarzen Angorapullover.

Als er sich ihr näherte, drehte sie sich um. Er konnte nicht widerstehen und gab ihr zur Begrüßung einen Kuss.

Emma sah ihn fragend an. „Ich wusste nicht, was du vorhast und was ich anziehen soll."

Er fühlte sich unbehaglich. „Ich wollte mit dir zu mir gehen, um dir ein paar Informationen zu geben."

„Informationen?"

„Als ich hier anfangen wollte, hatte ich etliche Angebote. Ich habe sämtliche Unterlagen noch in meiner Wohnung. Du kannst sie durchsehen und dir Restaurants heraussuchen, die für die Sendung infrage kommen."

„Ich verstehe." Sie klang enttäuscht.

Sie gingen schweigend durch den Bryant Park, der um diese Zeit friedlich und still war. Die Nacht war kühl, doch Emma weigerte sich, Jakes Jacke überzuziehen. Stattdessen kuschelte sie sich noch tiefer in ihren Pullover und hielt Abstand.

Vor dem Gebäude, in dem seine Wohnung lag, blieben sie stehen. Emma schaute an der Backsteinfassade hinauf. Jake war immer wieder erstaunt, wie gern er inzwischen hier wohnte. Es war sein behagliches kleines Zuhause geworden.

Oben im dritten Stock schloss er die Tür auf und ließ Emma eintreten. „Ich könnte uns einen Mitternachtsimbiss zubereiten", bot er an.

„Nein, danke.“ Sie schaute sich mit ausdrucksloser Miene in seiner Wohnung um.

Er tat es ihr gleich und versuchte, seine Wohnung mit den Augen eines Fremden zu betrachten. Alles, was er im Wohnzimmer sah, waren große Fenster, die harte Silhouette seiner schwarzen Ledercouch und der Couchtisch. Er bemerkte das Fehlen jeglicher Farbe und persönlicher Gegenstände. Im Schlafzimmer war es nicht anders. Dort standen ein großes Bett und andere teure Möbel und sonst nichts. Und das nannte er sein „behagliches kleines Zuhause“?

Er zeigte ihr die Küche.

„Oh“, meinte Emma staunend und betrat den Raum, dem er eine persönliche Note verliehen hatte. Hier hingen seine Lieblingstöpfe und -pfannen, seine Kochlöffel und Schöpfkellen.

Der Anblick der Küche beruhigte ihn, denn sie hatte wirklich etwas von einem Zuhause. Er ging zu einem dicken Ordner neben dem Telefon und zeigte ihn Emma. „Dies ist eine fast vollständige Auswahl der besten Restaurants in der Stadt. Du findest darin Broschüren, Fotos, Restaurantkritiken.“

Sie schaute auf den Ordner. „Wieso hast du das alles aufbewahrt?“

Er blätterte den Ordner durch. „Das weiß ich auch nicht genau.“

„Ich aber. Du hast die Unterlagen deshalb aufbewahrt, weil du dir nicht vorstellen konntest, lange genug im Hush zu arbeiten, um dort heimisch zu werden. Du kannst dir nicht vorstellen, irgendwo sesshaft zu werden, nicht einmal hier.“

„Es gefällt mir hier.“

„Wirklich?“ Sie ging zurück ins Wohnzimmer. „Wo sind dann die Fotos von deinen Freunden? Wo sind die Pflanzen? Woran erkennt man, dass hier ein liebevoller, fürsorglicher und leidenschaftlicher Mann lebt?“

„Du willst wissen, woran man das erkennt?“ Er zog sie an sich. „Wie wäre es damit?“, fragte er und presste seine Lippen auf ihre.

In dem Augenblick, als Jakes Mund ihre Lippen berührte, verschwand Emmas Frustration. Sie hatte keine Chance gegen ihr Verlangen und die Liebe, die sie für ihn empfand.

„Ich brauche dich so sehr“, flüsterte er ihr ins Ohr und biss sie zärtlich ins Ohrläppchen.

Ein prickelnder Schauer durchlief sie. „Wirklich? Du brauchst mich?“

Er hielt inne, sah sie an. „Ich will dich“, sagte er vorsichtig.

„Du sagtest brauchen.“

„Nein, ich …“

„Es ist in Ordnung, dass du mich brauchst“, versicherte sie ihm mit leiser Stimme und berührte sein Gesicht. Er hatte sich heute nicht rasiert, und sie liebte es, die feinen Stoppeln zu spüren. „Denn ich brauche dich auch, Jake.“

Er wirkte noch immer angespannt, doch ob Begierde oder Frustration der Grund dafür war, vermochte sie nicht zu sagen. Sie hatte auch keine Ahnung, wie sie ihn beruhigen sollte, außer, indem sie die Arme um ihn schlang.

„Nimm mich“, flüsterte sie.

„Emma …“, murmelte er verblüfft.

Sie schloss die Augen, genoss die Wirkung seiner Stimme und prägte sie sich ein, denn dies war ihr letztes Zusammensein. Es hätte sie traurig machen müssen, doch traurig sein konnte sie, wenn sie allein war. Jetzt war es wundervoll, ihn zu spüren, und das wollte sie auskosten.

Jake umfasste ihren Po und drückte sie an sich. Er war erregt, und sein Kuss war fordernd, sogar ein wenig grob, als wäre er nicht gerade froh darüber, wie sehr er sie begehrte.

„Ich will dich", gestand Jake und presste erneut den Mund auf ihre Lippen. „Hier und jetzt."

„Ja, hier", hauchte sie, während er seine Hände unter ihren Pullover schob. Gleichzeitig ließ er eine Hand unter ihren Rock wandern und schob die Finger in ihren Slip. „Jetzt."

„Dann zieh dich aus." Doch ehe sie reagieren konnte, begann er ihr die Kleidung abzustreifen, und schon war Emma nackt.

Er betrachtete sie mit sehnsüchtiger Begierde. „Du bist atemberaubend." Er klang andächtig, als könne er nicht glauben, dass sie tatsächlich hier war. Und dann küsste er sie wieder.

Emma musste ihn berühren, daher schob sie eine Hand unter sein Hemd. Jake erschauerte und flüsterte ihren Namen. Sie flüsterte seinen, doch es klang mehr nach einem Stöhnen, da er mit seinen Händen das Feuer der Lust in ihr entfachte.

Irgendwie gelang es ihr, seine Hose zu öffnen, und endlich konnte sie seine Erektion berühren.

„Du bringst mich um den Verstand", sagte Jake.

„Wirklich?", fragte sie und streichelte ihn.

Und dann gaben sie sich ihrem Verlangen hin. Sie legten sich auf den weichen Teppich vor dem Kamin. Emma knöpfte sein Hemd auf, um seinen sexy Körper ein letztes Mal ausgiebig zu liebkosen. Weil dieser Gedanke ihre Erregung zu dämpfen drohte, verdrängte sie ihn und begann, eine von Jakes flachen Brustwarzen mit der Zunge zu umspielen. Sie genoss den lustvollen Laut, den er ausstieß.

Mit vor Erregung zitternden Fingern fuhr sie über seine muskulöse Brust und den flachen Waschbrettbauch. Es war wundervoll, Jake auf diese Weise zu spüren, und sie konnte nicht genug davon bekommen. Sie liebte ihn, doch biss sie sich lieber auf die Lippen, bevor ihr das noch einmal herausrutschen würde.

Er sah ihr in die Augen und wusste Bescheid. „Emma“, sagte er mit rauer Stimme, verflocht seine Finger mit ihren und drückte sie links und rechts ihrer Schultern sanft auf den Boden. „Du musst dich meinetwegen nicht zusammennehmen.“

In seinen Augen spiegelte sich das wider, was sie empfand. Sie musste schlucken. „Das werde ich nicht.“

Sein Gesicht verriet seine innere Anspannung. „Sag es mir noch einmal.“

„Ich liebe dich.“

Ein verdächtiges Leuchten trat in seine Augen.

„Ich liebe dich“, sagte sie noch einmal.

Er stöhnte und drang tief in sie ein, ohne den Blick von ihr abzuwenden. Er ließ sie in seine Seele blicken, während er sich in einem sinnlichen Rhythmus bewegte, und das überwältigte Emma. Sie stieß einen verzweifelten Laut aus und hob sich ihm entgegen.

Wieder und wieder drang er in sie ein. Die Verbindung zwischen ihnen war so intensiv, dass Emma alles andere vergaß. Jake hielt sie und liebte sie auf diese wundervolle Weise, die nur er beherrschte. Er zeigte ihr, zu welchen Gipfeln der Lust er sie führen und wie viel er ihr geben konnte, bis sie mit einem ekstatischen Schrei zum Höhepunkt gelangte.

Ihren Namen auf den Lippen, folgte Jake ihr.

Emma lag auf dem Teppich und hielt Jake fest umarmt. Er war schwer, doch sie genoss es, ihn so zu spüren. Sie hoffte, er würde sich nie bewegen. Wenn sie beide sich nie mehr bewegten, würde sie sich dem nächsten Tag nicht stellen müssen.

Nach einer Weile hob er den Kopf und küsste ihren Hals. „Alles in Ordnung?“, fragte er.

„Oh ja.“

„Wir könnten …“

„Nein.“ Sie drückte ihn. „Bleib so, wenigstens noch eine Minute.“

„So lange du willst.“

Wie sehr wünschte sie sich das, denn die schmerzliche, aber unleugbare Wahrheit war, dass sie bei ihm bleiben würde, hier in New York oder sonst wo, wenn er nur fragen würde.

Aber Jake bat sie um nichts. Als der Morgen dämmerte, raffte Emma sich auf, zog sich an und verließ sein Apartment.

Obwohl sie ihn nicht darum gebeten hatte, begleitete er sie zurück zum Hotel, wo sie ihren Koffer holte. Dann winkte er ein Taxi heran und hielt ihr die Tür auf.

„Ich muss los“, sagte Emma, um einen langen Abschied zu vermeiden.

Jake küsste sie, und die Welt um sie herum hörte für einen Moment auf zu existieren. Es war kein zögernder Abschiedskuss oder einer, der signalisieren sollte, man könne sich vielleicht einmal wiedersehen. Nein, es war ein Kuss, der nach einem Abschied für immer schmeckte. Und er brach ihr das Herz.

Ein wenig außer Atem löste Jake sich von ihr und sah ihr ins Gesicht. Sie hatte Mühe, sich zusammenzunehmen. „Verdammt“, murmelte er und küsste sie noch einmal.

„He, Lady, kommen Sie endlich“, beschwerte sich der Taxifahrer.

„Leb wohl“, sagte sie und berührte ein letztes Mal Jakes Wange.

Er küsste ihre zarte Handfläche, und zum ersten Mal sah Emma einen Jake, der sanfter, stiller und unsicherer war als der, den er ihr sonst immer präsentiert hatte. Sie sah einen Mann mit Zweifeln und Ängsten.

Aber schon im nächsten Moment war da wieder die undurchdringliche Fassade aus Selbstbewusstsein und Angespanntheit.

„Leb wohl“, sagte er, und es war, als hätten sie einander nie berührt, als wären sie tatsächlich nur die TV-Produzentin und der Starkoch, zwei Menschen, deren Wege sich zufällig gekreuzt hatten.

Und nie wieder kreuzen würden.

„Lady …“, drängte der Taxifahrer.

Emma stieg ein und nahm sich vor, nicht zurückzuschauen, aber sie tat es trotzdem. Sie kniete sogar auf dem Rücksitz und drückte praktisch ihre Nase an die Heckscheibe. Doch es war zu spät. Das Hush war nicht mehr zu sehen.

Und Jake auch nicht.

Der Flug nach Los Angeles verlief ereignislos, zumindest äußerlich. Wie es in Emma aussah, das war eine andere Geschichte.

Während sie nach der Landung auf dem Flughafen auf ihr Gepäck wartete, hörte sie ihre Nachrichten auf der Mailbox ab. Die erste kam von ihrer Mutter.

„Liebes, ich weiß ja, dass du herumreist, aber du solltest deinen Vater wenigstens mal ab und zu anrufen. Er macht sich Sorgen.“ Eine kleine Rangelei ums Telefon folgte, dann hörte Emma die Stimme ihres Vaters: „Was sie eigentlich sagen will, ist, ruf deine Mutter an, damit sie dich fragen kann, ob du ordentlich gegessen und geschlafen hast und mit jemandem ausgegangen bist. Sie will wissen, ob du endlich verheiratet bist und Kinder hast …“

Als Nächstes ertönte wieder die Stimme ihrer Mutter. „Liebes, achte nicht auf ihn. Er ist ein Mann. Was weiß er schon? Natürlich bist du noch nicht verheiratet und hast Kinder. Das hättest du nicht gewagt, ohne mir davon zu erzählen. Also denk dran, ruf deinen Vater an.“

Emmas Kehle war wie zugeschnürt. Ihre Eltern waren seit

fünfunddreißig Jahren verheiratet und benahmen sich noch immer wie zwei frisch Verliebte. Wie war ihnen so etwas Wundervolles gelungen? Und wieso gelang ihr nicht einmal etwas annähernd Vergleichbares?

Diese Frage erinnerte sie an das, was sie in den letzten Tagen getan hatte, nämlich sich törichterweise in einen Mann zu verlieben, der sich eine derartige Beziehung nicht einmal im Traum vorstellen konnte.

Wie sehr sie ihn bereits vermisste! Sie hörte ihre nächste Nachricht ab.

„Emma, pass auf“, vernahm sie Lizas aufgeregte Stimme. „Die Lösung unseres Problems war die ganze Zeit greifbar. Wir können Eric als Koch nehmen.“

Emma stutzte. Wie bitte?

„Er sieht sehr gut aus, oder? Aber noch besser ist, dass er wirklich kochen kann. Ich habe vorher nicht daran gedacht, weil ich zu sehr damit beschäftigt war, mich über ihn zu ärgern.“

Emma schaltete langsam von ihrem privaten Elend um auf ihre Karriere, was auch höchste Zeit wurde. Eric sollte also der Koch für die Sendung werden?

„Überleg doch mal“, fuhr Liza fort. „Er hat gesagt, er würde es machen, wenn er eine Gehaltserhöhung bekommt, weil er keine Lust mehr hat, am Ende des Monats nur noch Makkaroni und Käse essen zu können.“

Das war grob übertrieben. Eric war genau wie Jake ein Snob, wenn es ums Essen ging, und würde daher niemals Makkaroni mit Käse essen. Jedenfalls nicht aus der Fertigpackung. Er würde sie selbst zubereiten.

„Das ist die perfekte Lösung“, sagte Liza. „Ruf uns an.“

Uns. Die beiden waren wieder ein Paar.

Emma freute sich aufrichtig für sie. Die beiden hatten ihr

Glück verdient. Nur hatte sie sich noch nie über das Glück von anderen gefreut, während sie gleichzeitig vor Liebeskummer am Boden zerstört war.

* * *

Drei Wochen später

„Nun, damit ist es offiziell." Nathan betrat Emmas Büro und warf einen Stapel Unterlagen auf ihren Schreibtisch. Seine Miene war nicht zu deuten.

Emmas Mut sank, wie so oft, seit sie in das Taxi gestiegen war, um New York und Jake zu verlassen. Sie schlief und aß schlecht. Zu Lizas Bestürzung ging es ihr in letzter Zeit überhaupt nicht gut.

„Du musst mit einem Mann ins Bett", hatte Liza ihr geraten.

„Das habe ich schon versucht", erwiderte Emma.

„Ich meine mit einem neuen Mann. Um Jake zu vergessen."

Dummerweise würde gerade das niemals möglich sein.

Als Liza ihren Gesichtsausdruck bemerkte, drückte sie sie fest an sich. „Ach, Schätzchen, es tut mir wirklich leid für dich. Ich habe mir gewünscht, dass es auch für dich ein Happy End gibt."

„Ich werde mein Happy End bekommen, wenn die Sendung ein Erfolg ist."

„Ich meine im Schlafzimmer."

Für Emma zählte etwas anderes. Unfassbar, dass eine Reise von wenigen Tagen ihr Leben verändern konnte. Aber so war es. Und dafür war allein Jake verantwortlich. Sie vermisste ihn schrecklich.

Aber Nathans Besuch heute weckte eine ganz neue Angst

in ihr. Es war vorbei. Die letzten drei Wochen harter Arbeit, die Reisen, die Planungen und Vorbereitungen – alles war umsonst. Drei der Sendungen waren aufgezeichnet worden. Eine in San Francisco, eine in New Orleans und eine hier in Los Angeles, jeweils in einem aufregenden, schicken Restaurant, mit Eric, der den jeweiligen Koch vorstellte.

Doch Nathans ernste Miene ließ darauf schließen, dass der Sender den Stecker gezogen hatte, bevor die erste Folge gelaufen war. Womit Emma erledigt wäre. Sie konnte sich einen Job im Schnellimbiss suchen.

„Was ist offiziell?", fragte sie ängstlich.

Nathan zeigte auf die Unterlagen.

„Könnten Sie es vielleicht ein bisschen genauer ausdrücken?", bat sie.

Er sah sie an, und ein Lächeln breitete sich auf seinem Gesicht aus.

„Nathan." Sie konnte ihre eigene Stimme kaum erkennen. „Mir bleibt noch das Herz stehen, wenn Sie nicht endlich sprechen."

„Sie haben es geschafft." Er schien überrascht, aber auch äußerst zufrieden zu sein. „Alle Berichte, die ich bekommen habe, waren positiv. Die Vorabkritiken sind zuversichtlich. Der Sender ist zufrieden. Und wenn der Sender zufrieden ist, bin ich es auch."

„Dann werden wir also nicht abgesetzt, bevor die erste Folge gelaufen ist?"

„Nein."

„Und ich habe weiterhin meinen Job?"

„Ja."

„Dem Himmel sei Dank." Sie lachte und schlang die Arme um Nathan. Bis ihr wieder einfiel, dass man den Boss nicht einfach umarmte. Daher ließ sie ihn gleich wieder los, führte einen kleinen Freudentanz auf und ließ sich in ihren Bürosessel fallen. „Klasse."

Nathan grinste. „Welche Städte sind sonst noch geplant?"

„Ich dachte an Seattle, Miami und Chicago."

„Was ist mit New York? Ich verstehe nicht, warum Sie noch nichts in New York gemacht haben."

Allein die Worte lösten schon ein Kribbeln in ihrem Bauch aus. „Ach, New York ist doch zu nahe liegend."

„Seien Sie nicht albern. Sie müssen auf jeden Fall in New York drehen. Wieso nehmen Sie nicht das Amuse Bouche mit Jake Hill? Ich wette, er würde die Gelegenheit gern wahrnehmen, um sein Restaurant zu präsentieren."

„Ich glaube eher nicht."

„Soll das ein Witz sein? Welcher Koch hätte nicht gern die Publicity, die eine solche Sendung ihm bringt?"

„Einer, dem Publicity völlig gleichgültig ist." Emma strich sich mit zitternder Hand die Haare aus dem Gesicht. Die Unterhaltung nahm nicht den Verlauf, den sie sich gewünscht hätte. Es war besser, wenn sie nicht an Jake dachte, was ihr immerhin schon manchmal für einige Minuten gelang. „Er hat kein Interesse."

„Das ist eine echte Schande." Nathan tätschelte ihr den Arm und verließ ihr Büro.

Emma lehnte sich zurück, nur um sich abrupt wieder aufzurichten, als Nathan noch einmal den Kopf zur Tür hereinsteckte. Er hielt ihr mit einem Gesichtsausdruck, aus dem sie nicht schlau wurde, einen Korb hin. „Das ist für Sie."

Emma stand auf und nahm den Korb entgegen. Auf das helle pinkfarbene und schwarze Seidenpapier war der Name Hush geprägt. Ihr Herz schlug schneller. „Von wem haben Sie den bekommen?"

„Er wurde geliefert", antwortete Nathan.

Sie sah ihn verwirrt an. Aber noch etwas anderes erwachte in ihr: Hoffnung. „Ist der für mich?"

„Steht jedenfalls drauf." Er zwinkerte ihr zu und verschwand.

Emma betrachtete den Korb. Er musste von Jake sein. Dabei hatte sie in all den Wochen nichts von ihm gehört. Sie hatte längst die Hoffnung aufgegeben, ihn jemals wiederzusehen. Wieso sollte er ihr jetzt einen Korb schicken?

Wahrscheinlich kam er gar nicht von Jake, sondern vom Hotel. Ein Dankeschön für das viele Geld, das sie dort ausgegeben hatte.

Sie stellte den Korb auf ihren Schreibtisch und entfernte das hübsche Seidenpapier. Beim Anblick des Inhalts musste sie lachen, und Tränen stiegen ihr in die Augen. Es waren die Zutaten für S'mores, nach dem Rezept von Jake Hill.

Was hatte er sich dabei gedacht? Erst da bemerkte sie die Nachricht. Sie nahm den Zettel aus dem Korb und entfaltete ihn.

Liebe Emma,
ich hoffe, du bist noch immer an Desserts interessiert. Ich hoffe, auch noch an anderen Dingen, einschließlich meiner Bewerbung. J.

Wie bitte? Was hatte das zu bedeuten? Emma nahm das zweite Blatt Papier, das in dem Korb lag, und begann zu lesen.

Sie musste laut lachen, während ihr gleichzeitig eine Träne über die Wange lief. Es war tatsächlich eine Bewerbung, aber nicht als Koch, sondern als „dein Liebhaber, Freund und derjenige, dem dein Herz gehört".

Des Weiteren hatte er seine Fähigkeiten aufgelistet, einschließlich der, dass er absolut treu und aufrichtig sei. Und dass er bereit sei, für eine Beziehung Opfer zu bringen. Der letzte Satz lautete:

Stehe jederzeit für ein Einstellungsgespräch zur Verfügung. Zum Beispiel jetzt.

Mit klopfendem Herzen ging sie zur Bürotür, öffnete sie und erschrak.

Vor ihr stand Jake.

Seine Haare waren ein Stückchen länger geworden. Sie glänzten dunkel im Licht der grellen Deckenlampe. Sofort verspürte Emma den Wunsch, mit ihren Händen hindurchzufahren. Sie atmete seinen vertrauten Duft ein und bekam weiche Knie.

„Hast du eine Minute Zeit?", fragte er in seiner ruhigen Art, neugierig beobachtet hauptsächlich von den weiblichen Kolleginnen des Senders.

Emma winkte ihn herein und machte die Tür zu. Sie hielt seine Bewerbung hoch. „Beeindruckend", bemerkte sie nervös.

„Ich dachte, wir könnten vielleicht über die Bedingungen sprechen." Er deutete auf das Blatt Papier. „Ich will allerdings nach wie vor nicht in deiner Sendung auftreten."

„Das habe ich auch nicht erwartet." Sie hatte einen Kloß im Hals.

„Du siehst gut aus."

Sie hatte dunkle Ringe unter den Augen, hatte heute Morgen vergessen, Mascara aufzutragen, und ihre Haare … an die durfte sie nicht einmal denken, und wenn er noch ein nettes Wort sagte, würde sie in Tränen ausbrechen.

„Du hast mir gefehlt", sagte er leise.

Oh verdammt. Sie blinzelte mehrmals.

Er kam näher. „Ich war ein Idiot, dass ich dich habe gehen lassen. Ich war ein Feigling." Er machte noch einen Schritt auf sie zu, dann noch einen. „Mein ganzes Leben lang bin ich vor Beziehungen davongelaufen, vor allem, was nicht nur oberflächlich war." Ein letzter Schritt, und es trennten sie nur noch wenige Zentimeter. „Doch als ich mit dir zusammen war, wurde mir etwas klar."

Sie wagte kaum zu atmen. „Was denn?"

„Dass ich dieser Mann nicht mehr sein will."

Es war schmerzlich, ihn anzusehen, weil sie wusste, dass sie die Hoffnung in ihrer Stimme nicht unterdrücken konnte. „Was willst du mir damit sagen?"

„Damit will ich dir sagen, dass uns viel mehr als nur Leidenschaft verbindet, obwohl die allein schon großartig ist. Ich will damit sagen, dass ich deine Liebe erwidere."

„Jake …"

Er hielt ihre Arme fest. „Ich weiß, du lebst hier und ich in New York, aber wenn es sein muss, nehme ich den Job eines Managers für den Gesamtbereich Gastronomie im Hush an, den man mir angeboten hat, dann bin ich zeitlich flexibler. Oder ich suche mir eine Stelle hier."

Sie legte ihm den Finger auf die Lippen. „Danke, dass du das für mich tun würdest, aber die Sendung ist ein Erfolg. Ich werde nicht mehr jeden Tag gebraucht und muss mir eine neue Produktion ausdenken. Und das kann ich überall."

Er umfasste ihr Handgelenk und nahm ihren Finger von seinem Mund. „Sprich weiter."

„New York hat mir sehr gefallen. Genug, um es dort zu versuchen. Ich kann dort sicher etwas machen, denn ich weiß, wie gern du im Hush arbeitest. Das heißt, natürlich nur, wenn du es willst."

„Mir ist es egal, wo wir sind, solange wir nur zusammen sind." Seine Augen funkelten. „Also ja, ich will es."

„Also." Sie hielt die Bewerbung hoch. „Du willst derjenige sein, dem mein Herz gehört. Ja, du scheinst als Einziger dafür qualifiziert zu sein."

Langsam schien seine Anspannung nachzulassen, und zum ersten Mal, seit er ihr Büro betreten hatte, lächelte er. „Meinst du wirklich?"

Sie erwiderte sein Lächeln. „Ich heuere dich auf der Stelle an, um mein Liebhaber und Freund zu sein, und derjenige, dem mein Herz gehört. Wenn mir deines auch gehört."

„Das tut es", erwiderte er, drückte sie fest an sich und hob sie hoch. „Für immer und ewig."

– ENDE –

Karen Templeton
Männer und der ganz
normale Wahnsinn
Band-Nr. 25316
7,95 € (D)
ISBN: 978-3-89941-516-2
480 Seiten

Erica Orloff
e-Motion
Band-Nr. 25351
7,95 € (D)
ISBN: 978-3-89941-569-8

Alison Kent
Weiber after work
Band-Nr. 25225
6,95 € (D)
ISBN: 978-3-89941-342-7
496 Seiten

Alison Kent
Weiber on the Rocks
Band-Nr. 25295
7,95 € (D)
ISBN: 978-3-89941-480-6
400 Seiten

Lynda Curnyn
Bekenntnisse einer Ex
Band-Nr. 25322
7,95 € (D)
ISBN: 978-3-89941-535-3
448 Seiten

Susan Mallery
Suche: Köchin
Biete: Liebe
Band-Nr. 95005
7,95 € (D)
ISBN: 978-3-89941-369-4
400 Seiten

Susan Mallery
Habe Mutter, brauche Vater
Band-Nr. 25268
7,95 € (D)
ISBN: 978-3-89941-436-3
400 Seiten

Susan Mallery
Kenne alle, will nur eine
Band-Nr. 25306
7,95 € (D)
ISBN: 978-3-89941-494-3
320 Seiten